[redacted]

MIRA®

Der Preis dieses Bandes versteht sich einschließlich
der gesetzlichen Mehrwertsteuer.

Umwelthinweis:
Dieses Buch wurde auf chlor- und säurefreiem Papier gedruckt.

Sandra Henke

Loge der Lust

Roman

MIRA®

MIRA® TASCHENBUCH
Band 35011
7. Auflage: Oktober 2009

MIRA® TASCHENBÜCHER
erscheinen in der Cora Verlag GmbH & Co. KG,
Valentinskamp 24, 20350 Hamburg
Originalausgabe

Konzeption/Reihengestaltung: fredebold&partner gmbh, Köln
Umschlaggestaltung: pecher und soiron, Köln
Redaktion: Ulf Müller
Titelabbildung: Corbis GmbH, Düsseldorf
Satz: Buch-Werkstatt GmbH, Bad Aibling
Druck und Bindearbeiten: CPI – Ebner & Spiegel, Ulm
Printed in Germany
ISBN 978-3-89941-391-5

www.mira-taschenbuch.de

PROLOG

Der Leitwolf beobachtete zufrieden sein Rudel. Er stand, in eine schwarze Robe gehüllt, das Gesicht hinter einer Pestmaske versteckt, im Weinkeller am Ende des Gangs. Eine gute Lokalität hatte er ausgewählt, er, der Anführer, der Organisator – und zuweilen auch Ordnungshüter. Er rekrutierte die Mitglieder, doch es hatte schon seit längerer Zeit keinen Neuzugang mehr gegeben. Alle bedeutenden Männer und Frauen des Nordens tummelten sich inzwischen auf den Partys. Die Spiele nahmen an Intensität zu. Langweilten sich die Spieler? Oder schaukelte sich die schwül-erotische Atmosphäre einer inneren Logik folgend höher?

Er würde es im Auge behalten.

Wer es nicht wusste, hätte niemals vermutet, dass sich unter dem Coast Liquor Store, in dem alle denkbaren alkoholischen Getränke angeboten wurden, ein Weinkeller befand, der sich sogar noch bis unter das Nachbargebäude erstreckte. Er diente als Lagerort, doch die meisten Räume standen leer. Die Geschäfte liefen schlecht, da die Leute es vorzogen, hochwertige Spirituosen in der Großstadt zu kaufen, oder sich nur billigen Fusel aus dem Supermarkt leisten konnten. Aufgrund der schlechten Konjunktur war der Besitzer des Ladens erfreut gewesen, die Räumlichkeiten gegen einen beachtlichen Betrag für eine Nacht zu vermieten. Mit der hohen Summe wurde zugleich sein Stillschweigen eingekauft.

Schritt man die Treppe hinunter, die vom Geschäft in den Keller führte, kam man in den Hauptraum, in dem sich nun eine Gruppe von Maskierten amüsierte. Anonymität war ein Fundament.

Nur der Alphawolf kannte sie alle!

Der Hauptraum führte in einen Gang, der in dieser Nacht nur von einer einzigen brennenden Fackel erleuchtet war. Von ihm gingen sechs Vorratsräume ab, in die sich die Spielsüchtigen zurückgezogen hatten, zu zweit oder zu dritt oder auch gleich in einem ganzen Grüppchen. Türen gab es hier unten keine.

Der Leitwolf schlenderte ein Stück auf den Hauptraum zu und blickte in ein Lager, in dem alte, ausgediente Fässer aufbewahrt wurden. Eines der Fässer hatte man auf die Seite gelegt, darauf lag nun ein Mann mit dem Bauch nach unten. Er trug nur eine Skimaske, ansonsten war er nackt. Eine Frau stand vor ihm und hielt seinen Hals zwischen ihre Oberschenkel geklemmt, damit er nicht fliehen konnte. Jedoch sah es nicht so aus, als ob er dies überhaupt vorhatte. Im Gegenteil! Er hatte die Beine gespreizt, um die Balance zu halten, sodass seine prallen Hoden und der halb erigierte Penis zu sehen waren.

Die Lady nickte dem Leitwolf zu und strich lasziv über ihre rote Lederkorsage, während sie mit der anderen Hand, die in einem ellenbogenlangen Handschuh steckte, ein Bund Brennnesseln hochhielt. Sie trug einen passenden Minirock und schwarze Plateauschuhe, deren Absätze sicher zehn Zentimeter hoch waren. Trotz ihrer roten Latexmaske, die nur Augen und Mund freiließ, konnte der Leitwolf ihr frivolboshaftes Lächeln erkennen. Sie begann mit den Brennnesseln den Rücken des ausgelieferten Mannes abzureiben. Dieser schwieg, obwohl seine Haut wie Feuer brennen musste, und rutschte lediglich mit dem Unterkörper auf dem Fass hin und her. Als sie jedoch das Bund gegen seine Hoden rieb, stöhnte er erregt. Sein Glied schwoll weiter an. Die Eichel glänzte feucht im Schein der flackernden Kerzen, die den Raum beleuchteten.

Der Alphawolf baute sich kurz im Eingang auf und sah die Lady mit seinen eisblauen Augen durchdringend an. Dies reichte als Ermahnung, dass die Frau nicht zu weit ginge. Augenblicklich hörte sie mit der bittersüßen „Behandlung" auf und warf die Brennnesseln zu Boden. Sie hob den Kopf des nackten Mannes an den Haaren an, schob ihren Rock bis zu den Hüften hoch und deutete auf ihre Spalte. Sie trug keinen Slip, und ihre Scham war blank rasiert. Der Mann lächelte verklärt und fing an, sie zu lecken.

Zufrieden ging der Leitwolf weiter. Er ignorierte die animalischen Geräusche, die aus den anderen Lagerräumen zu ihm herdrangen, und steuerte den Hauptraum an. Dort brodelte die Atmosphäre. Die Luft war schwül und geschwängert von Intimdüften. Die Kellerfenster blieben dennoch geschlossen. Diese zügellosen Treffen konnten nur so lange stattfinden, wie sie geheim blieben. Nicht nur dass es einen Skandal hervorriefe, wenn ganz England davon erführe; die wollüstigen Zusammenkünfte verlören auch mit einem Mal ihren Reiz.

Das Geheimnisvolle ist ein Aphrodisiakum, dachte er, es erregt und enthemmt.

Niemand der Anwesenden ahnte, wie zerbrechlich diese erotische Welt war, die er mithilfe eines engen Zirkels von Vertrauten aufgebaut hatte.

Viele Maskierte hatten sich versammelt und schauten auf die bizarre Szenerie in der Mitte des Raumes. Ein kräftiger Mann band gerade die Arm- und Fußgelenke einer Frau zusammen, die auf dem Boden harrte wie ein Käfer, der hilflos auf dem Rücken lag. Ihr Gesicht war nur durch ein breites Tuch verdeckt, mit dem man ihr die Augen verbunden hatte. Das Weiß des Tuchs hob sich wunderschön von ihrem naturbraunen Teint ab.

Der Mann zog die Frau mithilfe eines Flaschenzugs an den Fesseln nach oben, bis sie auf Höhe seiner Lenden hing. Ihr Kopf lag automatisch im Nacken, und ihre üppigen Brüste wurden durch die gebundenen Arme frivol zusammengepresst.

Ein zweiter Mann kam hinzu und stellte sich vor ihren Kopf. Er trug eine braune Mönchskutte, die vorne einen Schlitz aufwies. Zitternd vor Erregung griff er hinein und holte seinen Phallus heraus. Er wickelte die langen schwarzen Haare der Frau um seine Finger, fixierte dadurch ihren Kopf und führte seine Eichel an ihre Lippen. Sie öffnete willig den Mund und begann, am Penis zu saugen. Ihre Wangen fielen immer wieder zusammen, und das Schmatzen war deutlich zu hören, denn die Versammelten schwiegen jetzt fasziniert.

Während die nackte Frau den Mann oral befriedigte, füllte sie der, welcher sie gefesselt hatte, mit seinem steifen Glied aus. Er nahm sie sanft. Trotzdem geriet sie ins Schaukeln und wurde gegen den Unterleib des anderen gedrückt. Dieser brauchte nicht lange. Schon bald riss er hastig seinen Phallus aus ihrem Mund und erleichterte sich auf ihren Brüsten. Dann tauchte er im Publikum unter.

Die Frau schaukelte nun stärker, da der Mann sie immer ungestümer ritt. Wie ein Beutetier hing sie am Flaschenzug, erjagt, wehrlos und erregt. Ihr Kopf lag immer noch im Nacken. Speichel rann von ihren Mundwinkeln herab, und ihre Lippen waren vom Saugen rot und geschwollen. Während der Mann sie rhythmisch stieß, stöhnte sie und rang nach Atem. Ohne sein Reiten zu verlangsamen, verrieb er das Sperma des anderen Mitspielers auf ihrem Busen, bis sie schließlich mit einem Aufschrei kam. Zuckend hing sie in den Fesseln. Der Mann ließ nicht von ihr ab; er benutzte sie weiter und störte sich nicht daran, dass sie sich seufzend unter den Stößen wand, weil ihr Kitzler, der nun hochsensibel war, weiter von ihm gereizt wurde. Dann kam auch er. Er zog sich aus ihr zurück und spritzte, begleitet vom Jubel der Menge, auf ihren Unterbauch.

Mittlerweile kochte die Atmosphäre. Die Zuschauer streichelten sich selbst vor den Augen aller oder vergnügten sich, angeregt durch die appetitliche Vorführung, mit einem Partner. Das Rudel geriet in Ekstase.

Der Leitwolf gab ein Zeichen. Die Männer, die mit der Frau gespielt hatten, befreiten sie aus ihren Fesseln. Sie nahmen sie in die Arme und streichelten sie zärtlich. Das gehörte zum Ritus dazu.

Als Gründungsmitglied war der Alphawolf schon zu lange dabei. Die Spiele erregten ihn zweifelsohne immer noch, doch er sehnte sich mittlerweile nach einer neuen Herausforderung. Eines Tages würde sie kommen, dessen war er sich sicher. So lange würde er im Verborgenen warten und auf sein Opfer lauern.

1.

Christeena McLight war in Hochstimmung. Sie lenkte ihren silbermetallicfarbenen Landrover Discovery aus London heraus. Euphorisch fuhr sie das Seitenfenster herunter und hielt ihr Gesicht in den warmen Fahrtwind.

„Ah, der Duft der Freiheit!“

Sie lachte ihr Spiegelbild im Rückspiegel an. Für jede junge Frau war es ein überwältigendes Gefühl, flügge zu werden und von zu Hause auszuziehen, endlich auf eigenen Füßen zu stehen. Doch für Teena, wie Familie und Freunde sie nannten, war es mehr als das. Es war erregend! Jede Pore ihres Körpers war wie elektrisiert, weil sie mit ihren 23 Jahren das erste Mal ihren Kopf durchgesetzt hatte.

Ihr Vater, Gregory, hatte sie vom Umzug abhalten wollen. „Ich könnte dir etwas beim Metropolitan Police Service besorgen. Du weißt doch, dass ich als Makler für Wirtschafts-Assekuranz über exzellente Verbindungen verfüge und dass ich mich nicht scheue, sie privat zu nutzen.“

„Danke, aber nun, nach dem Abschluss der Polizeischule, möchte ich irgendwohin, wo eine Herausforderung auf mich wartet.“ Eigentlich wollte sie ihrem goldenen Käfig und dem Erwartungsdruck, den die gehobene Londoner Mittelklasse auf sie ausübte, entfliehen, aber das hatte sie nicht auszusprechen gewagt.

„Dann lass mich wenigstens arrangieren, dass du nicht Streife laufen musst. Das ist viel zu gefährlich.“

Sie hatte eingewilligt, nur damit ihre Eltern sie ziehen ließen, und wurde prompt in ein Nest beordert, in dem sich Hase und Fuchs gute Nacht wünschten.

Geschickt eingefädelt, Dad, hatte Tina gedacht, als sie die Nachricht erhielt.

Gardenrye. Schon der Name hörte sich schauderhaft ländlich an. Aber zumindest lag das Städtchen weit im Norden Englands, in der Nähe von Newcastle upon Tyne. Ihre Eltern würden somit nicht täglich vor der Tür stehen können.

Teena überlegte, ob sie den neuen Rover verkaufen und sich einen Kleinwagen anschaffen sollte, denn auch der Discovery war nur ein Zugeständnis an ihren Vater gewesen.

„Ich habe einen neuen Wagen für dich erstanden", hatte er kurz vor ihrer Abreise freudestrahlend verkündet und ihr einen Schlüssel in die Hand gedrückt.

Als sie das imposante Fahrzeug in der Auffahrt stehen sah, verschlug es ihr die Sprache.

Ihr Vater pries den Landrover an wie ein Autoverkäufer. „In den großen Kofferraum passen all deine Sachen hinein. Du musst dir nichts hinterherschicken lassen."

„Ich hatte nicht vor, viel mitzunehmen", warf sie ein.

„Die Grafschaft Tyne and Wear ist sehr, nun ja, wie soll ich es sagen, rustikal", fügte er lächelnd hinzu. „Du wirst den Allradantrieb brauchen."

„Selbst dort gibt es geteerte Straßen."

Er schaute sie mit großen Augen an. „Heißt das, du willst den Discovery nicht?"

Gegen seinen Dackelblick verlor sie jedes Mal. Von wegen Töchter können ihre Väter um den kleinen Finger wickeln! Andersherum funktionierte es offensichtlich auch. „Doch."

„Ich kann ihn zurückgeben", sagte er hastig und versuchte, ihr den Schlüssel abzunehmen.

Rechtzeitig zog sie die Hand zurück. „Schon gut."

„Du behältst deinen alten Wagen oder kommst mit und suchst dir einen aus, der dir wirklich gefällt."

„Ich nehme ihn."

„Ich möchte dich nicht zwingen."

Fast hätte sie geschrien: „Das tust du doch gerade!" Stattdessen umarmte sie ihn und sagte mit sanfter Stimme: „Danke, Dad. Ich freue mich sehr. Den Landrover werde ich gut brauchen können." Sie fühlte sich oft so schwach.

Nun lenkte sie den Wagen auf die Schnellstraße in Richtung Northhampton, fort von ihren sie beschützenden Eltern und dem einengenden Gesellschaftsleben. Mit ihrem orangeroten Haar und den Sommersprossen war sie schon als Kind eine Außenseiterin gewesen, und das hatte sich auch später nicht geändert. Aus Protest hatte sie als Teenager nie Make-up benutzt und sich meist wie ein Junge gekleidet, obwohl sie neidisch auf die Schönheiten an ihrer Schule geschaut hatte. Vermutlich war selbst ihre Entscheidung, Polizistin zu werden, eine Art Rebellion gegen den Druck von allen Seiten.

Ihre Mutter Sybill hatte fast den Darjeeling über ihre neue Chiffonbluse geschüttet, als sie von der Berufswahl ihres einzigen Kindes erfahren hatte.

„Einen Männerberuf?" Geräuschvoll stellte sie die Teetasse auf den Unterteller.

„Viele Frauen werden Polizistin. Wir leben im 21. Jahrhundert."

„Du wirst aber im Schlamm robben müssen wie eine Soldatin."

„Sport gehört zur Ausbildung dazu. Fitness ist wichtig."

„Aber du bist so schmächtig. Stehst du den Drill überhaupt durch?“ Sybill schob ihr provokativ die Glasschale mit den Butterkeksen hin.

Anstatt sich zu bedienen, verschloss Teena die Schale mit dem Deckel aus Kristallglas. „Ich bin schließlich kein Porzellanpüppchen.“

„Du warst schon immer anders als die anderen Mädchen in deinem Alter.“

Das hatte gesessen! Ja, sie war anders, aber mittlerweile war sie eine junge Frau und kein Kind mehr.

„Es tut mir leid“, hatte sie traurig gesagt und sich auf ihr Zimmer zurückgezogen, um ihre Wunden zu lecken.

Immer wieder Vorwürfe. Teena hielt es nicht mehr aus und flüchtete in die Fremde. In Gardenrye würde sie einen Neuanfang machen. Niemand dort kannte sie oder ihre Familie. Sie war einfach Christeena McLight, die neue Kollegin, Nachbarin, Freundin – Geliebte?

Teena sehnte sich schmerzlich nach Liebe und Sex. Sie masturbierte immer öfter, weil sie seit zwei Jahren keinen Freund mehr gehabt hatte. Die weibliche Konkurrenz in London war einfach zu groß. Manchmal erschien es Teena, als wären alle Frauen der Hauptstadt hübscher als sie. Einmal hatte sie sich die roten Haare schwarz gefärbt und die Sommersprossen mit einer dicken Schicht Make-up überschminkt. Doch die Frau im Spiegel war nicht mehr sie gewesen, und so hatte sie diese Prozedur nicht wiederholt.

Aber – wer war sie wirklich? Sie spürte eine starke Sehnsucht, die sie verwirrte.

Woher wussten die anderen jungen Frauen nur, wie man Männern verführte? Sie selbst stellte sich nur allzu dumm dabei an. Steif stolzierte sie auf ihren Storchenbeinen vor ihnen umher, unsicher und mit hochroten Wangen, und machte sich lächerlich.

Teena hatte alles, was man sich wünschen konnte: ein wohlhabendes Elternhaus, gebildete Freunde und eine aussichtsreiche Zukunft – nur keine feminine Ausstrahlung.

Konzentriert überholte sie einen Lastwagen, scherte vor ihm wieder ein und schaute in den Rückspiegel. Sie strich die Haare glatt, die sich aus ihrer Frisur gelöst hatten. Obwohl sie sich an diesem heißen Sommermorgen hübsch gemacht hatte, wirkte sie farblos. Sie trug einen weißen Wickelrock aus Seidenstoff, der mit einem Kirschblütenmuster bedruckt war, ein zartes asiatisches Dessin, das die beiden Essstäbchen, die sie sich keck in die Hochsteckfrisur gesteckt hatte, aufgriffen. Ihre Mutter hatte nur stumm die Augen verdreht, aber nichts gesagt, denn immerhin trug Teena seit Langem einmal wieder einen Rock und eine Bluse und nicht Jeans und T-Shirt.

Wieso nur hatte sie immer noch das Gefühl, dass ihre Eltern sie wie ein Kind behandelten? Sie war 23 Jahre alt – blutjung und trotzdem reif genug, um einen Ehemann und Kinder haben zu können. Aber sie hatte nicht einmal einen Freund. Das sollte sich in Gardenrye ändern, das und mehr!

Übermütig rief sie aus dem Fenster: „Ich bin eine Frau, durch und durch!“ Dabei knöpfte sie die Bluse so weit auf, dass die Ansätze ihres Busens zu sehen waren. Sie trug nie einen Büstenhalter, denn ihre Brüste waren klein und fest mit großen, kräftigen Brustwarzen, die sich selbst auf Winterpullovern abzeichneten.

Beschwingt zog Teena den Stoff beiseite, sodass sich die

Brüste in ihrer vollen Pracht präsentierten. Ob die anderen Autofahrer ihren entblößten Busen sehen konnten? Fanden sie ihn schön?

Sie war sich bewusst, dass ihre Hüften zu knochig und ihr Bauch zu flach waren. Eine klassische Schönheit war sie nicht, deswegen versteckte sie ihren Körper unter sportlicher Kleidung. Aber ihre zarten Kurven erregten zumindest sie selbst.

Es machte sie an, mit blankem Busen über die Schnellstraße zu fahren und Gefahr zu laufen, entdeckt zu werden. Diese Seite an sich hatte sie noch nicht gekannt, und sie schmunzelte, während ihre Hand beiläufig in den tiefen Ausschnitt glitt. Sie streichelte ihre Brüste. Zärtlich rieb sie mit dem Daumen über ihre Brustwarze, die bald ebenso erblüht war wie der Blumenflor auf dem Seidenrock. Der Nippel wurde hart und rosig. Er gierte nach mehr Liebkosungen, und so begann Teena, ihn zu zwirbeln, ohne den Blick von der Fahrbahn zu nehmen. Behutsam kniff sie hinein. Sie seufzte. Während sie den Busen kräftig massierte, begann es in ihrem Schoß begierig zu prickeln.

„Halte deine Finger im Zaum, Teena", rügte sie sich selbst und griff mit beiden Händen ans Lenkrad. Nicht nur dass es gefährlich war, beim Autofahren zu masturbieren, es war vor allem unangebracht.

„Es gibt keinen schlechteren Zeitpunkt, sich gehen zu lassen", murrte sie. „Ach, zur Hölle!"

Sie war schließlich aus London geflohen, um endlich frei zu sein. Weshalb ließ sie sich nun von ihrer Erziehung einschränken? Die Moral, die das Haus McLight in sie eingepflanzt hatte, sollte sich gefälligst verlieren, und zwar mehr mit jedem Yard, den sie sich von London entfernte.

Sie zog den Rocksaum hoch und legte ihre Finger auf den Slip. Er war feucht. Einige Male rieb sie über den Stoff. Ihre Schamlippen schwollen an. Das Höschen wurde noch nasser. Und Teena fühlte sich beflügelt.

Sie schaute an sich hinunter und lächelte frivol. Wie sie dort saß! Mit nacktem Busen und gespreizten Schenkeln, die Hand im Schritt. Sie streichelte sich während der Fahrt, als wäre sie sexsüchtig, als könnte sie es nicht abwarten.

Ihr Zeigefinger glitt unter den Slip. Kurz streifte er durch das rote Schamhaar. Er tauchte in ihre Scheide ein und kam wieder zum Vorschein.

Teena wischte ihre Feuchtigkeit am Fahrersitz ab, machte einen Schmollmund und feixte: „Der schöne, nigelnagelneue Landrover! Was würde Daddy wohl dazu sagen?“

Erneut führte sie den Finger in ihre Scheide ein, doch diesmal vergeudete sie ihren cremigen Saft nicht, sondern rieb ihn in ihre Brustwarzen ein. Teena wollte so duften, wie sie sich fühlte – lasziv. Am liebsten wäre sie auf den nächstbesten Rastplatz gefahren und hätte jeden dahergelaufenen Truckfahrer an ihren Brüsten schnuppern lassen. Sollte die ganze Welt wissen, dass sie heiß war! Natürlich nur in ihrer Fantasie und davon besaß sie viel.

Ihre Tagträume waren nicht so steril und sauber wie der Sex, den sie bisher in ihrem Leben gehabt hatte, sondern sie waren schmutzig und verdorben. Teena sah sich in einer ihrer Lieblingsfantasien in Unterwäsche mit einem Fremden ringen. Er war ein richtiger Kerl, ein Baum von einem Mann, mit lockigem Brusthaar und schwül-erotischem Blick. Sein Gemächt zeichnete sich erschreckend groß unter dem eng anliegenden Slip ab. Er versuchte Teena niederzuringen, inmitten eines Schlammlochs. Wieso und weshalb, war ihr völlig egal, Hauptsache, sie kämpften. Es war schließlich ihre Fantasie! Vernunft hatte darin nichts zu suchen. Alles drehte sich um Lust, eine hemmungslose, düstere Lust, die keinen Regeln folgte.

Der Kampf erregte Teena sehr. Er war Vorspiel. Wusste sie sich anfänglich noch zu wehren, schwanden ihr schon bald die Kräfte, und so fand sie sich auf dem Bauch im Morast liegend wieder. Die Brühe kroch in jede Pore ihres Körpers. Ihre Unterwäsche war schlammbesudelt, ihre Haut verschmutzt – und ihre Scham war feucht. Teena war erschöpft, dennoch wehrte sie sich weiter, mehr aus Lust als aus Furcht, bis das Mannsbild ihr Höschen zerriss und von hinten mit einem kräftigen Stoß in sie eindrang. Die aufschäumende Lust erstickte jeglichen Widerstand. Bereitwillig ließ sie sich von dem Fremden reiten. Er stieß sie hart mit seinem großen Glied, seine Hoden schlugen rhythmisch gegen ihren Hintern, und Teena genoss es, nicht wie ein zerbrechliches Püppchen behandelt zu werden, sondern wie eine begehrenswerte Frau.

Ob ihre Fantasien jemals Wirklichkeit werden würden?

Sie wischte die aufkeimende Melancholie beiseite, indem sie Zeige- und Mittelfinger mit Speichel einseifte und beide auf den Kitzler drückte. Er antwortete mit einem Pochen auf die Berührung. Sie rieb die Spucke in ihn ein und glitt auf dem Damm vor und zurück. Die Schamlippen standen rot und geschwollen hervor. Sie reagierten empfindsam, wann immer Teena die beiden Finger spreizte und zugleich die großen Schamlippen massierte. Das Blut rauschte durch ihren Unterleib. Ihr Schoß war geschmeidig und willig, und er verlangte nach mehr.

Seufzend befeuchtete Teena die Lippen. Sie hatte Durst. Immer wenn sie erregt war, bekam sie Durst.

Vielleicht weil alle Flüssigkeit aus mir herausläuft, spaßte Teena in Gedanken.

Sie drang erneut mit den Fingern in ihre Scheide ein. Es schmatzte, als Teena sie herauszog, nur um sie wieder hineinzustoßen. Sie fingerte sich selbst auf der Schnellstraße, immer stärker, denn die wachsende Lust rang die Vernunft nieder. Wie herrlich unanständig! Unvernünftig und schamlos, genauso, wie sie sein wollte.

Plötzlich kam der Wagen ins Schlingern, und sie geriet auf die Überholspur. Ein heranbrausender Van hupte wie wild. Teena schreckte auf und griff das Lenkrad mit beiden Händen. Ihre Arme zitterten. Mit geradem Oberkörper saß sie steif wie ein Brett auf dem Fahrersitz und errötete. Trotz offenem Fenster und Fahrtwind roch sie ihren Intimduft. Ihre Finger glänzten, weil die Feuchte immer noch daran haftete. Wollüstig pochte ihr vernachlässigter Schoß.

„Ich brauche dringend Mineralwasser“, keuchte sie, aber das war nur die halbe Wahrheit. Sie würde einen ganzen Kasten Wasser leer trinken können und doch keinen klaren Kopf bekommen.

Was sie nun brauchte, war Erleichterung.

Sie fuhr die nächste Raststätte an und suchte sich einen schattigen Parkplatz in der hintersten Ecke, weit weg von dem Imbiss und den Zapfsäulen der Tankstelle, an denen sich die wartenden Autos reihten. Für einen Moment schloss sie die Augen, bis sich ihr Atem beruhigt hatte. Dann zog sie Höschen und Ballerinas aus, hob die Beine und stemmte die

Fußsohlen gegen das Armaturenbrett. Unsicher schaute sie sich um, doch in der Nähe wiegten nur die Zweige der Holunderbüsche, in deren Schutz Teena geparkt hatte, im lauen Sommerwind.

Sie begann mit beiden Händen ihre Oberschenkel zu liebkosen und schob sie ein Stück weiter auseinander. Sanft ließ sie die Fingerspitzen über ihre großen Schamlippen wandern, was ein herrliches Kribbeln hervorrief. Das Prickeln strömte in ihre kleinen Schamlippen über, ohne dass Teena sie berührte. Es pochte bereits wieder in ihrer Klitoris. Der cremige Saft floss erneut aus ihr heraus, und im Wageninneren duftete es stark nach Lust.

Das Blut rauschte verstärkt durch ihren Körper, als Teena die kleinen Schamlippen aneinanderrieb, die nun anschwollen und Wellen der Erregung aussandten. Die Lust schwappte bis zur Klitoris, wo sie anbrandete und sie reizte.

Mit einem Mal war es stickig im Auto. Hatte der Fahrtwind eben noch für angenehme Kühle gesorgt, so staute sich trotz des Schattens nun die Sommerhitze im parkenden Wagen. Kleine Schweißperlen bildeten sich zwischen Teenas Brüsten.

Sie nahm ihren Busen in die Hände, quetschte ihn zusammen, damit er voluminöser aussah und die großen harten Brustwarzen vulgär zwischen den Fingern hervorstanden. Dann rieb sie mit dem Zeigefinger über die Warzenhöfe, ohne den Griff zu lösen. Sie seufzte wohlig und schmunzelte, weil sie an all die jungen Männer dachte, die sie wegen ihrer burschikosen Kleidung verschmäht hatten.

Wenn ihr wüsstest, was in mir steckt, dachte sie keck.

Aber sie lernte sich ja gerade erst selbst kennen. In ihren

früheren Beziehungen war sie nie so forsch rangegangen, wie sie es tat, wenn sie masturbierte.

Sie erblickte ihre Hochsteckfrisur im Rückspiegel. Mit einem schelmischen Lächeln zog sie die Essstäbchen aus dem Haar. Sie fasste die Stäbchen geschickt mit einer Hand und hielt sie parallel rechts und links neben die Klitoris, sodass sie zwischen den großen und kleinen Schamlippen zu liegen kamen, und drückte die Vorhaut herunter. Behutsam klemmte sie den Kitzler ein. Dann schob Teena die Essstäbchen vor und zurück. Sie rieben gegen den Stamm und stießen gegen die empfindliche Klitoris, was Teena an den Rand des Wahnsinns brachte.

Teena bäumte sich auf. Sie bog den Rücken durch und ließ ihr Becken kreisen. Es kitzelte, als die Feuchtigkeit zwischen ihren Pobacken hinablief. Anstatt ihn fortzuwischen, langte Teena zwischen ihre gespreizten Schenkel und massierte den cremigen Saft in ihren faltigen Ring ein. Das gleichzeitige Reizen von After und Kitzler war zu viel für Teena. Ihr Körper krampfte sich lustvoll zusammen. Sie hielt den Atem an. Es fiel ihr schwer, sich weiterhin zu stimulieren, während der Orgasmus sie ergriff und erschütterte. Sie zuckte auf dem Fahrersitz und stemmte die Füße gegen das Armaturenbrett, um Halt zu haben. Nur ein einziges Mal stöhnte sie, als die Erregung des Höhepunktes verebbte. Mittlerweile lag sie zitternd im Sitz. Ihr Mund war trocken, und sie rang nach Luft. Ihr Brustkorb hob und senkte sich.

Auf einmal raschelte es in den Holunderbüschen neben dem Discovery. Zuerst geschah nichts, doch dann kam ein Mann heraus. Er wischte sich mit einem Stofftaschentuch den Schweiß von der Stirn, rückte seine Krawatte zurecht und schloss hektisch den Reißverschluss seiner Bundfaltenhose. Immer wieder schaute er verstohlen zu Teena hinüber. Mit seinen weißblonden Locken sah er aus wie ein zerzauster Pudel. Er rannte über den Parkplatz und stieg in einen Ford. Eilig brauste er davon.

„Der Kerl hat mich beobachtet!“, entrüstete sich Teena. „Die ganze Zeit hat er zugeschaut, wie ich masturbiert habe.“

Sie sah an sich hinunter und war mit einem Mal beschämt. Nun, da das Nachglühen immer schwächer wurde und die Besonnenheit zurückkehrte, konnte sie nicht glauben, was sie soeben getan hatte. Ihre frisch gewonnene Freiheit zu feiern, war eine Sache, sich öffentlich selbst zu befriedigen, eine ganz andere. Sie hatte London doch gerade erst verlassen. Wie hatte sie sich nur derart gehen lassen können! Wie ein Flittchen saß sie auf dem Fahrersitz, die Beine weit gespreizt und den Busen entblößt. Ihr Lustsaft klebte an Fingern, Oberschenkeln und Schoß.

Mein Gott, sie hatte einem Fremden als Wichsvorlage gedient.

„Wie eine verdammte mobile Peepshow“, knurrte Teena wütend und richtete sich auf. In Windeseile zog sie Slip und Schuhe an, warf die Essstäbchen auf den Rücksitz und fuhr zur Tankstelle hinüber. Sie wusch sich notdürftig in der Toilette des Imbisses, kaufte sich eine Flasche Mineralwasser und verließ den Rastplatz so schnell wie möglich.

Teena schaltete das Autoradio ein. Billy Idols „Rebel Yell“ ließ die Boxen vibrieren, und sie schüttelte den Kopf. „Was bist du nur für eine Rebellin! Bereust deinen kleinen Aufstand schon kurz, nachdem er vorüber ist.“ Aber so war sie nun einmal – nicht im Einklang mit sich selbst.

Sie fuhr über Peterborough und Nottingham nach Leeds, wo sie die Abfahrt Darlington nahm. Die Aufregung wuchs mit jedem Yard. Am Himmel verdichtete sich ein Wolkenband, und in der Nähe der Küste frischte der Wind merklich auf. Teena durchquerte Durham, machte einen Bogen um Newcastle upon Tyne und ließ die Kleinstadt Morpeth hinter sich. Es begann zu regnen. Am Anfang nieselte es nur, doch schon bald schwoll der Regen an, und sie musste das Fenster schließen. Als sie Alnick erreichte, schaltete sie nervös die Scheibenwischanlage an und ging vom Gas. Kurz vor Bamburgh bog sie nach rechts ab und steuerte die Küste an.

Sechs Stunden zuvor war sie bei strahlendem Sonnenschein in London abgefahren, nun erreichte sie Gardenrye, und es schüttete wie aus Kübeln. Langsam fuhr sie die Hauptstraße entlang und schaute in die wenigen Seitenstraßen hinein. Gardenrye war wirklich ein Kaff, ein Küstenstädtchen, das so aussah, als würde es beim ersten Herbststurm weggefegt werden. Keines der Häuser hatte mehr als zwei Stockwerke, und an den Fassaden blätterte aufgrund des scharfen Seewinds die Farbe ab. Der Straßenbelag war hier und dort aufgerissen, und die Gullys liefen über, weil das viele Regenwasser nicht schnell genug durch die Kanalisation abgeleitet wurde. In Gardenrye gab es weder ein Krankenhaus noch ein Kino, und alle Imbisse schienen nichts anderes als Fisch zu servieren. Die Kirchturmuhr zeigte halb zwei nachmittags. Hoffentlich erwartete man hier nicht von ihr, dass sie jeden Sonntag die Kirche besuchte.

„Oh, Gott, worauf habe ich mich nur eingelassen?“, fragte sich Teena und steuerte den Parkplatz der Bezirksdienststelle an. Sie wollte sich bei den neuen Kollegen vorstellen, obwohl ihr Dienst erst am nächsten Tag begann. Danach würde sie ihr Appartement in der Shell Road beziehen.

Ihr Schirm, den sie immer hinter dem Fahrersitz liegen hatte, war noch an seinem Platz – allerdings im falschen Auto, jenem, das noch daheim in London stand. Die Koffer waren im Kofferraum, den sie nicht trockenen Fußes erreichen würde, und in der Tasche auf dem Rücksitz befanden sich nur der Kosmetikbeutel und ihre Unterwäsche. Der Regen prasselte unaufhörlich aufs Dach, und der Wind heulte um den Wagen. Teena würde völlig durchweicht sein, bevor sie das Gebäude erreicht hätte. Wenn jemand im Haus sie doch nur bemerkt hätte und sie mit einem Schirm abholen käme!

Sie spähte zu den Fenstern und beobachtete die Eingangstür, aber nichts regte sich. Über der Tür hingen in unregelmäßigen Abständen einzelne Messinglettern.

„Police Station City of Gardenrye", las Teena und hoffte, dass die Polizisten hier sorgfältiger arbeiteten als der Handwerker, der die Lettern angebracht hatte.

Sie schaute zum Himmel. Das dunkle Wolkenband schien kein Ende zu nehmen. Es half nichts. Das Wetter würde sich nicht bessern, und wenn sie ihre künftigen Kollegen begrüßen wollte, musste sie den Wagen wohl oder übel verlassen.

Teena atmete tief durch. Dann nahm sie Autoschlüssel und Handtasche und öffnete die Wagentür. Sie musste sich kräftig dagegenstemmen, um herausschlüpfen zu können. Der Regen peitschte ihr ins Gesicht. Sie senkte den Kopf, schlang die Arme um den Körper und ließ die Tür los, die der Wind sogleich zuwarf. Innerhalb weniger Sekunden war sie nass bis auf die Knochen. Tapfer kämpfte sie sich zum

Kofferraum vor. Sie öffnete die Hecktür, griff den Hartschalenkoffer, in dem sich die Jacken und Pullover befanden, und hievte ihn heraus. Eilig schloss sie den Kofferraum und schleppte den Koffer zum Eingang, wobei ihre Handtasche ständig von der Schulter glitt. Teena mühte sich die drei Treppenstufen hoch. Erschöpft warf sie sich mit dem Rücken gegen die Eingangstür und stolperte, den Koffer hinter sich herziehend, in das Gebäude.

Klitschnass stand sie vor dem Empfang, hinter dem eine ältere Dame mit platinblonden hochtoupierten Haaren saß und sie argwöhnisch über eine Brille hinweg ansah.

Teena errötete. Sie kam sich wie ein begossener Pudel vor, zudem tölpelhaft und nackt, denn die weiße Bluse klebte an ihrem Oberkörper. Durch die Nässe war sie durchsichtig, sodass die Brustwarzen zu sehen waren. Steif vor Kälte standen sie ab.

Als Teena sich beschämt hinhockte und im Koffer nach einer Jacke kramte, bemerkte sie, dass Straßenschmutz an ihren Beinen hochgespritzt war und auch auf ihren weißen Ballerinas Flecken hinterlassen hatte. Teena wischte sich einige rote Haarsträhnen aus dem Gesicht und fischte einen braunen Cardigan aus dem Koffer. In diesem Moment war ihr egal, dass er farblich nicht zu ihrem Outfit passte. Hätte sie doch nur Jeans und T-Shirt getragen wie immer! Dann wäre sie jetzt nicht in solch einer peinlichen Situation.

Die Dame an der Anmeldung trommelte ungeduldig mit den Fingern auf die Tischplatte.

Hastig schloss Teena den Koffer, richtete sich auf und streifte die Strickjacke über. Jetzt fühlte sie sich schon ein wenig besser.

Die Flucht nach vorne war meist der richtige Weg, mit einer peinlichen Situation umzugehen. Daher drehte sie sich schwungvoll um und ging zu dem Schreibtisch hinüber, den man offenbar zur Empfangstheke umfunktioniert hatte. Die Anmeldung befand sich in einer größeren Nische des Gangs, die wohl ursprünglich für die Garderobe gedacht war. Rechts und links standen graue Aktenschränke und an der hinteren Wand ein zweiter Schreibtisch mit zwei Rollcontainern darunter. Dann entdeckte Teena einen Computer. Es war zwar ein altes Modell, aber dennoch so etwas wie ein Hoffnungsschimmer. Eine dicke Staubschicht lag auf dem Gehäuse, und neben dem Bildschirm klebten zahlreiche gelbe Post-its mit Notizen.

Sie streckte der Empfangssekretärin die Hand entgegen. „Christeena McLight."

„Haben Sie einen Termin?", fragte diese und legte die Fingerspitzen beider Hände aneinander.

Peinlich berührt, ließ Teena den Arm sinken. „Ja, aber erst morgen", antwortete sie und war verwundert, dass ihr Name der Frau nichts sagte.

„Dann kommen Sie morgen wieder." Die ältere Blondine lächelte spöttisch und musterte den nassen Seidenrock, der an Teenas Spalte klebte.

Teena zog den Rocksaum straff und bemerkte dabei ein Namensschild: „Miss Monica Stew". Eigentlich war es ein Computerausdruck, der in einer durchsichtigen Schutzhülle steckte. Jemand hatte ihn mit Tesafilm neben der Klingel auf den Schreibtisch geklebt.

Das ist ja noch fachmännischer als die Messingbuchstaben über dem Eingang, dachte sie sarkastisch, bemühte sich jedoch, freundlich zu bleiben. „Ich bin die neue Kollegin aus London."

Monica hob die Augenbrauen. „Ach, ja? Davon weiß ich nichts."

Teena ließ betrübt die Schultern hängen. Welch ein toller Start in ein neues Leben! Sie hatte ja nicht unbedingt damit gerechnet, dass das hiesige Polizei-Orchester, falls es denn eines gab, sie mit einem Konzert willkommen heißen würde. Aber dass nicht einmal ihr Arbeitsbeginn bekannt war, nagte an ihr. Sie war niedergeschlagen. Die endlosen Diskussionen mit ihren Eltern kurz vor der Abreise, die lange Fahrt quer durch England und die Angst vor dem Unbekannten, das sie erwartete, hatten ihre Euphorie gedämpft, und nun das.

„Wie war noch gleich Ihr Name?", fragte Monica und nahm Bleistift und Papier zur Hand.

„Christeena McLight", entgegnete sie und fügte eilig hinzu: „Christeena mit zwei ‚e'."

Die Empfangsdame musterte sie kritisch. Nachdem sie den Namen notiert hatte, nahm sie den Telefonhörer auf und drückte eine Schnellwahltaste.

Teena hörte, wie sich eine Männerstimme meldete.

„Eine Miss Christeena McLight steht vor mir, Christeena mit Doppel-‚e'", näselte Monica in den Hörer und schob mit dem Bleistift ihre Brille ein Stück höher. „Sie sagt, sie wäre die neue Kollegin aus der Hauptstadt." Das letzte Wort betonte sie ironisch.

Der Sarkasmus in Monicas Stimme war unüberhörbar. Teena biss die Zähne zusammen. Zugegeben, sie war unpassend gekleidet und recht ungeschickt in das Polizeirevier gepoltert. Aber sie hatte doch eine Chance verdient!

Was hatte diese Lady nur gegen sie? Lag es am Altersunterschied? Teena schätzte sie auf Ende vierzig. Waren sie einfach nicht vom gleichen Schlag? Im Gegensatz zu Teena hatte Monica ihr Gesicht kräftig mit dem Schminkpinsel bearbeitet. Auf ihrer Haut glänzte eine dicke Schicht Make-up. Sie trug türkisfarbenen Lidschatten und einen schwarzen Lidstrich, wie es in den siebziger Jahren modern gewesen war. Der perlmuttfarbene Lippenstift rundete das altmodische Bild ab. Anstelle der Augenbrauen hatte Monica schwarze Rundbögen, die mit einem Kajal aufgemalt waren. Sie schien sich mit dem Schminken ebenso wenig zurückzuhalten wie mit ihrem Sarkasmus und sah aus, als wäre sie in einen Farbtopf gefallen. Aber verurteilte Teena sie deswegen? Nein! Leider konnte sie bei Monica nicht mit dem gleichen Verständnis rechnen.

Nachdem Monica aufgelegt hatte, legte sie Bleistift und Block beiseite. „Matthew Hallow hat gleich Zeit für Sie. Er ist der Dienststellenleiter."

„Ich weiß. Danke." Teena nickte und wischte sich einen Tropfen ab, der sich aus dem Haar gelöst hatte und nun ihre Wange hinunterlief.

„Sind Sie von Scotland Yard nach Gardenrye strafversetzt worden?", fragte Monica spöttisch und hob ihre falschen Augenbrauen.

Nicht von Scotland Yard, sondern von meinem Vater, dachte Teena, entgegnete jedoch: „Ich habe gerade erst die Polizeischule abgeschlossen."

„Ach herrje, ein Frischling." Mit diesen Worten erhob sich Monica und ging zur Kaffeemaschine hinüber, die auf einem Aktenschrank stand. Sie schüttete Kaffee in einen Becher, auf den das Foto eines Irish-Setter-Welpen gedruckt war. Den Rücken zu Teena gewandt, trank sie einen Schluck, nahm die Newcastle Daily News zur Hand und blätterte gelangweilt in der Tageszeitung.

Das kann ja heiter werden! Eine erste Freundin habe ich schon gewonnen, dachte Teena ironisch.

Sie wurde aus ihren Gedanken gerissen, als ein Mann mit grauem Backenbart aus einem der angrenzenden Büros trat. Er trug Jeans und ein blau gestreiftes Hemd unter seiner dunkelblauen Baumwollweste, die sich eng um sein Bäuchlein spannte. Mit forschem Schritt kam er auf sie zu und reichte ihr die Hand. „Matthew Hallow. Willkommen."

Erleichtert begrüßte Teena ihn.

„Kommen Sie, kommen Sie." Er bedeutete ihr hektisch, ihm zu folgen, und schritt zu einem Raum am Ende des Gangs.

Unsicher blickte sie von ihrem Koffer und der daraufliegenden Handtasche zu Monica hinüber, die sich endlich umgewandt hatte.

„Sie können sie ruhig dort stehen lassen. Wir sind schließlich auf einem Polizeirevier. Hier wird nichts gestohlen", bemerkte die Empfangssekretärin spitz.

Teena lächelte bissig, nahm ihre Handtasche und eilte ihrem neuen Chef hinterher. Sie hörte Monica prusten und fühlte sich falsch verstanden. Die Tasche hatte sie nur für den Fall mitgenommen, dass Mister Hallow noch Unterlagen von ihr benötigte oder sie sich ausweisen musste.

Als sie den Raum betrat, in dem Mister Hallow und ein weiterer Kollege auf sie warteten, erkannte sie, dass es sich um ein Besprechungszimmer handelte, das wahrscheinlich auch als Pausenraum genutzt wurde, denn auf einem Beistelltisch lag eine zusammengeknüllte Bäckertüte neben einer mobilen Kochplatte, die offensichtlich schon lange nicht mehr gereinigt worden war. Gleiches galt für die Gardinen, die an den Fenstern hingen und mehr gelb als weiß waren. Draußen trommelte der Regen an die Scheiben. Teena wünschte, sie könnte sich mit einer Tasse Tee auf ein gemütliches Sofa zurückziehen, aber jetzt war nicht der Moment, um zu schwächeln. Niemand hatte gesagt, dass ein Neuanfang in der Fremde einfach werden würde.

Reiß dich zusammen, ermahnte sie sich und straffte die Schultern.

„Guten Tag, mein Name ist Christeena", begrüßte sie den älteren Kollegen, der sie misstrauisch beäugte, während er an seiner Dunhill zog. Er saß vor einem überquellenden Aschenbecher auf der gegenüberliegenden Seite des Tisches.

Seine Antwort war knapp und unmissverständlich. „Mister Poth."

Waren alle Menschen in Gardenrye ungehobelte Klötze? Sie war froh, ihm nicht die Hand gereicht zu haben.

„Das ist Lewis Poth, der Älteste bei uns. Sie können viel von ihm lernen." Geräuschvoll rückte Hallow den Stuhl am Kopf des Tisches zurück und setzte sich.

Niemand bat Teena, Platz zu nehmen, daher blieb sie aus Protest stehen. Sie war höflichere Umgangsformen gewöhnt. Nun gut, sie befand sich nicht im Ritz Carlton und auch nicht im Harrods und konnte nicht erwarten, dass die Angestellten um sie herumschwirrten und ihr die Wünsche von den Augen ablasen. Doch mit solcher Schroffheit hatte sie nicht gerechnet.

„Wir sind eine sehr kleine Bezirksdienststelle“, erklärte Hallow.

„Wir leben ja auch in einer kleinen Stadt“, knurrte Poth und drückte seinen Zigarettenstummel aus.

„Außer uns beiden gibt es nur noch Joshua Cardiff, der bisher mit seinen 28 Jahren unser jüngster Kollege war“, fuhr Hallow fort. „Nun sind Sie unser Nesthäkchen.“

Wie Teena diesen Begriff hasste! Da war sie extra ans andere Ende von England gereist und war nun wieder nur „die Kleine“.

Poth zündete sich eine neue Zigarette an und musterte Teena von oben bis unten. Als er ihre beschmutzten Beine und Ballerinas sah, rümpfte er die Nase. „Es regnet.“

„In London schien die Sonne“, entgegnete sie kühl.

Er inhalierte den Rauch tief in seine Lungen und stieß ihn kraftvoll wieder aus. „Bei uns weht ein anderer Wind.“

Langsam wurde Teena wütend. Was bildete sich dieser Poth überhaupt ein? Scharf sagte sie: „Das habe ich bereits gemerkt. Es ist deutlich frostiger in Gardenrye.“

Er murrte, schwieg jedoch und begann, sein Feuerzeug unentwegt an- und auszumachen. Es war augenscheinlich ein Werbegeschenk der hiesigen Apotheke, denn der Name „Pharmacy Gardenrye“ stand in gelben Blockbuchstaben darauf.

Hallow lachte. „Lewis Poth, bärbeißig wie immer, doch er hat einen weichen Kern, glauben Sie mir.“

Skeptisch runzelte sie die Stirn.

Hallow deutete auf die offen stehende Tür in Richtung Anmeldung. „Und dann ist da noch unser guter Geist, Monica Stew. Sie haben sie ja schon kennengelernt.“

Guter Geist? Dass ich nicht lache, feixte Teena bei sich

und vermutete, dass sich die Empfangsdame nur mit Männern gut verstand. Solche Frauen gab es. Nur warum musste Teena unbedingt einem solchen Exemplar begegnen? Zum Glück schien wenigstens Matthew Hallow ein netter Mensch zu sein. Sie vermutete, dass er wenige Jahre jünger war als Poth. Sein ergrauter Backenbart ließ ihn älter erscheinen, während das Haupthaar noch dunkelblond und füllig war, doch seine Augen strahlten in einem satten Eisblau.

„Übrigens duzen wir uns hier alle", fügte er hinzu und schaute auf seine Armbanduhr. „Also, ab jetzt bin ich Matthew für dich."

Teena blickte Poth herausfordernd an, doch dieser paffte stumm weiter. Offenbar hatte er nicht vor, ihr ebenfalls das „Du" anzubieten.

Dann sprach Hallow weiter: „Ein kleines Team muss zusammenhalten. Du wirst deinen Platz darin finden müssen, sonst wird es nicht funktionieren."

Sollte das eine Anspielung auf die schlechten Schwingungen zwischen ihr und Lewis sein, oder hatte er mitbekommen, dass sie sich auch mit Monica nicht verstand? Sie begann sich zu fragen, ob der schlechte Anfang ihre Schuld war, immerhin hatte sie es sich bereits mit zwei neuen Kollegen verdorben.

„Ah, da ist er ja", sagte Matthew und winkte einen jungen Mann herein, der seine braunen Haare aus der Stirn gegelt hatte. Er trug eine schwarze Hornbrille und ein grünes Hemd mit weißem Blumenmuster. Teena war hin- und hergerissen, ob sie seinen Retrolook interessant oder völlig daneben fand.

„Joshua, das ist unsere neue Kollegin Christeena." Wie

ein Lotse, der auf dem Rollfeld stand und ein Flugzeug einwies, deutete Matthew dabei unentwegt mit beiden Händen auf sie. „Christeena mit zwei ‚e'."

Sie biss die Zähne zusammen. Musste er darauf herumreiten? Während Lewis grinsend den Kopf schüttelte, hatte sie bei ihrem Chef das Gefühl, dass er die Schreibweise ihres Namens ohne Anspielung erwähnt hatte. Er blickte immer noch freundlich drein, und sein Lächeln wirkte aufmunternd und nicht gekünstelt.

Joshua nickte zur Begrüßung in ihre Richtung. Dann wandte er sich an Matthew. „Ich habe den Fall mit dem geklauten Fisch aufgenommen und Chris Sikes erst einmal nach Hause geschickt, bevor sich seine Frau Sorgen macht, wo er bleibt."

„Gestohlener Fisch?", entfuhr es Teena, bevor sie darüber nachdenken konnte. Sie kaute nervös auf ihrer Unterlippe herum. Ihr Magen krampfte sich zusammen. Diesmal war sie es gewesen, die spöttisch geklungen hatte. Der Sarkasmus der Menschen hier färbte bereits auf sie ab.

Joshua stemmte die Hände in die Hüften und baute sich vor ihr auf. „Findest du das lächerlich?"

„So war das nicht gemeint", gab sie kleinlaut von sich.

„Sikes ist Fischer in der dritten Generation. Er fährt täglich mit seinem Kutter raus aufs Meer, egal bei welchem Wetter, um seine Familie zu ernähren. Fünf hungrige Mäuler warten zu Hause auf ihn." Er sagte das ruhig, aber energisch. „Wenn jemand seinen Fang stiehlt, haben seine Frau und seine Kinder nichts zu essen."

Matthew faltete die Hände zusammen. „Christeena, überlege dir gut, ob du deine Karriere in Gardenrye beginnen möchtest. Es ist nicht so, dass wir es nur mit Fahrraddieben zu tun haben, aber hier werden keine Diamanten gestohlen, und der letzte Mord ist zwanzig Jahre her. Du wirst in die Grundschule gehen und den Kindern Fahrradunterricht geben müssen, ihnen die Verkehrsregeln erklären und ihre ersten Fahrversuche im Innenhof der Schule beaufsichtigen. Erst im letzten Jahr haben wir einen neuen Parcours auf den Boden gemalt. Das gehört ebenso zu deinen Aufgaben wie die Lizenzen der Fischer zu überprüfen. Bei uns ticken die Uhren langsamer. Kein Vergleich zur Metropole London."

Teena zitterte leicht und schlang die Arme um den Körper. Ihre Augen wurden feucht. Sie kam sich so dumm vor. Die drei Männer starrten sie an. Monica lauschte vermutlich und ging gewiss davon aus, dass Teena jeden Moment aus dem Polizeirevier stürmen würde, um nach Hause zu flüchten. Doch diesen Gefallen würde Teena ihr nicht tun.

„Du kommst aus London?", fragte Joshua. Sein Blick hellte sich auf. „Kein Wunder, dass du irritiert bist. Es muss ein Kulturschock für dich sein."

Er verzieh ihr? Teena schluckte die Tränen hinunter. Auf keinen Fall wollte sie heulen!

„Meine Tante Kathy wohnt in Chelsea. Immer wenn ich sie besuche, habe ich nach kurzer Zeit Ohrenschmerzen und kann kaum atmen. Zu viele Autos, Einwohner und Touristen, zu viel Smog und Lärm." Joshua rückte die Brille zurecht. „Dir geht es bestimmt ähnlich, nur dass du denkst, du wärest am Allerwertesten der Welt gelandet."

Eigentlich zog sie es vor zu schweigen, doch da alle auf eine Antwort warteten, räusperte sie sich und sprach: „Nun, Gardenrye ist anders."

„Diplomatisch ausgedrückt." Joshua zwinkerte. Dann wurde er ernst. „Ich glaube nicht, dass du dich an unsere Kleinstadt gewöhnen wirst. Die Unterschiede sind zu groß. Es stinkt an allen Ecken nach Fisch. Das nächste Theater ist in Newcastle, auch das nächste Schwimmbad, denn ich kann dir nicht empfehlen, im Meer zu baden. Deine helle Haut sieht viel zu zart und empfindlich für das brackige Wasser aus. Das Motoröl der Fischerboote bildet einen Schmierfilm auf der Oberfläche."

Wollte er sie freundschaftlich warnen oder abschrecken? Aufmüpfig antwortete sie: „Ich werde herausfinden, ob ich hier glücklich werden kann. Auf einen Versuch lasse ich es ankommen."

Matthew schlug die Handflächen gegeneinander und stand dynamisch auf. „Fabelhaft! Dann sehen wir uns morgen um neun Uhr", sagte er und ging in den Korridor hinaus. Über die Schulter hinweg rief er ihr zu: „Zieh dir etwas Robusteres an. Das Wetter an der Küste ist launisch."

„Und das Klima rau", fügte Lewis hinzu und drückte seine Dunhill kräftiger im Aschenbecher aus, als es nötig gewesen wäre.

Teena quälte zum Abschied ein Lächeln hervor und verließ das Besprechungszimmer. Ihre Muskeln schmerzten. Erst jetzt merkte sie, wie angespannt sie war. Sie hatte die ganze Zeit über die Fingernägel in die Handballen gedrückt, sodass ihre Hände nun wehtaten. Erschöpft schleppte sie sich zum Empfang.

„Bis morgen, Monica", sagte sie enthusiastischer, als ihr zumute war, reckte ihr Kinn in die Luft und nahm ihren Koffer. Ohne auf eine Antwort zu warten, verließ sie das

Gebäude. Zum Glück hatte es aufgehört zu regnen. Die feuchte Luft roch frisch und salzig. Vögel saßen in Scharen auf den Oberleitungen und zwitscherten laut. Ein Bus, der voll besetzt mit Schulkindern war, fuhr am Parkplatz vorüber. Einige Mädchen winkten Teena zu. Glücklich über jedes bisschen Freundlichkeit ließ sie ihr Gepäck los und winkte zurück. Dann bemerkte sie, dass sie den Koffer in eine Pfütze gestellt hatte, und hob ihn entgeistert an. Warum musste immer ihr so etwas passieren? Sie blickte zu den Fenstern der Bezirksdienststelle und meinte ein Gesicht hinter einer Gardine auszumachen, aber das konnte auch Einbildung sein.

Eilig verstaute Teena den Koffer und stieg in den Landrover. Die Reifen drehten durch, weil sie zu schnell anfuhr und der Asphalt nass und rutschig war. Sie brauste vom Parkplatz und stellte sich vor, wie die reizenden neuen Kollegen hinter den Vorhängen standen und über ihren protzigen Discovery lästerten. Es schien fast so, als hätte sie alles falsch gemacht, was man falsch machen konnte. Gardenrye kam ihr vor wie eine andere Welt. Auf den ersten Blick machten Leute und Umgebung einen „einfachen“ Eindruck, aber in Wahrheit waren sie kompliziert. Teena hatte schon gehört, dass Zugezogene in ländlichen Gegenden nur schwer akzeptiert wurden. Doch Gardenrye war kein Dorf, sondern eine Kleinstadt.

Teena fuhr langsam durch die Nebenstraßen. Sie suchte nach Straßenschildern, aber einige fehlten schlichtweg. Darum sollte sich die hiesige Polizei kümmern!

Sie hoffte inständig, wenigstens ein vernünftiges Appartement vorzufinden. Der Gedanke, dass Monica Stew die Wohnungsvermittlung übernommen hatte, behagte ihr nicht. Aber Teena hatte keine Zeit gehabt, selbst in den Norden zu kommen und eine Bleibe zu suchen. Alles war so schnell gegangen.

Sie bog nach rechts und suchte einen Anhaltspunkt, auf welcher Straße sie sich befand. Glücklicherweise hing an einem Hauseingang ein selbst gebasteltes Schild, vielleicht aus Treibholz gefertigt, auf das mit weißer Farbe „Sailor Lane 4“ gemalt war.

„Hier bin ich falsch“, sagte Teena und fuhr in die Parallelstraße.

Endlich fand sie die Shell Road. Die Straße war am weitesten von der Küste entfernt, was Teena nur recht war, denn dort wehte nicht ständig eine Brise. Nicht nur im Sommer ließ der kalte Wind, der fast permanent vom Meer ins Landesinnere blies, die Temperaturen milder erscheinen, sondern auch in der zweiten Jahreshälfte, und dadurch fühlte sich so mancher Herbsttag bereits frostig an. Das wusste Teena von den Urlauben bei ihrer Tante Beth im irischen East Cork.

Glücklicherweise fand sie einen Parkplatz am Straßenrand gleich vor dem Haus Nummer 26. Es besaß zwei Stockwerke mit jeweils vier Wohnungen. Letzteres schloss sie aus den Klingelschildern. Sie besorgte sich den Schlüssel für ihr Appartement bei den Eigentümern Elisabeth und Timothy Desmond, die in einem kleinen Häuschen nebenan wohnten, und betrat ihr neues Zuhause. Die Koffer würde sie später holen. Ihre Wohnung befand sich in der obersten Etage. Sie war kleiner, als Teena gehofft hatte, aber zumindest sauber. Im Grunde war es nur ein großes Zimmer. Auf der rechten Seite stand gleich vor dem Fenster ein Sofa. Die Aussicht konnte man sicherlich nicht genießen, wenn man darauf saß, da die Balkonbrüstung den Blick versperrte.

Aber zumindest gab es einen Balkon.

Als sie am winzigen Badezimmer vorbeiging, das gleich vorne rechts lag und nicht einmal eine Badewanne besaß, bemerkte sie einen Kleiderschrank, der vor dem Sofa an der Wand zum Badezimmer stand. Man sah ihn nicht sofort, wenn man die Wohnung betrat.

Was sollte dann der andere Schrank, der sich links hinter dem Bett befand? Neugierig schlenderte sie heran und öffnete die Türen.

„Eine Küche. Und was für eine!“ Sie seufzte. Es war eine dieser putzigen Küchen, die von außen wie ein Schrank aussahen und nur zwei Kochplatten, ein winziges Spülbecken, einen einzigen Unter- und einen Hängeschrank hatten. Ein winziger Kühlschrank. Keine Spülmaschine. „Ich muss mich ab jetzt wohl ein wenig einschränken. Angeblich formt das ja den Charakter.“

Die Blümchentapete wirkte genauso altmodisch wie der braune Cordbezug des Sofas. Immerhin hatte Elisabeth Desmond eine grüne Glasvase auf den Couchtisch gestellt. Ob Misses Desmond die Blumen eigenhändig auf der Wiese gepflückt hatte? Der Strauß sah wild aus. Die Stiele waren unterschiedlich lang, und die Blüten ließen die Köpfe hängen. Genauso wie Teena.

Sie setzte sich auf das Bett, das zwischen Eingang und Schrankküche in das kleine Appartement gestopft worden war und von einem Plaid mit Rosenmuster bedeckt wurde.

Das ist alles nicht so schlimm, wie es auf den ersten Blick erscheint, versuchte sie sich einzureden, aber es funktionierte nicht wirklich. So sah also ihre ersehnte Freiheit aus! Nicht gerade das, was Teena sich darunter vorgestellt hatte.

Die Fahrt war lang und ermüdend gewesen, die neuen Kollegen hatten sich als verschrobene Kleinstädter entpuppt, und die Wohnung wirkte verstaubt und fade.

Teena war das Glück wohl auf dem Weg nach Gardenrye abhanden gekommen, vielleicht auf dem Parkplatz, als sie masturbiert hatte. Und wo war ihre Euphorie geblieben?

„Wo bist du?", fragte sie laut, hob das Plaid an und schaute unter dem Bett nach.

Dann ging sie zum Kleiderschrank und öffnete die Tür. „Hallo?"

Sie schüttelte den Kopf, weil sie sich so albern benahm. Aber was war so schlimm an Galgenhumor? Er half, mit einer vertrackten Situation besser umgehen zu können.

Sie lief zur Balkontür, öffnete sie und rief hinaus: „Bist du da?"

Plötzlich lehnte sich eine Frau, die auf dem Nachbarbalkon stand, nach vorne und spähte um die Ecke. Die Balkone verliefen um das ganze Haus herum und waren durch verrostete Stahlwände voneinander getrennt. „Wen suchst du?"

Ihre neue Nachbarin hatte große braune Augen und die appetitlichsten Lippen, die Teena je gesehen hatte, voll und dunkelrot geschminkt. Sie trank aus einem Wasserglas und leckte sinnlich einen Tropfen ab, der an ihrem Mundwinkel hinablief. Ihr Augenaufschlag war verführerisch, denn ihre Wimpern waren lang und schwarz. Sie stützte sich auf der Balkonbrüstung ab und präsentierte in einem tiefen Dekolleté pralle Brüste, die Teena neidisch machten.

Teena konnte den Blick nicht abwenden von den fleischigen Hügeln. Als die Frau bemerkte, wohin sie starrte, wurde Teena puterrot im Gesicht.

2.

„Kann ich dir helfen?“, wiederholte die Fremde und schmunzelte frivol.

Teena lachte verlegen. „Ach, schon gut.“

„Ich helfe dir aber gerne, schließlich sind wir jetzt Nachbarn.“

„Kommst du von hier?“

Die Frau hob verwundert die Augenbrauen. „Nein. Warum möchtest du das wissen?“

„Hätte ich mir auch nicht vorstellen können, weil alle, die mir bisher begegnet sind, von Freundlichkeit und Hilfsbereitschaft offenbar noch nie etwas gehört haben.“ Teena verdrehte die Augen. „Alle hier sind furchtbar schrullig.“

Die Frau lachte schallend. „Willkommen in Gardenrye. Ich heiße Rosalin Sawkenshaw, kurz Roz.“

„Christeena, sag Teena zu mir.“ Dass ihr Name mit zwei „e“ geschrieben wurde, verschwieg sie tunlichst.

„Du bist gerade erst angekommen, oder?“

Teena nickte.

„Und trotzdem bist du schon frustriert?“, feixte Roz.

Das Land stieg von der Küste her leicht an, und da das Haus ein gutes Stück vom Meer entfernt lag, konnte Teena sogar die Masten der Boote sehen, die in dem kleinen Hafen ankerten. „Gardenrye ist voller Fettnäpfchen, und ich bin in jedes einzelne reingetreten.“

„Wenn das so ist, dann solltest du dringend zu mir rüberkommen, damit wir darauf mit einem Gläschen Schampus anstoßen.“

„Wie bitte?“

„Wir werden bestimmt gute Freundinnen, denn ich ecke auch immer an.“ Sie zwinkerte und verschwand.

Teena neigte sich über die Brüstung und sagte laut: „Ich bin nass geworden und muss erst noch meine Koffer hochholen und mich umziehen.“

„Zieh dir ja nicht zu viel an“, hörte sie Rosalin rufen, die offensichtlich in der Küche hantierte, denn das Klirren von Gläsern war zu hören.

Irritiert blieb Teena für einen Augenblick stehen. Dann zuckte sie mit den Achseln, griff ihren Autoschlüssel und lief die Treppen hinunter, denn einen Aufzug gab es nicht. Nachdem sie alle Koffer und Taschen in die Wohnung gebracht hatte, war sie verschwitzt. Sie sprang unter die Dusche, föhnte ihre Haare trocken und tupfte „Envy“ auf ihre Handgelenke, hinter die Ohren und zwischen ihre Brüste.

„Weshalb machst du das?“, fragte sie ihr Spiegelbild. „Du gehst doch nur zu deiner Nachbarin und nicht auf ein Date.“

Sie schüttelte den Kopf, stellte den Flakon auf die Ablage und verließ das Bad. Schnell schlüpfte sie in schwarze Jeans und streifte ein blaues Shirt über, auf dem in roten Lettern „Bite me“ stand. Dann machte sie sich auf zu ihrer neuen Nachbarin. Sie war komischerweise nervös, als sie an die Tür klopfte. Roz öffnete, und Teena riss erstaunt die Augen auf.

„Zu Hause trage ich nur Unterwäsche“, erklärte Rosalin lächelnd.

Das war nicht einfach nur Unterwäsche. Das waren Dessous! Die schwarze Korsage schmiegte sich eng an ihre Hüften, die zwar schlank, aber nicht so schrecklich spindeldürr waren wie die von Teena. Roz besaß Rundungen, weibliche Kurven, die selbst Teena den Atem raubten. Die vollen Brüste wurden durch Schalen gehalten, die gerade noch die Brustwarzen bedeckten. Einmal bücken, und der Busen würde aus dem Bustier springen.

Da Teena wie angewurzelt stehen blieb, ging Roz voraus. Ihr Gang war schwungvoll und gleichzeitig elegant. Die schwarzen Shorts schmiegten sich hauteng an ihren Unterleib. Sie bedeckten den Hintern nur zur Hälfte. Die Pofalten waren stark ausgeprägt und ließen die Backen rund und prall erscheinen.

Was für ein Rasseweib, dachte Teena und war froh, weite Kleidung gewählt zu haben. Ihre Minderwertigkeitsgefühle meldeten sich lautstark. Roz' Haut besaß eine leichte Bräuntönung, aber der Teint sah nicht nach Solarium aus. Die langen schwarzen Haare fielen über ihre Schultern wie Kaskaden aus Pech.

Schließlich folgte Teena ihr. „Deine Wohnung ist aber viel schöner."

Leise schloss sie die Tür hinter sich. Das Appartement war um einiges größer als ihres. Es hatte eine separate Küche und ein Bad mit Wanne. Das Bett stand zwar ebenfalls im Wohnzimmer, doch im hinteren Bereich, abgegrenzt durch zwei Yucca-Palmen und einen Ficus. Das Ambiente wirkte feurig aufgrund des Sofa-Überwurfs mit farbenfrohem Inka-Muster und der karminroten Tapete.

„Dafür schließt die Balkontür nicht mehr. Die Desmonds wollen sie schon seit Monaten reparieren lassen."

„Stammst du aus Spanien?"

Rosalin nahm die Flasche Dom Perignon aus dem Eiskühler, der neben zwei Champagnerflöten auf dem Wohnzimmertisch stand. „Meine Mutter stammt aus Bolivien, mein Vater aus Cambridge. Er machte Urlaub in ihrem Heimatland, sie verliebten sich, und Mom folgte ihm nach England."

„Hört sich irgendwie kühl an, wie du das erzählst", entgegnete Teena und schaute verwundert auf das Etikett der Flasche. „Ziemlich teuer."

„Hat mir ein Verehrer geschenkt." Roz züngelte in den Flaschenhals. Sie schob ihn so weit wie möglich in den Mund hinein, hob den Flaschenboden ein Stück an und leckte den Champagner mit der Zungenspitze wie ein Kätzchen Milch.

Beschämt senkte Teena den Blick, um ihn doch wieder auf die in den Flaschenhals stoßende Zunge zu richten. Sie presste die Oberschenkel aneinander, war aber erfolglos darin, das Prickeln in ihrer Scham zu unterdrücken.

Lachend nahm Roz ein Glas und schüttete Champagner ein. „Ich glaube nicht an die Liebe. Meine Mutter hat meinen Vater nur geheiratet, weil sie den ärmlichen Verhältnissen entfliehen wollte."

„Hat sie das gesagt?"

Roz schüttelte den Kopf. „Dazu war sie zu schlau, aber ich wusste es auch so." Sie reichte Teena die Sektflöte, goss sich ebenfalls ein und stellte die Flasche zurück in den Kühler. „Das erste Glas musst du auf ex trinken, um Gardenrye zu beweisen, dass du standfest bist und dich nicht so leicht unterkriegen lässt."

Teena spürte Trotz in sich aufkeimen, ein Auflehnen gegenüber Monica, Lewis und auch Joshua, der noch am freundlichsten gewesen war, ihr aber deutlich gesagt hatte, dass er nicht glaubt, sie würde es als Göre aus der Großstadt in dem nordenglischen Nest schaffen. Aber nun hatte sie eine Verbündete – Roz!

Zuversichtlich hob sie das Glas. „Auf uns!"

Rosalin strahlte verklärt. Sie schlang den Arm um den von Teena und trank Brüderschaft mit ihr, bevor diese wusste, wie ihr geschah. Sinnlich spitzte Roz die Lippen, und ehe Teena protestieren konnte, küsste Roz sie. Ihr Mund drückte sich sanft auf den ihren. Sie massierte Teenas Lippen mit den ihren, drang neckend mit der Zungenspitze in sie ein und löste sich seufzend.

Noch immer waren sie einander so nah, dass ihre nackten Füße sich berührten. Die Zehen stießen gegeneinander, eine kaum spürbare Berührung, die Teena jedoch elektrisierte. Steif wie ein Brett stand sie dort, weil sie befürchtete, sie könnte Rosalins Arm streifen, wenn sie wegginge. Jeder weitere Kontakt hätte sie noch mehr verwirrt, als der Kuss es ohnehin schon tat.

Roz wischte ihr mit dem Daumen den Lippenstift vom Mund, und Teena hielt verstört den Atem an. Ihr Herz pochte aufgeregt. Das Blut rauschte in ihrem Schoß. Mit zitternder Hand hob sie das Glas und trank es in einem Zug leer. Der Champagner floss ihre Kehle hinab. Er strömte durch ihren Körper und berauschte sie. Da sie unterwegs nur ein Sandwich gegessen hatte, stieg ihr der Alkohol sofort zu Kopf. Sie war froh darüber. Er entspannte sie.

Rosalin streichelte ihre Wange. „Du hast noch nie eine Frau geküsst, oder?"

„Nein", krächzte Teena und schluckte den Kloß im Hals hinunter.

„Hast du dir noch nie vorgestellt, wie es wäre?", fragte

Roz mit einer warmen Stimme, die Teena wohlig erschauern ließ.

„In meinen Träumen kommen nur Männer vor."

„Aber der Kuss hat dir gefallen?" Roz schaute ihr tief in die Augen.

„Ja", hauchte sie und fühlte sich beschwipst. Lag es am Schampus oder an Rosalins durchdringendem Blick?

Roz küsste Teenas Ohrläppchen. Sie schnupperte hinter dem Ohr. „Envy. Köstlich." Dann liebkoste sie Teenas Wangenknochen mit der Nase und streifte mit den Lippen den Hals. Als sie den V-Ausschnitt tiefer zog und zwischen den Brüsten roch, hielt Teena die Luft an. Wieso hatte sie dort nur Parfüm verteilt? Sie streckte den Hals und schloss die Augen, während Roz über ihr Dekolleté leckte.

Nachdem sie zärtlich am Kinn gesaugt hatte, schaute sie Teena herausfordernd an. „Möchtest du es noch einmal erleben? Diesmal kannst du dich ganz darauf konzentrieren, weil du vorbereitet bist."

„Ich weiß nicht." Teena wollte schon, nur fehlte ihr der Mut.

„Nimm die Erfahrung mit. Wer weiß, wann du die nächste Gelegenheit bekommst." Roz zwinkerte ihr zu. „Jeder sollte in seinem Leben einmal einen Menschen gleichen Geschlechts gekostet haben."

Da hatte Teena eine begehrenswerte Frau vor sich, die ihr ein harmloses Angebot machte, und sie traute sich nicht, es anzunehmen. Es ging doch nur um einen Kuss. Das „Ja" wollte nicht über ihre Lippen kommen.

Rosalin goss ihnen beiden ein zweites Glas ein. Die Flasche war zu zwei Dritteln leer. Provozierend schwang sie ihr

Glas und beobachtete die rotierende Flüssigkeit. „Ich werde es nicht tun, wenn du mich nicht darum bittest."

Unsicher verlagerte Teena das Gewicht von einem Fuß auf den anderen. Sie kippte den Champagner hinunter und lehnte sich gegen die Wand, weil ihr schwindelig wurde. War sie nicht aus London geflohen, um frei zu sein, von ihren Eltern, der affektierten Gesellschaft und allen damit verbundenen Zwängen? Weshalb zögerte sie dann, sich auch sexuell zu befreien? In London konnte man angeblich alle Gelüste ausleben, doch Möglichkeiten hatten sich Teena nie geboten. Wie bizarr, dass ausgerechnet Gardenrye ihr nun diese Chance bot.

„Okay", sagte Teena leise.

Roz schmunzelte. „Öffne deine Lippen ein wenig."

Teena runzelte die Stirn, gehorchte aber. Dies war Rosalins Spiel. Sie würde sich fügen und sicher viel von dem Vollblutweib lernen können.

Roz nahm einen Mundvoll Champagner, schluckte ihn jedoch nicht hinunter. Ihre Hand vergrub sich in Teenas Haaren und hielt deren Kopf fest. Dann küsste Rosalin sie. Sie presste die Lippen fest auf die ihren und öffnete den Mund. Der Schampus floss in Teenas Mundhöhle. Zuerst war sie erschrocken. War das nicht unhygienisch? Egal! Jedenfalls war es hemmungslos.

Als Roz sich von ihr löste, hauchte Teena atemlos: „Das ist wohl die erotischste Art, Champagner zu trinken."

Rosalin füllte ihren Mund erneut mit dem prickelnden Getränk und küsste Teena abermals. Diesmal jedoch schob sie den Schampus mit der Zunge bis tief in Teenas Mund. Sie begann, Teena zu verführen, mit ihr zu züngeln, indem sie den Champagner in Teenas Mundhöhle verteilte. Sie strich über die Innenseiten ihrer Wangen, leckte über die Zahnreihen und rieb ihre Zunge an die von Teena.

Schließlich hielt diese es nicht mehr aus. Ihre ganze Mundhöhle kribbelte vor Verlangen. Sie schluckte den Schampus hinunter und umkreiste Roz' Zungenspitze. Fest presste sie die Lippen auf die ihrer sinnlichen Nachbarin und öffnete den Mund weit, um ein leidenschaftlicheres Spiel zu ermöglichen. Sie verlor die Kontrolle über sich. Unwillkürlich schmiegte sie sich an Rosalin. Sie spürte die prallen Brüste auf den eigenen, wagte aber nicht, den Arm um Roz' Hüften zu legen. Stattdessen ließ sie das Becken kreisen. Sie rieb sich an Rosalins Unterleib.

In diesem Moment schob Rosalin sie fort.

„Es tut mir leid", sagte Teena verlegen. „Der Alkohol. Ich habe kaum etwas gegessen."

„Ich habe nur ein paar Cracker und Obst hier." Roz fischte ein Päckchen Mais-Cracker aus der untersten Schublade des Wohnzimmerschranks, nahm eine Glasschüssel aus der Vitrine und schüttete die Kekse hinein. Dann reichte sie Teena die Schüssel.

„Mach es dir auf dem Sofa bequem." Sie ging in die Küche und rief: „Und zieh endlich diese fürchterliche Jeans aus. Wir haben Sommer. Es ist warm!"

Als sie mit einem Küchenmesser, einem Teller und einer Schale exotischer Früchte zurückkehrte, saß Teena immer noch angekleidet auf der Couch. Roz nahm neben ihr Platz, stellte Teller und Obst auf den Tisch und legte den rechten Arm um Teenas Schulter. Das Messer hielt sie noch in der rechten Hand. Provozierend spielte sie damit.

Fassungslos sah Teena erst Rosalin, dann die Klinge an, die nah an ihrem Hals war. Das ging nun wirklich zu weit! Selbst Rosalins lasziver Augenaufschlag konnte sie nicht besänftigen. Sie traute sich nicht aufzustehen, sondern sagte nur: „Das ist nicht fair."

„Wieso machst du es dir so schwer? Du scheinst jemand zu sein, der ständig zu seinem Glück gezwungen werden muss."

Da mochte sie recht haben. Teena fühlte sich unwohl. Roz hatte die Gabe, sie zu durchschauen. Eigentlich hätte sie das freuen sollen, denn das war es, was Freundinnen verband – sie verstanden einander auch ohne Worte. Allerdings traf das andersherum nicht zu. Für Teena war Roz unergründlich. Was machte solch ein Rasseweib in der Provinz? Woher hatte sie den sündhaft teuren Champagner? Aber das größte Mysterium war für Teena, dass Roz sie begehrte. Diese Frau spielte in einer höheren Liga. Was wollte sie mit einem blassen Knochengerüst, das zudem unerfahren und schüchtern war?

Mit einem Mal fühlte sie sich geschmeichelt. Vielleicht sah Roz in ihr einen rohen Diamanten. Langsam öffnete sie die Jeans und schob sie hinunter, bis sie nur noch im T-Shirt dasaß.

Roz hob das Shirt an und lugte darunter. „Baumwollhöschen!" Sie verdrehte die Augen. „Da wartet noch viel Arbeit auf uns. Wir sollten gleich morgen in mein Dessousgeschäft gehen und dir etwas Vernünftiges aussuchen." Sie fing an, eine Papaya zu schälen.

Hungrig aß Teena einen Cracker. „*Dein* Geschäft? Du meinst den Laden, in dem du arbeitest."

„Es gehört mir." Sie stopfte Teena ein Stück Papaya in den Mund und ließ die Finger länger zwischen den Lippen, als notwendig gewesen wäre.

„Auch das Geschenk eines Verehrers?", entschlüpfte es Teena. Sie bereute sofort, was sie gesagt hatte.

„Ich habe meine Verbindungen." Roz lächelte verklärt und stand auf, um einige Räucherstäbchen anzuzünden, die auf einem Beistelltisch hinter der Couch in kleinen Jadeelefanten standen. Dann legte sie eine CD ein. Sade sang verführerisch vom „Smooth Operator". Roz genoss offensichtlich mit allen Sinnen.

Der Duft entspannte Teena. Sie wusste nicht, welches Aroma es war, fühlte sich aber lockerer als zuvor, was natürlich auch am Champagner liegen mochte. Draußen dämmerte es bereits. Mit einem Mal besaß Rosalins Wohnung etwas Mystisches. Das Wohnzimmer lag im Zwielicht. Das Karminrot der Tapete wirkte dunkler als zuvor. Roz zündete zehn Teelichter an und verteilte sie wellenförmig auf dem Tisch. Als sie sich wieder setzte, wirkte ihr Gesicht im Schein des Kerzenlichts geheimnisvoll. Ob so Cleopatra ausgesehen hatte, mit üppigen Kurven, langen schwarzen Haaren und einem Augenaufschlag, der jeden betörte? Hatte sich Teena gerade noch vor ihr gefürchtet, so wünschte sie sich nun, den Kopf auf Roz' Busen zu betten und in ihren Armen zu dösen. Rosalin besaß eine gefährliche Anziehungskraft.

Statt ihren Wünschen nachzugeben, aß sie einen weiteren Maiscracker und fragte: „Hast du denn viele Freunde in Gardenrye?"

„Diese Kleinstädte werden von Moralaposteln beherrscht.

Sie wissen mit meiner freizügigen Art nicht umzugehen."

Teena konnte nicht leugnen, dass Roz eine aggressive erotische Ausstrahlung besaß. „Läuft dein Dessousgeschäft?"

„Es ist das einzige in der Gegend, daher kann ich mich nicht beklagen. Aber ich gebe zu, dass ich einen reichen Gönner habe. Leute wie wir sind füreinander da."

Teena schaute nach den Räucherstäbchen, die langsam abbrannten und einen intensiven Duft verströmten, der sie benommen machte. Mittlerweile war sie nicht nur entspannt, sondern berauscht. „Was ist das für eine Duftnote?"

„Opium", antwortete Roz trocken und schüttete ihr den Rest Champagner ein.

Teena winkte ab, nahm das Glas aber schließlich doch, weil Rosalin sinnlich schmollte. „Was meintest du mit ‚Leute wie wir'?"

„Zugezogene", antwortete sie kurz angebunden.

Teena hatte das Gefühl, dass sie nicht ganz die Wahrheit sprach. Da war mehr.

Roz legte die Hand auf Teenas Oberschenkel und kraulte ihn. „Hab keine Angst vor morgen. Ich bin für dich da, wenn du mich brauchst. Wir halten zusammen. Eine Hand wäscht die andere." Sie blickte ihr tief und ernst in die Augen.

Warum hörte sich das nur wie eine Drohung an? *Eine Hand wäscht die andere.* Teena wollte in Gardenrye Fuß fassen, aber doch keine Straftat begehen. Sie trank einen Schluck Schampus, um Zeit zu gewinnen, und stellte das Glas schnell weg, weil sie merkte, dass sie schon zu betrunken war. Erschreckt fasste sie Roz' Handgelenk, als diese sich immer höher an ihrem Schenkel emporstreichelte.

„Wovor fürchtest du dich?", fragte Roz säuselnd. „Ich

will dir nur dabei helfen, dich zu entspannen. Du bist total verkrampft."

„Ich kann das nicht."

„Lass dich einfach gehen. Was hält dich davon ab? Deine Erziehung? Deine Angst?" Sie schaute Teena unter halb geschlossenen Lidern traurig an. „Oder findest du mich nicht attraktiv genug?"

„Dich schon, aber mich nicht." Sie wunderte sich selbst über ihre Ehrlichkeit.

„Oh, bitte!", sagte Rosalin scharf. „Du hast solch eine aristokratisch blasse Haut. Ich bin neidisch auf dein flammend rotes Haar und den kleinen Knackpo."

„Du kannst mich unmöglich schön finden!"

Rosalin zog das T-Shirt nach oben, und seltsamerweise hob Teena die Arme an, damit Roz es ihr ausziehen konnte. Hätte sie nur nicht so viel Alkohol getrunken! Auch den Slip ließ sie sich willig ausziehen. Roz hob Teenas Beine auf die Couch, sodass ihre Gespielin auf dem Rücken lag, und setzte sich neben sie auf Höhe ihrer Hüften. Sie liebkoste ihren Bauch. Als die Hände höherglitten, hielt Teena sie fest.

„Nicht, bitte. Ich schäme mich so für meine kleinen Brüste."

„Dummerchen. Jeder Mann würde sie begehren, gerade weil sie so jungfräulich aussehen, so zart und empfindlich." Sie grinste, legte die Hände wie Schalen unter Teenas Busen und hob ihn an. „Wir könnten natürlich in meinem Laden auch einen Push-up-BH für dich aussuchen, aber mir gefallen sie so natürlich viel besser. Wenn du sie nur nicht unter einem weiten T-Shirt verstecken würdest!"

„Ich mag es leger", verteidigte sich Teena. „Außerdem

hatte ich mich heute Morgen hübsch gemacht und ausnahmsweise einen Rock angezogen und bin damit gründlich reingefallen."

„Wahrscheinlich war es nicht der richtige Rock." Sie stand auf und holte aus ihrem Kleiderschrank einen ledernen Minirock, den sie auf den Tisch legte. „Den wirst du morgen tragen."

„Aber ich kann doch nicht ..."

„Keine Widerrede!"

Teena schwieg. Der Lederrock war viel zu sexy für den Dienst. Sie sah vor ihrem inneren Auge, wie Monica die Nase rümpfte und Lewis die Handschellen zückte, um die Nutte zu verhaften, die da ins Polizeirevier gestelzt kam. Auf dem Land wurde Prostitution noch weniger geduldet als in der Stadt.

„Vielleicht ist dieser Rock genau das Richtige." Mit Sicherheit würde sie die neuen Kollegen mit solch einem Aufzug ärgern können. Darauf hatte sie große Lust! Außerdem gefiel ihr das Kleidungsstück. Es hatte etwas Verruchtes an sich. Dann fiel ihr Blick auf das Tattoo an Rosalins Fußgelenk. Es war eine rote Rose, ein gängiges Motiv, allerdings hatte dieses Exemplar auffallend große Dornen.

„Tat das Stechen am Knochen nicht schrecklich weh?"

„Ja, und es hat mich angemacht."

„Der Schmerz hat dich erregt?"

Roz setzte sich wieder auf das Sofa. „Lustschmerz, hast du ihn noch nie verspürt?"

Eifrig schüttelte Teena den Kopf. „Das ist nichts für mich." Sie sah kurz zum Messer, aber es lag zu weit von Rosalin entfernt, als dass sie es hätte greifen können, ohne aufzustehen. Manchmal machte Roz ihr Angst.

Rosalin nahm nun das Glas und goss ein wenig Champagner in Teenas Bauchnabel. Dann beugte sie den Oberkörper. Sekundenlang schaute sie Teena an, leckte sich die Lippen und schlürfte das Getränk.

„Ich weiß, ich überfordere dich", hörte Teena sie sagen, aber ihre Stimme klang auf einmal weit entfernt. „Es tut mir leid, aber ich kann einfach nicht von dir ablassen."

„Schon gut", antwortete sie seltsamerweise und lehnte sich zurück, als wäre sie nicht mehr sie selbst. Ihr Gesicht war nun näher an den Räucherstäbchen. Es roch intensiv nach Opium.

„Ist das nicht Beweis genug, wie begehrenswert ich dich finde?", fragte Roz und öffnete Teenas Schenkel. Sie legte das Shirt auf ein Kissen und schob es unter den Hintern. Dann nahm sie das Glas, schüttete die Hälfte des Schampus zurück in die Flasche und führte den Flaschenhals in Teenas Scheide ein.

Teena war so verdutzt, dass sie sich nicht rührte. Sie konnte nicht glauben, was Rosalin tat. Sie hatten sich gerade erst kennengelernt. Berührungsängste kannte Roz offensichtlich nicht. Aber sie hatte auch keine Mauer um sich aufgebaut wie Teena. Ihr lagen sicherlich immer alle zu Füßen. Körperkontakt, sogar Lust, war für sie etwas völlig Normales.

Neidisch entspannte sich Teena, weil sie wusste, sie würde nun einen Hauch von dem zu spüren bekommen, was Roz täglich auslebte.

Der Flaschenhals drang tiefer in sie ein, sodass er ihre Scheide immer weiter dehnte. Schließlich steckte er ganz in ihr. Nur der bauchige Teil der Flasche schaute heraus. Das Etikett mit dem Schriftzug „Dom Perignon“ war nach oben gedreht. Es war ein kurioser Anblick, der Teena zum Schmunzeln brachte.

Vorsichtig hob Rosalin den Flaschenboden ein wenig an. Champagner lief in Teena hinein. Wider Erwarten brannte es nicht. Es prickelte nur herrlich in ihrer Scheide. Es war ein erregendes Gefühl, nicht nur hervorgerufen durch die erwachende körperliche Lust. Auch der Gedanke, einmal wahrhaftig hemmungslos zu sein und nicht bloß davon zu träumen, heizte sie an.

Eilig zog Roz die Flasche heraus, legte den Kopf zwischen Teenas Schenkel und presste ihre Lippen an den Scheideneingang. Der Schampus floss aus Teenas Vagina, und Roz trank. Sie leckte die süße Flüssigkeit von den Schamlippen, aber das, was in ihrem Mund glänzte, als sie wieder auftauchte, war eindeutig Lustsaft.

Teena bebte mittlerweile vor Wollust, wagte jedoch nicht, ihrer neuen Freundin in die Augen zu sehen.

„Schäm dich nicht“, wisperte Rosalin. „Es gibt keinen Grund dafür.“

Ein zweites Mal führte sie die Flasche in die Scheide ein, doch es war kein Champagner mehr darin. Sie zog den Flaschenhals wieder heraus und drückte ihn sofort wieder hinein. Das wiederholte sie einige Male.

Sie nimmt mich mithilfe einer Champagnerflasche, unfassbar, dachte Teena.

Das Glas der Flasche fühlte sich hart an. Anfänglich war es kalt, aber ihre Vagina wärmte es schnell. Es presste sich hart in ihre Scheide, füllte sie aus und weitete sie. Erregt bog

Teena den Rücken durch. Sie krallte die Finger in den Überwurf. Ihr Brustkorb hob und senkte sich immer rascher. Bald begann sie leise zu stöhnen. Sie versuchte, ruhig zu bleiben, aber es gelang ihr nicht.

Roz griff nach dem Glas, in dem noch ein Rest Schampus war. Sie goss ihn über Teenas Venushügel, ohne damit aufzuhören, sie mit der Flasche zu nehmen. Emsig leckte sie die Flüssigkeit ab, zog mit den Lippen neckisch am roten Schamhaar. Ihre Zunge arbeitete unentwegt. Sie strich über die Schamlippen, drang mit der Spitze in das Tal und glitt auf dem Damm nach oben.

Als sie gegen die Klitoris stieß, seufzte Teena. Die Flasche drang erneut in sie ein, während Rosalin die Vorhaut mit dem Mund nach unten schob. Sie schloss die Lippen um den Kitzler und begann behutsam zu saugen.

Teena glaubte wahnsinnig zu werden! Die Lust schwoll so rasch an, dass ihr die Luft wegblieb. Sie rang nach Atem und zog so sehr am Plaid, dass es von der Rückenlehne rutschte. Schließlich verkrampfte sich ihr Unterleib, dann der ganze Körper. Sie schloss die Augen. Eine Träne löste sich aus dem Augenwinkel. Berauscht legte sie den Kopf in den Nacken. Sie hörte weder Sade noch Roz' Leckgeräusche. Sie befand sich im Vakuum des Orgasmus, der sie erfasste und durchschüttelte. Zitternd lag sie auf der Couch, verschwitzt und klebrig von ihrer eigenen Feuchtigkeit, Rosalins Speichel und dem Champagner.

Erst als Roz von ihr abließ, konnte sie wieder durchatmen. Sie hatte die Augen immer noch geschlossen, schlief aber nicht. Ja, sie war erschöpft, aber viel zu aufgewühlt, um wirklich müde zu sein. Alles, was sie wollte, war den Rausch auskosten. Nun drang auch wieder die Musik zu ihr durch. Sades verführerische Stimme wirkte beruhigend.

Plötzlich spürte sie etwas Feuchtes an ihrer Brust. Sie schaute auf. Rosalin hatte sich den Slip ausgezogen und kniete auf der Couch, die Beine rechts und links von Teenas Oberkörper, sodass ihre Spalte über Teenas Busen schwebte. Nur die feuchten kleinen Schamlippen standen weit hervor und berührten die Brüste.

Roz fing an, ihr Becken im Takt von „The Sweetest Taboo“ vor- und zurückzubewegen. Sie senkte ihren Unterleib und rieb mit ihrem Schoß über Teenas Busen.

Diese blieb überrascht liegen. Was hatte Rosalin nun schon wieder vor?

Ihre neue Freundin hielt sich an der Rückenlehne fest und stützte sich mit der anderen Hand auf der Armlehne ab, auf der Teenas Kopf ruhte. Ihre üppigen Brüste waren aus den Körbchen gehüpft und hingen verführerisch über Teenas Gesicht. Diese reckte sich und nahm eine Brustwarze in den Mund. Sie lutschte emsig am harten Nippel.

Laut stöhnend ließ Rosalin ihr Becken kreisen. Sie strich immer wieder mit den Schamlippen über Teenas Busen und verteilte ihre Feuchte auf ihr. Dann senkte sie den Oberkörper, sodass ihr Kitzler genau an Teenas Brustwarze stieß. Sie rieb sich an dem Nippel, bis sie mit einem lauten Aufschrei kam. Seufzend stieg sie von Teena herunter und setzte sich vor dem Sofa auf den Boden.

„So etwas habe ich noch nie gemacht“, flüsterte Teena, die das Bedürfnis hatte, sich zu rechtfertigen.

„Du fängst gerade erst an, die Lust zu entdecken. Es warten unvorstellbare Dinge auf dich! Aber du wirst sie nur erleben, wenn du über deinen eigenen Schatten springst."

„Wir haben uns doch gerade erst kennengelernt."

„Der Reiz des Unbekannten, das Spiel mit der Gefahr." Sie schaute Teena über die Schulter hinweg an. „Nicht nur in London geht es heiß her. Gardenrye ist ein Sündenpfuhl. Schau nur genau hin."

Rosalin machte Teena ein Bad fertig, stieg aber selbst nicht mit hinein. Fast ein wenig enttäuscht lag Teena im Wasser und lauschte, wie Roz zwei Pizzas bestellte. Sie wusch sich die Haare mit einem Shampoo, das dezent nach Magnolien duftete, und war begeistert. Selbst ihre nassen Haare fühlten sich bereits seidig an. Das Shampoo hieß „Silk Deluxe". Den Namen wollte sie sich merken, um in den ortsansässigen Geschäften danach Ausschau zu halten.

Roz trocknete sie auch nicht ab, nachdem sie aus der Wanne gestiegen war, da ihre Haut bereits zu schrumpeln begann. Fast hätte sie mit weiteren Anzüglichkeiten gerechnet, aber Roz ließ sie in Ruhe. Entspannt und ermattet schlang sie die Thunfisch-Pizza hinunter und trank zwei Flaschen Mineralwasser. Der Nachgeschmack des Champagners, der Sex und die Gewürze auf der Pizza hatten sie durstig gemacht. Teena schwieg, weil sie nicht wusste, wie sie mit der Situation umgehen sollte. Aber sie saßen einfach nur zusammen, wie zwei Freundinnen, die plauderten. Roz erzählte ihr eine Menge über Gardenrye, lud sie in ihr Dessousgeschäft ein und bot ihr an, am nächsten Abend mit ihr eine Besichtigungstour durch die Stadt zu machen, damit Teena wusste, wo sie Bank, Post und Supermarkt fand.

Bald konnte Teena ihre Augen nicht mehr aufhalten. „Ich muss dringend ins Bett."

Rosalin reichte ihr den Lederrock, den sie für sie herausgesucht hatte, und das champagnernasse T-Shirt und brachte sie bis an ihre Wohnungstür. „Schlaf gut und denk daran", zärtlich küsste sie Teena auf die Wange. „Die Träume der ersten Nacht in einer neuen Umgebung sind nämlich wie ein Orakel."

Teena schenkte ihr zum Abschied ein müdes Lächeln und schloss die Tür hinter sich. Kopfschüttelnd hängte sie das T-Shirt an die Balkonbrüstung. Dann fiel sie völlig erledigt ins Bett. Sie schlief bald ein und träumte wollüstig. War das ein Wunder nach der Begegnung mit Rosalin?

In dem Traum stand Teena nackt in einer Halle mit einer Handvoll ebenso entblößter Fremder. Sitzreihen mit Klappstühlen umgaben eine dicke Matte, in deren Mitte ein elektrisches Rodeo-Gerät aufgestellt war. Plötzlich legte sich eine Schlinge um Teenas Hals. Roz hatte sie mit einem Seil eingefangen und auserwählt, das „sture Pferd" zu bezwingen. Die Anwesenden, die auf einmal Kleidung trugen, klatschten Beifall und nahmen dann Platz, um Teena bei ihrem Kampf zu beobachten. Teena fügte sich in ihr Schicksal, da sie Roz keinen Wunsch abschlagen konnte.

Als sie über die Matte schritt und sich dem elektrischen Pferd näherte, erkannte sie, dass das Holzstück, das aus dem Sattel ragte, kein Griff zum Festhalten war, sondern ein Phallus. Roz nahm ihr das Seil vom Hals, tätschelte aufmunternd ihre Wange, als wäre sie eine Stute, und verließ die Matte. Am liebsten wäre Teena geflüchtet, doch gleichzeitig erregte sie die Situation.

Sie stieg auf das Pferd, das hölzerne Geschlecht glitt in ihre Scheide, und sie nahm auf dem Sattel Platz. In Roz'

Hand tauchte eine Fernbedienung auf. Sie drückte den Steuerhebel nach vorne, und das Pferd begann, sich aufzubäumen, erst ganz sacht, dann immer stärker, bis die bockigen Bewegungen Teena aus dem Sattel zu schleudern drohten. Sie hielt sich krampfhaft an der Mähne fest. Das Glied rutschte aus ihr heraus und stieß wieder in sie hinein. Sie ritt das „sture Pferd", und das Pferd ritt sie, während die Zuschauer grölten, ihren Kampf beobachteten und ihr anzügliche Kommentare zuriefen. Mit vor Anstrengung und Scham gerötetem Kopf, schaute sie Hilfe suchend zu Roz, die ihr eine Kusshand zuwarf und die Leistung des elektrischen Pferds erhöhte. Der Ritt beschleunigte sich …

Als Teena am nächsten Morgen aufwachte, fühlte sie sich wie gerädert. Sie hatte einen Kater, und woher der kam, war klar: eindeutig zu viel Champagner – in allen Körperöffnungen. Aber woher rührten die Kreislaufstörungen und Muskelschmerzen?

Sie schleppte sich ins Bad und wusch sich das Gesicht mit kaltem Wasser. Da fiel ihr der Opiumduft wieder ein. Aber es waren doch nur Räucherstäbchen gewesen! Konnten die Symptome trotzdem daher stammen? Was war das für ein Teufelszeug gewesen?

„Hexe", schimpfte sie in Richtung der Wand, die an Roz' Appartement grenzte, und lachte laut auf. Wo war sie da nur hineingeraten? Da waren auf der einen Seite die schrulligen neuen Kollegen und auf der anderen die heißblütige Nachbarin. Gegensätzlicher hätten die Bewohner Gardenryes nicht sein können.

Teena zog den Lederrock an und kombinierte ihn mit einem engen schwarzen T-Shirt, auf dem sich ihre Brustwarzen abzeichneten. Damit sah sie aus wie eine Rockerbraut, ein wenig verrucht. Nur die dunklen Turnschuhe passten nicht, aber sie hatte nichts anderes, nicht einmal eine Nylonstrumpfhose. Sie ließ die Haare offen und fühlte sich, als würde sie etwas Verbotenes tun. Wie die Kollegen wohl reagieren würden?

Eilig fuhr sie zum Bäcker, kaufte sich einen Bagel und eine Flasche stilles Mineralwasser. Dann steuerte sie das Polizeirevier an. Der wolkenverhangene Himmel riss auf, und die Sonne kam hervor. Es war angenehm warm an diesem Morgen. Mit einem Knoten im Magen betrat Christeena das Gebäude.

„Guten Morgen, Monica." Sie quälte ein Lächeln hervor.

Die Empfangssekretärin hatte in einer Akte geblättert und schaute nun über den Rand ihrer Brille zu ihr hinüber. „Sie sind fünf Minuten zu spät."

„Du", verbesserte Teena sie.

Monica runzelte die Stirn. „Wie bitte?

„*Du* bist zu spät." Teena schritt an ihr vorüber. „Wir sind doch jetzt ein Team."

Sie sah nicht zurück, konnte sich aber vorstellen, wie Monica die Zähne zusammenbiss oder gar die Zunge herausstreckte. Gerade wollte sie an Matthew Hallows Tür klopfen und hatte schon die Hand gehoben, als ihr neuer Chef aus dem Besprechungszimmer herüberrief: „Wir sind hier."

Zögerlich trat sie ein. „Guten Morgen." Sie atmete auf, als sie sah, dass Lewis Poth nicht anwesend war. Matthew und Joshua saßen am Tisch, aßen Stullen und tranken Kaffee.

Als hätte Matthew ihre Gedanken erraten, sagte er: „Lewis kommt erst mittags. Wir arbeiten hier in zwei Schichten, früh und spät. Joshua übernimmt diese Woche die Früh- und Lewis die Spätschicht. Ich bin eigentlich immer hier." Er lachte.

„Gibt es keine Nachtschicht?", fragte sie und legte die Tüte mit dem Bagel auf den Platz neben Joshua. „Und was ist mit dem Wochenende?"

Josh antwortete mit vollem Mund: „Jeder hat reihum mal Bereitschaft. Der Plan hängt bei Monica."

„Du wirst vorläufig von neun Uhr morgens bis sechs Uhr abends Dienst haben, zur Einarbeitung, mit einer Stunde Pause, die du frei über den Tag verteilen kannst, allerdings sollte die Mittagspause am längsten sein." Matthew hielt die Tasse hoch. „Aber hol dir erst einmal einen Kaffee. Du trinkst doch Kaffee? Oder bist du einer von diesen Teefanatikern? Müssen wir unbedingt Tee trinken, nur weil wir Engländer sind?" Er schnalzte und trank die halbe Tasse in einem Zug leer, obwohl der Kaffee sehr heiß sein musste, denn er dampfte noch.

Eigentlich bevorzugte Teena Tee, am liebsten asiatischen Gunpowder, doch sie wagte nicht, das zuzugeben. Sie nickte nur, stellte die Flasche Mineralwasser ab und ging zurück zur Anmeldung.

„Wo stehen denn die Tassen?"

„Die bringt sich jeder selbst mit." Monica zeigte auf ein Tablett mit drei umgekehrten Bechern. „Sobald du dir eine besorgt hast, kannst du sie dazustellen. Spülen musst du natürlich selbst."

Teena wurde wütend. Sie hatte sich vorgenommen, ruhig zu bleiben, aber Monica reizte sie ständig. „Soll das heißen, ich kann jetzt keinen Kaffee trinken, weil ich noch keine eigene Tasse habe?“

Lächelnd schob Monica die Brille hoch. „Der Supermarkt ist gleich hier um die Ecke. Du kannst in der Mittagspause hingehen.“

Teena hätte schreien können. In diesem Augenblick bemerkte sie einen Becher auf dem Tablett, der ihr nur allzu bekannt vorkam. Er hatte einen Foto-Aufdruck, einen süßen Irish-Setter-Welpen. Herausfordernd nahm Teena die Tasse, die am Tag zuvor Monica benutzt hatte, goss sich bedächtig Kaffee ein und gab einen gehörigen Schuss Milch hinzu. Dann lehnte sie sich gegen den Aktenschrank und trank. Sie hätte sich wohl die Zunge verbrannt, wenn sie nicht so viel Milch genommen hätte.

Monica murrte. Sie rümpfte die Nase, schwieg jedoch und setzte sich mit dem Rücken zu Teena.

Diese triumphierte. Gemächlich schritt sie um die Anmeldung herum und musterte Monicas auffällige Frisur.

„Du hast einen Ansatz.“ Teena lehnte sich über den Schreibtisch und zeigte auf Monicas Scheitel. „Soll ich dir ein neues Färbemittel aus dem Supermarkt mitbringen, wenn ich mir eine Tasse kaufen gehe?“

Monica entglitten die Gesichtszüge. Dann fing sie sich und lächelte falsch. „Danke, aber ich lasse selbstverständlich nur den Friseur an meine Haare.“

„Aber die Färbung aus dem Supermarkt ist billiger“, sagte Teena und fügte in Gedanken hinzu: „Und auf billig stehst du doch.“

„Das wäre mir zu gewagt. Nachher bekomme ich noch so karottenfarbenes Haar wie du.“

„Das ist Natur. Ich habe es nicht nötig zu färben.“ Stolz

reckte sie ihr Kinn, obwohl sie jede andere Haarfarbe gegen die ihre eingetauscht hätte. Karottenfarben – was fiel dieser Person ein! Aber zumindest schaute Monica nun genauso angesäuert, wie Teena sich fühlte.

Sie ging zurück zum Besprechungszimmer. Es war leer.

Matthew lugte aus seinem Büro und schaute auf die Armbanduhr. „Komm, ich zeig dir schnell deine erste Aufgabe."

Er schien eine Person zu sein, die immer unter Strom stand, dabei war er nicht im Stress. Zumindest wartete kein Termin auf ihn.

Teena schnappte sich hastig Wasser und Bagel und folgte ihm zu einer Tür, die in der oberen Hälfte ein Milchglasfenster aufwies. Dieses war jedoch mit einem nachtblauen Tuch verdeckt, das mit Heftzwecken provisorisch befestigt war.

„Lewis hat gern seine Ruhe", scherzte Matthew.

„Das ist Lewis' Büro?"

Er trat ein. „Wir müssen erst noch einen Raum für dich herrichten."

Na, prima! Sie hatte nicht einmal ein eigenes Büro. Man hatte sich nicht auf ihren Arbeitsbeginn vorbereitet. Einmal mehr kam sie sich unerwünscht vor.

„Du wirst mal hier, mal bei Joshua sitzen und die letzten Fälle in den Computer eingeben", erläuterte Matthew und schaltete den Rechner ein.

Der PC fuhr hoch. Es ratterte. Offensichtlich sah er nicht nur altersschwach aus, er war es auch. Auf dem Gehäuse klebten unzählige Abziehbilder. Ob Lewis die aus Kaugummiverpackungen hatte? Teena behagte es gar nicht, in seinem Büro arbeiten zu müssen. Wusste Lewis, dass sie an seinem Platz saß? Er würde bestimmt nicht erfreut sein, sie in seinem „Revier“ vorzufinden, wenn er gegen Mittag eintrudelte. Warum musste sie überhaupt solch eine stupide Aufgabe zugeteilt bekommen? Allein in einem Kämmerchen zu sitzen, entsprach nicht ihren Vorstellungen, aber sie hatte wohl kaum eine Wahl.

Vorsichtig fragte sie: „Administration, ist das nicht Monicas Aufgabe?“

„Sie tippt nicht sehr schnell, und bei uns türmen sich die Akten.“

Matthew gab ein Passwort in den Computer ein und schob einladend den Stuhl zurück. Nachdem Teena Platz genommen hatte, erklärte er ihr das Programm. „Ich sage Monica Bescheid, dass sie dir die Fälle bringt.“

„Toll, danke“, antwortete Teena sarkastisch, aber Matthew reagierte nicht, sondern erhob sich und verließ eilig den Raum in Richtung Anmeldung.

Kurze Zeit später kam Monica zu ihr und schob einen doppelstöckigen Handwagen in das Büro. Zwei mit Akten überquellende Kisten standen oben und zwei unten.

„Danke schön“, blaffte Teena.

Monica lächelte ironisch. „Gern geschehen.“ Beim Hinausgehen drehte sie sich noch einmal um. „Übrigens, gewagter Rock, ziemlich kurz. Willst du dich mit den Nutten in der Umgebung gut stellen, in dem du dich ihnen anpasst? In London laufen Streetworker wie Penner herum, aber nicht in …“

„Danke, Monica“, sagte Teena energisch. „Das wäre alles. Du bist entlassen.“

„Entlassen?“

Monica schimpfte noch, als sie schon am Empfang war. Mit Genugtuung lauschte Teena eine Weile dem Gezeter, das durch die geöffnete Bürotür drang, und machte sich dann an die Arbeit. Sie tippte den ganzen Vormittag, aß zwischendurch ihren Bagel und spitzte die Ohren, wenn an der Anmeldung das Telefon klingelte, denn sie konnte sich nicht vorstellen, dass in diesem Kaff etwas passiert sein könnte.

Richtig neugierig wurde sie aber erst, als jemand die Station betrat. Es klingelte im Nachbarbüro. Im nächsten Moment schoss Matthew heraus und eilte zur Anmeldung hinüber. Zwei Männerstimmen waren zu hören, die eine gehörte zu ihrem Vorgesetzten, die andere klang sehr männlich, ein tiefer, warmer Bass, der Teena aufhorchen ließ. Zunächst redeten die beiden in normalem Tonfall miteinander. Doch das Gespräch wurde hitziger. Sie sprachen lauter, als stritten sie miteinander. Dann wurde es plötzlich still.

Nach einer Weile kam Matthew den Gang entlang, klopfte an Joshuas Tür und winkte Teena zu sich. „Du wirst das Protokoll schreiben." Er ging in das Besprechungszimmer, in dem außer den Pausen wohl auch die Verhöre stattfanden.

Ihm folgte ein verteufelt attraktiver Mann mit kurzem dunklen Haar, das an den Schläfen sauber ausrasiert war. Er besaß einen geraden, zielstrebigen Gang und schritt selbstsicher hinter Matthew her. Obwohl sich eine Zornesfalte über seine Stirn zog, schaute er nicht verbissen drein. Er wirkte erfolgsverwöhnt. Wer auch immer er war, es handelte sich nicht um ein am Boden zerstörtes Opfer. Sein graues Glencheck-Jackett sah teuer aus, es war maßgeschneidert und sicherlich zu warm für diese Jahreszeit. Auch die zum Jackett passende Hose und das schwarze Seidenhemd muteten edel an. Teena sprang auf und sah, dass er kostspielige Lederschuhe trug, die so gut poliert worden waren, dass die schwarze Oberfläche glänzte. Sie konnte sich nicht vorstellen, wie er selbst mit Schuhcreme ans Werk ging. Er war der Typ Mann, der delegierte.

Plötzlich trafen sich ihre Blicke. Vor Schreck setzte sich Teena wieder. Er schaute in ihr Büro. Seine Miene blieb undurchsichtig. Eine Weile starrte er sie an. Er musterte sie, ohne etwas zu sagen. Nicht einmal sein Mundwinkel zuckte. Teena fühlte sich schwach. Es war, als würde er in sie hineinsehen. Verunsichert nahm sie die Kaffeetasse und hielt sie höher, als nötig gewesen wäre, um ihr Gesicht dahinter zu verstecken, was natürlich lächerlich war. Sie schämte sich auf einmal für das kindische Welpenfoto auf dem Becher und stellte die Tasse weg. Um sich abzulenken, tat sie geschäftig und nahm die nächste Akte.

Kurz nachdem der Fremde weitergegangen war, erschien Joshua im Türrahmen. „Worauf wartest du?"

Teena hatte ganz vergessen, dass Matthew sie schon vor einigen Minuten gerufen hatte. Was musste er nun von ihr denken?

Sie stand auf und eilte mit Joshua zum Verhörraum, wo ihr Vorgesetzter mit dem Fremden auf sie wartete.

Matthew hob die Augenbrauen. „Wo hast du Papier und Bleistift?"

Teena lief hochrot an. „Kein Laptop?", fragte sie kleinlaut und beantwortete ihre Frage selbst. „Kein Laptop."

Sie hastete in Lewis' Büro hinüber, wo sie über ihre eigenen Füße stolperte und sich gerade noch an der Schreibtischkante abfangen konnte. Beinahe hätte sie dabei noch den

Bildschirm heruntergerissen. Mit zittrigen Händen griff sie Block und Kuli und kehrte zu den Männern zurück.

„Endlich“, sagte Matthew gereizt.

Teena war irritiert, da er bislang immer freundlich zu ihr gewesen war. Sie zog den Saum des Lederrocks nach unten, da er ihr auf einmal sehr kurz vorkam, und nahm Platz.

„Es tut mir leid“, flüsterte sie beschämt und wischte sich die schweißnassen Handflächen unauffällig am T-Shirt ab.

3.

Sein Aftershave war dezent, aber Teena nahm es dennoch wahr. Es handelte sich um einen erdigen Duft mit einem Hauch von Moschus. Tief atmete sie durch die Nase ein und beobachtete aus dem Augenwinkel, wie der Mann sich aufsetzte, das Jackett auszog und es über die Rückenlehne hängte. Bei allem was er tat, wirkte er elegant, selbst als er sich an dem kleinen Muttermal kratzte, das er an der Nasenwurzel hatte. Teena wäre das Mal nicht einmal aufgefallen, hätte er die Stelle nicht berührt. Es erschien wie ein winziger Schönheitsfehler in seinem gerade geschnittenen Gesicht. Seine Fingernägel waren gepflegt, und er trug keinen Ehering. Offenbar legte er viel Wert auf sein Äußeres, dabei war er keineswegs androgyn wie David Beckham, sondern durchaus ein kerniger Mann. Muskulöse Oberarme lugten unter dem kurzärmeligen Hemd hervor, und ein zarter dunkler Flaum bedeckte seine kräftigen Unterarme. Teena ertappte sich bei dem Wunsch, mit ihren Fingern durch die Härchen zu streichen und seine warme Haut zu spüren. Doch Matthew riss sie jäh aus ihren Gedanken.

Er schritt nervös auf und ab. Dann blieb er stehen und verschränkte die Arme vor dem Körper. „Wir wollen beginnen. Nennen Sie Ihren vollen Namen, das Geburtsdatum und Ihre Adresse."

„Sie kennen mich doch."

„Dies ist eine offizielle Befragung. Folgen Sie also bitte meinen Anweisungen", entgegnete Matthew unwirsch.

Der Mann lehnte sich zurück. Sein Blick verfinsterte sich. Dennoch sprach er ruhig: „Mein Name lautet Ethan

Woodridge, Earl of Cunninghall, geboren am 13. Oktober 1961. Ich wohne in der Grafschaft Tyne and Wear, nahe Gardenrye, um genau zu sein, auf Cunninghall Manor auf den Green Terrace Klippen.“ Er hob süffisant die Augenbrauen. „Reicht Ihnen das, Mister Hallow, oder soll ich Ihnen eine Kurzfassung der Familienchronik geben, damit Sie genau notieren können, weshalb ich mich in Gardenrye aufhalte?“

Teena knabberte am oberen Ende des Kugelschreibers. So sah also ein richtiger Graf aus! Ihre Eltern verdienten zwar gut, aber Adelige zählten nicht zu ihrem Freundes- und Bekanntenkreis.

„Die Informationen reichen uns“, murrte Matthew.

„Es wäre mir eine Ehre …“

„Danke, wir haben nicht ewig Zeit.“

Ethan Woodridge reckte den Oberkörper, um in den Gang zu spähen. „Es scheint mir nicht so, als würden die Leute bei Ihnen Schlange stehen.“

„Wir halten die Stadt sauber, deswegen passiert auch so wenig.“ Matthew grinste schäbig.

Der Earl neigte sich nach vorne und stützte sich auf der Tischplatte auf. „Wie kommt es dann, dass ich von einer Prostituierten bestohlen wurde?“

Teena konnte es von Matthews Gesicht ablesen, dass er sich zurückhalten musste, dem Grafen nicht zu entgegnen, es liege wohl an seinem schlechten Umgang, aber er sagte nur: „Das ist eine Ausnahme, ein Sonderfall, dem wir nachgehen werden. Dazu müssen wir allerdings wissen, was genau geschehen ist.“

„Deshalb bin ich hier.“ Woodridge lehnte sich zurück.

„Schreib alles genau auf“, wandte sich Matthew an Teena,

die plötzlich von drei Augenpaaren angestarrt wurde. Sie sank tiefer in ihren Sitz.

Joshua schaltete sich ein. „Wo hat der Überfall denn stattgefunden?“

„Es war nicht wirklich ein Überfall“, warf der Earl of Cunninghall ein und zuckte mit den Schultern.

„Bitte beantworten Sie die Frage meines Kollegen.“ Wieder dieser barsche Ton von Matthew.

Teena fragte sich, ob er mit dem falschen Fuß aufgestanden war oder es schlichtweg nicht mochte, in seinem eingefahrenen Tagesablauf gestört zu werden. Möglicherweise wurmte es ihn auch, dass in seinem Bezirk eine Straftat begangen worden war. Und säße Rosalin hier anstelle des Grafen, würde er sicherlich nicht so rüpelhaft auftreten. Kerle!

„Ich habe die junge Dame bei einem Dinner kennengelernt.“

Er bezeichnete die Prostituierte als Dame? Das verwunderte Teena.

„William Sore hatte seine besten Kunden eingeladen.“ Er faltete die Hände. „Sie kennen doch den Bankdirektor, Mister Hallow? Soviel ich weiß, sind Sie sogar mit ihm befreundet und waren schon das ein oder andere Mal auf einer seiner außergewöhnlichen Dinnerpartys.“

„Das tut nichts zur Sache!“

Warum hatte Teena das Gefühl, die Befragung verlief in die falsche Richtung?

„Was ist so besonders an den Abendessen?“, wollte Joshua wissen.

„Will Sore ist ein echter Genussmensch. Er denkt sich immer etwas Besonderes aus.“ Der Earl of Cunninghall hob abwehrend die Hände und schmunzelte. „Es tut mir leid – ich genieße und schweige."

Ein wahrer Gentleman, feixte Teena innerlich.

„Aber über den gestrigen Abend werden Sie reden müssen!" Matthew kam an den Tisch und baute sich vor ihm auf.

„Selbstverständlich, deshalb bin ich gekommen."

Joshua nahm seine Hornbrille ab und putzte sie mit dem Saum seines Oberhemds, ein gestreiftes Baumwollhemd in solch knalligen Farben, dass es jedem die Tränen in die Augen trieb, der länger als ein paar Sekunden daraufschaute. „Warum kommen Sie erst heute Vormittag?"

„Natürlich weil die Bezirksdienststelle nachts nicht besetzt ist", antwortete Ethan Woodridge mit einem vorwurfsvollen Unterton.

Nervös klopfte Matthew auf den Tisch, um seinen Worten Nachdruck zu verleihen. „Sie hätten den Bereitschaftsdienst anrufen können."

„Und unsere Polizei um den wohlverdienten Schlaf bringen?", fragte er sarkastisch. „Sie wissen doch am besten, dass Früh- und Spätschicht nur mit jeweils einem Polizisten besetzt sind. Wenn beide auch noch todmüde sind, wer soll dann für die Sicherheit von Gardenrye sorgen?"

„Ich bin ja auch noch da, und zwar von Sonnenaufgang bis Sonnenuntergang."

„Der Polizeichef wird Wichtigeres zu tun haben", mutmaßte der Graf.

Teena blickte zwischen den beiden Streithähnen hin und her, als wäre sie Zuschauerin bei einem Tennisspiel. Was ging hier vor sich?

„Die Verdächtige“, begann Joshua und hielt seine Brille hoch, um zu prüfen, ob die Gläser sauber waren, „war sie ebenfalls zu dem Dinner eingeladen?“

„Nun, eingeladen ist wohl kaum der richtige Ausdruck.“ Der Graf kraulte sein Kinn und wirkte in sich gekehrt, als würde er grübeln. „Ich würde eher sagen, sie war engagiert worden.“

„Als Callgirl?“, fragte Josh ungläubig.

„Als Dessert.“ Woodridge lachte. „Um genau zu sein, wartete sie im Kaminraum der Sore’schen Villa. Sie lag nackt auf einer Tafel, nur bedeckt mit süßen Köstlichkeiten. Ich vermag nicht zu sagen, was die größere Verführung war, sie oder die Toffee-Häppchen, die sich zwischen ihren Brüsten hindurch in einer geraden Linie bis hinunter zu ihrer rasierten Spalte reihten.“

„Rasiert?“, schoss es aus Joshua hervor.

„Jede moderne Frau sollte meines Erachtens rasiert sein“, der Earl sah Teena unverwandt an, „außer Rothaarige.“

Sein Blick nahm sie gefangen. Sie erstarrte, doch ihr Schoß erwachte. Sie wünschte, sie wäre ein Mäuschen und könnte in das nächste Mauseloch huschen. Hitze stieg in ihre Wangen. Einen Moment lang war es so still im Raum, dass sie kaum zu atmen wagte.

„Rotes Schamhaar wirkt feurig und leidenschaftlich. Es sollte nur ein wenig gestutzt werden, damit es das Wesentliche nicht verdeckt, meinen Sie nicht auch, Miss McLight?“

Sie wollte ihn fragen, woher er ihren Namen kannte und woher er wusste, dass sie ledig war, doch sie brachte keinen Ton heraus. Schließlich fiel ihr auch noch der Kugelschreiber aus der Hand. Er rollte über den Tisch, gefährlich nah an die

Kante heran, aber Teena konnte sich nicht bewegen. Sie war wie paralysiert.

Kurz bevor er herunterkullern konnte, fing Josh ihn auf. Er reichte ihn ihr leicht genervt und setzte seine Brille auf. „Die Prostituierte wurde also von William Sore dafür bezahlt, als Servierbrett für die Nachspeise zu dienen."

Ethan Woodridge nickte.

„Woher wissen Sie, dass es eine Hure war?", bellte Matthew, als würde er ihm kein Wort glauben. Er schob einen Stuhl heran, ohne ihn anzuheben, sodass dessen Beine über den grauen Linoleumboden schabten.

„Weil Will es mir erzählt hat."

Matthew setzte sich und kippelte mit dem Stuhl, wie ein Zappelphilipp in der Schulklasse. „Wieso hat er ausgerechnet eine Hure gekauft? Sore hätte jede andere Frau nehmen können."

„Welche anständige Frau hätte sich für solch einen Job hergegeben?", antwortete der Graf und sah Teena fragend an.

Obwohl es eine rhetorische Frage war, fühlte sie sich angesprochen. Sie hatte aber nicht vor, darauf einzugehen. Stattdessen machte sie übereifrig Notizen, um beschäftigt auszusehen. Sie kroch förmlich mit dem Gesicht in den Schreibblock hinein.

Joshua schlug die Beine übereinander. „Wie sah die Beschuldigte aus?"

„Sie trug eine pinkfarbene Perücke. Viel mehr kann ich nicht sagen."

„Aber Sie haben sich doch mit ihr eingelassen."

Er zuckte die Achseln und setzte eine unschuldige Miene

auf. „Ihre prächtigen Brüste haben mich zu sehr abgelenkt, auch der einmalige Duft ihrer Scham und diese bezaubernd großen Falten."

Teena biss sich auf die Unterlippe. Sollte sie das wirklich alles haarklein notieren?

„Augenfarbe, Gesichtsform, eine Narbe vielleicht? Verdammt!" Matthew schlug auf die Tischplatte. „Es muss Ihnen doch irgendetwas Sachdienliches aufgefallen sein."

Joshua räusperte sich, um seinen Chef diskret darauf hinzuweisen, dass er sich zu sehr gehen ließ. „Roch sie nach einem bestimmten Parfüm? Trug sie außergewöhnlichen Schmuck? Hatte sie Piercings?"

Hätten sie einen ungeständigen Täter vor sich gehabt, hätte Teena vermutet, dass ihre beiden Kollegen gerade „guter Polizist – böser Polizist" spielten. Aber vor ihnen saß ein Geschädigter. Zumindest Matthew, von dem sie es am wenigsten erwartet hätte, ging wenig feinfühlig vor. Was war heute nur los mit ihm? Konnte er den Earl nicht leiden? Sie hatten mit keinem Satz durchblicken lassen, dass sie einander kannten. Möglicherweise kamen Matthews Vorurteile zum Vorschein. Der Earl of Cunninghall sah nicht nur besser aus als er, er besaß auch mehr Geld und obendrein einen Adelstitel.

„Kein Intimpiercing, obwohl ein kleiner Silberring an den Schamlippen durchaus seinen Reiz hat", entgegnete der Graf und betonte die Worte „Silberring" und „Schamlippen" übermäßig.

Matthew hörte auf zu zappeln. Er wurde kreidebleich, als wäre er durch das Kippeln seekrank geworden, stand auf und ging zum Fenster. Schweigend schaute er auf den Parkplatz hinaus.

Teena überlegte. Hatte Woodridge etwas Wichtiges gesagt, und dachte Matthew nun darüber nach? Verunsichert sah sie zu Josh, aber der kaute grübelnd an seinem Daumennagel. Sie hatte das Gefühl, ihr sei etwas entgangen, das ihr Chef herausgehört hatte. Würde sie Ärger bekommen, weil sie eine wichtige Information nicht protokolliert hatte? Es musste jedenfalls eine Botschaft zwischen den Zeilen gewesen sein, eventuell etwas, das nur ein Einheimischer verstand – oder nur Matthew allein.

„Nun gut, Sie können uns fast gar nichts über die Diebin sagen.“ Joshua strich vom Scheitel abwärts über seine Pilzkopffrisur, die im Gegensatz zum Vortag nicht mit Gel am Kopf klebte. „Offenbar war sie eine Frau ohne Eigenschaften und stank nicht einmal aus dem Mund. Es gibt an ihrem Aussehen nichts, was uns Hinweise auf ihre Identität geben könnte.“

„Es tut mir leid“, sagte der Earl, aber für Teena klang das nicht gerade ehrlich, denn während seine Gesichtszüge ernst blieben, schienen seine Augen die Polizei von Gardenrye auszulachen.

Energisch drehte sich Matthew um. „Dann berichten Sie uns bitte, was genau vorgefallen ist. Vielleicht hilft uns das weiter.“

Woodridge nickte. Er neigte den Oberkörper nach vorne, ohne seine gerade Haltung aufzugeben, und legte die Unterarme auf den Tisch. „Ich ging mit den anderen Gästen …“

Ungehalten unterbrach Matthew ihn. „Wer waren sie?“

„Das tut nichts zur Sache. Sie haben nichts Relevantes beobachten können, da ich die Lady in Pink nach dem Dessert etwas abseits von der Gesellschaft traf.“

„So weit sind wir noch nicht." Matthew nahm wieder Platz. „Erzählen Sie von Anfang an."

Der Earl of Cunninghall nickte. „Als wir in das Kaminzimmer kamen, sah ich die Lady. Sie lag, wie gesagt, nackt auf einer Tafel. Es gab keine Stühle, auch keine Teller. Ihr Körper war mit den köstlichsten Desserts drapiert, von Honey Fudge über Plumpudding zu Mini-Eclaires, dazwischen heimisches und exotisches Obst. Flüssige Schokolade in den Geschmacksrichtungen Zartbitter, Milchschokolade und weiße Schokolade hatte man hier und da auf ihre Haut geträufelt."

„So genau muss es auch nicht sein", warf Joshua ein.

„Zuerst ging ich nur um sie herum, wie ein Panther, der seine Beute umkreist, um sie zu begutachten und nervös zu machen." Schmunzelnd schaute der Graf Teena an, die sich kaum noch auf ihre Notizen konzentrieren konnte. „Ich aß eine der Erdbeeren, deren Stile und Blätter man großzügig herausgeschnitten hatte und von denen jeweils eine auf die rechte und linke Brustwarze gesteckt waren. Ich nahm die Frucht ganz in meinen Mund auf, umschloss den Nippel an der Wurzel mit meinen Lippen und saugte. Die Erdbeere glitt in meinen Mund, und die Dame seufzte."

Teena spürte mit einem Mal den T-Shirt-Stoff an ihren Brustwarzen. Sobald sie ein Wort schrieb und dabei den Arm leicht bewegte, rieb der Stoff an den Nippeln. Beiläufig sah sie an sich hinunter. Ihre Warzen standen erigiert hervor und malten sich ab. Sie wusste, dass Woodridge sie beobachtete, schaute aber nicht zu ihm hinüber, sondern zeichnete die letzten Buchstaben ihrer Notizen akribisch nach, um sich abzulenken.

Er fuhr fort: „Kaum dass ich eine Erdbeere im Mund hatte, leckte ich über die Warzenhöfe, denn sie waren mit Schokolade bestrichen worden. Eine köstliche Kombination. Diese beiden Aromen harmonieren perfekt."

Unbewusst strich Teena mit der Zungenspitze über ihre Oberlippe. Als ihr die Sinnlichkeit dieser Geste bewusst wurde, war es bereits zu spät, denn der Graf hatte sie bemerkt. Sie stützte den linken Arm auf dem Ellbogen ab und legte die Hand an die Stirn, um ihre Augen abzuschirmen, ganz so, als würde die Sonne in den Verhörraum scheinen und sie blenden.

Tatsächlich klarte das Wetter auf. Mehr und mehr Blau war am Himmel zu sehen, und die Temperaturen stiegen gemächlich.

Woodridge räusperte sich und hob eine Hand an den Hals. „Kann ich bitte ein Glas Wasser haben?"

Matthew sah Teena auffordernd an, aber Joshua hatte sich bereits erhoben. „Etwas zu trinken könnten wir wohl alle gebrauchen", sagte er und schlurfte hinaus.

„Weiter, weiter, bitte", drängte Matthew.

„Die Dame mit der pinkfarbenen Perücke hielt eine Zuckerstange zwischen den Zähnen, so eine dünne, kurze, die zerbricht, wenn man zubeißt", fuhr der Earl fort. „Ich schloss meine Lippen um die Stange. Langsam glitt ich mit dem Mund hoch und runter, leckte die Zuckerstange und küsste die Schönheit immer dann, wenn sich unsere Lippen trafen."

Es prickelte in Teenas Lippen.

„Leider war die Stange bald so dünn, dass sie brach. Ich spuckte meinen Teil in einen Mülleimer, der unter dem Tisch stand, und küsste die Lady in Pink. Sie öffnete willig den Mund, ließ mich mit der Zunge in sie eindringen, sodass das andere Ende der Stange in ihre Mundhöhle fiel. Ich fischte danach. Meine Zunge schob die ihre beiseite, suchte darunter und fand die Zuckerstange schließlich in ihrer rechten Wangentasche."

Teena spürte, wie sie mit einem imaginären Liebhaber züngelte, und biss sich auf die Zungenspitze, damit der leichte Schmerz sie wachrüttelte. Selbst Matthews Augen funkelten. Offensichtlich ließen ihn die Beschreibungen auch nicht kalt.

In diesem Moment stieß Joshua die Tür auf und kehrte mit zwei Flaschen Mineralwasser sowie vier Gläsern auf einem Tablett zurück. Teena sprang auf und half Josh verlegen, die Gläser zu verteilen und Wasser einzuschenken. Dann nahm sie Platz und trank in hastigen Schlücken. Sie spürte fast die Süße der Zuckerstange in ihrem Mund. Josh ging unterdessen zu dem Fenster hinter Ethan Woodridge und setzte sich mit einer Pobacke auf die Fensterbank.

„Soll ich fortfahren?", fragte der Earl süffisant.

Matthew ermahnte Teena: „Schreibst du auch alles mit?"

Sie hatte gerade einen Schluck Mineralwasser genommen und verschluckte sich, sodass sie husten musste. Woodridge kam zu ihr hinüber, klopfte ihr auf den Rücken und setzte sich auf den Stuhl, auf dem zuvor Josh gesessen hatte. Teena schwitzte. Sie wünschte, sie hätte den Mumm, aufzustehen und ein Fenster zu öffnen, aber ihr Hintern klebte auf dem Sitz. Der Graf legte seinen Arm auf den Tisch, wobei er den ihren fast berührte. Erschrocken rückte sie ein Stück von ihm fort. Sein Aftershave betörte sie, seine Nähe machte sie nervös. Selbstsicherheit schüchterte sie immer ein.

„Bitte.“ Matthew hob auffordernd die Hand.

Der Earl verschränkte die Arme. „Ich leckte den Ahornsirup von ihren Lippen und biss in ihre Brüste, als wären es pralle Äpfel, natürlich nur neckend, sanft. Dann strich ich mit der Zunge über ihren Bauch, saugte die entkernte Litschi aus ihrem Bauchnabel und erkundete ihren Unterleib. Was ich sah, bannte meinen Blick!“

Matthew gefiel offenbar gar nicht, dass Ethan Woodridge eine Pause machte, denn er klopfte mit den Fingerspitzen auf die Tischplatte. „Nun?“

Teena fragte sich, warum Matthew so scharf darauf war, jede Einzelheit des Tête-à-Têtes zu erfahren. Das Vorspiel hatte keine Bedeutung, weil der Diebstahl erst später stattgefunden hatte. In Gedanken sah sie ihn einmal wöchentlich zum Aktenschrank schleichen, um Teenas Notizen zu nehmen und sich damit in sein Büro zurückzuziehen. Lesen kann zuweilen recht erquickend sein.

„Zwischen den kleinen und den großen Schamlippen lugte eine schokoladige Masse hervor.“ Woodridge trank und sah in die Runde. „Ich steckte meine Zunge zwischen die Falten. Genüsslich glitt ich höher, umkreiste die Klitoris und kostete das Dessert. Es war Mousse au Chocolat. Sahne war daruntergemischt worden. Ich konnte die weißen Schlieren noch erkennen.“

Warum raste Teenas Herz nur so aufgewühlt?

Matthew öffnete den Mund, um etwas zu sagen, aber der Earl kam ihm zuvor. „Da war mehr! Eine geschälte Banane schaute aus ihrem Geschlecht heraus.“

„Aus der …?“ Joshua riss ungläubig die Augen auf.

„Es war eine dieser kleinen Sorten, die gerade mal so lang wie eine Hand werden“, präzisierte Woodridge, „vergleichbar also mit einem *kleinen* Penis, Mister Hallow.“

„Ich verstehe“, entgegnete Matthew, ohne ihn dabei anzusehen.

Teena runzelte die Stirn. Was hatte das nun wieder zu bedeuten? Mittlerweile schrieb sie nur noch Stichwörter auf. Dieses Verhör schien sich in die Länge zu ziehen.

Schmunzelnd fuhr der Graf fort: „Die Dame war recht angeregt durch meine Verkostung des Desserts, das auf ihr drapiert worden war. Sie atmete schwer und erschauerte, wenn meine Zunge ihre Haut berührte. Kein einziges Mal benutzte ich meine Hände. Ich war behutsam. Sinnlich leckte und küsste ich sie. Das schien ihr zu gefallen, denn mit einem Mal ließ sie ihr Becken kreisen. Sie wollte die Banane ins Spiel bringen, und ich gab der Verführung nach.“

„Sie aßen die Frucht aus … aus ihrer …“, stotterte Josh.

„Ich habe mich an den Fuß der Tafel gestellt, ihre Schenkel weit gespreizt und mich vorgeneigt. Mein Gesicht war nah an ihrer Spalte. Ich aß die Banane Stück für Stück und sog den Intimduft der Dame tief ein. Nach drei Bissen blieb nur das Ende in ihrer Öffnung. Ich packte es mit den Zähnen, wobei meine Lippen den Scheideneingang küssten, und zog es heraus. Mitsamt der cremigen Glasur verzehrte ich den Rest.“

Glasur? Teena traute ihren Ohren nicht. Meinte er tatsächlich die Feuchtigkeit der Frau? Gardenrye schien längst nicht so prüde zu sein, wie sie gedacht hatte, und es lebten auch nicht ausschließlich Moralapostel hier.

„Und schließlich waren Sie so heiß aufeinander, dass Sie

sich auf ein Gästezimmer zurückgezogen haben", mutmaßte Matthew.

Doch Ethan Woodridge wiegelte ab. „Das ist nicht mein Stil. Ich trank meinen Portwein, plauschte mit den anderen Gästen und ging hinaus, um frische Luft zu schnappen. Die Nacht war finster, weil Regenwolken Sterne und Mond verdeckten. Nur die Lichter im Haus erhellten auch den Garten ein wenig. Ich lustwandelte entlang dem Plonge – so hat William Sore den Bach genannt, der an seinem Garten vorbei zum Meer fließt – zu einer Baumgruppe hinüber, wo ich sie wiedertraf."

„Die Lady in Pink?", fragte Joshua atemlos.

Der Graf nickte. „Im Schutz der Bäume stand sie breitbeinig im Wasser, schön wie eine Nymphe, und wusch ihren Körper. Als sie mich sah, war sie zunächst erschrocken, doch dann erkannte sie mich und lächelte frivol. Sie reinigte aufreizend ihren Schoß."

Matthew schnaubte. „Haben Sie nicht wissen wollen, warum die Frau nicht einfach eine Dusche in Sores Haus nahm?"

„Selbstverständlich. Will wollte ihr weniger Lohn zahlen als vereinbart und hat sie vor die Tür gesetzt, als sie einen Aufstand machte. Er dachte wohl, mit einer Nutte kann er es machen. Doch ich habe nach dem Vorfall mit ihm gesprochen. Die Dame hat gelogen. Er zahlte ihr den vollen Preis."

„Hat Mister Sore keine Adresse oder Handynummer von ihr?" Josh stemmte die Hände in die Hüften.

„Keine Kontaktdaten", antwortete Woodridge.

Unruhig lief Joshua auf und ab. „Aber er muss sie doch

irgendwo gebucht haben?"

„Er hat sie im ‚Flesh' in Alnick angesprochen. Sie kennen das ‚Flesh'. Will meinte, er wäre mit Ihnen schon einmal dort gewesen." Fragend schaute der Earl of Cunninghall Matthew an. „Er sagte auch, dass Sie sich seitdem nicht mehr bei ihm melden würden. Sie würden ihn ignorieren. Es sehe für ihn fast so aus, als hätten Sie ihm die Freundschaft aufgekündigt. Er findet das merkwürdig, nach allem, was Sie gemeinsam erlebt haben."

Erbost sprang Matthew auf. Sein Stuhl stürzte um. Er riss die Hände hoch und gestikulierte heftig. „Das tut nichts zur Sache!"

Während der Earl ruhig neben ihr saß, zuckte Teena zusammen. Was war nur in Matthew Hallow gefahren? Möglicherweise hatte er sich mit William Sore zerstritten und konnte daher auch dessen Freunde nicht mehr leiden. Jedenfalls führte er sich ziemlich unprofessionell auf.

Er stützte sich auf den Tisch auf und neigte sich tief zu Woodridge herunter. „Kommen Sie endlich auf den Diebstahl zu sprechen!"

„Die Dame trug ihre pinkfarbene Perücke und ein sinnliches Make-up, sonst nichts. Nackt entstieg sie dem Bach. Das Wasser schimmerte auf ihrer Haut. Das konnte ich selbst bei dem diffusen Licht erkennen. Sie verrieb es auf ihrem Körper, als wäre es Lotion, knetete ihre Brüste lasziv und trat nah an mich heran. Während sie mir in die Augen sah, fasste sie mir in den Schritt."

Teena wunderte sich, wie selbstbewusst manche Frauen mit ihrer Sexualität umgingen und sich nahmen, was sie wollten. Aber die „Dame" war ja auch eine Prostituierte. Sex war ihr Geschäft. Seltsam nur, dass sie trotzdem noch privat Lust verspürte.

Der Earl legte die Fingerspitzen seiner Hände gegeneinander. „Sie bemerkte, wie erregt ich war, und kniete sich vor mich hin. Während sie langsam meine Hose öffnete und sie samt Slip herunterzog, sah sie mich an."

„Sagte sie nichts?" Joshua stellte den Fuß auf einen Stuhl und stützte den Unterarm auf dem Oberschenkel ab.

„Wir verstanden uns auch ohne Worte. Mein erigiertes Glied stand von meinen Lenden ab. Sie schloss die Hand um die Peniswurzel und drückte sanft zu. Dann leckte sie mich. Sie züngelte über meine Hoden, lutschte an der Vorhaut und nahm schließlich die Eichel in den Mund."

„Gut, gut", unterbrach ihn Matthew. „Die Lady hat also Ihre Erregung ausgenutzt und ist mit Ihrer Brieftasche auf und davon."

„Ich war zwar berauscht vor Lust, aber trotzdem hätte ich reagieren können, wenn …", Ethan Woodridge machte eine Pause. „Ja, wenn sie mich nicht mit meinen Schnürsenkeln gefesselt hätte, und zwar auf hinterhältige Art und Weise."

Teena horchte auf.

„Als ich bereits verzückt stöhnte, zog sie den Schnürsenkel aus meinem linken Schuh. Sie stand auf, führte meine Hände hinter den Rücken und band mir die Handgelenke zusammen."

„Halleluja." Matthew klatschte in die Hände. „Die hätten Sie problemlos zerreißen können. Sagen Sie mir nicht …"

Diesmal fiel der Graf ihm ins Wort. „Das habe ich auch! Nur hatte die Dame mir vorher mit dem Schnürsenkel des rechten Schuhs die Penisspitze abgebunden und das andere Ende an einem Zweig befestigt, zur Luststeigerung, wie ich dachte, doch das war ein Irrtum. Als sie wegrannte, ließ sie den Ast los. Er schlug zurück und riss an meinem Geschlecht. Mir traten die Tränen in die Augen. Als ich mich von den Fesseln befreit hatte, war die Lady nicht mehr zu sehen."

Teena biss die Zähne zusammen, um ein schadenfrohes Lachen zu unterdrücken. Welch eine Situation! Sie wäre gerne dabei gewesen.

Joshua rieb sich die Schläfen. „Was genau hat sie alles gestohlen?"

„Meine Geldbörse samt Papieren und Kreditkarten. Nun weiß sie, wo ich wohne", brachte der Earl besorgt hervor.

„Haben Sie Schutzmaßnahmen ergriffen, Kreditkarten sperren und Konten einfrieren lassen, Wachmänner für Ihr Domizil engagiert oder Ähnliches? Ein Mann von Ihrem Stand kann leicht zur Zielscheibe eines groß angelegten Einbruchs werden. Cunninghall Manor birgt so manchen Kunstschatz, nehme ich an."

Der Earl ignorierte Joshua und wandte sich an Matthew. „Es ist riskant, wenn die Adresse in falsche Hände gerät. Wer weiß, was die Lady in Pink vorhat! Wir sollten nicht mit dem Feuer spielen, nicht wahr? Das ist gefährlich. Wir könnten darin verbrennen. Lust ist ein machtvolles Spielzeug!"

Verwundert betrachtete Teena sein Profil. Wieso sprach er plötzlich im majestätischen Plural?

Matthews Nasenflügel blähten sich, aber er schwieg.

Nur Josh raunte: „Das hätten Sie sich wirklich vorher überlegen sollen."

„Späte Reue bringt nichts, wenn das Kind erst einmal in den Brunnen gefallen ist“, sagte der Earl so laut, dass es selbst Monica an der Anmeldung gehört haben musste.

„Wir könnten einen Zeichner aus Newcastle anfordern, damit er ein Phantombild malt“, schlug Joshua vor.

„Damit wir wieder wie die Deppen vom Dorf dastehen?“ Matthew schüttelte den Kopf. „Wir werden die Angelegenheit allein regeln!“

Joshua stellte sich vor ihn. „Ich kann sofort zu William Sores Villa fahren und die Spuren sichern.“ Er schien voller Tatendrang zu sein.

„Das übernehme ich!“, antwortete Matthew mit fester Stimme.

Der Earl nickte anerkennend. „Ich weiß es zu schätzen, dass sich unser Polizeichef persönlich der Sache annimmt. Kann ich dann gehen? Sie wissen ja, wo Sie mich finden. Meine private Mobilnummer haben Sie auch. Ich stehe Ihnen jederzeit für Fragen zur Verfügung.“

„Woher sollte ich Ihre Handynummer haben?“, zischte Matthew gereizt.

In diesem Moment klopfte es an der Tür. Monica steckte den Kopf in den Verhörraum. „Teena, deine Person wird an der Anmeldung verlangt.“

„Wie bitte?“, fragte Teena, aber die Empfangssekretärin war schon wieder verschwunden. Entschuldigend sah sie zu Matthew.

„Geh schon.“

Sie zuckte mit den Schultern, weil sie keine Ahnung hatte, warum man sie rief. Eilig stand sie auf, stieß den Stuhl um, weil sie verzweifelt versuchte, dem Blick des Earls nicht zu begegnen, und schritt aus dem Raum.

Am Empfang wartete ein junger Mann. Er prüfte, ob seine Igelfrisur noch stachelig genug war, indem er die Haarsträhnen einzeln mit Daumen und Zeigefinger betastete. Sein Gesicht war voller Pubertätspickel. Als er Teena bemerkte, hielt er ihr ein Paket in der Größe eines Schuhkartons hin. „Ich brauche eine Unterschrift."

„Jemand schickt mir hierher ein Päckchen?", fragte sie zweifelnd.

„Sieht wohl so aus", antwortete der Kurier und deutete auf das Formular, das er mit dem Daumen auf dem Karton festgeklemmt hielt.

„Haben Sie etwas zu schreiben?"

„Nein."

Teena sah sich nach einem Stift um und entdeckte einen Kugelschreiber in Monicas Hand. Obwohl sie sich schon in Gedanken in ein Büro hetzen sah, fragte sie dennoch: „Darf ich?"

Wider Erwarten reichte Monica ihr den Kuli.

Während sie den Empfang der Sendung quittierte, betrat Lewis den Raum. Er schnippte gegen den Karton. „Ein Care-Paket von deinen Eltern aus Great London. Wie niedlich! Mami und Papi müssen die Kleine dolle vermissen." Lachend ging er in sein Büro.

Mit zusammengekniffenen Augen schaute Teena ihm hinterher. Am liebsten hätte sie ihm das Päckchen um die Ohren geschlagen. Zumindest hatte er sie geduzt, aber das stimmte sie auch nicht milde. Vor Wut hatte sie gar nicht gemerkt, dass der Kurier gegangen war. Er hatte die Sendung einfach auf die Theke gelegt und war verschwunden.

„Das glaube ich nicht.“ Monica nahm ihr den Stift aus der Hand.

Teena griff das Paket. „Was glaubst du nicht?“

„Dass die Sendung von deinen Eltern ist“, entgegnete Monica und steckte den Kuli hinters Ohr. „Es ist nicht aus London. Das hat mein geschulter Blick sofort erkannt.“

„Wer sollte mir sonst …? Es steht kein Absender darauf.“

„Aber der Karton wurde in der Postfiliale in Gardenrye gekauft.“

Verblüfft runzelte Teena die Stirn. „Woher weißt du das?“

„An der Seite ist ein Stempel.“ Monica zwinkerte.

Teena begutachtete das Päckchen. Tatsächlich! Die Frau hatte recht. Da fiel ihr etwas ein: „Der Kurier hat mir nicht einmal einen Durchschlag der Empfangsbestätigung gegeben. Darauf hätte der Absender …“

„Er war ja nicht einmal Kurier.“

„Ach, nein?“ Woher wollte die Sekretärin das nun wieder wissen?

„Hier in der Gegend gibt es nur zwei Kurierdienste, und die Auslieferer erkennt man sofort an der quietschgelben oder blauen Uniform und den unübersehbaren Logos. Dieser Milchbubi gehörte zu keinem von beiden.“

„Vielleicht war er ein Aushilfsfahrer“, warf Teena ein.

„Der seine Formulare auf dem Computer zusammenbastelt und selber ausdruckt?“

„Hat er das?“

„Das war deutlich zu sehen. Unprofessionelle Gestaltung, zu viele Tippfehler, kein Schriftzug des Kurierdiensts, kein Durchschlag …“

„Schon gut!“ Teena lächelte anerkennend. „Du bist während deiner langen Dienstjahre für die Polizei von Gardenrye wohl zur Kriminologin geworden."

„Und wenn du eine gute Polizistin werden willst, musst du aufmerksamer sein."

„Das nehme ich als ehrlichen Rat an." Teena meinte das ernst. Ihr hätten die Ungereimtheiten auffallen müssen. Stattdessen war sie gedanklich noch bei Woodridge, ihr Zorn auf Lewis hatte sie abgelenkt, und von Monica mit Argusaugen beobachtet zu werden, hatte sie nervös gemacht.

In Lewis' Büro konnte sie nicht gehen, daher steuerte sie Joshuas Zimmer an. Sie schob die Tür zu, ließ sie aber einen Spaltbreit offen, damit sie rechtzeitig bemerkte, wenn sich jemand näherte. Neugierig schüttelte sie das Päckchen. Nur ein leises Rascheln war zu hören. Es half alles nichts. Sie musste es öffnen, um zu sehen, was darin war. Eine Bombe würde es schon nicht sein. Mit einer Schere schnitt sie das Klebeband auf und klappte die Seiten nach oben. Zerknülltes Zeitungspapier. Mehr war auf den ersten Blick nicht zu erkennen. Da es sich um die Newcastle Daily News handelte, dachte Teena sofort an Monica, weil sie am Vortag diese Tageszeitung gelesen hatte. Wollte die Sekretärin sie hereinlegen, einen persönlichen Rachefeldzug führen? Oder war das ein Test der neuen Kollegen, um herauszufinden, wie gut sie war? Vielleicht ein Ritus, den jeder neue Polizist über sich ergehen lassen musste?

Eifrig kramte sie in dem Papier. Es war nur Füllmaterial, denn bald hielt sie zwei Lackschuhe mit verteufelt hohen Absätzen in den Händen. Außer Strapsen und einer Packung halterloser Strümpfe fand sie einen zerknitterten Zettel, auf dem stand:

„Ich habe die Turnschuhe gesehen.
Die gehen gar nicht!
Nimm dies als Willkommensgeschenk und –
ANZIEHEN!“

Das letzte Wort war wie eine Drohung. Statt einer Unterschrift hatte der Absender eine Rose unter den Brief gemalt.

„Rosalin!“, entfuhr es Teena.

Sie prüfte, ob jemand sie gehört hatte, aber im Gang war niemand zu sehen. Warum war Roz nicht selbst zum Revier gekommen, um das Geschenk abzugeben? Zu schüchtern war sie jedenfalls nicht. Teena ahnte, dass die rassige Schönheit gerne Spielchen spielte. War das ein Wunder? Gardenrye bot kaum etwas zur Unterhaltung und Zerstreuung. Da musste man schon kreativ sein.

Sollte Teena sich wirklich so sexy auf dem Revier anziehen? Das war definitiv zu viel! Sie schaute auf die Wanduhr, die über der Tür hing. Die Uhr war ein Relikt aus den siebziger Jahren, sie besaß ein orangefarbenes Zifferblatt mit großen weißen Zahlen, als hätte man früher schlechter sehen können als heutzutage. Es war mittlerweile kurz nach zwölf. Teenas Magen knurrte. Ihr Kühlschrank daheim war leer. Sie musste unbedingt in der Mittagspause in den Supermarkt gehen – auch, um sich eine Tasse zu kaufen. Wie würde Roz reagieren, wenn sie sie in Turnschuhen sah?

Teena knetete ihre Unterlippe. Ihr gefielen die Sachen. Sie wollte sich verändern. Sogar ein wenig wie Rosalin wünschte sie zu sein. Ein Hauch von deren ausgeprägter erotischer Ausstrahlung würde Teena reichen.

„Auf was wartest du dann?“, fragte sie sich selbst und

öffnete die Packung mit den schwarzen Strümpfen. Sie rollte einen Strumpf auf, steckte die Hand hinein und begutachtete ihn. Er entpuppte sich als blickdicht und besaß ein wunderschönes Band aus dunkler Spitze.

„Traumhaft!“, wisperte Teena. Warum hatte sie eigentlich niemals versucht, Strapse zu tragen, wenn sie ihr so gut gefielen? Sie wusste es selbst nicht. Nie wäre sie in ein Dessousgeschäft gegangen und hätte sich halterlose Strümpfe besorgt. Weil Strapse verrucht waren? Oder sie zu schüchtern war?

„Weil sie unter Jeans eh nicht aufgefallen wären“, scherzte sie.

Aber heute trug sie einen Minirock. Aufgeregt zog sie den Strumpf an. Er schmiegte sich eng an das Bein und hielt auch ohne Strapse. Das Spitzenband sah atemberaubend aus. Ihr Bein wirkte ganz anders, irgendwie femininer. Möglicherweise schlummerte ja doch mehr Weiblichkeit in Teena, als sie bislang gezeigt hatte. Eilig zog sie den zweiten Strumpf und die Strapse an und befestigte die Halter am Band. Dann schlüpfte sie in die Lackschuhe und betrachtete ihren Körper von der Hüfte abwärts.

„Nicht übel.“

Das Herz pochte ihr bis in den Hals. Es waren doch nur Strümpfe! Leider sah man das edle Spitzenband nicht. Es war unter dem Lederrock verschwunden. Daher zog sie das Band tiefer, sodass nicht nur die Spitze unter dem Saum hervorlugte, sondern auch der Straps. Es sah anzüglich aus. Teena war begeistert!

Sie drehte sich um die eigene Achse und machte ein paar Schritte, ohne den Blick von ihren Beinen zu nehmen, die nun ein echter Hingucker waren. Über die Straße würde sie allerdings nicht gehen, solange das Spitzenband herausschaute. Dieses winzige Detail war ihr zu gewagt. Ihr eigener Anblick verschlug ihr die Sprache. Sie sah mit einem Mal so verdammt sexy aus! Ihr Gang war aufrechter, auch wenn sie auf den Absätzen noch etwas unsicher ging, sie bewegte sich geschmeidiger und hatte Lust zu zeigen, was sie besaß. Aber würde sie sich trauen, in diesem Aufzug im Supermarkt einzukaufen?

Teena beugte sich hinunter und streichelte ihre Oberschenkel. Sie strich über die Spitze. Ihr Daumen glitt unter das Band – da bemerkte sie im Augenwinkel ein Gesicht, das sie anstarrte. Teena schreckte hoch. Sie riss die Augen auf, machte einen Schritt rückwärts und stieß gegen Joshuas Schreibtisch.

Draußen auf dem Korridor stand Ethan Woodridge, Earl of Cunninghall, und linste durch den Türspalt.

4.

Teena fühlte sich, als hätte Woodridge sie in einem intimen Moment erwischt. Dabei hatte sie sich doch nur umgezogen. Das war untertrieben, zugegeben, aber sie hatte ja nicht heimlich in Joshuas Büro masturbiert. Dennoch lief sie augenblicklich rot an. Die Hitze stieg ihr in die Wangen. Sie spürte förmlich, wie ihr Gesicht puterrot leuchtete.

Eilig zog sie die Spitzenbänder hoch, damit die halterlosen Strümpfe wie eine normale Strumpfhose aussahen. Das lenkte Ethan Woodridges Aufmerksamkeit jedoch nur noch mehr auf ihre Schenkel. Lasziv schmunzelte er. Er musterte sie von den roten Haaren bis zu den Lackschuhen und nickte anerkennend, als er die Höhe der Absätze bemerkte.

Plötzlich klopfte Matthew Hallow ihm von hinten auf die Schulter.

Teena erschrak.

Er zog den Earl mit in Richtung Anmeldung. „Wir melden uns, sobald das Protokoll getippt ist, damit Sie es unterschreiben können. Die Nummer ist noch die gleiche?"

Teena stutzte. Meinte ihr Chef damit die Telefonnummer? Er hatte doch eben noch lautstark behauptet, keine Mobilnummer von Woodridge zu haben. Unsinn, ermahnte sich Teena, er musste den Festnetzanschluss gemeint haben. Das hitzige Verhör hatte sie durcheinandergebracht.

Bevor sie eine Entscheidung treffen konnte, ob sie Strapse und Lackschuhe anbehalten oder doch lieber wieder auf Turnschuhe wechseln sollte, stand Joshua im Büro. „Auf diesen Absätzen kannst du laufen?"

„Ich versuch es jedenfalls", antwortete sie kleinlaut. Vermutlich dachte er, sie hätte sich die Schuhe bei einem Lieferservice bestellt.

„Frauen! Euch werde ich nie verstehen.“ Mahnend hob er den Zeigefinger. „Denk nicht, dass ich deine Arbeit übernehme, wenn du umknickst und dir den Knöchel verstauchst.“

„Keine Sorge! Protokolle in den Computer eingeben kann ich auch mit zwei gebrochenen Beinen.“ Wütend packte sie die Turnschuhe in den Karton.

Auf einmal lachte er.

„Was ist so lustig? Hör auf!“ Sie nahm ein zusammengeknülltes Blatt Zeitungspapier und warf es ihm an den Kopf.

Überrascht hörte er auf zu lachen. Er griff sanft ihren Oberarm. „So war das doch nicht gemeint. Bist du immer so empfindlich?“

„Ich mag es nicht, wenn man sich über mich lustig macht.“ Das hatte sie schon in ihrer Teenagerzeit über sich ergehen lassen müssen.

Joshua schüttelte den Kopf. „Ich habe nur gelacht, weil du gut gekontert hast. Wenn du dich so aufreizend anziehst, musst du auch mit Kommentaren rechnen.“

Er hatte recht. Sie hatte doch vorher gewusst, dass sie bei den neuen Kollegen anecken würde, weil das Outfit unpassend für den Dienst war. Ein Teil von ihr wollte sogar provozieren, während der andere es vorzog, in der Masse unterzugehen. Heute gewann ihre verruchte Seite, die mutige Christeena.

Sie nahm das Paket und wollte gerade das Büro verlassen, als Josh fragte: „Kommst du mit mir etwas essen? Es ist Zeit für die Mittagspause. Mein Magen hat sich schon während der Befragung ständig gemeldet.“

„Eigentlich muss ich in den Supermarkt“, wandte sie ein und hätte sich ohrfeigen können.

„Der Hafen ist nur eine Straße weiter. Dort liegt unser Stammimbiss – das ‚Finger Food‘. Wir gehen oft dorthin. Das Essen ist günstig und lecker.“

„Kommen die anderen auch mit?“ Sie hatte keine Lust, die Pause mit Lewis zu verbringen.

„Monica isst daheim, weil sie nur zwei Häuser weiter wohnt. Lewis’ Schicht hat erst vor zehn Minuten begonnen. Er macht gegen Abend Pause.“ Josh strich über seinen Pilzkopf. „Und Matthew soll sich erst einmal abkühlen.“

„Findest du auch, dass er irgendwie merkwürdig war?“ Sie ergriff die Chance und hakte vorsichtig nach.

„Jeder hat mal einen schlechten Tag. Hol am besten die Akten aus Lewis’ Büro. Er fühlt sich schnell gestört. Du kannst nachher in meinem bescheidenen Zimmer weiterarbeiten.“

„Und wo arbeitest du?“ Teena stellte den Karton auf den Boden und schob ihn mit dem Fuß unter den Tisch, damit er nicht im Weg stand.

„Ich hör mich mal in der Stadt um.“ Grinsend zwinkerte er. „Ich hab meine Quellen.“

Aufschneider! Teena hätte am liebsten die Augen verdreht, konnte sich aber gerade noch zusammenreißen und ging zu Lewis. Der schaute mürrisch zu ihr auf.

Wenn Blicke töten könnten, dachte Teena und packte die Akten, die auf dem Schreibtisch lagen, auf den Handwagen. Dabei stieß sie einen Becher mit Kugelschreibern um, die sich auf dem Boden verteilten.

„Das kann ja heiter werden“, brummte er.

Teena ärgerte sich über ihre Tollpatschigkeit. Meist war sie ungeschickt, wenn sie sich unwohl fühlte, weil sie angestarrt wurde oder jemand anwesend war, der sie nicht leiden konnte. Beides war in dieser Situation der Fall. Sie bückte sich und hob die Stifte auf. Ihr Blick fiel auf die Aufkleber, die das Gehäuse des Rechners verschandelten. Sie zeigten vorwiegend Tiere. Viele der Sticker waren so alt, dass die Ecken nicht mehr klebten und das Bild kaum noch zu erkennen war. Wie konnte ein erwachsener Mann nur solch eine Vorliebe haben? Dann entdeckte sie den Schriftzug, der auf allen Abziehbildern zu finden war. Er stand am unteren Rand und war so klein, dass man ihn nur schwer bemerkte. „Charity for Kids“.

Die Aufkleber stammten von einer Wohltätigkeitsorganisation.

Teenas schlechtes Gewissen meldete sich. Sie vermutete, dass Lewis Geld spendete und als Dank diese Tierbilder erhielt. Manche Organisationen verschickten Postkarten, auf denen Bilder zu sehen waren, die Kinder oder behinderte Menschen gemalt hatten. Wahrscheinlich verschenkte Charity for Kids Sticker.

Man kann den Leuten eben nicht in den Kopf gucken, dachte sie und revidierte ihre Meinung von Lewis. Er war vielleicht doch nicht so ein Kotzbrocken, wie er vorgab zu sein.

Nachdem sie die Kugelschreiber aufgehoben und in den Becher gestellt hatte, schob sie den Wagen in Joshuas Büro und bemühte sich, nirgendwo anzustoßen, damit nicht auch noch die Akten herunterpurzelten. Sie musste ihre Gedanken einfach mehr sammeln. Dann würde sie auch weniger tollpatschig sein.

„Können wir?“, fragte Joshua.

Teena nickte lächelnd. Sie war davon ausgegangen, dass es Wochen dauern würde, bis das Eis zwischen den neuen Kollegen und ihr gebrochen war, aber zumindest bei Josh hatte es bereits geklappt. Er schien am umgänglichsten zu sein.

Gemeinsam verließen sie das Gebäude. Die Sonne stand hoch. Trotz leichter Brise brannte sie heiß auf den Parkplatz. Der Asphalt speicherte die Hitze. Teena wünschte, sie hätte nackte Beine und trüge Sandalen, auch das schwarze Shirt und der Lederrock waren nicht optimal. Aber wer schön sein will, muss leiden können, heißt es. Daher konzentrierte sie sich darauf, einen Fuß vor den anderen zu setzen und mit den Absätzen nicht in ein Loch zu treten. Vor den Bürgersteigen hob sie die Füße höher als notwendig, um nicht auf die Kante zu treten und umzuknicken. Das wäre eine Demütigung, die sie nicht ertragen hätte. Es kostete sie schon Überwindung, in diesem Outfit auf die Straße zu gehen. Der Spott von Monica und Lewis, wenn sie mit verbundenem Fußgelenk zurückkehren würde, wäre nicht auszuhalten!

Wider Erwarten kam sie heil am Imbiss an. Sie schwitzte leicht durch die Sommerglut, aber auch vor Anstrengung. Der Laden war zweigeteilt. Auf der rechten Seite wurden hinter einer Kühltheke, in der die kalten Zutaten lagen, die Speisen zubereitet, während auf der linken Seite Tische und Stühle standen. Joshua steuerte jedoch geradewegs einen der Stehtische an, die auf dem Bürgersteig vor dem Laden im grellen Sonnenschein standen. Ohne sie zu fragen, bestellte er zwei Portionen Fish and Chips, die prompt in weißen Papiertüten serviert wurden. Die Tüten trieften vor Fett, und Teena nahm sich einige Servietten, um die ihre damit zu umwickeln. Hoffentlich würde ihr Magen nicht rebellieren.

Das war also der Stammimbiss der Polizei von Gardenrye. Teena sehnte sich ja nicht gerade nach einer Sushi-Bar. In der verbrachten ohnehin nur Yuppies, die so aalglatt waren wie ihre pomadisierten Haare, ihre Mittagspause, um zu zeigen, wie hipp und trendy sie waren. Aber ein wenig ansprechender hätte das Ambiente schon sein können – und das Essen weniger fettig. Zumindest war der Laden sauber. Normalerweise bevorzugte sie Mineralwasser, aber sie bestellte eine kleine Flasche Cola – für den Fall, dass sie den Geschmack überdecken musste.

„Iss", forderte Joshua sie auf und biss in den frittierten Fisch im Bierteigmantel. „Das ist nicht einfach nur Kabeljau. Der alte Connerly bietet auch Schellfisch und Scholle an, aber ich habe uns Merlan bestellt. Der Fisch ist frisch gefangen, anders als in London. Du wirst den Unterschied schmecken."

Zögerlich nahm sie eine Pommes. Sie aß sie und kam zu dem Urteil, dass sie gar nicht mal schlecht war. Nun wurde sie mutiger und begann, am Fisch zu nagen. Tatsächlich! Er war hervorragend und schmeckte nicht halb so fettig, wie die Papiertüte vermuten ließ.

„Kennst du den Earl of Cunninghall?", fragte sie nach einem Schluck Cola.

Joshua zuckte mit den Achseln. „Na ja, kennen ist wohl zu viel gesagt. Ich habe ihn schon das ein oder andere Mal gesehen. Bürgermeister Crock bindet ihn gerne ein. Einen

Adeligen an der Seite zu haben, ob nun bei Empfängen oder irgendwelchen Aktionen, ist immer hilfreich. Aber ich persönlich hatte noch nichts mit Woodridge zu tun. Er hält sich nicht gerade in den Kreisen auf, in denen ich mich bewege." Er zwinkerte.

„Ethan Woodridge scheint viele einflussreiche Freunde zu haben", warf sie ein.

„Bekannte", korrigierte er. „Wenn man einen Adelstitel hat, wollen alle zu deinem Freundeskreis gehören. Ich denke, der Earl kann da gut unterscheiden. An Selbstsicherheit mangelt es ihm jedenfalls nicht."

Teena schmunzelte und schlang ein weiteres Stück Fisch hinunter. Je mehr sie aß, desto hungriger wurde sie. Glücklicherweise war die Portion nicht gerade klein. „Ob die Lady in Pink wusste, wer er ist?"

„Bestimmt waren alle, die William Sore zum Abendessen eingeladen hatte, einflussreich."

„Und wohlhabend. Eine große Auswahl an potenziellen Opfern." Sie wischte mit einer Serviette über den Mund. „Aber konnte die Flüchtige davon ausgehen, dass die Gäste etwas Wertvolles bei sich trugen? Die meisten haben sicherlich kein Bargeld in der Tasche, sondern Kreditkarten. Den Autoschlüssel hat sie nicht gestohlen, auch nicht die Armbanduhr …"

Josh unterbrach sie. „Die Uhr war an Woodridges Handgelenk. Die Prostituierte musste fliehen. Es hätte zu viel Zeit gekostet, sie zu nehmen."

„Oh, bitte! Die Frau hätte nur den Verschluss öffnen müssen. Die Hände des Grafen waren zu diesem Zeitpunkt noch hinter seinem Rücken gefesselt. Er hätte sich kaum wehren können. Anstatt etwas zu stehlen, das sie problemlos hätte verkaufen können, entwendet sie die Brieftasche."

„Vielleicht hat sie Verbindungen, jemand, der das nötige Know-how und Equipment besitzt und Kreditkarten auslesen kann. Verbrecher kennen sich untereinander", antwortete er mit vollem Mund.

Teena schluckte einen Bissen frittierten Merlan hinunter. „Für mich ist das zu viel Spekulation."

„Es gibt genug dumme Kriminelle. Es ist auch möglich, dass sie nur die Gelegenheit beim Schopf gepackt hat. Sie hat das Erste geraubt, das ihr in die Finger kam, und ist in Panik auf und davon."

Teena spülte mit Cola nach. „Panik? Der Earl stellte sie eher als berechnend dar."

„Geschädigte sehen die Dinge manchmal anders, als sie tatsächlich waren, weil sie betroffen sind und sich verletzt fühlen."

„Machte Woodridge diesen Eindruck auf dich?" Sie stülpte die Verschlusskappe auf die Flasche, damit kein Insekt hineinfliegen konnte.

„Er war aufgeregt."

„Wohl eher, weil Matthew sich nicht gerade verhielt, als würde er ihm gerne helfen wollen." Da Joshua den Mund öffnete, offensichtlich um zu protestieren, fuhr sie schnell fort: „Ich kann mir nicht vorstellen, dass das Zusammentreffen im Garten der Sore'schen Villa zufällig war."

„Was meinst du damit?"

„Nun, zum einen hatte die Dame mit der pinkfarbenen Perücke laut William Sore gar keinen Streit mit ihm wegen des Honorars ..."

Josh hob die Hand. „Das kann er behaupten, um sich zu schützen, weil er sie übers Ohr gehauen und sie nackt vor die Tür gesetzt hat."

„Würde er das wirklich tun? Überleg doch mal." Teena fischte nach der letzten Pommes, die in der Spitze der Tüte festklebte. „Als Bankdirektor hat er nicht nur viel Geld ..."

„Die Reichsten sind meist am geizigsten."

„... sondern auch einen Ruf zu verlieren."

„Wer glaubt schon einer Hure?"

„Neider, Konkurrenten, falsche Freunde", zählte sie auf. „Manchmal reicht ein Gerücht, besonders auf dem Land."

„Vorsicht!" Sein Blick verfinsterte sich. „Wir sind in einer Kleinstadt und nicht in einem Dorf, das aus zwei Bauernhöfen und einem Misthaufen besteht."

„So war das nicht gemeint." Sie legte die Hand auf seinen Unterarm. „Entschuldige bitte."

„Wenn du nicht so süße Sommersprossen hättest", entgegnete er und lachte.

Damit hatte Teena nicht gerechnet. Sie zog die Hand weg und aß hastig die letzte Pommes. Dann knüllte sie die Tüte zusammen. „Was ich sagen wollte, war, dass die Situation am Plonge mir schlichtweg zu unwahrscheinlich ist. Keine Frau würde sich in einem Bach waschen, sondern in ihr Auto steigen und nach Hause fahren, um dort zu duschen, egal ob nackt oder angekleidet."

„War sie denn mit dem Auto da?"

Sie seufzte. „Das haben wir wohl vergessen zu fragen."

Joshua kramte in seiner Gesäßtasche und holte ein Moleskin-Notizbuch heraus. Ein Kugelschreiber steckte in der Brusttasche seines Hemds. Er nahm ihn und notierte die

Frage. „Vielleicht kam sie mit dem Taxi und fuhr damit auch wieder."

„Dann müssten wir die Taxinummer feststellen lassen und könnten eventuell herausfinden, wo das Taxi sie nach dem Vorfall abgesetzt hat."

„Nach dem Lunch werde ich ins ‚Flesh' nach Alnick fahren. Dort müsste man die Lady in Pink eigentlich kennen", sagte Josh. „Somit ist mein Büro frei, und du kannst dort weiterarbeiten."

„Ich würde gerne mitkommen, aber ich weiß nicht, ob Matthew mich lässt." Teena ging zum Mülleimer und warf Tüte und Servietten hinein. Dann kehrte sie an den Tisch zurück. „Die Akten laufen nicht weg, die Lady in Pink schon."

„Schau erst einmal, wie er gelaunt ist, wenn wir wieder auf dem Revier sind. Heute scheint ihm eine Laus über die Leber gelaufen zu sein."

Und die heißt Ethan Woodridge, Earl of Cunninghall, fügte Teena in Gedanken hinzu. Sie schraubte den Verschluss ab, setzte die Flasche an die Lippen und beobachtete geistesabwesend die Möwen, die über dem Hafen kreisten. Ohne getrunken zu haben, stellte sie die Flasche wieder auf den Stehtisch. „Ich glaube, die Verdächtige hat den Grafen absichtlich in eine Falle gelockt."

Ungeduldig klopfte Joshua mit dem Kugelschreiber auf das Notizbuch. „Dann hätte sie ihn von einem Komplizen überfallen lassen."

„Ich meinte eher eine Verführungsfalle", erklärte sie schmunzelnd. „Männer machen so etwas mit Gewalt, Frauen dagegen setzen sanfte Waffen ein. Die Lady weiß als Prostituierte, wie man den Körper einsetzt, um das zu kriegen, was man haben will. Für mich sieht es so aus, als hätte sie bei der Verkostung des Desserts gemerkt, dass der Earl an ihr interessiert ist. Sie hat sich auf die Lauer gelegt und zugeschlagen, als sich ihr die Chance bot."

„Und William Sore?"

„Hat damit rein gar nichts zu tun."

Joshua knabberte grübelnd am Kuli und sagte schließlich: „Aber die Dame mit der pinkfarbenen Perücke konnte nicht wissen, dass Woodridge in den Garten geht."

„Möglicherweise hat sie bei Sore das Geld kassiert, während der Earl seinen Portwein trank, und hat dann gesehen, wie er hinausging."

„Zu viel Spekulation", bemerkte er grinsend und revanchierte sich für ihre kesse Bemerkung kurz zuvor.

Teena knuffte ihn in die Seite. „Das mag sein, aber die Lady war ja auch so ausgekocht und hat ihn an der Penisspitze gefesselt, um ihn zu bestehlen. Nur wenige Schritte vom Haus entfernt. Trotz Dunkelheit hätte man sie erwischen können. Sie ist kein Mauerblümchen, das im Affekt eine Dummheit begangen hat."

„Wahrlich nicht!" Er lachte. „Du hast vielleicht recht."

Teena blinzelte neckisch. „Aber nur vielleicht."

„Bei einem neuen Fall gibt es immer viele Mutmaßungen. Jetzt heißt es, Fakten zu ermitteln."

„Die Lady in Pink ist abgebrüht!" Mit einem kräftigen Schluck trank sie die Flasche Cola leer und entsorgte sie im Papierkorb. „Vielleicht kam sie sogar ins Haus, um irgendeinen Kerl auszunehmen, und der Earl ist ihr zufällig ins Netz gegangen. Mich wundert das ehrlich gesagt, wo er doch so erhaben wirkt. Er tut, als würde er über den Dingen stehen, und lässt sich auf einmal erschreckend leicht um den Finger wickeln."

„Die Lady ist ein Profi, vergiss das nicht."

„Und er nur ein Mann." Sie konnte sich die Anspielung nicht verkneifen.

„Nicht alle Kerle sind so", wehrte Joshua ab und versuchte, cool auszusehen, strafte sich jedoch selber Lügen, indem er auf Teenas bestrumpfte Beine schielte.

Das Spitzenband lugte halb unter dem Rock hervor. Obwohl es verführerisch aussah und Teena Joshs Blick durchaus genoss, zog sie das Strumpfband ein Stück höher. „Wir müssen William Sores Aussage aufnehmen und mit der des Earls vergleichen."

„Traust du ihm nicht?", feixte er. „Er hat dich ja ganz schön ins Visier genommen."

Teena dachte an die Anspielung mit dem roten Schamhaar und spürte, wie ihr schon wieder Hitze in die Wangen steig. „Lass uns zurückgehen. Ich muss aus der Sonne raus. Es wird immer heißer."

Joshua steckte Moleskin und Kugelschreiber ein und ließ es sich nicht nehmen, für beide zu zahlen.

Sollte das ihre kleine, private Willkommensfeier gewesen sein? Von den anderen war wohl kaum etwas in der Art zu erwarten. „Herzlichen Dank für die Einladung."

„Du kannst mir das Geld auf dem Revier wiedergeben", antwortete er trocken.

Konsterniert guckte sie ihn an. Er hatte sie also gar nicht einladen wollen.

Plötzlich lachte er gellend auf. Die Hauswände warfen

sein Gelächter zurück. Passanten starrten verwundert herüber, und der alte Connerly kam aus seinem Laden, um zu sehen, was los war. Tränen liefen über Joshs Wangen. Als er sich wieder einigermaßen gefangen hatte, nahm er die Brille ab und holte ein Stofftaschentuch aus der Hosentasche. Er wischte das Gesicht trocken und polierte die Brillengläser.

„Tut mir leid." Er rang noch immer nach Atem. „Du lässt dich leicht aufs Glatteis führen, und ich konnte nicht widerstehen. Natürlich bist du eingeladen."

Teena rümpfte die Nase. „Du hast einen komischen Humor." Aber sie lächelte schon wieder.

Da keine Autos kamen, schlenderten sie auf der Straße nebeneinander in Richtung Bezirkshaus.

„Fährst du direkt zu Mister Sore, nachdem du in der Bar warst?", fragte sie neugierig. Zu gerne wäre sie bei den Ermittlungen dabei.

„Matthew wird Sore befragen, das hast du doch gehört."

„Aber du bist doch sowieso unterwegs", wandte sie ein, „und der Polizeichef hat bestimmt anderes zu tun."

„Du meinst ‚Wichtigeres'?" Joshua runzelte die Stirn. Als sie schwieg, fuhr er fort: „Ich finde den Diebstahl sehr wohl wichtig."

„Natürlich ist er das!" Ein wenig beschämt dachte sie an den Fischer Chris Sikes, dem der Fang gestohlen worden war. Teena hatte sich darüber lustig gemacht und Josh ihr deshalb eine Standpauke gehalten. Das war ihre erste Begegnung gewesen.

„Matthew bereitet gerade einen Vortrag vor, den er auf einem Kongress der Polizeibehörden aller umliegenden Bezirke halten muss. Das macht ihn nervös. Jetzt muss er sich auch noch um den Diebstahl kümmern, weil der Earl of Cunninghall ein bedeutender Mann ist und einflussreiche Freunde hat."

Entschieden schüttelte sie den Kopf. „Ich verstehe, dass er unter Strom steht, aber wäre es nicht hilfreich, wenn er die Ermittlungen an dich abträte? Er scheint überempfindlich auf den Grafen zu reagieren."

„Woodridge hat nun einmal Macht! Ihn zu ignorieren ist gefährlich."

Teena platzte der Kragen. „Hör auf, Matthew in Schutz zu nehmen! Er verhält sich seltsam, das ist nicht von der Hand zu weisen."

Zuerst murmelte Joshua etwas Unverständliches. Dann gab er klein bei: „Du hast ja recht. Er steckt im größten Stress, ist nervlich angespannt wegen des Kongresses und ja, verdammt, ich fühle mich vor den Kopf gestoßen, weil er mir offenbar nicht zutraut, den Fall zu übernehmen. Bist du nun zufrieden?"

„Darum geht es doch gar nicht." Sie blieb stehen. „Ich möchte helfen, den Fall zu lösen. Akten in den Computer einzugeben, ist nicht sehr befriedigend."

„Jeder fängt klein an."

„Ich weiß. Aber ich frage mich, warum Matthew trotz aller Belastung die Fäden in der Hand behalten möchte. Er will uns bei den Ermittlungen nicht dabeihaben, keine Unterstützung aus Newcastle anfordern und Sore allein befragen, als ob wir – oder meinetwegen du das nicht könntest." Sie redete sich in Rage und gestikulierte heftig. „Er hat nach dem Verhör dem Earl fast freundschaftlich auf die Schulter geklopft und gefragt, ob seine Nummer noch die gleiche sei.

Für mich hörte sich das nach einer Telefonnummer an, dabei kennt er ihn angeblich kaum."

„Beruhige dich. Wahrscheinlich meinte er die Festnetznummer von Cunninghall Manor." Sanft fasste er ihre Oberarme und zog sie ein Stück näher. „Du bist voller Tatendrang und möchtest dich beweisen. So sind alle jungen Polizisten. Deine Chance wird kommen, aber du musst einfach Geduld haben."

Resignierend ließ sie die Arme hängen. „Du kennst Matthew besser. Gestern, als ich ihn kennenlernte, war er so anders als heute."

„Genau wie du."

„Wie bitte?" Sie riss die Augen auf.

„Gestern kamst du mir vor wie eine verwöhnte Göre aus der Großstadt. Heute finde ich dich schon weitaus sympathischer." Neckend gab er ihr einen Nasenstupser und ging weiter. „Komm, unsere Pause ist längst vorbei."

Teena folgte ihm. Wahrscheinlich hatte Joshua recht. Sie konnte sich kein Urteil über Matthew erlauben, weil sie ihn erst seit einem Tag kannte. Er war der Polizeichef, auf ihn fielen alle Fehler zurück, und Woodridge schien kein Mann zu sein, der Fehler tolerierte. Möglicherweise war Matthew nicht seltsam, sondern einfach nur verantwortungsvoll.

Lewis kam ihr in den Sinn. Ihn hatte sie genauso vorverurteilt wie Matthew. „Was ist ‚Charity for Kids'?"

„Woher weißt du davon?", fragte Josh erstaunt. „Lewis kann dir unmöglich davon erzählt haben. Er schweigt lieber darüber."

„Ich habe die Aufkleber an seinem Rechner gesehen."

„Charity for Kids ist eine Organisation, die Geld für Not

leidende Kinder sammelt. Die Mitglieder richten wohltätige Veranstaltungen aus, schreiben Haushalte an, führen Reisen in Ferienlager durch … was eben dazugehört", erklärte er. „Früher waren sie nur lokal tätig. Mittlerweile operieren sie in ganz Großbritannien und manchmal sogar im Ausland. Sie kümmern sich allerdings nicht um Kinder in Afrika, wie so viele es tun, sondern handeln nach dem Leitspruch: ‚Kehre vor deiner eigenen Haustür'. Auf der Insel gibt es genug Elend – Kinder, die nichts zu essen haben, weil die Eltern arbeitslos sind oder saufen, Babys von drogenabhängigen Müttern, Straßenkinder, die betteln oder sich prostituieren … Das alles gibt es auch bei uns."

„Und Lewis spendet regelmäßig Geld?"

„Wie kommst du darauf? Nein, er ist Gründungsmitglied. Seit zwanzig Jahren arbeitet er ehrenamtlich in seiner Freizeit für Charity for Kids."

„Oh." Teena war sprachlos. Wie konnte sie sich nur so in einem Menschen geirrt haben? Während sie neben Joshua über den Parkplatz schritt, nahm sie sich vor, Lewis' harte Schale zu knacken.

Als sie das Gebäude betraten, verstaute Monica gerade ihre Einkaufstasche unter dem Tisch, auf dem die Kaffeemaschine stand. Wasser lief durch die Maschine, und frischer Kaffeeduft lag in der Luft.

„Mist!", entschlüpfte es Teena. „Ich habe vergessen, in den Supermarkt zu gehen."

„Kannst du doch nach Feierabend noch", meinte Joshua.

„Ich wollte mir eine Tasse kaufen." Verbissen schaute sie Monica an.

Doch anstatt eine sarkastische Bemerkung zu machen, stellte Monica einen Becher auf den Schreibtisch. Die Stelle, auf der das Preisschild geklebt hatte, war noch zu erkennen. Der Kleber war nicht ganz abgegangen. Das Schild hatte eine Pfote des jungen Cockerspaniels verdeckt, dessen Foto den Becher zierte. „Ich dachte mir, du magst Hunde."

„Für mich?" Konnte es tatsächlich wahr sein, dass die schrullige Empfangssekretärin in der Mittagspause für sie eine Kaffeetasse gekauft hatte?

„Nur, damit du meinen Lieblingsbecher nicht mehr benutzt."

„Natürlich", antwortete Teena und glaubte das erste Mal, dass Monicas Lächeln ehrlich gemeint war. „Wie viel schulde ich dir?"

„Schon gut."

Josh linste über Teenas Schulter. „Niedlicher Welpe! Habt ihr eure erste Gemeinsamkeit entdeckt?" Er ließ die beiden stehen und ging in Richtung Aufenthaltsraum davon.

Teena sah Monica verdutzt an. Beide schwiegen.

Dann drehte sich Monica zum Aktenschrank und suchte nach einem Fall, oder zumindest tat sie so, denn nach einer Weile schloss sie die Schublade, ohne eine Akte entnommen zu haben, und goss sich eine Tasse Kaffee ein. Gedankenversunken rührte sie mit dem Löffel um, hatte aber vorher weder Milch noch Zucker hinzugegeben.

Schmunzelnd weihte Teena ihren neuen Becher ein. Mit dem Kaffee in der Hand ging sie zu Joshuas Büro. Aus dem Aufenthaltsraum drangen die Stimmen von Josh und Matthew herüber, die miteinander diskutierten, aber Teena konnte nicht hören, was gesagt wurde, da die Tür geschlossen war. Bald darauf verließen beide das Gebäude.

Teena machte sich daran, die liegen gebliebenen Fälle in den Computer einzugeben. Sie fand, dass dieser Tag gar nicht mal so schlecht gelaufen war.

Rosalin durchkreuzte ihre Gedanken. Was sie wohl gerade machte? Welche Pläne schmiedete sie für den heutigen Abend? Roz wollte ihr zwar nur die Stadt zeigen, aber bei ihr wusste man nie. Sie war eine Spielerin, risikofreudig und verrückt genug, alles auf eine Karte zu setzen. Wie wohl die wahre Rosalin Sawkenshaw war? Wer steckte hinter diesen üppigen Rundungen und der Selbstsicherheit?

Teena dachte an den beneidenswerten prallen Busen, der über ihrem Gesicht hing, als Roz Teenas Körper benutzt hatte, um sich zu befriedigen. Die geröteten Brustwarzen, die sich Teena entgegengereckt hatten, sodass sie dem Wunsch, an ihnen zu saugen, nicht hatte widerstehen können. Roz' Körper war erhitzt gewesen. Sie hatte nach Lust geduftet, nach Lust geschmeckt. In Teenas Kopf klang Rosalins laszives Stöhnen wider.

Seufzend unterbrach Teena für einen Moment das Eintippen. Sie rieb sich die Augen, als könnte sie mit dieser Geste die wollüstigen Erinnerungen vertreiben. Es war sinnlos. Das Erlebte hatte sich tief in Teena eingebrannt.

Sie war redlich bemüht, sich auf die Informationen zu konzentrieren, die sie in den PC eingeben musste. Doch als sie den Namen Rosalin anstatt Roswitha eintippte, stöhnte sie auf und lehnte sich im Bürostuhl zurück. Mit einem Mal war sie innerlich aufgewühlt. Das Blut pumpte durch ihren Schoß. Die Erinnerung war so lebendig! War das ein Wunder? Nie zuvor hatte sie etwas Vergleichbares erfahren …

erfahren dürfen. Das Erlebte machte ihr auch Angst, weil das grenzenlose Ausleben von Lust unvermutet über sie hereingebrochen war. Aber sie war dankbar, dass Roz sie überrannt hatte. Von allein hätte sie nie den Mut gehabt. Teena hatte einen Vorgeschmack bekommen, wie es sein könnte, wenn sie ihre Träume ausleben würde.

Roz hatte einen Funken gezündet, der seither nicht mehr ganz erloschen war.

Während Teena zur Tür schielte, die eine Handbreit offen stand, spreizte sie die Schenkel. Niemand war auf dem Gang zu sehen. Es war unheimlich still im Revier. Bis auf das weit entfernte Tippen von Monica war nichts zu hören. Lewis arbeitete im Büro nebenan, aber so leise, dass man meinen konnte, er wäre gar nicht da. Matthew und Joshua waren unterwegs, um den Hinweisen zu dem bizarren Raub nachzugehen. Und Ethan Woodridge?

Die schlüpfrigen Andeutungen des Earls kamen Teena in den Sinn.

Sie schob ihren Zeigefinger unter den Slip und streichelte ihr Schamhaar. Woodridge mochte rotes Schamhaar, zumindest vermutete Teena das, denn sonst würde er sich nicht wünschen, dass alle Frauen rasiert waren, nur Rothaarige nicht. Ob sie eine Chance bei ihm hätte? Wollte sie das überhaupt? Wahrscheinlich wäre sie nur eine von vielen Eroberungen, immerhin hatte er sich spontan einer Prostituierten hingegeben. Teena vermutete, dass er kein Kind von Traurigkeit war, glaubte aber auch, dass er über einen großen Erfahrungsschatz verfügte. Sie wünschte sich einen Partner mit Erfahrung. Die Vorstellung, mit jemandem, der ebenso unerfahren war wie sie, die ausschweifendsten Möglichkeiten der sexuellen Ekstase zu erkunden, machte sie nicht an. Es wäre nur ein tapsiges Probieren, ein Try-and-Error-Verfahren, das nicht das volle Maß an Lust versprach.

Teena schüttelte den Kopf. Hätten doch bloß nicht Roz und Woodridge ihre Gedanken durchkreuzt! Wieder einmal war sie in einem unpassenden Moment erregt, wie immer, wenn sie zu viel Zeit zum Grübeln hatte.

Unfähig, sich gegen ihre aufkeimende Lust zu wehren, legte sie den Kopf gegen die Rückenlehne und schloss die Augen. Ihr Finger glitt tief. Zärtlich strich sie über die Schamlippen, träumte davon, Ethans Atem an ihrem Schoß zu spüren, und erschauderte, als ihre Fingerkuppe, feucht von ihrem cremigen Saft, sanft auf ihre Klitoris drückte, als wäre es Ethans Zungenspitze.

Plötzlich tauchte Rosalin in ihren Träumen auf. Sie küsste Teena. Fest presste sie die Lippen auf die ihren und züngelte in Teenas Mund, während Ethan begann, Teenas Brüste zu liebkosen. Doch es war nur ihre eigene Hand, die den Busen umschloss und massierte. Das Aufflackern der Realität war schmerzhaft. Teena drängte jede Vernunft beiseite und gab sich ihren Tagträumen hin.

Ethan und Rosalin fielen über Teena her. Sie spielten mit ihrem Körper, reizten und neckten sie tabulos, schamlos, drangen in die Öffnungen ein, tauschten Körpersäfte aus, küssten, leckten, saugten, zwirbelten und benutzten Teena, aber doch nur mit dem Ziel, ihr allein Befriedigung zu verschaffen.

Oh, herrliche Fantasie, wie perfekt du doch bist, dachte Teena. Denn in Wahrheit war sie es, die Roz und Ethan benutzte, nämlich für ihre Tagträume. Wenn die beiden nur wüssten! Aber vielleicht wären sie nicht einmal abgeneigt …

Ohne die Augen zu öffnen, legte Teena die Beine über die Armlehnen des Stuhls. Nun saß sie mit weit gespreizten Schenkeln in Joshuas Büro, eine Hand im Schritt, eine an ihrem Busen. Die Angst, beim Masturbieren erwischt zu werden, fachte das Feuer in ihr weiter an. Nicht dass sie erwischt werden wollte. Es wäre ein beschämender Skandal! Allein die bloße Vorstellung, entdeckt zu werden, war erregend.

Wieder erschien der Earl vor ihrem inneren Auge. Sie sah ihn in ihrer Erinnerung, wie er durch den Türspalt lugte und sie beobachtete. Am Morgen hatte er nur heimlich zugeschaut, wie sie Strapse und Stilettos ausprobiert hatte. Wie hätte er reagiert, wenn er Teena bei der Selbstbefriedigung ertappt hätte? Wäre er Voyeur geblieben? Wäre er in das Büro eingetreten? Hätte er sie bei Matthew verraten oder sie vielleicht erpresst, damit sie sich ihm hingab?

Ihr Zeigefinger glitt zwischen die Schamlippen. Er verteilte die Feuchtigkeit, drang in ihre Scheide ein, ein-, zwei-, dreimal, und umkreiste dann den Kitzler, quälend langsam und aufreibend. Teena stöhnte. Erschrocken riss sie die Augen auf. Sie hielt in der Bewegung inne und starrte auf den Türspalt. Hoffentlich hatte niemand sie gehört. Sie durfte sich nicht so weit gehen lassen!

Aber es war längst zu spät. Teena konnte nicht zurück. Sie war schon zu erregt.

Niemand erschien im Korridor. Einzig, dass Monicas Tippen nicht mehr zu hören war, beunruhigte Teena. Lauschte die Empfangsdame? Oder räumte sie lediglich die fertig eingegebenen Akten in den Schrank?

Teena setzte sich wieder normal auf den Stuhl. Ein einziger Blick auf die offen liegende Akte neben der Tastatur, und sie wusste, sie würde erst weiterarbeiten können, wenn sie sich Erleichterung verschafft hatte. Der Druck in ihr war zu groß. Sie konnte an nichts anderes denken. Sagte man nicht ausschließlich Männern nach, sie seien triebgesteuert? Teena war es in diesem Moment ebenfalls.

Entsetzt über ihr eigenes Verlangen an diesem unmöglichen Ort zu dieser unmöglichen Zeit und doch unfähig, sich dagegen zu wehren, stand sie auf. Sie kniete sich mit dem rechten Bein auf den Sitz, schob den Rocksaum höher und nahm mit dem Schoß auf der Armlehne Platz. Der Anblick der Strapse war umwerfend. Sie sahen verrucht aus und das Spitzenstrumpfband edel. Noch immer trug Teena den Slip. Er war feucht. Sie hielt sich an der Rückenlehne fest. Mit geschlossenen Augen schob sie ihr Becken vor und zurück. Ihr Schoß rieb über die Lehne. Sie war aus einem aufgerauten schwarzen Plastik, das nun hart und rau ihre Schamlippen stimulierte. Das Blut rauschte durch die Vulva. Sie schwoll weiter an, wurde geschmeidiger und williger. Teena ritt die Armlehne, sie schabte mit dem Unterleib über das harte Plastik. Und als sie die Klitoris seitlich an die Rückenlehne rieb, auf und ab und auf und ab, immer schneller, atemlos und losgelöst, als würde sie auf einem Hengst galoppieren, kam sie heftig. Um nicht zu stöhnen, biss sie in ihre Hand. Sie schnaufte, zuckte in Ekstase und ließ sich schließlich erschöpft in den Sitz fallen. Deutlich zeichnete sich ihr Zahnabdruck auf dem Handrücken ab. Sie war befriedigt. Für den Moment. Und hoffte gleichzeitig, dass sie in Zukunft weniger masturbieren müsste, weil sie endlich einen Partner fand.

Wohlig müde ging sie auf die Toilette und reinigte sich.

Sie erfrischte ihr Gesicht mit Wasser, trank gierig einige Schlucke. Dann konnte sie weiterarbeiten, da sie ihre innere Ruhe wiedererlangt hatte.

Der Nachmittag verging wie im Flug. Um halb sechs kehrte Joshua zurück. Sie fragte sich, was er so lange getrieben hatte. Augenscheinlich war er unzufrieden.

„Ist es nicht gut gelaufen?"

Er ließ sich erschöpft auf einen Stuhl fallen, der in der Ecke stand. „Das ‚Flesh' macht erst um acht Uhr auf, aber einige der Mitarbeiter kamen schon um vier, um die Bar vorzubereiten."

„Dann konntest du keine Gäste befragen."

„Nur Angestellte, aber das ist wenigstens ein Anfang."

Matthew tauchte in der Tür auf. Er lehnte sich gegen den Rahmen. „Und?"

„Nichts." Josh zuckte mit den Schultern.

„Wie, nichts?"

„Ich habe den Barkeeper und die Kellner gefragt, ob ihnen eine attraktive junge Frau mit einer pinkfarbenen Perücke aufgefallen ist, aber niemand kann sich an sie erinnern", antwortete Joshua. „Keiner will sie gesehen haben, weder in der Nacht, als William Sore sie dort angeblich getroffen und angesprochen hat, um sie vom Fleck weg für sein Dinner zu engagieren, noch an anderen Tagen."

Kopfschüttelnd lehnte sich Teena zurück. „Das ist unmöglich! Solch eine Perücke fällt auf."

„Vielleicht hat die Verdächtige keine getragen", wandte er ein.

Matthew verschränkte die Arme vor dem Oberkörper. „Sore hat ausgesagt, dass die Lady ihm in der Bar wegen ihrer Haarfarbe aufgefallen sei.“

„Also trug sie die Perücke“, sagte Josh und nahm seine Hornbrille ab. Er begann seine Nasenwurzel zu massieren.

Teena murmelte: „Einer muss lügen.“

„Das würde ich nicht so laut sagen“, ermahnte Matthew sie und wischte sich einen Schnurrbart aus Schweißperlen fort. „Wenn Sore das hört, hast du eine Klage wegen Verleumdung am Hals. Der fackelt nicht lange.“

„Ich wollte nur alle Möglichkeiten durchdenken“, sagte sie entschuldigend.

„Sie hat recht.“ Joshua stand auf, kam zu Teena hinüber und stellte sich hinter den Schreibtischstuhl. Er setzte die Brille auf und hielt sich an der Rückenlehne fest. „Es ist unwahrscheinlich, dass die Lady absolut niemandem aufgefallen ist. Ich werde heute Nacht noch einmal hingehen und die Stammgäste unter die Lupe nehmen.“

„Mach das“, pflichtete Matthew bei und kraulte seinen Backenbart. „Kannst ja morgen früh zwei Stunden später kommen und etwas länger schlafen. Aber vergnüg dich nicht zu sehr im ‚Flesh‘.“ Er lachte lauthals.

„Ein rein beruflicher Besuch.“

„Natürlich.“

Unsicher schaute Teena zu Joshua hoch. Dann nahm sie sich ein Herz und sagte zu ihrem Chef: „Wir haben uns gefragt, wie die Beschuldigte zur Sore’schen Villa gekommen ist. Hat Mister Sore etwas darüber ausgesagt?“

Er brummte. Dann antwortete er: „Er bot ihr an, sie abzuholen und wieder nach Hause oder in die Bar zu fahren, aber sie wollte nicht.“

„Sie ist also eigenständig zu ihm gekommen“, sprach

Teena. „Wir sollten das hiesige Taxiunternehmen anrufen und auch die Buslinie überprüfen."

Zunächst erhellte sich Matthews Miene, als wollte er sagen: „Gute Idee", aber dann schaute er plötzlich finster und schnaubte. „Als ob ich das nicht schon getan hätte! Das Haus liegt zu abgelegen, sodass keine Bushaltestelle in der Nähe ist. Es wurde kein Taxi zur Villa gerufen, aber die Hure floh sowieso nackt. Da wird sie keine öffentlichen Verkehrsmittel genommen haben."

„Sie muss ihre Kleidung in der Nähe des Bachs deponiert haben", meinte Josh trocken, der sich von Matthews Gefühlsausbruch unbeeindruckt zeigte.

Matthew lachte abfällig. „Wahrscheinlich hat sie sich nackt an den Straßenrand gestellt. Irgendein geiler Sack wird sie schon mitgenommen haben, und sie zahlte dann mit Naturalien."

„Oder mit den Geldscheinen, die in Woodridges Börse waren", warf Teena ein, die es nicht mochte, wenn Prostituierte als Nymphomanen dargestellt wurden. Sex war ihr Job, nur selten ihre Leidenschaft. Sie war unsicher, ob sie ihrem Chef glauben sollte, aber sie hatte nicht den Schneid, hinter seinem Rücken Nachforschungen anzustellen. Wenn das herauskäme, wäre sie ihren Job los.

Als Matthew das Büro verlassen hatte, war es längst nach sechs. Teena fuhr den Computer herunter, stand auf und wandte sich zu Joshua. „Es scheint fast so, als hätte es die Lady in Pink nie gegeben, findest du nicht auch?"

„Bislang haben wir noch keine Hinweise, bis auf die Aussagen von Woodridge und Sore."

„Und die stecken unter einer Decke."

Joshua schloss das gekippte Fenster und ließ die Rollläden zur Hälfte herunter. „Was willst du damit sagen?“

„Sie könnten sich abgesprochen haben.“ Teena zuckte mit den Achseln.

„Du meinst, alles ist nur ausgedacht? Wieso sollten sie das tun?“

„Sie müssen ja nicht gleich die ganze Geschichte erfunden haben, aber möglicherweise Details, wie die pinkfarbene Perücke“, argwöhnte sie und griff ihre Handtasche und den Karton mit den Turnschuhen. „Es ist rätselhaft, dass absolut niemand die Frau gesehen hat.“ Sie überlegte. „Wir müssen unbedingt mit den anderen Gästen der Dinnerparty sprechen.“

„Das wird Sore nicht erlauben.“

„Warum nicht?“

„Weil zu seinen Gästen die wichtigsten Frauen und Männer Nordenglands gehören“, erklärte er. „Er würde sie nicht derart bloßstellen.“

Teena verdrehte die Augen. Wenn ein Mord begangen worden wäre, besäßen sie ein Druckmittel, aber es ging lediglich um Diebstahl. Dafür würde William Sore die Namen auf der Gästeliste nicht preisgeben, nicht einmal seinem Freund, dem Earl of Cunninghall, zuliebe.

Zugegeben, der Graf war ein wichtiger Mann, aber Teena wurde das Gefühl nicht los, dass es um mehr ging als um ein gestohlenes Portemonnaie. „Jedenfalls sieht es zurzeit so aus, als hätte der Erdboden die Lady in Pink verschluckt.“

„Irgendwann wird er sie wieder ausspucken“, witzelte Josh.

Teena lachte. „Und wir werden zur Stelle sein, um sie sofort zu verhaften.“

Sanft fasste er ihren Arm und geleitete sie aus dem Revier. Vor dem Gebäude verabschiedeten sie sich. Er schaute ihr nach, wie sie auf den hohen Absätzen zum Discovery stolzierte. Das spornte sie an, die Hüften schwingen zu lassen. Dabei fand sie ihn nicht einmal attraktiv, zumindest körperlich nicht. Seine Ausstrahlung kam von innen. Wenn er lachte, kräuselte sich die Haut auf seiner Nase, was ihm ein spitzbübisches Aussehen verlieh. Und er roch immer gut, als hätte er frisch geduscht.

Gut gelaunt fuhr Teena zu ihrer Wohnung. Sie machte sich frisch, betrachtete ihr ungewohntes Outfit im Ganzkörperspiegel, der im Eingangsbereich hing, und klopfte dann an Rosalins Tür. Über der Klingel hing ein Schild aus Leder, in das ihr Nachname „Sawkenshaw“ eingeritzt war. Ob Roz das selbst gemacht hatte? Sie war keine Frau, die an Töpferkursen teilnahm, aber so etwas traute ihr Teena schon zu. Nichts tat sich, und Teena klopfte lauter. Niemand kam, um ihr zu öffnen. Sie lauschte an der Tür. In der Wohnung war alles still. Rosalin war nicht zu Hause.

„Das darf ja wohl nicht wahr sein“, murmelte Teena. Zuverlässig war Roz offenbar nicht. Sie hatte augenscheinlich die Verabredung vergessen.

Da Teena dringend einkaufen musste und auch keine Lust hatte, an ihrem ersten Abend in Gardenrye auf der Couch zu sitzen und Löcher in die Luft zu starren, da sie weder ein Buch noch eine Zeitschrift hatte, fuhr sie allein ins Zentrum. Sie fand einen Parkplatz am Straßenrand und stürmte zuerst den Supermarkt, um sich für die nächsten Tage mit Lebensmitteln einzudecken. Nachdem sie die Tüten im Landrover verstaut hatte, schaute sie zum Himmel. Wolken zogen auf.

Es würde früh dunkel werden. Als sie über die Hauptstraße flanierte, an der sich die meisten Geschäfte befanden, entdeckte sie die Postfiliale. Davor standen drei öffentliche Telefone. Siedend heiß fiel Teena ein, dass sie vergessen hatte, ihre Eltern anzurufen, um Bescheid zu geben, dass sie gut angekommen war.

„Schande über mich“, sagte sie, kaufte sich einen Orangensaft in einem Pappbecher und steuerte den Hafen an. „Da werde ich mir eine Standpauke anhören müssen.“

Am Kai setzte sie sich auf den Landungssteg und rief mit ihrem Mobiltelefon in London an. Ihre Mutter redete mehr als sie. Ihr taten die Ohren weh, nachdem sie aufgelegt hatte. Den ganzen Abend verbrachte sie am Pier. Sie schaute sich die Fischerboote an, urige Kähne, die fast auseinanderfielen und trotzdem noch ganze Familien ernährten. Manche waren notdürftig repariert worden, andere bunt angestrichen, damit der Rost nicht sofort ins Auge fiel. Es roch stark nach Fisch, obwohl alle Boote verwaist waren. Teena meinte einen getrockneten Blutfleck auf dem Steg zu erkennen und vermutete, dass dort Fische ausgenommen worden waren.

Sie vergaß die Zeit und wunderte sich, dass an der Küste die Nacht so schnell hereinbrach. Ein Blick zum Himmel, und sie wusste, warum. Schwere Regenwolken hingen über Gardenrye.

„Zeit aufzubrechen.“

Teena spazierte über die Mole. Sie schlenderte vorbei an einem Kiosk, in dem schon lange nichts mehr verkauft wurde und der langsam verfiel, und bog in die nächste Straße ein. Die Gasse war recht finster, da es nur zwei Straßenlaternen gab, die beide nicht funktionierten. Aber Teena hatte keine Lust, zurückzugehen und einen Umweg zu machen. Es würde schon nichts passieren. Allein war sie auch nicht; in der Dunkelheit bemerkte sie eine Frau, die nah an den Häuserwänden vorbeischritt. Vielmehr stolzierte sie, denn sie trug genauso hohe Absätze wie Teena.

Plötzlich wurde es Teena mulmig. Der Orangensaft meldete sich. Magensäure stieß bitter auf. Die Frau hatte nicht nur dieselben Schuhe an, sondern auch einen Ledermini, der Teenas Rock ähnelte.

Jemand schaltete Licht in einem Haus an. Ein schwacher Schimmer fiel durch ein Fenster auf die Fremde. Teena erstarrte augenblicklich. Pinkfarbene Haare! Die Frau trug eine Perücke. Konnte das die Lady in Pink sein? Kaum zu glauben, dachte Teena. Die Polizei suchte die Verdächtige, und ihr lief sie einfach so über den Weg.

Ihre Alarmsirenen schrillten auf, doch Teena ignorierte sie und hastete hinter der Frau her. Die Prostituierte, falls es denn tatsächlich die Gesuchte war, trat in ein Geschäft ein, dessen Inneres stockfinster war. Auf einmal war der Schein einer Kerze zu sehen. Warum schaltete die Frau nicht das Deckenlicht an? Teena folgte auf Zehenspitzen. „Coast Liquor Store“ stand in großen Lettern über dem Schaufenster, in dem Spirituosen auf Stroh gebettet in Holzkisten lagen.

Es begann zu regnen. Zuerst nieselte es nur, aber schon bald schwoll der Regen an und prasselte auf Gardenrye nieder. Das Unwetter überzeugte Teena. Sie öffnete die Tür und lugte in das Geschäft. Ein Glöckchen klingelte leise. Teena erstarrte. Sie hielt die Luft an. Als niemand kam, stieß sie den Atem aus, huschte hinein und versteckte sich hinter einem außergewöhnlichen Schrank, der die Form eines aufrecht gestellten Ruderboots besaß. Ein Spiegel befand sich in dessen Inneren.

Teena lugte aus ihrem Versteck hervor. Hinter dem Ladenlokal war ein Gang zu erkennen, in dem eine Tür offen stand. Sie überlegte, ob sie es wagen sollte, der Verdächtigen nachzuschleichen. Wenn sie erst die Kollegen rief, hätte sich die Lady in Pink bestimmt schon wieder in Luft aufgelöst. Zudem hatte Lewis Spätschicht und würde ihr bestimmt vorwerfen, sich wichtig machen zu wollen, wenn sie im Revier anrief und behauptete, sie, der Frischling, habe die Flüchtige gefunden.

Teena wünschte, sie würde eine Dienstwaffe tragen, aber laut Joshua bekam man nur bei Sondereinsätzen eine Waffe ausgehändigt und trug auch nur dann eine Polizeiuniform. Dies war ein Sondereinsatz, aber zu spontan für Gardenrye.

Seufzend trat sie hinter dem Schrank hervor und war wie vom Blitz getroffen, als sie außer ihrem sexy Spiegelbild auch noch die Perücke erblickte. Sie lag einen Schritt entfernt auf einem Beistelltisch, gleich neben der brennenden Kerze. Als Teena nach der Perücke griff, zitterten ihre Hände. Im Spiegel betrachtete sie die hohen Absätze, die ihre Beine länger erschienen ließen und eine gerade Haltung erzwangen, sah die Spitzenbänder, die schon wieder unter dem Lederrock hervorschauten, und das enge schwarze Shirt. In diesem Moment ähnelte sie der Beschuldigten ungemein – bis auf die Perücke. Mit den Fingern strich sie durch das falsche Haar. War es die Perücke gewesen, die Ethan Woodridge angetörnt hatte? Oder das aggressiv-erotische Verhalten der Lady in Pink?

Teena drehte sich und musterte ihre Figur im Spiegel. In dem neuen Outfit wirkten ihre Hüften nicht länger unansehnlich dürr, sondern schlank und aufreizend. Zu gerne hätte sie üppige Brüste gehabt! Vielleicht hätte sie sich dann noch weiblicher gefühlt. Immerhin kamen ihre wenigen Rundungen durch die enge Kleidung zur Geltung. Das erste Mal seit Langem versteckte sie sich nicht unter weiten Jeans und Shirts.

Mit welchen verführerischen Bewegungen hatte die Prostituierte den Earl of Cunninghall um den Verstand gebracht, sodass er seine Erhabenheit vergessen und in ihre Falle tappen konnte? Teena rckelte sich vor dem Spiegel, indem sie den Rücken durchbog und die Arme nach oben streckte. Einige pinkfarbene Haarsträhnen fielen ihr ins Gesicht, weil sie die Perücke immer noch in der Hand hielt. Als wäre sie eine andere, setzte Teena sie auf.

„Bist du von allen guten Geistern verlassen?“, fragte sie ihr Spiegelbild und wusste, dass das falsch war, was sie tat. Sie hatte keine Zeit für Spielchen und vernichtete unter Umständen Beweise. Aber sie sah der Frau in dieser Nacht so verdammt ähnlich und wünschte sich schmerzlich, sie wäre ebenso selbstsicher. Könnte sie den Earl of Cunninghall in diesem Outfit um den kleinen Finger wickeln? Sie würde es nur zu gerne ausprobieren. Ihr Herz schlug aufgeregt. Der Gedanke verzückte sie.

In diesem Moment hörte sie Geräusche aus dem Keller dringen. Die Kerzenflamme flackerte. Sollte Teena wirklich nachschauen? Ihre Kühnheit könnte ihr zum Verhängnis werden. Sie war allein, zudem eine zierlich gebaute Frau. Wenngleich sie auf der Polizeischule beim Kampfsporttraining immer sehr gut gewesen war, bildete sie sich nicht ein, dass sie es mit einem bulligen Mann oder einer Handfeuerwaffe würde aufnehmen können. Aber dies war die Chance, ihre Kollegen zu beeindrucken. Sie würde bestimmt keine Akten mehr eingeben müssen und auch nicht mehr als Großstadtgöre bezeichnet werden.

Entschlossen ging sie zu der offen stehenden Tür. Teena fand sich am Absatz einer Treppe wieder. Diese führte in den Keller hinunter, wo sich offenbar das Lager des Spirituosenladens befand, denn im Schein einer Fackel, die am unteren Ende der Treppe in einer Halterung steckte, konnte sie Weinregale an den Wänden entdecken. Sie tastete nach dem Lichtschalter, aber er funktionierte nicht. Das alte Gewölbe roch muffig. Der Duft von abgestandenem Rotwein lag schwer in der Luft, als wäre vor Kurzem erst eine Flasche zu Bruch gegangen. Die Fenster blieben hier wohl die meiste Zeit verschlossen.

Vorsichtig schritt Teena die Treppe hinunter. Die Frau war nirgendwo zu sehen. Sie musste sich in einem der Lagerräume befinden, die an einem Gang lagen, der vom Hauptraum abführte. Teenas Zunge klebte am Gaumen. Hallo? Zeigen Sie sich! Ich weiß, dass Sie da sind!, wollte sie rufen, aber sie brachte keinen Ton heraus. Vorsichtig schlich sie an den ersten Lagerraum heran und spähte hinein. Es war viel zu dunkel, um Details zu erkennen. Überall waren Wachsspuren auf dem Boden, als hätten vor Kurzem große Tropfkerzen im Korridor gestanden.

Teena gruselte es mit einem Mal. Panik breitete sich in ihr aus. Sie entschied sich, umzudrehen. Da legte sich plötzlich eine Hand auf ihren Mund. Ein männlicher Körper presste sich an ihren Rücken. Sein Arm hielt ihre Hüften fest, umspannte sie wie ein Stahlring. Sie schrie, doch der Knebel, seine Hand, erstickte jeden Laut. Mit aller Kraft wehrte sie sich gegen den Angreifer. Sie trat nach ihm, griff nach hinten und versuchte, seine Haare zu fassen, doch sie spürte nur Stoff. Er trug eine Skimaske! Als sie ihm die Maske herunterreißen wollte, drückte er sie gegen eine Wand. Nun war sie gefangen zwischen dem Mauerwerk und seinem Körper, der von einer kräftigen Statur war, mit starken Armen und beachtlicher Wölbung an den Lenden.

„Ich habe auf dich gewartet“, hauchte eine raue Stimme von hinten in ihr Ohr.

5.

Der Fremde hatte ihr aufgelauert. Teena war wie gelähmt. Wie konnte das sein? Sie war gestern erst in Gardenrye eingetroffen und kannte kaum jemanden. Hatte der Mann sie am Steg beobachtet, und war er ihr heimlich gefolgt? Sie musste sich nicht wundern, wenn man sie für leichte Beute hielt – bei dem Aufzug!

Tief holte Teena Luft und schrie in die Hand hinein, die sie knebelte.

„Scht, beruhige dich. Ich werde dir nichts tun." Er drückte ihren Hinterkopf gegen seine Schulter.

Teena hatte Angst, aber sie würde sich keineswegs kampflos in ihr Schicksal fügen. Was bildete sich dieser Kerl ein? Ein sexy Outfit war noch kein Freibrief!

„Deswegen bist du doch hier", säuselte er, während seine Hand ihren Busen umschloss. Seine Stimme klang warm, verführerisch und viel zu gefühlvoll für einen Schurken.

Plötzlich fiel es ihr wie Schuppen von den Augen. Der Maskierte verwechselte sie mit der Lady in Pink! Er hatte eine Prostituierte in den Coast Liquor Store bestellt, um sich an einem Rollenspiel zu erregen, doch anstatt der Hure war Teena aufgetaucht. Das konnte er nicht wissen. Ob er der Besitzer des Ladens war? Oder ein Angestellter, der den Schlüssel zum Geschäft hatte und das Lager heimlich für erotische Treffen nutzte?

Warum hatte sie nur die Verdächtige verfolgen müssen? Teena schimpfte sich einen Narren und focht gegen den Fremden an. Irgendwie musste sie es schaffen, seine Hand von ihrem Mund zu lösen, um ihn über das Missverständnis aufzuklären. Sie riss an seinem Arm, stemmte die Knie gegen die Wand und stieß sich ab, doch der Mann stand wie ein Fels hinter ihr.

„So mag ich es – feurig! Aber ich werde dich zähmen, meine Wildkatze." Er lachte leise. „Fürchte dich nicht. Ich verspreche dir, du wirst deinen Spaß haben."

Wider Erwarten erregte es Teena, wie er mit ihr sprach, auch seine Hand auf ihrem Mund erregte sie, seine dreiste Art, sich zu nehmen, wonach es ihn gelüstete – aber vor allem gefiel ihr, dass er sie begehrte. Der Fremde erinnerte sie an ihre wollüstigen Träume, in denen sie mit einem bulligen Mann inmitten eines Schlammfelds rang, nur um sich am Ende bereitwillig von ihm nehmen zu lassen. Den Ringkampf gab es jedoch nur in ihrer Fantasie. Das hier war die Realität! Teena war hin- und hergerissen, ob sie erschrocken über diesen Zufall oder dankbar dafür sein sollte. Der Maskierte war ein „smooth criminal", ein sanfter Ganove. Sollte sie ihm geben, wofür er eine andere Frau in den unterirdischen Lagerraum bestellt hatte?

Doch in Wirklichkeit lag die Entscheidung nicht bei ihr. Im Moment war sie ihm ausgeliefert, denn sie konnte sich nicht verständlich machen.

Er stieß das Knie zwischen ihre Beine und zwang mit sanftem Druck ihre Schenkel auseinander. Seine Hand glitt unter ihren Lederrock. Mit einem kräftigen Ruck zerriss der Fremde ihren Slip. Teena erstarrte vor Schreck.

„Bleib ruhig", säuselte er. „Lass uns spielen."

Es ist nur ein Rollenspiel, dachte Teena, aber dieser Gedanke beruhigte sie nicht. Sie wusste nicht, was er von ihr erwartete. Hatte der Maskierte etwas mit der Lady in Pink abgesprochen? Oder hatte er sie kommentarlos in den Keller des Geschäfts beordert? Vielleicht würde er ihrer überdrüssig werden, wenn sie sich ständig wehrte, oder aber es würde ihn noch mehr anfachen.

Entgegen aller Vernunft erregte der inszenierte Überfall Teena. Sie rang ebenso heftig mit ihrer aufkeimenden Lust wie gegen den Fremden. Gemeinsam jedoch waren beide weitaus stärker als Teena, und so versuchte sie ruhig zu atmen und abzuwarten, was geschehen würde.

Der Mann legte seine Hand auf ihre Spalte.

„Du bist heiß", wisperte er, und er hatte recht.

Das Blut pulste durch ihre Schamlippen, die anschwollen, obwohl es unangebracht war, immerhin war sie unfreiwillig in diese Situation geraten. Ihr Herz raste – vor Furcht, vor Lust, vor Verwirrung. Ihre Muskeln waren angespannt, ihr Nacken schmerzte. Aber der Fremde gab ihr Zeit, sich an seine intime Berührung zu gewöhnen. Er bewegte nicht einmal die Finger, sondern ließ die Hand auf ihrem Schoß ruhen. Dieser Kontakt wirkte fast ein wenig beschützend auf Teena. Wie einen Schutzschild hielt er die Hand vor ihre empfindsamste Körperstelle. Seine Handfläche war angenehm warm. Sein Odem kitzelte an ihrem Ohr. Er atmete gleichmäßig. Nach einer kleinen Ewigkeit küsste er ihr Ohrläppchen. Er züngelte über die Ohrmuschel, knabberte zärtlich daran und saugte sich an der dünnen Haut hinter dem Ohr fest. Erst als Teena wieder zu kämpfen begann, weil der Druck leicht schmerzte, ließ er von ihr ab. Sie stellte sich vor, wie dort ein Knutschfleck entstand, ein Andenken an diese Nacht, das niemand sehen würde, weil die Stelle zu versteckt war. Nur Teena würde davon wissen – und der

Maskierte, wer immer er war.

Er zog die Hand fort, und Teena ertappte sich dabei, Enttäuschung zu empfinden. Lediglich beim Wegziehen strich er kurz über ihre Scham. Mehr nicht. Stattdessen steckte er nun die Hand unter das T-Shirt und streichelte ihren Bauch. Er umkreiste ihren Bauchnabel und drang in ihn ein. Als er höherglitt, war Teena nicht mehr zu paralysiert, um etwas zu unternehmen, und so hielt sie sein Handgelenk fest.

„Lass mich los", knurrte er leise und verstärkte den Druck auf ihren Mund, um sie daran zu erinnern, dass sie ihm ausgeliefert war. „Es wird ohnehin geschehen!"

War das der sanfte Nachdruck, den Rosalin gemeint hatte? Wie hatte sie es formuliert? „*Wieso machst du es dir so schwer? Du scheinst jemand zu sein, der ständig zu seinem Glück gezwungen werden muss.*" Sollte Teena es einfach geschehen lassen? Doch die Entscheidung lag nicht bei ihr.

Sie war schrecklich durcheinander und nahm ihre Hand fort.

„Stütz dich an der Wand ab", befahl er, in einem Tonfall, der zugleich drohend und sanft war, eine Mischung, die Teena heißkalte Schauer über den Rücken jagte. In seiner Stimme lag eine sanfte Überzeugungskraft, und so legte sie die Handflächen an das kalte Mauerwerk. Ihr Brustkorb hob und senkte sich. Sie hatte sich vorgenommen, ruhig zu bleiben, aber das war unmöglich.

Der Fremde kraulte ihren Oberbauch. Mit den Fingerspitzen berührte er behutsam die Brustansätze und liebkoste die Haut zwischen ihren Brüsten. Dann legte er seinen Arm in den Zwischenraum, wobei er ihren Busen ein wenig auseinanderdrückte, und streichelte ausgiebig ihr Dekolleté. Er war keineswegs grob, wie Teena es anfänglich befürchtet hatte. Ein Gentleman-Ganove, der mit sanften Waffen zu kämpfen wusste. Noch immer wäre sie eher geflohen, als freiwillig bei ihm zu bleiben, doch sie fragte sich auch, ob sie ihm nicht tatsächlich vertrauen konnte. Er war behutsam, nahm sie nicht einfach um seiner Befriedigung willen, sondern tastete sich langsam vor. Aber was würde passieren, wenn sie sich ihm heftig und anhaltend widersetzte?

Sie wollte nicht herausfinden, ob seine Drohungen ernst gemeint waren, denn noch war er eindeutig im Vorteil.

Ihre Gedanken wurden jäh von einer Lustwelle fortgespült. Er hatte ihre Brustspitze mit dem Handballen berührt. Elektrisierend. Fast beiläufig hatte er über den Nippel gerieben, kurz und neckend, und dann die Hand wie eine Schale unter die Brust gelegt.

Hatte Teena sich nicht gewünscht, nicht länger immer nur zu masturbieren? Träumte sie nicht oft von zügellosem Sex jenseits aller Moral, abseits von Bett und Missionarsstellung? Verdammt, warum fasste der Maskierte nicht endlich ihren Busen fest und widmete sich ausgiebig den Brustwarzen? Sie durfte sich das nicht wünschen! Immerhin war sie eine Polizistin und dies ein Überfall.

Herrje, ich bin das Opfer, jagte es ihr durch den Kopf.

In diesem Moment nahm der Mann ihren Nippel zwischen Zeigefinger und Daumen und begann ihn zärtlich zu zwirbeln. Teena raubte es den Atem. Bisher hatte er sie nur geneckt. Nun endlich stimulierte er sie. Sie konnte nicht an sich halten und stöhnte. Ihr Becken bewegte sich wie von selbst vor und zurück, als wollte es sagen: Nimm mich! Um nicht in ihrer Lust zu ertrinken, legte sie ihre Hand auf die seine, um ihn aufzuhalten. Nur der Stoff ihres Shirts war dazwischen.

Du musst einen klaren Kopf bewahren, sagte sie sich.

Der Fremde hörte augenblicklich auf und kniff mit sanftem Druck in ihren Nippel. Teena schrie auf, mehr vor Schreck als aus Schmerz.

„Hände an die Wand!“, zischte er erbost.

Er meinte es ernst, das konnte Teena heraushören. Ihre Arme zitterten, nun, da sie die Handflächen wieder an das Mauerwerk legte, als wäre er der Polizist und sie die Kriminelle, die er auf Waffen und Papiere untersuchen würde.

Sofort löste er den Druck auf ihre Brustwarze. Er strich einige Male über die empfindsame Kuppe, umkreiste sie auf dem Warzenvorhof, um dann an ihr zu ziehen und sie dabei zu zwirbeln. Teena stöhnte in die Hand, die ihren Mund noch immer knebelte. Die Erregung schwoll an und sprang auf ihre Scham über. Teena schloss für einige Sekunden die Augen und dachte: Wie herrlich könnte dieser Moment sein, wenn er unter anderen Umständen stattfinden würde! Aber war es nicht gerade das Bizarre der Situation, das sie erregte? Der maskierte Fremde. Der muffige Lagerraum. Das diffuse Licht. Und Teena, die vermeintliche Hure, die die Rolle des Opfers spielte. So etwas würde sie weiß Gott kein zweites Mal erleben.

Das alles erschien ihr mit einem Mal so unwirklich. Nur eine Straße vom Coast Liquor Store entfernt befand sich der belebte Ortskern von Gardenrye, wo die Geschäfte wahrscheinlich gerade schlossen und die Menschen nach Hause gingen. Dort oben fand das wahre Leben statt, der Alltag, das Normale. Und in einer Nebenstraße, nur einige Treppenstufen abwärts, hier in diesem Keller, regierte die Lust. Wollte Teena wirklich lieber dort oben sein?

Unerwartet nahm der Fremde die Hand von ihrem Mund. Bevor sie etwas sagen konnte, knebelte er sie mit einem schwarzen Seidenschal, dessen Enden er fest an ihrem Hinterkopf verknotete. Instinktiv versuchte sie danach zu greifen, doch der Mann fasste ihre Hände und schleifte sie in die Mitte des Hauptraums. Teena bekam Angst. Sie wehrte sich aus Leibeskräften, trat nach ihm, zappelte und zerrte. Alles, was sie auf der Polizeischule gelernt hatte, war wie weggeblasen. Das ärgerte sie! Krampfhaft versuchte sie sich an das Erlernte zu erinnern, doch es war bereits zu spät. Ehe sie sich versah, hatte er ihre Handgelenke in Lederschlaufen gesteckt und diese festgezurrt. Die Schlaufen waren an einem Flaschenzug befestigt, an dem der Fremde sie nun in die Höhe zog. Teenas Arme wurden nach oben gerissen, bis sie gestreckt dastand. Gewaltsam zog sie an den Fesseln, aber weder die Lederschlaufen noch der Flaschenzug gaben nach. Hilflos und mit weit aufgerissenen Augen stand sie vor dem Fremden.

„Du wirst dich erst beruhigen, wenn ich dich gehen lasse. Habe ich recht?“, fragte er, und sie konnte trotz Maskierung sehen, dass seine Mundwinkel sich zu einem süffisanten Lächeln bogen. „Bis dahin wird es aber noch dauern.“

Zum ersten Mal konnte sie ihn nun genauer betrachten. Er trug eine Art Tarnanzug, ganz in Schwarz, und eine ebenso dunkle Balaklava, eine Sturmmaske, die nur Löcher für Augen und Mund freiließ. Seine blauen Augen waren wie Schneekristalle, wunderschön und eiskalt. Sein durchdringender Blick ließ sie erschaudern und gab ihr zu verstehen: „Tu, was ich dir befehle, und dir wird nichts geschehen." Sie betrachtete seine dünnen Lippen, suchte jedes Fleckchen seiner Haut nach einem Merkmal ab, das ihr bekannt vorkam oder auffällig genug war, um ihn später wiederzuerkennen, falls, ja, falls er sie freiließ. Jedes Detail könnte ihn verraten.

„Was schaust du mich so an? Fürchtest du dich vor der Maske?"

Sie murmelte etwas in den Knebel hinein und hoffte, dass er den Schal losbinden würde, um ihre Antwort besser verstehen zu können, aber das tat er nicht.

Langsam schritt er um Teena herum. Er musterte sie von der pinkfarbenen Perücke bis zu den hochhackigen Schuhen. Sein Blick brannte in ihrem Rücken. Sie versuchte, sich zu ihm umzudrehen, aber der Flaschenzug ließ ihr nicht viel Spiel.

Da stand der Mann schon wieder an ihrer Seite. „Ist es nicht besser, dass ich eine Maske trage, anstatt du?" Plötzlich hatte er einen violetten Beutel aus Samt in der Hand und stülpte ihn über Teenas Kopf.

Nun konnte sie nichts mehr sehen, alles um sie her war schwarz. Ihr Herz schlug ihr bis in den Hals. Das Blut rauschte in ihren Ohren. Verzweifelt riss sie an ihren Fesseln, erstarrte jedoch, als der Fremde sich an ihren Rücken schmiegte. Die Wölbung in seinem Schritt war gewachsen.

Seine Hände glitten unter ihr Shirt. „Scht, hör auf zu zappeln, oder ich lasse den Beutel über deinem Kopf. Es wird dir nichts geschehen, das verspreche ich."

Er griff ihre Brüste und hielt sie fest. „Hat man dir schon einmal die Augen verbunden beim Liebesspiel?"

Teena schüttelte den Kopf.

„Die Berührungen sind intensiver, wenn man nicht sieht", erklärte er. „Zum einen treffen dich die Zärtlichkeiten unvorbereitet. Zum anderen werden deine restlichen Sinne geschärft, wenn einer der fünf ausfällt."

Überrascht lauschte sie seinen Worten. Mit einem Mal kam sie sich nicht mehr wie ein Opfer, sondern wie eine Schülerin vor. Was steckte wirklich hinter dem absonderlichen Zusammentreffen von der Lady in Pink und dem Maskierten ... von ihr und dem Maskierten?

Er nahm seine Hände fort, nur für Sekunden, und als er sie wieder an ihren Busen legte und mit den Zeige- und Mittelfingern ihre Warzenvorhöfe berührte, spürte sie Feuchtigkeit. Er musste die Fingerspitzen mit seinem Speichel benetzt haben. Die warme Spucke massierte er in ihre Vorhöfe ein. Seifig fühlte es sich an. Es prickelte in den Brustwarzen, obwohl der Mann sie nicht einmal direkt berührte, sondern seine Finger nur um sie kreisen ließ. Geschmeidig rieben die Fingerkuppen über die Höfe, die sehr intensiv auf die Berührung reagierten. Teena genoss es. Sie wusste, sie durfte sich nicht auf das Spiel einlassen, weil es nicht ihr Spiel war, sondern das der Lady in Pink. Einem Fremden, der sie gefesselt hatte, konnte sie nicht trauen. Doch warum gehorchten ihre Gefühle nicht dem Verstand? Wieso lehnten sie sich dagegen auf? Schon bald stöhnte Teena lustvoll unter den Fingerfertigkeiten des Maskierten.

Angeregt durch ihr Stöhnen, massierte der Fremde ihren Busen. Wieder sparte er ihre Brustwarzen aus. Er griff beherzt zu, knetete die kleinen fleischigen Berge und drückte sie behutsam zusammen, während seine Finger zu den Spitzen glitten und, kurz bevor sie die Nippel erreichten, wieder von ihr abließen.

Unbefriedigt stieß Teena die Luft aus. Der Samt kitzelte an ihren Wangen. Sie schwitzte unter dem Beutel. Eine Zeit lang geschah nichts. Sie spürte den Mann nicht einmal. Das beunruhigte sie. Was führte er im Schilde? Beobachtete er, wie sie in den Fesseln hing und fahrig auf das wartete, was als Nächstes folgen würde?

Unvermittelt schmiegte er sich eng an ihre Seite. Er fing an, seine Lenden an ihre Hüften zu reiben. Hoch und runter, hoch und runter, der Stoff seines Tarnanzugs raschelte, während die Wölbung in seinem Schritt härter wurde. Teena konnte es kaum glauben. Er benutzte ihren Körper als Masturbationshilfe. Hatte er nicht vor, sie zu nehmen? Wollte er nicht in sie eindringen?

Herrje, sei doch froh, sprach eine Stimme in ihr, doch Teena war eher verunsichert. Was hatte man von einem Freier zu erwarten, der ohne jegliches Zutun der vermeintlichen Prostituierten kommen wollte? Das war beängstigend. Weitaus beunruhigender war jedoch, dass sie sich insgeheim danach sehnte, von ihm geentert und befriedigt zu werden.

„Du zitterst ja“, hauchte er lüstern. Er nahm den Samtbeutel von ihrem Kopf.

Sogleich suchte sie Blickkontakt. Seine Augen lächelten erhaben. Er warf den Beutel achtlos auf den Boden und schritt um Teena herum. Mit dem Handrücken streifte er ihre Wange. Sie nutzte die Möglichkeit und linste, ob er einen Ring trug. Doch alles, was sie sah, war eine helle Stelle am Ringfinger der rechten Hand. Er hatte den Ring abgestreift. Hätte er keine von der Sommersonne gebräunte Haut gehabt, wäre nichts zu sehen gewesen.

Der Maskierte schob ihren Rock bis über ihre Hüften.

Teena schüttelte den Kopf, um ihm zu signalisieren, dass sie das nicht wollte. Schließlich trug sie keinen Slip mehr und war zu allem Übel auch noch feucht. Sie versuchte etwas zu sagen. Der Seidenschal rutschte zwischen ihre Lippen. Worte waren dennoch nicht zu verstehen, nur Gemurmel.

Er legte die Hand unter ihr Kinn und hob es an. Dann neigte er sich zu ihr. Er drückte seinen Mund auf den ihren, der durch den Knebel offen stand, und küsste sie. Wäre soeben noch bei einem Kuss der Schal dazwischen gewesen, trafen seine Lippen nun ungehindert auf die ihrigen. Sie waren heiß. Seine Zunge schlängelte sich am Schal vorbei und drang in sie ein. Teena hätte den Mund ohnehin nicht schließen können, sie versuchte es nicht einmal. Sie belog sich selbst, indem sie sich einredete, dass auch der Geschmack des Maskierten ihn später verraten könnte. Würde sie wirklich tausend Frösche küssen wollen, um ihn ausfindig zu machen? In Wahrheit war sie inzwischen fast völlig entflammt. Sie fühlte sich benommen, schwindelig, als er durch ihren Mund züngelte. Seine Zunge leckte über ihre, stieß sie an und schob sich unter sie, um sie anzuheben, als Aufforderung, mit ihr zu spielen. Schon bald konnte sie dem Buhlen nicht mehr widerstehen. Teena antwortete dem Fremden, ihrem seltsamen Geliebten für eine Nacht, indem sie mit ihm züngelte. Sie schloss die Augen und genoss den Tanz der Zungenspitzen in ihrem Mund. Nun wusste sie, wie er schmeckte – köstlich!

Nachdem er sich aus ihr zurückgezogen hatte, senkte sie beschämt den Blick. Die Seide des Schals war nass, der Geschmack des Fremden noch in ihrem Mund, den der Schal in einer Weise offen hielt, als würde sie den Mann animieren wollen, erneut in sie einzudringen. Teena errötete. Sie hätte nicht nachgeben sollen und wusste, dass er sie in diesem Moment triumphierend musterte. Nur eine Tatsache irritierte sie sehr. Warum wunderte er sich nicht, dass sie so zurückhaltend war? Immerhin musste er davon ausgehen, eine Prostituierte vor sich zu haben.

„Du bist wunderschön", säuselte er.

Teena sah ihn an und bemerkte, dass er ihren Schoß betrachtete und nicht ihr Gesicht. Gedankenversunken spielte er mit ihrem roten Schamhaar. Er legte seine Hand senkrecht und fuhr zwischen ihre geschlossenen Schenkel. Da sich Teena ihm nicht öffnete, stieß er seinen Fuß dazwischen und spreizte sie mit sanfter Gewalt. Seine Beine hinderten sie daran, sich wieder zu schließen. Er beäugte sie eingehend. Lächelnd betrachtete er die feuchten Innenseiten der Oberschenkel. Er verrieb den cremigen Saft auf den Beinen, streifte ihre großen Schamlippen mit dem kleinen Finger und ergötzte sich an der Gänsehaut, die Teena sofort bekam.

Unerwartet ließ der Fremde von ihrer Spalte ab, ohne sie dort anzufassen, wo die Sehnsucht am größten war. Er stellte sich nah vor Teena und zog sie an sich. Überrascht blickte sie zu ihm hoch. Er streckte seine Zunge heraus und leckte über ihr Gesicht. Speichel zeichnete einen Kreis um ihre Augen. Dann fuhr er ihre Lippen nach, während er ihre Pobacken griff und sie behutsam auseinanderzog. Teena hielt die Luft an und versteifte sich.

„Hab ich dir bisher etwas getan, dir Schmerzen oder sonst ein Leid zugefügt?", fragte er wispernd.

Teena deutete ein Kopfschütteln an.

„Du musst lernen zu vertrauen“, sprach er leise, aber eindringlich.

Wem zu vertrauen? Ihm oder meinte er das prinzipiell? Galt seine Aufforderung nur für diese Nacht, oder wollte er sie wiedersehen?

Er führte seinen Zeigefinger am Schal vorbei in Teenas Mund. Sein Blick war ein stummer Befehl, und so züngelte sie um den Finger, benässte ihn, leckte ihn ab und lutschte daran. Dann zog der Fremde den Finger wieder heraus, drängte ihn in ihre Pofalte und verteilte den Speichel auf ihrem faltigen Ring, während er mit der anderen Hand die Pobacken spreizte. Teena lehnte die Stirn gegen seinen Oberkörper. Sie wollte unter allen Umständen vermeiden, dass er von ihrem Gesicht ablas, wie sehr sein Spiel sie anmachte. Ihr Anus kribbelte behaglich. Der Finger glitt auf dem Speichel und kitzelte die Lust aus einer erogenen Zone, die verdorbener und schamloser war als andere. Bisher hatte sie sich dort nur selbst berührt. Nun, da ein Mann, zudem ein Fremder, es tat, war die Liebkosung um ein Vielfaches köstlicher. Doch als er mit der Fingerspitze in sie eindrang, sah sie ihn erschrocken an.

Er schien ihre Gedanken lesen zu können, denn er sprach: „In diesen sündigen Ort ist noch kein Mann eingedrungen. Ist es nicht so?“

Teena wich seinem Blick aus.

„Dann wollen wir ihn nur necken.“ Mit diesen Worten zog er den Zeigefinger aus ihrem After heraus, um ihn gleich darauf wieder hineingleiten zu lassen. Er ging langsam vor, gab Teena Zeit, bis sie sich an den Eindringling gewöhnt hatte und ihre Muskeln lockerte. Sobald sie entspannter war, nahm er den Finger heraus, stieß ihn etwas forscher wieder hinein und fiel bald in einen Rhythmus, der Teena erregte, aber nicht überforderte.

Sie lehnte sich an seinen Brustkorb. Dieses Mal gab sie sich ganz hin. Sie konzentrierte sich darauf, locker zu lassen, und genoss die neue Erfahrung, die sie machen durfte und machen wollte. Er tat ihr nicht weh, hatte ihr nie wehgetan, und langsam begann sie zu glauben, dass sie von ihm nichts zu befürchten hatte. Dennoch blieben Zweifel zurück, immerhin war sie gefesselt und geknebelt. Wenn er wirklich so harmlos war, wie er sie glauben machen wollte, weshalb band er sie dann nicht los?

Einige Male führte der Fremde den Zeigefinger so tief wie möglich in sie ein, aber er nahm keinen zweiten Finger hinzu und benutzte auch nicht den breiteren Daumen. Er heizte Teena ein und hörte erst auf, als sie wohlig seufzte. Danach drang er wieder von vorne zwischen ihre Beine. Er streichelte ihre Schenkel sehr lange, ließ sich Zeit damit, ihre äußeren Schamlippen zu stimulieren, und umkreiste den Scheideneingang, ohne in sie einzudringen.

Teenas Erregung schwoll unentwegt an. Sie wünschte, sie könnte ihn endlich in sich spüren, ob nun mit dem Finger oder dem Phallus, der sich unter dem Tarnanzug verbarg. Sie war sich bewusst, dass er sie verführte. Er brachte ihre Mauern zum Einstürzen. Zurück blieb ihr nacktes Verlangen, ihre Sehnsucht, die sie vergeblich zu unterdrücken versuchte. Doch er hatte ihr Geheimnis erkannt und die Leidenschaft aus ihrem Versteck gelockt. Nun war Teena wie Wachs in seinen Händen. Sie schmolz unter seinen sanft fordernden Zärtlichkeiten dahin und wünschte sich, dass er das

Feuer, das durch seine Hände entstanden war, löschte. Doch er massierte ihre Klitoris kein einziges Mal. Nicht einmal die kleinen Schamlippen streifte er, sondern quälte sie weiter mit Liebkosungen, die die Flammen nur schürten, aber keine Erlösung brachten. Wieso tat er ihr das an? Sie schob ihm ihr Becken entgegen. Das veranlasste ihn jedoch dazu, sich zu entfernen.

Der Maskierte trat zwei Schritte zurück. Er verschränkte die Arme vor dem Körper und musterte sie lächelnd.

Teena wäre am liebsten im Boden versunken! Ihr war die Situation peinlich. Da stand sie mit entblößtem Unterleib, geschwollener Vulva und vor Erregung geröteten Wangen vor ihm, und er amüsierte sich köstlich darüber.

Hatte er die Lady in Pink telefonisch in den Lagerraum bestellt, oder warum erkannte er nicht, dass er eine andere Frau vor sich hatte? War es ihm schlichtweg egal, weil er begehrte, was ihm ins Netz gegangen war? Sie wurde aus diesem Mann nicht schlau.

„So, so“, sprach er nach einer Weile. „Du bist also rollig und wünschst dir, dass ich dich nehme wie ein Kater eine Wildkatze.“

Der Spott in seiner Stimme machte Teena wütend. Sie schnaubte abfällig, weil der Knebel immer noch jedes Artikulieren unmöglich machte.

„Gezähmt habe ich dich, wie versprochen. Mir war fast so, als hätte ich dich schnurren gehört, während ich dein Kätzchen kraulte. Das war alles, was ich wollte.“

Aufbrausend zog Teena an ihren Fesseln. Sie trat nach dem Maskierten. Da war er wieder, der Kick, den sie auf der Polizeischule gelernt hatte.

Doch der Fremde wich geschickt aus. In einiger Entfernung baute er sich auf und stemmte zornig die Hände in die Hüften. „Das hättest du nicht tun sollen!“

Teena riss angsterfüllt die Augen auf. Rasch war er bei ihr und schlang den Arm um ihre Taille, damit sie nicht mehr treten konnte. Um ihr ihre Machtlosigkeit zu demonstrieren, strich er mit der freien Hand an ihrem Arm entlang, von den Lederschlaufen bis hinunter zu ihren Achseln.

„Deine Hände sind gefesselt, du bist geknebelt. Meinst du wirklich, du solltest aufbegehren?“, fragte er rhetorisch. „Ein wenig mehr Demut würde einem Opfer gut stehen, meinst du nicht auch?“

Teena zitterte. Sie versuchte, sich zu beruhigen, um stärker zu wirken, als sie sich in Wahrheit fühlte. Vergeblich. Ihr Körper bebte.

Der Maskierte spielte mit einer pinkfarbenen Haarsträhne. „Ich habe dir versprochen, dir kein Leid zuzufügen, und daran werde ich mich halten. Aber …“

Sie horchte auf, als er eine Pause machte.

„… du wirst mir einen Gefallen tun müssen, um wiedergutzumachen, dass du aus der Rolle gefallen bist. Habe ich mich klar ausgedrückt?“

Unfähig, auch nur den Kopf zu neigen, um ein Ja zu signalisieren, starrte sie ihn einfach nur an.

Um seinen Worten Nachdruck zu verleihen, stieß er den Mittelfinger ohne Vorwarnung und unbenässt in ihren Anus. Der Finger steckte bis zum Anschlag in ihr und begann nun zu rühren. „Willst du herausfinden, wie sich zwei anfühlen?“

Nun endlich schüttelte sie kräftig den Kopf. Sie spürte, wie sich ihr faltiger Ring zuerst weit öffnete und sich dann eng um den Finger zusammenzog.

Der Maskierte zog ihn heraus. Er hob den Samtbeutel vom Boden auf, führte ihn zwischen Teenas Schenkel und fasste ihn vor ihrem Venushügel und hinter ihrem Gesäß, sodass er sich an ihre Spalte schmiegte. „Reibe dich an dem Stoff."

Fassungslos hob sie die Augenbrauen.

„Zur Strafe werde ich dir keinen Orgasmus schenken", erklärte er. „Das hast du dir selbst zuzuschreiben. Aber du wirst es dir selbst besorgen, vor meinen Augen. Reibe dich an dem Beutel, bis du kommst. Vorher werde ich dich nicht losbinden."

Teena konnte nicht glauben, was sie hörte. Sie hätte ihn gerne mit Worten besänftigt, doch der Knebel machte dies unmöglich.

Der Maskierte zog den Samtbeutel einmal vor und zurück, um ihren Schoß zu reizen. „Du bist doch eine Prostituierte. Warum so schüchtern?", fragte er mit einem spöttischen Unterton.

Die Erregung, die er in ihr geweckt hatte, spürte sie in jeder Faser ihres Körpers. Jede Zelle schien zu vibrieren. Was hielt sie zurück, ihre Lust einfach auszuleben, an diesem abgelegenen Ort, mit einem Mann, den sie nie wiedersehen würde, zumal er dachte, sie wäre eine Hure? Wenn sie sich gehen ließ, würde das nicht auf sie zurückfallen. Prostitution als Freischein, war das verwerflich?

Sie schreckte aus ihren Gedanken hoch, als er sprach: „Hör auf zu grübeln! Ich lasse dir ohnehin keine Wahl."

Ungläubig, fast ein wenig flehend, sah sie zu ihm auf. Sein Blick war kalt. Er würde keinen Widerstand dulden.

So schloss sie die Augen und versuchte zu vergessen, dass er vor ihr stand, doch es gelang ihr nicht. Tapfer riss sie sich zusammen und schob ihr Becken nach vorne. Der Samt strich sacht über ihre pulsierenden Schamlippen. Sie bekam eine Gänsehaut, weil die Berührung so sanft und zugleich durchdringend war, ebenso wie die Situation an sich. Der Maskierte fügte ihr kein Leid zu. Er blieb sanft in den Methoden, sein Opfer zu quälen, und dennoch war er erfolgreich. Die Wirkungen drangen in jede Faser. Teena fügte sich seinen Anweisungen. Sie wuchs über sich hinaus, und anstatt sich schlecht zu fühlen, gewann sie Lust. Teena verstand das alles nicht. Nicht den Maskierten. Nicht seine Art zu lieben. Nicht ihre eigene Reaktion.

Daher versuchte sie es auch nicht weiter, sondern ließ ihr Becken kreisen. Sie rieb ihren Schoß an dem weichen Stoff. Ihre Feuchtigkeit verteilte sich auf dem Beutel und ließ sie besser darauf vor- und zurückgleiten. Wann immer ihre Klitoris gegen die Hand des Fremden stieß, durchzuckte es sie, als wären seine Finger statisch aufgeladen. Sie sehnte sich danach, von ihm berührt zu werden. Er war auf der einen Seite ein Teufel, von dem jede Frau sich fernhalten sollte. Auf der anderen Seite bereitete er ihr himmlischen Genuss. Würde er sie später nehmen, nachdem sie gekommen war? Er konnte sich unmöglich unbefriedigt verabschieden. Aber er hielt sich nun schon zurück, seitdem sie den Lagerraum betreten hatte. Sie wollte ihn. Sie begehrte ihn. Es war ihr egal, wer er war und ob sie ihn kannte oder nicht. Je mehr ihre Erregung wuchs, desto williger wurde sie.

Ihr Atem ging mittlerweile rasch. Ihr Becken schob sich ohne Unterlass vor und zurück. Ihr Schoß rutschte auf dem feuchten Samt, und sie stöhnte rhythmisch in ihren Knebel. Noch immer wagte sie nicht, die Augen zu öffnen. Anstatt sich gegen die Fesseln zu wehren, nahm Teena sie als Hilfe. Die Lederschlaufen gaben ihr Halt, während sie auf den Pumps schaukelte, um in ihrer Bewegung immer noch schneller zu werden. Bald verkrampften sich ihre Muskeln. Ihr Körper spannte sich an. Sie hatte vor Leidenschaft Mühe, den Unterleib weiter zu bewegen, aber unter größter Anstrengung schaffte sie es. Schweiß rann zwischen ihren Brüsten herab. Als der Orgasmus sie ergriff, hielt sie die Luft an. Sekundenlang war sie wonnetrunken und weggetreten. Die Droge Lust berauschte sie. Erst als sie wieder bei Sinnen war, spürte sie die Hand des Maskierten an ihrem Venushügel. Er war noch da, stand noch vor ihr, beobachtete jede Regung auf ihrem Gesicht. Gegen ihre Erwartung fiel er nicht über sie her, sondern band sie los. Als sie geschwächt von der Erregung und vom langen Stehen zusammenbrach, fing er sie auf. Er trug sie zu einer Kiste, setzte sie ab und entfernte den Knebel. Dann löste er die Lederschlaufen vom Flaschenzug.

Teena rieb ihre Handgelenke – und als sie aufschaute, war der Fremde verschwunden. Ungläubig schaute sie im Lager umher. Nichts. Er war fort und hatte Schlaufen, Seidenschal und Samtbeutel mitgenommen, auch ihren Slip. Als Trophäe?

Sie entschied, rasch das Weite zu suchen. Als sie die Treppenstufen hochstürmte, sah sie auf einer Stufe Geldscheine liegen. Der Fremde hatte Teena entlohnt. Das war das erste Mal, dass man sie für Sex bezahlt hatte! Einen Moment lang überlegte sie. Dann hob sie unsicher die Scheine auf und steckte sie ein. Während sie sich die Perücke vom Kopf riss und zum Discovery lief, hallte immer wieder eine Frage in ihr wider: Weshalb hatte er sie nicht genommen? Ein Freier bezahlt doch eine Hure, um zum Schuss zu kommen.

Zum Glück hatte es aufgehört zu regnen. Den Nachtwind spürte Teena kühl an ihrer feuchten Scham. Immer wieder zog sie den Rocksaum nach unten. Es waren kaum noch Leute unterwegs, aber sie war erst erleichtert, nachdem sie in ihren Landrover gestiegen war. Die Perücke stopfte sie in eine der Einkaufstaschen, die hinter den Sitzen standen, und legte einige Fertiggerichte darauf, damit niemand die falschen Haare sah. Was hatte sie sich nur dabei gedacht, das Beweisstück aufzusetzen? Die Sehnsucht nach einem frivolen Leben hatte ihren Verstand überrollt. Das durfte nicht noch einmal passieren! Aber schon als sie den Motor startete, ahnte sie, dass ihre Wünsche zu stark waren, um sie noch länger zu ignorieren. Die aufgestaute Lust würde ihr noch einige Probleme bereiten.

Sie fuhr auf direktem Weg in die Shell Road. Erschöpft trug sie die Einkaufstüten in das zweite Obergeschoss und erschrak, als plötzlich Rosalin die Wohnungstür öffnete.

„Hast du kein schlechtes Gewissen?", fragte die rassige Schönheit, im Türrahmen stehend, und rekelte sich lasziv in einem Negligé aus schwarzer Spitze.

Teena stellte sich vor die Tüten, damit Roz nicht zufällig doch ein paar Haare der pinkfarbenen Perücke erspähte. „Wie bitte?" Sie war zu müde für ein Quiz.

Roz kam zu ihr und nahm ihr Gesicht in beide Hände. „Erinnerst du dich nicht? Wir waren verabredet."

Jetzt erst begriff Teena, worauf sie hinauswollte. Nach dem Erlebnis im Liquor Store kam es ihr wie eine Ewigkeit vor, seit sie bei Roz angeklopft hatte. „Ich war pünktlich nach der Arbeit hier. Wo warst du? In deinem Appartement war alles still."

„Wann war das?"

„Kurz nach sechs."

„Wusstest du denn nicht, dass mein Dessousladen erst um sieben Uhr schließt, Süße?" Rosalin lächelte und küsste sie auf den Mund.

Teena schloss für einen Moment bestürzt die Augen. Sie hatte Roz vorgeworfen, nicht zu der Verabredung erschienen zu sein, dabei war sie selbst es, die ihre neue Freundin hatte sitzen lassen. Nun hatte sie ein schlechtes Gewissen. Vorurteile – unterbewusst war sie davon ausgegangen, dass man sich auf eine freizügige Frau wie Roz nicht verlassen konnte.

„Es tut mir wirklich leid. Ich bin einkaufen gegangen, saß noch lange am Hafen, rief meine Eltern an …" Mehr wollte Teena nicht preisgeben.

„Es hat nicht jeder zur gleichen Zeit Feierabend wie du."

„Bitte entschuldige."

„Akzeptiert", sagte Rosalin und küsste sie ein zweites Mal. Dann ließ sie Teenas Gesicht los. „Für eine Polizistin bist du ziemlich zerstreut."

Teena verdrehte die Augen. Nach Monica war Roz nun die Zweite, die ihr unter die Nase rieb, wie unaufmerksam sie war. „Ich bin sehr müde. Der Tag war anstrengend."

„Dagegen habe ich eine Medizin." Rosalin fasste ihre Hand und wollte Teena mit sich in ihre Wohnung ziehen, doch diese riss sich los.

„Ich möchte nur noch ins Bett."

„Ein kleiner Absacker schadet nie. Ich habe eine neue Flasche Schampus kühl gestellt.“

„Heute nicht, wirklich nicht.“ Da Roz schmollte, fügte sie hinzu: „Sei mir bitte nicht böse.“

Bevor Rosalin etwas erwidern konnte, schloss Teena ihr Appartement auf und verschwand mit den Einkäufen. Nachdem sie die Tür hinter sich geschlossen hatte, lehnte sie sich ermattet dagegen. Sie brauchte Ruhe. Sie musste den lustvollen Überfall verarbeiten und überlegen, was sie mit der pinkfarbenen Perücke machen sollte. Was für ein Tag!

Eilig räumte sie die Lebensmittel in die Schränke und nahm eine ausgiebige heiße Dusche. Sie trocknete sich ab. Als sie das Nachthemd holen wollte, das auf dem Bett lag, sah sie auf ihr Spiegelbild im Ganzkörperspiegel gegenüber dem Badezimmer. Eigentlich mochte sie ihr rotes Haar nicht, doch dies war das erste Mal, dass sie den Anblick des flammend roten Schamhaars genoss. Verschmitzt lächelnd ging sie ins Bad zurück. Sie nahm den Ladyshaver und rasierte die Seiten ihres Dreiecks weg, sodass nur ein schmaler Streifen stehen blieb. Dann stutzte sie den Rest. Sie schlenderte wieder vor den Spiegel und betrachtete ihren Schoß. Er sah verletzlicher aus als vor der Intimrasur. Die Schamlippen waren nun deutlich zu sehen, die kleinen standen ein Stück weiter heraus als die großen. Das Schamhaar wirkte wie ein gepflegter Farbtupfer auf ihrer aristokratisch blassen Haut.

Nackt schlüpfte Teena in dieser Nacht unter die Bettdecke. Bevor sie in einen traumlosen Schlaf glitt, dachte sie enttäuscht, dass sie an diesem Abend wieder nur masturbiert hatte, obwohl sie mit einem Mann zusammen gewesen war.

Der nächste Tag begrüßte Teena mit Sonnenschein. Der

Regen war weitergezogen. Keine einzige Wolke stand am blauen Himmel. Frischer Wind wehte durch das gekippte Fenster in die Wohnung. Es duftete nach Lavendel. Teena vermutete, dass ihr Nachbar zur Rechten eine solche Pflanze auf dem Balkon stehen hatte, denn auf Rosalins Seite wuchsen nur zwei Kletterrosen an einem Rankgitter, wie sie bei ihrem Besuch bemerkt hatte. Einige Kohlmeisen saßen auf dem Balkongeländer und zwitscherten aufgeregt. Es war ein wunderschöner Morgen, der das Erlebnis der letzten Nacht unwirklich erscheinen ließ.

Teena stand auf und reckte sich. Ihr Blick fiel auf die Perücke, die sie auf das Sofa gelegt hatte. Das Rosa biss sich mit dem Cordbraun der Couch. Da hatte sie den Beweis! Der Maskierte im Lagerraum des Spirituosengeschäfts war kein Traum gewesen. So unschuldig der Tagesanbruch auch war, so sündig war der Abend zuvor gewesen. Wie sollte sie weiter vorgehen? Bis auf die Perücke hatte sie keine Hinweise, und selbst diese wenigen hatte sie vermutlich zerstört, als sie die unechten Haare aufgesetzt hatte. Was für ein Desaster! Sie war bestimmt die schlechteste Polizistin in ganz England.

Sie zog ein lindgrünes Trägershirt, Röhrenjeans und Roz' Stöckelschuhe an, denn ganz wollte sie nicht wieder in ihren burschikosen Kleidungsstil verfallen, aber so extrem sexy wie am Tag zuvor würde sie auch nicht mehr auftreten. Ihre Haare ließ sie offen. Sie fühlte sich beschwingt. Lag das am sonnigen Morgen oder an den aufreibenden Stunden der letzten Nacht?

Vorsorglich wickelte Teena die Perücke in eine Plastiktasche aus dem Supermarkt und steckte sie zusätzlich in einen schwarzen Jutebeutel. Dann schmierte sie sich ein Brot, nahm einen Apfel und fuhr eilig aufs Revier. Ihr Herz klopfte. Noch während sie einparkte, grübelte sie, ob sie den Kollegen von der Lady in Pink berichten sollte. Eigentlich hätte sie gar nicht darüber nachdenken sollen. Es war eine Selbstverständlichkeit, denn es ging schließlich um eine dringend Tatverdächtige. Aber wenn sie Bericht erstattete, müsste Teena ihnen auch von dem Maskierten erzählen. Natürlich konnte sie den Umstand verschweigen und erst gar nicht erwähnen, dass sie den Lagerraum des Coast Liquor Stores betreten hatte. Doch einerseits war sie eine schlechte Lügnerin, und andererseits konnten die Kollegen bei der Untersuchung des Kellers Anhaltspunkte finden, dass Teena entgegen ihrer Aussage dort gewesen war. Sie war schnell aus dem Lager geflüchtet. Da konnte es durchaus sein, dass ihr Slip doch noch in irgendeiner Ecke lag und sie ihn übersehen hatte. Das schwache Licht. Die Verwirrung.

Teena stieg aus dem Landrover und dachte an das Geld. Ohne sie zu zählen, hatte sie die Scheine in die Gesäßtasche des Lederrocks gesteckt. Sie durfte nicht vergessen, sie herauszunehmen, bevor sie Rosalin den Rock zurückgab, denn sicherlich waren Fingerabdrücke darauf zu finden. Aber der Maskierte war im Moment nicht so wichtig, zumal Teena nicht einmal sicher war, ob sie erfahren wollte, wer sich hinter der Balaklava versteckt hatte. Vielleicht sollte seine Identität besser im Dunkeln bleiben. Wer wusste schon, ob die Wahrheit nicht im Nachhinein einen Schatten auf das wollüstige Treffen werfen würde?

Sie stellte dieses Rätsel hintenan. Die Prostituierte zu finden, hatte Priorität. Teena witterte immer noch die Chance, sich vor den Kollegen zu profilieren, damit sie von ihnen akzeptiert wurde.

Mit einem mulmigen Gefühl im Magen betrat sie die Bezirksdienststelle.

Monica, die am Empfang saß und gerade den Telefonhörer auflegte, schaute auf ihre Armbanduhr.

„Ich bin zu spät, schon wieder“, kam Teena ihr zuvor.

„Wie gut, dass die Herren auch noch nicht eingetroffen sind.“

„Dann fällt es ja nicht weiter auf, es sei denn, du verrätst mich.“ Herausfordernd blieb Teena vor dem Schreibtisch, der als Rezeption diente, stehen.

„Kaffee?“ Monica stand schwungvoll auf, ging zur Kaffeemaschine und kam mit einer vollen Tasse zurück. Sie stellte sie auf den Tisch und schob sie Teena hin.

Verdutzt runzelte diese die Stirn. „Wie komme ich zu der Ehre?“

„Damit du schneller an die Arbeit gehst und ich nicht alle Akten allein in den Computer eingeben muss.“

Teena lachte. „Natürlich! Wie hätte es anders sein können? Ich danke dir, wirklich.“

Sie nahm die Tasse und ging den Gang entlang, blieb jedoch nach wenigen Schritten stehen. Der Jutebeutel erschien ihr auf einmal so schwer, als läge ein ganzer Schädel darin und nicht nur eine Perücke.

Sie drehte sich um und fragte bemüht beiläufig: „Da wir hier kein eigenes Labor haben“, sie räusperte sich, „schicken wir Beweismittel sicherlich zur forensischen Untersuchung nach Newcastle, nicht wahr?“

„In der Tat“, antwortete Monica kurz.

„Dafür müssen wir vermutlich zuerst einen Antrag ausfüllen, Aktenzeichen und Grund für die Analyse eintragen und das Formular von Matthew unterzeichnen lassen …“

„Das übliche Prozedere.“

„Einen anderen Weg gibt es nicht?“

„Brauchst du denn einen anderen?“

Teena versuchte an Monicas Miene abzulesen, was sie dachte, aber die dicke Lage Schminke und ihr ironisches Dauerlächeln machten das unmöglich.

„Nein.“ Eilig ging sie weiter den Korridor entlang. Sie biss sich auf die Unterlippe und fasste den Jutebeutel fester, damit er ihr ja nicht aus der Hand fiel, tollpatschig, wie sie manchmal war. In Joshuas Büro angekommen, fuhr sie den PC hoch, ließ sich in den Bürostuhl fallen und legte den Beutel an ihre Füße. Wie konnte sie es nur bewerkstelligen, die falschen Haare in der Forensik heimlich auf Spuren einer weiblichen Person untersuchen zu lassen? Es schien aussichtslos. Sie hatte weder Kontakte in Gardenrye oder London, noch kannte sie Matthew gut genug, dass sie ihn überzeugen könnte, ihr zu vertrauen, ohne ihn über die Hintergründe aufzuklären.

Unvermittelt tauchte Monica im Türrahmen auf. „Es gäbe da eine Möglichkeit, aber ich müsste natürlich mehr wissen.“

Monica war die Letzte, der Teena etwas beichten wollte. „Der gute Geist“, wie Matthew sie genannt hatte, würde doch postwendend zum Chef laufen und brühwarm ausplaudern, dass Teena Bockmist gebaut hatte. Aber einen anderen Ausweg sah sie nicht.

Himmel, was sollte sie nur tun?

6.

„Nun?“ Monica hob die Augenbrauen.

„Es ist nicht so einfach“, begann Teena zaghaft und rutschte auf dem Sitz herum.

„Offensichtlich nicht, denn sonst würdest du den Dienstweg wählen.“

„Ich möchte Matthew nicht hintergehen. Versteh mich bitte nicht falsch.“

Monica zuckte mit den Achseln. „Momentan verstehe ich noch gar nichts.“

Teena seufzte. Fieberhaft suchte sie nach den richtigen Worten. Wie konnte sie die Sekretärin nur dazu bringen, ihr zu helfen, ohne ihr verraten zu müssen, dass sie die Verdächtige durch einen dummen Fehler hatte laufen lassen? „Ich müsste einen Gegenstand forensisch untersuchen lassen. Es könnte wichtig sein.“

„Könnte?“, fragte Monica und schnaubte. „Wenn man die Forensik bemüht, ist es immer wichtig.“

Schweren Herzens sagte Teena: „Ich gebe zu, ich bin unsicher. Was ist, wenn ich als Frischling mich in die Nesseln setze? Dann bin ich unten durch.“

„Das könnte durchaus passieren.“

„Ich habe es schon jetzt nicht leicht. Man hat mich nicht gerade mit offenen Armen empfangen.“ Teena hielt die Luft an. Indirekt hatte sie auch Monica angeklagt. Das würde sie ihrem Ziel bestimmt nicht näherbringen.

„Ich verstehe.“

Energisch stand Monica auf.

„So war das nicht gemeint.“

„Du kannst nicht erwarten, überall, wo du hinzukommst, wie ein Prinzesschen behandelt zu werden. In London mag man dich mit Samthandschuhen angefasst haben, zumal dein Vater ein einflussreicher Versicherungsmakler ist …“

Aha! Diese Schlange hatte Teenas Personalakte studiert.

„… aber in Gardenrye musst du dich beweisen. Hier zählt Leistung und sonst nichts.“

Gerade der Leistungsdruck hatte Teena doch in diese vertrackte Situation gebracht. Sie fühlte sich genötigt, besser als alle zu sein, damit man sie akzeptierte. „Dessen bin ich mir bewusst!“

Eisiges Schweigen. Teena starrte Monica an und wartete, dass sie ihr endlich eine Hintertür ins forensische Labor zeigte. Stattdessen verlagerte die Empfangsdame einige Male ihr Gewicht von einem Fuß auf den anderen und ging schließlich an die Rezeption zurück, ohne ein weiteres Wort zu sagen.

Das war ja klasse gelaufen! Teena ließ sich in den Bürostuhl fallen und stützte die Ellbogen auf der Tischplatte auf. Entmutigt vergrub sie das Gesicht in den Händen. Sie konnte einfach nicht mit Monica Stew. Es gab helle Momente, in denen die Hoffnung aufkeimte, dass sie einen Weg finden würden, kollegial zusammenzuarbeiten. Aber sie gerieten doch immer wieder aneinander.

Wie sollte sie nur in den Ermittlungen weiterkommen, grübelte Teena. Sie konnte diese möglicherweise einmalige Chance, etwas über die Identität der Lady in Pink herauszufinden, nicht ungenutzt lassen. Das wäre Pflichtverletzung, ein Verbrechen an ihrem Berufsstand. Sie würde über ihren eigenen Schatten springen und noch einmal mit Monica sprechen müssen!

Teena würgte den Groll über die Diskussion hinunter und schritt forsch zum Empfang. In dem Moment, als sie Monica ansprechen wollte, betrat Matthew das Revier. Er hatte dunkle Ringe unter den Augen, als hätte er nicht viel geschlafen. Plagten ihn Sorgen?

„Guten Morgen, Chef", grüßte sie ihn.

Er nickte, ohne sie anzusehen. „Morgen." Eilig verschwand er in sein Büro und schloss die Tür hinter sich.

Gegen alle Vorsätze konnte Teena sich nicht verkneifen, auf Monicas Armbanduhr zu deuten, weil Matthew ganze anderthalb Stunden zu spät zum Dienst erschien und Monica ihr bereits eine Verspätung von nur fünf Minuten unter die Nase rieb.

„Der Dienststellenleiter kann kommen und gehen, wann er möchte", verteidigte Monica ihn. „Wie ich ihn kenne, hatte er gestern am späten Abend noch einen Termin oder sogar schon heute früh. Außerdem arbeitet er täglich länger, als es sein Vertrag verlangt."

Vertrag? Teena rümpfte die Nase. Monica kannte wohl jede Personalakte auswendig. Das machte sie gefährlich. „Joshua sagte mir, dass Matthew an einem Vortrag feilt, den er auf dem Kongress der Polizeibehörden aller umliegenden Bezirke zum Besten geben muss", lenkte Teena ein.

Monica winkte ab. „Den hat er längst fertig."

„Ach, ja?" Da wusste die Empfangssekretärin mehr als Josh. Sie schien wirklich über alles, was auf dem Revier vor sich ging, im Bilde zu sein. Der gute Geist, der Dreh- und Angelpunkt. Sie war mit Vorsicht zu genießen. Vielleicht sollte Teena doch lieber einen anderen Weg suchen, um die Perücke prüfen zu lassen. Nur welchen?

Ungeduldig tippte Monica auf den Stapel Akten, der sich neben der Tastatur türmte, als wollte sie darauf hinweisen, dass sowohl auf sie als auch auf Teena viel Arbeit wartete.

Plötzlich brach es aus Teena heraus: „Ich habe Mist gebaut und brauche dringend deine Unterstützung."

„Aber du willst mir immer noch nicht sagen, worum es geht."

„Das kann ich nicht, noch nicht."

„Hängt denn dein Leben davon ab?" Monica lehnte sich zurück.

Irgendwie schon, dachte Teena und war verdutzt über die Frage. Sie sah sich schon vom Dienst suspendiert. Ihr Fehltritt würde in ihrer Personalakte notiert werden. Eventuell würde sie für den Rest ihres Lebens nur noch Fälle in den Computer tippen dürfen oder gar keine Anstellung mehr bei der Polizei bekommen, sondern Wachdienst in einem Supermarkt schieben. Eine Horrorvorstellung!

Aus vollem Brustton antwortete sie: „Ja."

„Dann werde ich dir helfen."

„Wirklich?" Teena riss erstaunt die Augen auf. Sie rechnete damit, dass eine Einschränkung folgen würde oder Monica doch noch insistierte, mehr zu erfahren.

Stattdessen scheuchte sie Teena mit einer Handbewegung fort. „Ich muss telefonieren. Ein Privatgespräch."

Monicas Augen bekamen mit einem Mal einen Glanz, der Teena darauf schließen ließ, dass sie nicht nur irgendeinen Bekannten anrufen würde. „Ein Mann?"

„Nun, eigentlich geht es dich nichts an." Verschmitzt lächelnd nahm sie den Hörer in die Hand. „Ich nehme dies zum Anlass, um mich bei einem alten Freund zu melden."

Es schien ihr nicht gerade ungelegen zu kommen. Monica war also doch nicht so unterkühlt, wie sie tat. Unter dem Make-up verbarg sich offensichtlich eine gefühlvolle Frau. Das machte sie Teena sofort wieder sympathischer. „Danke."

Als nun auch Joshua die Dienststelle betrat, schloss sie sich ihm an. Gemeinsam schlenderten sie in sein Büro.

„Wie war dein Abend im ‚Flesh'?"

Er legte seine Butterbrotdose auf den Handwagen und verzog das Gesicht. „Nichts, absolut nichts. Ich habe mir völlig umsonst die Nacht um die Ohren geschlagen."

„Niemand hat die Lady in Pink je gesehen?", fragte Teena. Sie nahm auf dem Bürostuhl Platz und schüttelte skeptisch den Kopf.

„Mittlerweile glaube ich, dass du recht hast, auch wenn du das vielleicht nur im Spaß gesagt hattest."

„Was meinst du?"

„Die Lady in Pink hat es nie gegeben. Es gibt keinen einzigen Beweis für ihre Existenz, bis auf die Aussage des Earls."

Doch, dachte Teena und ballte die Hände zu Fäusten. Der Beweis liegt unter deinem Schreibtisch, Josh, unauffällig in einen Jutebeutel verpackt. „Die ganze Sache ist faul! Ich werde das Gefühl nicht los, dass Ethan Woodridge und William Sore unter einer Decke stecken."

„Wobei? Es geht schließlich nicht um ein Wirtschaftsverbrechen", wandte Josh ein.

„Sondern nur um eine dämliche Geldbörse."

„Ho, ho. Erstens gehörte sie dem Earl of Cunninghall, und zweitens waren seine ganzen Kreditkarten darin."

„Und drittens sollte ich nach dem Fauxpas, gestohlenen Fisch als Lappalie zu betrachten, versuchen, anders zu denken.“ Joshua wollte etwas sagen, aber Teena fuhr fort: „Natürlich ist Diebstahl kein Kavaliersdelikt, aber ich vermute, dass es um mehr geht. Momentan haben wir nur wenige Puzzleteile und sehen das Ganze nicht. Uns fehlt ein wichtiges Detail.“

„Nämlich die Verdächtige, die bislang nur der Geschädigte und der Gastgeber der sinnlichen Dinnerveranstaltung gesehen haben.“

Und ich, fügte Teena in Gedanken hinzu und berührte mit dem Fuß den Jutebeutel, als wollte sie kontrollieren, ob er noch unter dem Tisch lag.

In diesem Moment spähte Monica in das Büro und nickte Teena zu. „Geht in Ordnung.“

Verlegen räusperte sich Teena. Als ginge es um etwas Nebensächliches, fragte sie gelangweilt: „Ja?“

„Sly Court erwartet dich um 14 Uhr. Sei pünktlich!“, ermahnte die Sekretärin sie. „Ich möchte nicht, dass es auf mich zurückfällt, wenn er auf dich warten muss.“

Bevor sie verschwinden konnte, hob Teena die Hand. „Wo … wo finde ich … ihn?“

„Die Adresse kannst du dir bei mir abholen, wenn du losfährst. Zweites Obergeschoss. Frag einfach an der Anmeldung nach ihm.“ Mit einem unschuldigen Lächeln ging sie zurück an ihren Arbeitsplatz.

„Sly Court? Wer ist das?“, wollte Josh wissen. Als er keine Antwort bekam, setzte er nach: „Als älterer Kollege muss ich doch auf das Nesthäkchen aufpassen.“

Teena meinte Eifersucht zwischen den Worten herauszuhören. Ihr blieb nichts anderes übrig, als ihm dreist ins Gesicht zu lügen: „Ein Friseur."

„Du wirst dir doch wohl nicht die Haare färben lassen wie Monica?"

„Gott behüte!"

„Ich liebe deine rote Mähne, besonders wenn du sie offen trägst. Das sieht so herrlich wild aus." Sanft streichelte er über ihren Schopf. „Deine Haare sind etwas Besonderes. Du bist etwas Besonderes."

Sie überhörte seine Komplimente, denn bei dem Wörtchen „wild" prickelte es in ihrem Schoß. Es erinnerte sie an den Maskierten.

Mit einem Mal war sie fahrig, als hätte der Gedanke an ihn einen Schalter bei ihr umgelegt. Ihr Magen meldete sich, weil sie noch nicht gefrühstückt hatte. Ihr war jetzt schon warm. Dieser Tag würde heiß werden. Durch das Fenster sah sie, dass die Sonne bereits hoch am Himmel stand.

Dezent linste Teena auf Joshuas Hände. Kein Ring. Keine weißen Hautpartien, die verrieten, dass er vor Kurzem einen Ring getragen hatte.

Sie erschrak, als plötzlich Matthew im Türrahmen stand. „Kommst du, Josh? Ich hätte jetzt Zeit, den Bericht über deine Ermittlungen im ‚Flesh' zu hören." Er sah noch immer fertig aus und rieb seinen Backenbart.

Kritisch beäugte Teena auch Matthews Hände. Vor Schreck verschluckte sie sich an ihrer eigenen Spucke und bekam einen Hustenanfall. Er trug an der linken Hand den Ehe- und an der rechten einen Siegelring. Was für ein Siegel das war, konnte sie jedoch nicht erkennen.

„Ist alles in Ordnung, Christeena?", fragte er besorgt.

Sie rang sich ein Lächeln ab, obwohl ihr gar nicht danach war. „Kann ich mir den Nachmittag freinehmen? Ich muss zum Einwohnermeldeamt und noch einige andere Dinge erledigen."

„In Ordnung", murmelte Matthew und wandte sich um.

Joshua nahm seine Brotdose und folgte ihm in sein Büro.

Den ganzen Vormittag war Teena so aufgewühlt, dass sie sich kaum konzentrieren konnte. Sie vertippte sich ständig, vergaß zu trinken und bekam Kopfschmerzen, weil sie nicht genügend Flüssigkeit zu sich genommen hatte. Nicht einmal ihre Stulle rührte sie an.

Die Erinnerungen an den Maskierten erregten sie, seine dreiste und außergewöhnliche Art, mit ihr zu spielen, tabulos und verrucht, aber auch die Ermittlung selbst, das spannende Lösen des Rätsels um die Lady in Pink. Es gab niemand, der von ihrem Alleingang wusste, niemand, der sie beeinflussen konnte.

Irgendwann hielt Teena es nicht mehr aus. Sie ging auf die Toilette, schloss die Tür ab und atmete tief durch. So stand sie einige Minuten mit geschlossenen Augen und lauschte dem Pochen in ihrem Schoß. Die Lust haftete an ihr, sie wollte der Vernunft nicht weichen. Auch der Gang auf die Toilette brachte nicht die gewünschte Erleichterung, weil ein ganz anderer Druck sie wahnsinnig machte. Mit nacktem Unterleib saß sie dort. Ihre Spalte zog ihre Finger magisch an. Teena versuchte sich abzulenken, indem sie sich alle Geburtsdaten ihrer neun Neffen und Nichten vor Augen führte und in Gedanken das Alphabet rückwärts aufsagte. Es brachte keine Besserung.

Schließlich gab Teena nach. Sie zog sich nackt bis auf die Schuhe aus und setzte sich auf die WC-Brille, jedoch mit dem Gesicht zum Spülkasten. Der Anblick ihres entblößten Körpers an diesem öffentlichen Ort erregte sie. Jeden Moment konnten Monica, Matthew oder Joshua hereinkommen, denn es gab nur eine Toilette für alle. Sie würden zwar nur bis in den Vorraum gelangen, doch Teenas Stöhnen, egal wie leise es war, würden sie auch dort hören. Die Angst, erwischt zu werden, heizte Teenas Erregung nur weiter an. Sie streichelte ihren Busen mit beiden Händen, zwirbelte ihre außergewöhnlich großen Brustwarzen und benässte die Finger zwischendurch mit Speichel, nur um sich vorzustellen, der Maskierte würde wieder mit ihr spielen.

Es gab kein Zurück. Es war längst zu spät, um noch aufzuhören.

Sie stützte sich mit den Füßen an der Wand ab, sodass ihr Oberkörper sich zurückneigte. Wie atemberaubend die Stöckelschuhe an ihren nackten Beinen aussahen! Um das Gleichgewicht zu halten, hielt sie sich mit der rechten Hand am Griff der Spülung fest, während ihre linke unaufhörlich ihren Busen massierte. Die Brustspitzen reckten sich förmlich ihrer Hand entgegen. Sie gierten nach Liebkosungen. Teena war unfähig, von sich abzulassen, rieb mit der Daumenkuppe über den Nippel und zwickte ihn. Sie legte den Kopf in den Nacken, schloss die Augen und ließ ihre Linke über ihren Körper wandern. Die Hand glitt über den Venushügel. Die Finger kraulten das gestutzte Schamhaar. Dann spreizte Teena Zeige- und Mittelfinger und drang in die Täler zwischen den großen und kleinen Schamlippen. Sie rieb so lange, bis ihre Vulva hochrot und angeschwollen war und das Blut hindurchpulste. Cremiger Saft tropfte in die WC-Schüssel.

Berauscht legte Teena einen Finger auf den G-Punkt und massierte ihn. Sie stöhnte leise. Die Fläche wurde heiß, die Lust strömte in Wellen von ihm aus. Teena konnte sich nicht länger zurückhalten. Sie tauchte Zeige- und Mittelfinger in ihre Scheide ein, was ihr bei dieser Sitzposition besonders leicht fiel, fingerte eine Weile und verteilte dann seufzend die Feuchtigkeit auf ihrem Kitzler. Sofort bäumte sie sich auf. Sie bog den Rücken durch. Ihre rechte Hand umfasste den Griff der Spülung fester. Das Atmen fiel ihr schwer. Sie kreiste mit beiden Fingern um die Klitoris. Ihre Muskeln spannten sich an. Sie begann zu zittern, biss auf die Unterlippe, um lautes Stöhnen zu unterdrücken. Ihre Füße stemmte sie gegen die Wand, ihr Becken gegen ihre Finger. Als Teena schon glaubte, sie würde den Spülkasten abreißen und von der WC-Brille rutschen, kam sie endlich. Aus Versehen drückte sie die Spülung. Wasser rauschte unter ihrem Gesäß hindurch, doch sie spürte die Tropfen an den Pobacken kaum. Ihr Körper fiel in ein ekstatisches Zucken. Sie gurrte leise, obwohl ihr nach Röhren zumute war. Noch immer rieb sie, erschauderte und zitterte, bis sie keine Kraft mehr hatte und die Füße auf den Boden stellte.

Ermattet blieb sie für einen Moment sitzen, mit hängenden Schultern und gesenktem Kopf. Sie rang nach Luft. Immer wieder zählte sie die Fliesen in ihrem Sichtfeld, um ihren Herzschlag zu beruhigen. Einige von ihnen waren Motivkacheln mit Karpfen. Wie apart!

Der Druck war weg, ihr Schoß entspannt, aber der Kopf nicht klarer, denn der Maskierte ließ ihre Gedanken nicht los. Dachte er auch an sie?

Teena war schon viel zu lange im WC. Was mochten die Kollegen von ihr denken? Monica stoppte doch bestimmt die Zeit.

Rasch wusch Teena den Schweiß von den Schläfen und benässte ihren Nacken. Nachdem sie einige Handvoll Wasser getrunken hatte, betrachtete sie sich im Spiegel.

„Langsam wirst du zur Königin der Selbstbefriedigung", zischte sie und rümpfte die Nase.

„Queen of Masturbation", der Titel hallte in ihr nach, selbst als sie längst wieder an ihrem Arbeitsplatz saß und Fälle in die Datenbank der Polizei eingab. Sie wollte es nicht länger nötig haben, ständig Hand an sich selbst zu legen. Das fraß sie auf.

Das Nachglühen hielt an. Sie erwachte erst aus ihren lüsternen Tagträumen, als Josh sie zum Mittagessen abholte. Während des Essens im Stammimbiss war sie recht schweigsam. Wenn Joshua eine Antwort erwartete, lächelte sie ihn meist nur an, weil sie nicht mitbekommen hatte, worüber er gesprochen hatte. Ihn schien das nicht weiter zu stören. Ihr Lächeln motivierte ihn immer öfter, in ihre Augen abzutauchen. Sie wusste schon gar nicht mehr, wohin sie gucken sollte.

Nach dem Essen brach Teena sofort auf nach Newcastle upon Tyne. Sie holte sich die Adresse des polizeilichen Forensiklabors bei Monica ab und hielt währenddessen den Jutebeutel hinter dem Rücken versteckt. „Soll ich Sly Court liebe Grüße von dir bestellen?"

Monica errötete. „Ich habe ihn heute doch schon selbst am Telefon gesprochen."

„Wirklich nicht?“, hakte Teena nach und zwinkerte.

„Nun ja“, Monica legte einen Kugelschreiber von der linken Seite der Tastatur auf die rechte, steckte ihn in ihre Brusttasche, um ihn dann doch wieder auf den Tisch zu legen, „schaden kann es ja nicht.“

„Mache ich gerne. Und nochmals herzlichen Dank. Ich schulde dir etwas.“ Daraufhin eilte sie hinaus, um in ihren Wagen zu steigen und nach Newcastle zu fahren. Die eingepackte Perücke warf sie auf den Beifahrersitz.

Es dauerte eine Weile, bis sie das Laboratorium ausfindig gemacht hatte, und noch länger, um den Discovery zu parken. Sie war davon ausgegangen, dass das Labor einen eigenen Parkplatz besaß. Falsch gedacht! Fünfzehn Minuten lang kurvte sie durch das Viertel und zwängte den großen Landrover schließlich in eine Lücke, die eigentlich viel zu klein war. Die anderen Fahrer würden schimpfen, wenn sie zu ihren Autos zurückkehrten, da Teena sie zugeparkt hatte. Aber sie konnte jetzt keine Rücksicht nehmen. Sie war ohnehin schon zu spät.

Weitere fünf Minuten benötigte sie für den Fußweg zum Labor. Völlig abgehetzt kam sie an. Sie fuhr mit dem Aufzug in den zweiten Stock und meldete sich am Empfang.

„Zu Mister Sly Court. Ich habe einen Termin“, sagte Teena außer Atem und schob nervös den Träger ihres Shirts, der von der Schulter gerutscht war, an seinen Platz zurück.

Die Asiatin am Empfang schaute nicht einmal auf. Gelangweilt blätterte sie in einem Frauenmagazin. „Ihr Name?“

„Christeena McLight.“

Die Asiatin griff zum Telefonhörer, drückte eine Schnellwahltaste und schlug die Seite mit der neuesten Sommermode auf. „Ihr Termin ist da."

Teena grübelte, warum die Empfangsdame nach ihrem Namen gefragt hatte, wenn sie ihn am Ende gar nicht nannte. Aber vielleicht wusste sie bereits, dass Teena erwartet wurde, und wollte nur sichergehen, dass es sich um die richtige Person handelte. Sie vermutete aber eher, dass die Asiatin schlicht zu faul war.

Ein Mann kam den Korridor entlang und streckte Teena die Hand entgegen. „Guten Tag, Miss McLight. Ich bin Sly Court, nennen Sie mich Sly."

„Und Sie können mich Teena nennen." Während sie seine Hand schüttelte, musterte sie ihn. Er war nicht viel größer als sie und damit für einen Mann recht klein. Er hatte braune Augen, wie die meisten Farbigen. Seine krausen Locken trug er raspelkurz. Das schwarze Haar war an den Schläfen von taubenweißen Strähnen durchzogen. Er besaß volle Lippen und ein Lächeln, das warm und einnehmend war. Doch sein kräftiger Händedruck ließ erahnen, dass hinter der freundlichen Miene ein selbstbewusster Mann steckte. So viel Geschmack hätte sie Monica gar nicht zugetraut.

Er führte Teena in einen Besprechungsraum, der keine Fenster hatte und gerade mal so groß war, dass ein kleiner quadratischer Tisch und zwei Stühle hineinpassten. Der hellgraue Linoleumboden und der weiße Latexanstrich an den Wänden ließen den Raum kalt und deprimierend wirken. Teena setzte sich.

Nachdem Sly Platz genommen hatte, faltete er die Hände zusammen und legte sie auf den Tisch. „Was kann ich für Sie tun?"

Teena wusste nicht, wie sie beginnen sollte, da sie auch

ihm nichts über die näheren Umstände erzählen wollte. „Hat Monica Sie schon über mein Anliegen informiert?“

„Sie hat erzählt, dass es um eine inoffizielle Untersuchung geht.“

„Und Sie würden das für mich tun, Sly?“

„Nun, wenn ich ehrlich bin, tue ich es für Monica. Ihretwegen habe ich eingewilligt.“ Er lächelte diskret. „Normalerweise sind die Richtlinien für mich heilig. Denn wenn sich schon die Polizei nicht an Regeln hält, wer dann?“

Teena wurde puterrot. „Sie haben recht. Wahrscheinlich sollte ich Sie nicht um diesen Gefallen bitten.“

„Aber Monica meinte doch, Ihr Leben würde davon abhängen.“

„Es handelt sich auch nicht um etwas Illegales.“ Sie legte den Jutebeutel auf den Tisch, holte die Plastiktüte heraus und zeigte ihm die Perücke.

„Außergewöhnliche Farbe.“

„Das ist der Gegenstand, um den es geht“, sagte sie leise und vermied den Begriff „Beweisstück“, damit er nicht fragte, ob die falschen Haare zu einem laufenden Fall gehörten, und einen Rückzieher machte. „Wenn Sie die Perücke auf Rückstände untersuchen könnten, die auf den Träger schließen lassen, und diese mit der Datenbank abgleichen würden, wäre ich Ihnen sehr dankbar – und Monica auch.“

„Haben Sie sie angefasst, Teena?“

Beschämt räusperte sie sich. „Das ließ sich nicht vermeiden, leider. Ich denke, ich sollte Ihnen Proben meiner Fingerabdrücke und Haare geben.“

„Haare?“ Kritisch hob er die buschigen Augenbrauen.

Teena nickte stumm. Er ahnte auch ohne ihre Beichte, dass

sie die Perücke aufgesetzt hatte. Sie fühlte sich elend. Wie hatte sie nur in solch einen Schlamassel geraten können? Sie hatte alles falsch gemacht, was man falsch machen konnte.

Sly zog die Tüte aus dem Jutebeutel und stand auf. „Ich werde sehen, was sich machen lässt. Bitte folgen Sie mir, damit wir Ihre Fingerabdrücke nehmen können."

Nachdem Teena diese erniedrigende Prozedur über sich hatte ergehen lassen und auch einige Haare geopfert hatte, verabschiedete sie sich. „Ich danke Ihnen sehr. Wann darf ich Sie wegen der Ergebnisse anrufen?"

„Ich melde mich bei Ihnen", entgegnete Sly und schüttelte ihre Hand. Er brachte sie zum Aufzug.

Teena stieg ein. „Tun Sie mir einen Gefallen?"

„Noch einen?", fragte Sly, der vor dem Lift stehen blieb, sarkastisch.

„Rufen Sie doch gelegentlich mal Monica Stew an. Sie würde sich bestimmt freuen, öfter von Ihnen zu hören." Lächelnd drückte Teena auf den Schalter für das Erdgeschoss. Bevor sich die Tür schließen konnte, rief sie: „Ach, und bitte, sagen Sie ihr nicht, dass ich zu spät zu unserem Termin gekommen bin."

Sie fuhr mit dem Lift nach unten und schlenderte zum Wagen zurück. Zum Glück hatte man sie nicht abgeschleppt. Ihr schlechtes Gewissen spornte sie an, schnell einzusteigen und wegzufahren. Da sie Matthew gegenüber behauptet hatte, den freien Nachmittag zu benötigen, um zum Einwohnermeldeamt zu gehen, sollte sie dies auch tun. Sie war noch immer bei ihren Eltern in London gemeldet. Die Ummeldung würde sie wieder ein Stück selbstständiger machen, wenn auch zunächst nur auf dem Papier.

Im Vorüberfahren fiel ihr Blick auf ein riesiges Schild. „Municipal Library Newcastle upon Tyne“ stand darauf mit kobaltblauen Blockbuchstaben auf weißem Untergrund. Die Beschichtung reflektierte das Sonnenlicht und blendete Teena.

„Die Stadtbibliothek!“, jauchzte sie. „Natürlich. Dort könnte ich Informationen finden, die mich weiterbringen.“

Sie suchte sich einen Parkplatz und eilte zum Treppenaufgang hinüber. Die Bibliothek war ein hochmoderner Gebäudekomplex, der viele Fensterfronten besaß. Die Fensterrahmen waren allesamt blau und setzten sich von der Granitfassade ab. Als Teena den Vorraum betrat, blieb sie vor einer Tafel stehen. Der Wegweiser zeigte an, in welcher Etage welche Abteilung zu finden war. Teena staunte über die Vielfalt des Angebots. Sie hatte gedacht, es gäbe hier nur Bücher. Aber ebenso fand man elektronische Medien, wie Filme und Vorträge auf Video, DVD und Dia, und eine Musikbibliothek. Es gab Computer-Arbeitsplätze, Internetzugänge, Datenbanken, einen Bereich, in dem Zeitungen jüngeren Datums auslagen, während man die älteren Ausgaben auf Mikrofilm archiviert hatte, und einiges mehr …

Teena hatte keine Ahnung, wo sie anfangen sollte. Sie wusste ja nicht einmal, wonach genau sie suchte. Ihr fehlte das entscheidende Puzzlestück im Fall Woodridge, eine Information, die das Gesamtbild deutlicher machte. Aber wie dieses Puzzlestück aussah, konnte sie nicht einmal erahnen. Nur eines wurde ihr mit einem Mal klar: Der Fall hatte längst auf ihr Privatleben übergegriffen.

Und das war ihre eigene Schuld gewesen. Sie hätte die Verdächtige nicht auf eigene Faust verfolgen sollen. Mit dieser Fehlentscheidung hatte das Verhängnis begonnen. Nun hielt sie einen Beweis zurück, hatte Monica und Sly mit hineingezogen und ermittelte hinter dem Rücken der Kollegen. Wie sollte sie heil aus dieser misslichen Situation herauskommen? Sie musste den Fall allein lösen. Eventuell fand sie auch einen Anhaltspunkt über die Lady in Pink, der es ermöglichte, die Perücke und das Geschehen im Coast Liquor Store völlig zu verschweigen und den Fall dennoch weiterzubringen. Möglich war alles – sicher war nichts.

„Die Hoffnung stirbt zuletzt", murmelte Teena und machte sich auf, außerhalb von Gardenrye Indizien zu finden, denn das Städtchen selbst gab nicht viel her.

Die Worte ihres Ausbilders Seth Collomew fielen ihr wieder ein: „Wenn Sie mit Ihrem Latein am Ende sind, betrachten Sie den Fall von außen. Mit ein wenig Abstand tun sich oft völlig neue Einblicke auf."

Eifrig durchforstete Teena Bücher, die über die Geschichte von Gardenrye Auskunft gaben. Das war zwar interessant zu lesen, brachte sie aber in ihren Ermittlungen nicht weiter. Erst als sie in einem dicken Wälzer auf ein Kapitel über die Adelsgeschlechter der Gegend stieß, setzte sie sich an einen der Tische und begann aufmerksam darin zu lesen. Die Bewohner von Cunninghall Manor wurden eingehend beleuchtet. Den Namen Ethan Woodridge suchte Teena jedoch vergeblich. War das Buch möglicherweise zu alt? Sie blätterte auf die ersten Seiten zurück. 1973 wurde es veröffentlicht. Sie versuchte sich an die Befragung von Woodridge zu erinnern. Welches Geburtsdatum hatte er noch angegeben? 1961, zumindest die Jahreszahl fiel ihr wieder ein. Folglich war er bereits zwölf Jahre alt, als das Werk erschien.

Warum wurde er dann nicht darin erwähnt?

Da Teena seinen Namen auch in anderen Büchern nicht fand, ging sie in das Zeitungsarchiv, wo sie einige Mikrofilme durchschaute. Als ihre Augen schon schmerzten, wurde sie endlich fündig.

Laut las sie die Titelzeile vor: „Ethan Woodridge, Earl of Cunninghall, erbt Cunninghall Manor nach dem Tod seines Onkels Thomas Woodridge."

„Psst", kam es von überall her. Die Anwesenden sandten ihr böse Blicke zu und vertieften sich wieder in ihre Lektüre.

Teena schwieg und las stumm weiter. Der Artikel stammte vom Januar 1989 und berichtete, dass Ethan mit 28 Jahren das Anwesen und somit auch das Vermögen übernommen hatte. Zuvor hatte er mit seinen Eltern in Chelmsford gelebt und an der University of Essex in Colchester Wirtschafts- und Politikwissenschaften studiert. Der Journalist, der den Artikel verfasst hatte, fragte sich, weshalb Ethan Woodridge mit seinem hohen Bildungsstand nicht ausgezogen war, um die Welt zu erobern, oder warum er nicht zumindest nach London gegangen war, wo man ihm durchaus Chancen auf einen Sitz im Parlament eingeräumt hatte. Stattdessen zog er sich aufs Land zurück und kümmerte sich um die Besitztümer derer von Cunninghall. Er war zwar lokalpolitisch tätig, doch das war, nach Auffassung des Journalisten, eine Verschwendung seines Talents.

Er ist also ein Zugezogener, durchfuhr es Teena, nachdem sie den Artikel zum zweiten Mal gelesen hatte. Hatte Rosalin nicht gesagt, dass Zugezogene zusammenhalten, dass sie einen Gönner hätte, der ihr teure Flaschen Dom Perignon schenkt und ihr Dessousgeschäft mitfinanziert? Teenas Magen krampfte sich zusammen bei dem Gedanken, dass Ethan Roz' Verehrer war. Aber woher sollten sich Roz und er überhaupt kennen? Ging sie da mit ihren Mutmaßungen nicht ein wenig zu weit?

Teena kam zu dem Schluss, dass diese Folgerungen unsinnig waren. Ein Earl hielt sich nicht in denselben Kreisen wie die Inhaberin eines Dessousgeschäfts auf. Sprach nicht vielmehr die Eifersucht aus Teena? Dazu hatte sie keinen Grund. Sie spielte doch gar nicht in Ethans Liga.

Nachdem sie sich einen Becher Wasser aus dem Spender in der Halle geholt hatte, schaute sie sich die Mikrofilme des letzten Jahrzehnts an. Sie suchte fieberhaft nach der Erwähnung einer pinkfarbenen Perücke, doch das war, als wolle sie eine Stecknadel im Heuhaufen finden. Stattdessen stieß sie in einer Ausgabe der Newcastle Daily News aus dem Jahr 2000 auf einen Artikel in der Rubrik „Die Polizei berichtet“. Diese nahm nur eine kleine Spalte am linken Rand ein, sodass man sie neben den großen Überschriften der Leitartikel leicht übersah. Teena bemerkte sie dennoch.

Der Name Rosalin Sawkenshaw sprang ihr förmlich ins Auge.

7.

Der Bericht erzählte, dass Roz wegen Prostitution auf dem Parkplatz an der Abfahrt Darlington verhaftet worden war.

Prostitution? Teena war so aufgeregt, dass sie Wörter überlas, den Zusammenhang nicht verstand und noch einmal von vorne beginnen musste.

Roz hatte damals Stein und Bein geschworen, dass sie keine Frau sei, die für Sex Geld nehmen würde.

Warum bezweifelte Teena das? Ein Gönner würde doch nicht den Dessousladen finanzieren und ihr teure Geschenke machen, ohne etwas dafür zu verlangen, schließlich hatte Roz nicht von einem Finanzier, sondern von einem Verehrer gesprochen. Aber wer war Teena, dass sie den ersten Stein warf, wo sie doch selbst erst letzte Nacht für Sex bezahlt worden war. Sie schämte sich, schlecht von ihrer Freundin zu denken.

Neugierig las Teena weiter, um zu erfahren, mit welchem Mann Roz erwischt worden war. Nichts. Nicht einmal Initialen oder ein Pseudonym. Sein Name wurde nicht erwähnt, so als hätte sich Roz allein auf dem Parkplatz vergnügt. Das war mal wieder typisch! Eva, die Verführerin, wurde angeklagt, und Adam, der freiwillig der sündigen Verlockung nachgab, kam ungeschoren davon.

Aber auch Rosalin hatte Glück gehabt. Aufgrund fehlender Beweise wurde die Anklage gegen sie fallen gelassen. Oder war es deshalb nie zu einem Gerichtsverfahren gekommen, weil der Mann nicht hatte aussagen wollen, um seine Anonymität zu wahren?

Erschöpft vom vielen Lesen, schaute Teena nur oberflächlich über die restlichen auf Mikrofilm gespeicherten Zeitungen. Das Archiv war einfach zu groß. Die Buchstaben schwirrten ihr schon vor den Augen. Sie konnte sich kaum noch darauf konzentrieren, nur die Bilder nahm sie noch wahr. Schlagartig wurde sie aufmerksam, als sie meinte Matthew Hallows Gesicht entdeckt zu haben.

Interessiert scrollte sie zurück. Ja, das war er! Unter dem Schwarz-Weiß-Foto stand: „Letzte Fuchsjagd von Gardenrye". Einen Artikel gab es nicht. Das Foto gehörte zu einer Art Collage mit Bildern, die Jagdszenarien aus der Umgebung von Newcastle zeigten, kurz bevor am 18.02.2005 die Fuchsjagd in England verboten wurde. Matthew stand Arm in Arm mit zwei Herren in Jagdkleidung. Sie posierten für die Kamera, indem sie die erlegten Tiere hochhielten.

Teena schüttelte sich. Sie konnte mit der Jagd nichts anfangen.

Gerade wollte sie das Lesegerät ausschalten, als das Gesicht eines der Begleiter von Matthew ihre Aufmerksamkeit erregte. Konnte es sein …? War das wirklich …? Sie riss sich zusammen, rieb ihre Augen und schaute genauer hin. Ethan Woodridge. Er war der Mann, der rechts neben Matthew stand und freundschaftlich seinen Arm um ihn gelegt hatte. Teena hätte ihn fast nicht erkannt, da er eine schwarze Reiterkappe trug. Wie war das möglich? Matthew hatte doch so getan, als würde er den Earl of Cunninghall nicht kennen. Möglicherweise hatten sie sich zerstritten oder waren nur zufällig zusammen auf das Foto geraten.

Noch während sie nachdachte, fiel ihr Blick auf den Siegelring an Matthews Hand. Ach, nein, das war die von Ethan. Sie sollte wirklich endlich Schluss machen für heute, jetzt fingen auch noch die Bilder an, vor ihren Augen zu verschwimmen.

Doch dann erstarrte Teena. Sie beugte sich mit dem Gesicht nah an den Bildschirm heran und zoomte zusätzlich in das Foto hinein. Tatsächlich, Woodridge und Hallow trugen die gleichen Siegelringe! Alle drei Männer hielten ihre Ringe in die Kamera. Wahrscheinlich gehörten sie zu ein und demselben Jagdverein. Die Männer wirkten wie Musketiere. Alle trugen die gleiche Jagdmontur, posierten mit stolz geschwellter Brust und hielten den Ring als Zeichen ihrer Zusammengehörigkeit in die Kamera. Einer für alle und alle für einen. Was war geschehen, dass Woodridge und Hallow sich nun so aufführten, als würden sie einander nicht kennen?

Teenas Blick streifte die digitale Wanduhr, die über dem Eingang der Abteilung hing, und sie erschrak. „Schon so spät?“

Die Aufsicht eilte zu ihr hinüber und legte den Finger an die Lippen. „Miss, Sie müssen wirklich still sein. Ruhe ist das oberste Gebot in einer Bibliothek. Die Leser müssen sich konzentrieren können. Es ist daher unangebracht …“

„Ich gehe schon!“, sagte Teena trotzig, dabei hatte sie ohnehin vor, sich aufzumachen. Sie druckte den Artikel über Rosalin und das Foto der letzten Jagd in Gardenrye aus, räumte die Mikrofilme weg und stürmte aus der Stadtbibliothek. Nicht nur dass ein Strafzettel hinter dem Scheibenwischer ihres Wagens steckte, auch das Einwohnermeldeamt von Gardenrye hatte bereits geschlossen, als sie wieder zurück war. Die Kleinstadt besaß nur ein kleines Rathaus, und das Amt hatte gerade mal zwei Stunden täglich auf. Teena war verärgert, weil sie sich nicht vorher informiert hatte.

Nun musste sie auch noch Matthew belügen und sich in den nächsten Tagen unter einem Vorwand freinehmen, um das versäumte Ummelden nachzuholen.

Als sie vor dem Rathaus stand, den Kopf resignierend auf das Lenkrad gelegt, klopfte plötzlich jemand gegen das Seitenfenster an der Fahrerseite. Teena erschrak. Joshuas freundliches Gesicht tauchte neben ihr auf. Er öffnete von außen die Tür und stützte sich am Rahmen ab.

Besorgt fragte er: „Gibt es Probleme? Ich bin vorbeigefahren und habe dich hier parken sehen. Ein Landrover Discovery fällt in unserem Küstenstädtchen auf."

„Nein, es ist alles in Ordnung."

„Du bist gerade erst eingetroffen, und das Amt hatte schon zu, habe ich recht?"

Verdutzt schaute sie zu ihm auf.

„Ha! Ich habe zufällig ins Schwarze getroffen."

„Ja, ja, ich komme immer zu spät", seufzte sie.

Er trommelte mit den Fingern aufs Wagendach. „Wo hast du dich den ganzen Nachmittag herumgetrieben?"

Sie überlegte, ob sie vorgeben sollte, bei Monicas Frisör gewesen zu sein, doch das hätte er schnell durchschaut, da ihre Haare unverändert waren. Also ging sie in die Offensive: „Du hast mich erwischt. Wirst du mich bei Matthew verraten?"

„Nein …"

„Danke", antwortete sie erleichtert.

„… unter einer Bedingung."

Am liebsten hätte Teena ihm in den Magen geboxt, damit sein hinterhältiges Grinsen verschwand.

„Geh mit mir aus", sagte er und fügte ein „Bitte" hinzu.

„Ins ‚Flesh'?"

Josh schlug die Hände über dem Kopf zusammen. „Um Gottes willen, nein. Ich mag keine Bars. Ich zeige dir den besten und einzigen Pub in unserem kleinen Städtchen – ‚The Anchor'."

„Der Anker?" Sie rollte mit den Augen. Wie sonst hätte das Lokal auch heißen sollen? In Gardenrye drehte sich alles nur um Schifffahrt und Fischfang. Hoffentlich schmeckte das Ale nicht nach Seetang. „Ich habe ja keine Wahl."

Er zwinkerte. „Nein, hast du nicht. Ich hole dich gegen acht ab." Er hob die Hand zum Abschiedsgruß und ging hinüber zu seinem Wagen, einem Austin Mini, der mehr Roststellen als lackierte Flächen besaß.

„Halt! Warte. Du brauchst doch noch meine Adresse", rief sie ihm hinterher.

„Shell Road Nr. 26." Grinsend stieg er ein und brauste davon.

Lag ihre Personalakte offen in der Bezirksdienststelle herum, oder warum wussten die Kollegen so gut über alles Bescheid?

Teena fuhr nach Hause, aß einen Mikrowellenauflauf mit Kartoffeln und Brokkoli, den sie mangels Mikrowelle in einem Kochtopf erwärmt hatte und kaum angetastet in den Mülleimer warf, weil er fürchterlich schmeckte. Danach machte sie sich frisch. Obwohl sie zwischen den Männern in Gummistiefeln und Holzfällerhemden vermutlich auffallen würde wie ein bunter Hund, konnte sie sich nicht verkneifen, Strapse, Lederrock und Stöckelschuhe anzuziehen. Wann sonst sollte sie sich sexy kleiden, wenn nicht auf einem Date? War es denn eine Verabredung? Joshua machte immer wieder Anspielungen, die erahnen ließen, dass er sie mochte.

Aber was war mit ihr? Konnte sie sich vorstellen, Josh näherzukommen? Sie fühlte sich geschmeichelt. Er war ein guter Kerl, bestimmt zuverlässig und treu. Zugegeben, er zog sich schräg an, obgleich sein Retrolook und seine Beatlesfrisur in dieser Kleinstadt schon wieder cool wirkten. Aber er ließ ihr Herz nicht unberührt. Sie fühlte sich wohl in seiner Gegenwart, er neckte sie gerne und hatte sie ein wenig unter seine Fittiche genommen. Ob aus Sympathie Liebe werden konnte, würde sich zeigen.

Teena durchforstete ihren Kleiderschrank nach einem passenden Oberteil und verzweifelte beinahe. Ein T-Shirt konnte sie nun wirklich nicht anziehen, blieb nur die altmodische beigefarbene Rüschenbluse, die ihre Eltern ihr zum Abschied geschenkt hatten. Tina war nichts anderes übrig geblieben, als sie in den Koffer zu packen, da ihre Mutter Sybill zugeschaut hatte, um sicherzugehen, dass Teena die Bluse nicht „rein zufällig" in London vergaß. Eigentlich wollte sie das Oberteil nur als Putzlappen verwenden, aber nun fand sie, es würde gar nicht so schlecht zu dem Abend mit Joshua passen. Nur ein Detail musste sie ändern.

Teena holte eine Schere aus dem Bad und schnitt die Ärmel an der Naht ab. „Schon besser. Hätte Mutter das gesehen, wäre sie in Ohnmacht gefallen." Nachdem sie die Bluse angezogen hatte, prüfte sie ihr Outfit im Spiegel.

Es klingelte. Eilig fischte Teena die Pfundnoten, die der Maskierte ihr hinterlassen hatte, aus dem Rock und steckte sie unter ihr Kopfkissen. Sie wollte das Geld nicht ausgeben. Hastig griff sie ihr Portemonnaie und lief die Treppen hinunter.

Joshua begrüßte sie mit einem Kuss auf die Wange.

„Hübsch, die Bluse ist abgefahren."

Schmunzelnd ließ Teena sich an die Hand nehmen und zu seinem Austin Mini geleiten. Die Fahrt dauerte keine drei Minuten. Es hing eine Lichterkette mit Papiermuscheln über dem Eingang des Pubs. Die Lampions leuchteten bereits, dabei war es draußen noch taghell. Als sie eintraten, hießen „The Corrs" Teena und Joshua mit ihrem Lied „Love to love you" willkommen. Josh führte sie an einen Tisch in einer Nische und holte an der Bar zwei Ale, ohne sie zu fragen, welche Sorte sic bevorzugte.

„Das Bier wird im Nachbarort gebraut. Es ist ziemlich würzig. Du musst es probieren!"

Teena mochte es nicht, von ihm bevormundet zu werden, schwieg jedoch. Er meinte es nur gut, wollte ihr zeigen, dass Gardenrye auch schöne Seiten besaß, die es nur zu entdecken galt. Aber ob sie in einem Ale verborgen waren? Teena dachte da eher an Kellergewölbe.

Um Joshs Blick auszuweichen und nicht wegen ihrer sündigen Gedanken zu erröten, schaute sie sich im Pub um. Der Holzboden knarrte, wenn ein neuer Gast hereinkam. Auch Wände und Decke waren mit massivem Eschenholz verkleidet. Auf Teena wirkte es bedrückend, die Einwohner fanden es sicherlich urig. Vor der Bar lag ein dicker Sisalteppich, und über der Theke hing ein kleiner Fernseher, der tonlos irgendein Fußballspiel der Premier League zeigte, das live übertragen wurde. Zwei Männer standen am Tresen und starrten stumm auf den Bildschirm, während sie ein Bier nach dem anderen tranken. Gardenrye bot nicht viele Möglichkeiten zur Freizeitgestaltung, und die Fischer mussten jedes Pfund zweimal umdrehen.

Teena wurde bewusst, wie privilegiert sie war mit einem Vater, der genügend Geld verdiente. Sie bekam ein schlechtes Gewissen, weil sie auf die Fischer hinuntergesehen, ihren Dad aber immer als Snob bezeichnet hatte, und nahm sich vor, sich zu bessern.

Joshua zeigte auf die Fahnen, Wimpel und Fotos von Fußballspielern des Vereins Newcastle United, die überall im Pub zu finden waren. „Bist du Fan eines Clubs?"

„Fußball ist nicht meine Welt", antwortete sie und nippte an ihrem Ale. Teena fühlte sich von Josh beobachtet, der sie ununterbrochen anhimmelte, und fragte: „Spielst du auch Billard?"

Schließlich vertrieben sie sich die Zeit mit Billard und Dart. Joshua löcherte Teena mit privaten Fragen, und sie machte sich einen Spaß daraus, ausweichend zu antworten.

Feurig wurde der Abend jedoch erst, als Rosalin in den Pub stolzierte. Sie trug eine schwarze Chiffonbluse, auf deren linken Seite eine Rosenstickerei von der Taille bis zur Schulter rankte. Das Oberteil war transparent, und die üppigen Brüste im schwarzen Spitzen-BH zogen alle Blicke auf sich. Rosalins Ledershorts spannten sich aufreizend um ihre runden Gesäßbacken. Neidisch guckten die Frauen auf die langen, strumpflosen Beine, die durch die hochhackigen Stiefeletten noch länger wirkten. Selbst Teena bekam bei dem Anblick Appetit. Was für ein Augenschmaus!

Rosalin grüßte Teena, die neben dem Tresen stand und auf ihren Einsatz beim Dart wartete, lediglich mit einem stummen Kopfnicken, denn das Lokal hatte sich mittlerweile gefüllt, und der Geräuschpegel war angeschwollen. Sie musterte Teena von oben bis unten und kam dann zu ihr.

Während sie die Hand an Teenas Hüften legte, flüsterte sie ihr ins Ohr: „Du siehst heiß aus."

Teena erschauerte von dem sinnlichen Timbre in Roz' Stimme und dem warmen Atem in ihrem Nacken. Ihr fiel auf, dass genau das die Worte waren, die sie von Josh zu hören erhofft hatte. Aber er hatte nur „abgefahren" gesagt. Solche Worte drangen nicht bis unter die Haut. Bei Roz dagegen war jeder Satz überlegt, jede Bewegung, jeder Handgriff bewusst und erotisch.

Impulsiv küsste Teena ihre Freundin auf die Wange und stieß gegen auffallend harte Nippel. Sie schaute verdutzt an Roz herunter. Nun, da sie so nah beieinanderstanden, bemerkte Teena, wie groß Rosalins Brustwarzen waren, viel größer als zuvor. Sie musste den Unterschied kennen, schließlich hatte sie die Brustspitzen beim Tête-à-tête auf der Couch unmittelbar vor Augen und sogar zwischen den Lippen gehabt.

„Ringe", erklärte Roz trocken.

Teena runzelte die Stirn. „Ich verstehe nicht."

Rosalin fasste Teenas Pobacke mit festem Griff und zog sie so nah heran, dass ihre Brustwarzen gegen Teenas Busen rieben. „Ich habe ein wenig an mir herumgespielt, bevor ich herkam. Ich gehe nie unvorbereitet irgendwohin."

Teena traute ihren Ohren kaum. Ein lustvoller Schauer erfasste sie.

„Ich habe meine Brustwarzen mehrmals mit einem Nippelsucker aufgepumpt, bis sie richtig schön prall waren, und anschließend Gummiringe vom Sauggerät gerollt, sodass sie sich eng um die Warzen legten. Die Ringe stauen das Blut, Süße. Das macht die Nippel empfindlicher und leichter erregbar. Ich spüre jetzt sogar den Chiffonstoff durch den Büstenhalter, wann immer ich mich bewege."

Das ist auch eine Art der Masturbation, scherzte Teena in Gedanken. Sie wollte sich von Roz losmachen, weil die Gäste sie bereits argwöhnisch beäugten, aber Roz hielt sie fest.

„Die Nippel haben nun eine tiefrote Farbe. Möchtest du sie sehen?", fragte sie mit halb geschlossenen Augen.

„Ich bin mit Joshua hier", sagte Teena ausweichend, denn sie ahnte, dass es ausufern würde, falls sie mit Roz auf die Toilette verschwand.

„Ich war nur neidisch auf deine sensationell großen Nippel." Rosalin ordnete die Rüschen an Teenas Bluse, wobei sie immer wieder über deren Brustwarzen strich, bis diese sich steil aufrichteten.

„Nicht hier in der Öffentlichkeit."

„Ich habe schon ganz andere Dinge vor Publikum getan." Lachend warf Rosalin den Kopf in den Nacken. Dann setzte sie sich an die Theke, wo sie nicht lange allein blieb.

Kein Wunder, bei dem Outfit, dachte Teena, die sich eingestehen musste, dass sie sich zu Roz hingezogen fühlte. Eifersüchtig beobachtete sie, wie ein glatzköpfiger Kerl den Arm um ihre Freundin legte. Sie erwartete, dass Rosalin ihn wegstoßen würde. Stattdessen sah sie sich zu Teena um, lächelte provokant und flüsterte dem Mann etwas ins Ohr.

Teena erschrak, als Josh zu ihr sprach. „Das ist nicht der richtige Umgang für dich."

„Sie ist meine Nachbarin."

„Und ein Luder."

Zuerst wollte sie ihre Freundin in Schutz nehmen. Doch

als sie beobachtete, wie Rosalin dem Mann die Hand auf den Oberschenkel legte, musste sie Josh recht geben. Roz war ein Luder. Aber was für eins! Ein Rasseweib, verführerisch und kokett. Teena wünschte, sie wäre nur halb so schön und selbstbewusst wie Roz.

Joshua nahm Teenas Hand und führte sie zum Tisch zurück. Er holte eine zweite Runde Ale, dabei hatte Teena ihr erstes Glas noch gar nicht ausgetrunken. Hastig leerte sie es und nippte dann am zweiten, um mit Josh anzustoßen.

„Auf dass du schnell Anhang findest und nie wieder weggehen willst. Einen Freund hast du ja schon."

Als ob sie die Anspielung nicht verstand! Josh war süß, wie er mit seinem Pilzkopf und dem Honigkuchengrinsen vor ihr saß. Hatte er sich etwa gerade zu ihr geneigt? Sie wusste nicht, ob der Alkohol nur ihre Wahrnehmung trübte oder ob Josh sie hatte küssen wollen. Jedenfalls tat er es nicht, sondern nahm einen kräftigen Schluck und lehnte sich zurück, nicht ohne beiläufig den Arm auf die Rückenlehne ihres Stuhls zu legen.

Unauffällig spähte sie zu Roz hinüber, die offenherzig mit dem Glatzkopf flirtete. Im Gegensatz zu Josh fiel Rosalin mit der Tür ins Haus. Joshua war zurückhaltend; nicht wirklich schüchtern, aber er zeigte sein Interesse auf dezente Weise. Obwohl Teena seine Art angenehmer fand, musste sie sich eingestehen, dass es Roz war, an die sie die ganze Zeit dachte. Und es machte sie rasend, dass der Typ neben Rosalin ihre Freundin begrapschte. Sie hörte kaum noch, was Josh erzählte, und ließ „ihre" Roz nicht aus den Augen, die nun vom Hocker glitt und anfing, aufreizend zu tanzen. Die Blicke der Gäste ignorierend, schwang sie zwischen Tischen und Stühlen ihre Hüften zum Rhythmus von „Breathless“, tanzte den Glatzkopf an und warf lasziv ihre langen dunklen Haare über die Schulter. Immer wieder linste sie zu Teena, die mit einem Mal das Gefühl hatte, dass Roz sie antanzte und nicht den Mann. Oder war das Wunschdenken?

Der Barkeeper drehte die Musik lauter, da inzwischen noch andere Gäste zu tanzen begonnen hatten.

Joshua schrie gegen „The Corrs“ an. „Jetzt kann man sich ja gar nicht mehr unterhalten. Sollen wir irgendwo anders hingehen?“

„In Gardenrye gibt es doch nur einen Pub“, wandte Teena ein, glücklich darüber, eine Ausrede parat zu haben.

„Wir könnten mit dem Taxi nach Bamburgh fahren. Dort …“

„Eigentlich gefällt es mir hier“, schnitt Teena ihm das Wort ab. Sie hatte befürchtet, dass die Stimmung im Pub verschlafen sein würde, doch Rosalin hatte den Laden aufgemischt.

Mittlerweile zappelten die Tänzer im Eingangsbereich, der mehr Platz bot.

Roz kam zu Teena hinüber, lächelte sie verführerisch an und hielt ihr die Hand hin. „Komm, tanz mit mir!“

Doch Teena schüttelte den Kopf.

„Diesmal wirst du mir keinen Korb geben.“

„Was meinst du?“

„Gestern Abend wolltest du lieber ins Bett, als dich mit mir zu vergnügen. Nun komm schon, lass dich gehen.“

„Du bist verrückt!“, rief Teena aus. Sie nahm allen Mut zusammen und ergriff Roz’ Hand.

Ihre Freundin zog sie vom Stuhl hoch und flüsterte ihr

ins Ohr: „Verrückt nach dir.“

Verblüfft ließ sie sich von Roz auf die provisorische Tanzfläche ziehen. Sie hatte Rosalins Anziehungskraft nichts entgegenzusetzen. Kurz blickte sie noch zu Josh, dessen Laune offensichtlich auf dem Nullpunkt war. Sollte sie ihn auffordern? Doch sie kam nicht dazu, weiter darüber nachzudenken, denn Roz begann sich an ihr zu reiben. Sie drängte sich an Teenas Körper, und ihre Hände wanderten über die Brüste, beiläufig, als wäre es eine ausschweifende Tanzbewegung. Dann schob sie ihr Becken an das von Teena. Kreisende Bewegungen. Erhitzender Kontakt. Rhythmisches Stimulieren.

Rosalin zog Teena an den Tresen, während der Takt bei „You're forgiven, not forgotten“ ruhiger wurde. „Du hast den ganzen Abend nur Ale getrunken. Hier! Nimm endlich mal etwas Stilvolles zu dir.“ Sie gab dem Barkeeper ein Zeichen, der ihnen daraufhin zwei Reagenzgläser mit giftgrüner Flüssigkeit reichte. „Du musst es in einem Schluck runterspülen.“

Unsicher nahm Teena den Drink. Da sie nicht schon wieder als Hasenfuß erscheinen wollte, trank sie ihn in einem Zug aus. Für einen kurzen Moment wurde ihr schwindelig, und sie krallte sich an Rosalin fest, um nicht umzukippen. Doch schon bald ging es ihr wieder besser. Sie fühlte sich nun sogar beschwingt und irgendwie lockerer.

„Was ist das für ein Teufelszeug?“, fragte sie.

„Nur für Insider.“ Roz zwinkerte.

Insider bezogen auf was? Teena erinnerte sich an die Opium-Räucherstäbchen. Normalerweise hätte sich Widerstand in ihr geregt, aber das Getränk hatte sie betäubt oder besser beflügelt, denn sie lächelte, obwohl sie eine ernste Frage stellte: „Das war doch keine Partydroge, oder?“

Rosalin tätschelte ihre Wange. „Du bist in Gardenrye, nicht in London.“

Gardenrye war längst nicht so verstaubt und langweilig, wie Teena gedacht hatte. Wahrscheinlich hatte sie den Tag über zu wenig gegessen, weshalb ihr der Alkohol zu Kopf stieg.

Eine Weile tanzte sie mit Rosalin, bis diese sie in Richtung Ausgang drängte. „Es ist schon spät. Ich bringe dich nach Hause. Du musst morgen wieder früh raus.“

Berauscht und glücklich nickte sie. Da fiel ihr Blick auf Joshua, der mit angesäuerter Miene am Tisch saß und mit einem Mann plauderte, der trotz der Wärme im Pub einen dicken Seemannspullover und eine blaue Häkelmütze trug. Herrje, sie hatte Josh ganz vergessen! Wie konnte sie nur!

Mit einem schlechten Gewissen schwankte sie zu ihm hinüber. Sie war nicht wirklich betrunken, dennoch konnte sie sich kaum auf den Beinen halten.

Joshs Gesichtsausdruck hellte sich auf, als sie vor ihm stand. Höflich stellte er seinen Gesprächspartner vor: „Das ist Chris Sikes. Du erinnerst dich? Der gestohlene Fisch.“

Gestohlener Fisch? Sikes? Teenas Gedanken schwirrten durcheinander. Unfähig zu antworten, spähte sie zur Wanduhr, die über dem Thekenregal mit den Spirituosen hing. Das Zifferblatt schien sich wie ein Kreisel zu drehen und machte es ihr unmöglich, die Uhrzeit abzulesen. Es war wirklich Zeit, schlafen zu gehen.

„Du siehst müde aus. Soll ich dich …“

Weiter kam Joshua nicht, denn Rosalin tauchte neben Teena

auf, stützte sie und sagte: „Ich fahre Teena nach Hause."

„Wir sind zusammen gekommen, also gehen wir auch gemeinsam." Eine Zornesfalte erschien auf Joshs Stirn.

„Unsinn! Teena und ich wohnen schließlich in einem Haus, auf derselben Etage. Wir haben also den gleichen Heimweg." Mit diesen Worten führte sie Teena aus dem „Anchor" und fuhr mit ihr in die Shell Road. Doch anstatt sie in ihr Appartement zu bringen, schloss sie ihre eigene Wohnung auf und setzte Teena auf ihrem Metallbett ab. Dann zündete sie die Honigkerze an, die auf dem Nachttisch stand.

Endlich fand Teena ihre Sprache wieder. Die Stille tat gut, auch die frische Luft. Ihr Kopf wurde etwas klarer. „Was mache ich hier? Der arme Joshua."

„Er wird darüber hinwegkommen." Roz neigte sich über sie. „Du bist mein für diese Nacht."

„Ich muss morgen früh aufstehen."

„Und?"

„Was sollen die Kollegen denken, wenn ich schon in der ersten Arbeitswoche verkatert zum Dienst erscheine?"

Teena versuchte aufzustehen, aber Rosalin setzte sich rittlings auf ihren Schoß und rieb ihre Scham an Teenas Oberschenkeln. Langsam öffnete Roz die ersten Knöpfe von Teenas Rüschenbluse. Als ihre Freundin sich wehrte, riss sie die Knopfleiste auf, sodass Teena mit entblößtem Busen auf dem Bett saß.

„Keine Sorge! Ich nähe dir die Knöpfe morgen wieder an." Sie streifte die Bluse von Teenas Schultern und warf sie in hohem Bogen fort. Das beigefarbene Oberteil landete auf dem Ficus, der neben den beiden Yucca-Palmen das Bett vom Wohnbereich trennte. Dann drückte sie Teenas Schultern auf die Matratze und beugte sich über sie.

„Was hast du vor?", fragte Teena und konnte nicht anders, als mit den Fingern durch Roz' langes dunkles Haar zu kämmen.

„Heute Nacht gehörst du mir. Ich will dich, Christeena McLight."

Teena wollte protestieren, doch Roz verschloss ihr den Mund mit einem Kuss. Fest drückte sie die Lippen auf Teenas, um jeden Protest im Keim zu ersticken. Sie leckte durch den Spalt, bis ihre Gespielin willig den Mund öffnete, und stieß dann in Teena hinein. Rosalin züngelte durch ihre Mundhöhle. Sie saugte an Teenas Zunge, schmiegte sich dabei an ihre nackte Brust und zwirbelte die Nippel stark, während sie unablässig von ihr kostete. Teena fühlte wieder diesen Rausch, doch diesmal rührte er nicht vom Alkohol. Es war die Leidenschaft, die sie trunken machte, Rosalins heißblütiges Werben und ihre eigene heftige Reaktion darauf. Sie schmiegte sich an Roz und öffnete den Mund weiter, damit ihre Freundin tiefer eindringen konnte. Eine halbe Ewigkeit lagen sie auf dem Bett, verbissen in einem feuchten Kuss, der beide atemlos machte.

Nachdem Rosalin sich von ihr gelöst hatte, sprach sie selbstbewusst: „Du kannst mir nichts vormachen. Den ganzen Abend im Pub hast du mich beobachtet, voller Verlangen und eifersüchtig. Mit solchen Dingen kenne ich mich aus. Verkaufe mich nicht für dumm!"

„Bestimmt nicht", antwortete Teena leise, denn ihre Lippen waren ein wenig taub von dem stürmischen Kuss. Kein Mann hatte sie bisher so wild geküsst, so kompromisslos. Roz ließ keinen Zweifel aufkommen. In dieser Nacht würde

Teena ihr nicht entkommen, was auch geschehen mochte.

Rosalin stieg von ihr herunter. Sie öffnete Teenas Lederrock und zog ihn ihr geschickt aus. „Bleib ja liegen!“, mahnte sie Teena.

Was hatte sie schon zu verlieren? Begehrte sie Roz nicht ebenso? Oh ja, Teena liebte diese üppigen Rundungen, die natürliche Bräune der Haut und deren Duft, die geschmeidigen Bewegungen und ihren lasziven Blick unter den langen Wimpern.

Nackt kehrte Rosalin zurück. Sie kniete sich vor Teena, spreizte ihre Beine und schnupperte am Slip. Teena stützte sich auf die Unterarme. Sie bemerkte die Gummiringe, die Rosalins Brustwarzen umschlossen und sie prall machten. Als sie plötzlich das Brotmesser in Roz' Hand sah, erschrak sie, doch es war zu spät. Ihre Freundin zerschnitt das Höschen. Sie riss es unter ihrem Hintern heraus und warf es fort. Teena entspannte sich erst, nachdem Roz das Messer auf den Nachttisch gelegt hatte. Offensichtlich wollte sie, dass Teena Strapse, Strümpfe und Stöckelschuhe anbehielt und dennoch hüllenlos war – an den wichtigen Stellen.

„Zieh die Beine an“, flüsterte Rosalin.

Teena spürte wieder diese Magie, die von Roz ausging. Es war nicht das Kerzenlicht, das atmosphärisch wirkte, sondern Rosalins Art. Sie konnte dem schwül-erotischen Wispern nicht widerstehen, dem sanften Fordern nicht widersprechen. So schwach kam sie sich vor, so anstandslos schwach. Rosalin liebte sie auf eine männlichere Weise, als es so mancher Mann in Teenas Leben getan hatte. Sie kitzelte die Frivolität aus ihr heraus, erkannte die Lüsternheit, die Teena nur in ihren Träumen auslebte. Wie konnte das sein, war sie bisher einfach zu introvertiert gewesen? Für Roz war sie ein Mensch aus Glas. Sie läutete den Umschwung ein, möglicherweise. Lag Teena nicht hier und präsentierte sich kokett einer Frau, indem sie die Füße auf das Bett stellte und ihren Schoß weit öffnete?

Verführerisch leckte Rosalin über die Oberschenkel. Sie drang mit der Zungenspitze in das Tal zwischen äußeren Labien und Schenkeln, ohne dabei die Vulva zu berühren. Dann und wann roch sie an Teenas Schoß. Zärtlich streichelte sie über die Haut. Sie streifte den Venushügel mit den Lippen und zupfte an den gestutzten roten Schamhaaren. Sanft knabberte sie am Unterbauch, biss neckisch hier und dort hinein, um sich immer wieder festzusaugen, bis Teenas Bauch einige Blutergüsse auswies.

Roz legte das Kinn auf den Schamhügel und sah Teena an. „Ich habe dich gekennzeichnet. Nun wirst du dich Joshua vorerst nicht hingeben können. Denn wie wolltest du ihm die Knutschflecke erklären?"

Sex mit Josh? So weit hatte Teena noch gar nicht gedacht.

„Er würde es nicht verstehen. Er ist nicht wie wir."

Teena hob die Augenbrauen. „Ein Einheimischer, zurückhaltend und treuherzig und nicht zugezogen und schamlos, wie wir beide?" War Gardenrye eine Zweiklassengesellschaft? So einfach gestrickt ist das Leben nicht!

„Schamlos trifft es gut, aber auch manch Einheimischer hat eine Leiche im Keller", antwortete Rosalin und lachte.

Keller? Teena horchte auf. Ihr wurde mit einem Mal bewusst, dass sie den Maskierten wiedertreffen wollte. Da sie nicht wusste, wer er war, konnte sie ein Treffen nicht arrangieren. Wahrscheinlich war das ein Segen. Man sollte sein Schicksal nicht herausfordern. Das Verlangen nach ihm brannte jedoch in ihr.

Rosalin stieg auf das Bett, und ehe Teena sich versah, hockte Roz schon über ihrem Gesicht. Es ging alles so schnell. Automatisch legte sie sich flach hin. Nun thronte Roz' blanker Schoß über ihrem Kopf. Er war komplett rasiert, ein wunderschöner Anblick, aber auch verstörend, weil sie einer Scheide noch nie so nah gewesen war. Kaum dass sie abwehrend die Hände gehoben hatte, rang Rosalin sie auch schon nieder und kniete sich auf ihre Arme. Teenas Oberkörper war nunmehr bewegungsunfähig, lahmgelegt, ausmanövriert und ausgeliefert. Sie kämpfte ein wenig, jedoch eher spielerisch, und lachte schließlich wie von Sinnen, weil ihre Tagträume immer mehr zur Realität wurden. Nur rang sie hier nicht mit einem Mann, sondern mit einem Rasseweib. Jeder Kerl leckte sich die Finger nach Rosalin, aber sie wollte in dieser Nacht keinen tollen Hengst, sondern Teena. Und Teena begehrte Roz. Was sprach also dagegen, alle Bedenken über Bord zu werfen und sich einfach fallen zu lassen?

Sei nicht so spießig, ermahnte sich Teena, dann hob sie den Kopf, streckte die Zunge heraus und leckte ein einziges Mal neckend über Rosalins Scham.

Roz stöhnte überrascht. „Du kleines Biest! Spielst das Unschuldslamm und plötzlich …"

Während Teena noch lachte, griff ihr Rosalin in die roten Haare und zog ihr Gesicht wieder nah an ihren Schoß.

„Mehr", hauchte sie.

Teena verstummte. Es war ein berauschender Anblick, wie Roz auf sie herunterschaute, mit vor Erregung verklärtem Blick, die empfindliche Vulva direkt vor den Augen. Ihr Herz raste. Sie hatte noch nie eine Frau geleckt. Wie würde Roz schmecken? Würde sie es ihr richtig besorgen können?

Bevor ihre Angst zu groß werden und sie hemmen konnte, begann sie ihre Freundin oral zu verwöhnen. Sie stieß mit der Zungenspitze immer wieder kurz gegen die Klitoris, bis sie Roz einen tiefen Seufzer entlockte. Im Bewusstsein ihrer Macht züngelte sie über die großen Schamlippen. Teena spürte an ihrer Zunge, wie das Blut in die Labien schoss und sie anschwellen ließ. Die Schamlippen wurden voller, heißer. Sie nahmen eine dunkelrote Farbe an, eine natürliche Reaktion des Körpers und zugleich ein faszinierendes Phänomen, wenn man es von Nahem beobachten durfte.

Noch immer hielt Rosalin Teenas Kopf fest. Das machte es dieser zwar leichter, sich auf ihre Zungenfertigkeit zu konzentrieren, aber ihr Nacken begann zu schmerzen. Sie ignorierte den Schmerz, denn auch ihre Lust wuchs. Eifrig nahm sie die kleinen Labien zwischen die Lippen und saugte an ihnen, zuerst die rechte, dann die linke und wieder die rechte. Roz' Stöhnen feuerte sie an, noch emsiger zu sein. Mit dem Mund zog sie die Schamlippen lang. Sie züngelte dazwischen und lutschte am Damm.

Rosalin wurde immer feuchter. Ihr Scheideneingang glänzte. Als Teena nach Atem rang, weil der Intimduft ihr die Sinne raubte und sie meinte, den köstlichsten Honig vor sich zu haben, drückte Roz Teenas Mund auf ihre Vagina. Ihre Lippen tauchten in den cremigen Saft. Sie kostete von dem Nektar, schlürfte ihn hinunter. Teena glaubte wahnsinnig zu werden. Tief sog sie den Duft ein. Sie trank von Rosalins

Feuchte, die sich auf ihre Zunge legte. Intensiv schmeckte sie Rosalin. Dieser Moment war für Teena so intim, so persönlich, dass sie sich auf ewig mit Roz verbunden fühlte.

Wollüstig stieß sie ihre Zunge in den Eingang. Sie tauchte hinab in den sprudelnden Quell und leckte an den Scheidenwänden. Irgendwann begann Rosalin das Becken anzuheben und niederzusenken. Sie fiel in einen langsamen Rhythmus. Teena hielt ihre Zunge gestreckt, wie ein steifes Glied, sodass sie immer wieder in die Vagina ihrer Freundin stieß, ohne etwas dazu tun zu müssen. Rosalin ritt Teenas Zunge. Der cremige Saft verteilte sich über Mund und Gesicht. Als Roz einem Orgasmus nah war, hörte sie auf.

Sie gab Teenas Kopf etwas mehr Bewegungsfreiheit und verteilte die Feuchtigkeit auf deren Gesicht. „Jetzt habe ich dich auch mit meinem Duft markiert."

„Nicht reden", hauchte Teena und setzte behutsam die Zähne an den Stamm der Klitoris, damit sie ihr nicht entkommen konnte. Erregt ließ sie ihre Zunge hervorschnellen. Sie brach Rosalins Mauern nieder, riss die Kontrolle an sich, indem sie ihre Freundin an den Rand des Wahnsinns trieb. Es dauerte nicht lang, und Roz kam. Sie röhrte hemmungslos. Der Höhepunkt erschütterte sie dermaßen, dass sie den roten Haarschopf losließ und sich mit beiden Händen hinter Teenas Kopf auf dem Bett abstützte. Zitternd gab sie sich Teenas Zungenküssen hin. Einige Male leckte diese noch über den hochsensiblen Punkt. Dann legte sie den Kopf zurück. Erschöpft und feucht im Gesicht und zwischen den Schenkeln lag sie unter Roz und beobachtete die glückselige Miene ihrer Liebhaberin. Rosalin rang nach Luft. Ihr Brustkorb hob und senkte sich. Die schweren Brüste hingen herab und schaukelten gegen Teenas Kopf. Sie hatte die Augen geschlossen, die vollen Lippen geöffnet.

Seufzend rollte sie sich zur Seite. Teena wollte aufstehen und sich waschen, doch Roz griff ihre Schultern und riss sie zurück. „Hiergeblieben! Wir sind noch nicht fertig."

Rosalins diabolisches Grinsen brachte Teenas Blut in Wallung. Willig folgte sie den Anweisungen und legte sich mitten auf die Matratze.

Roz öffnete die Schublade ihres Nachttischs. „Meine Spielzeuglade." Einige Sekunden wühlte sie darin herum, dann zog sie blitzschnell Handschellen heraus, und noch bevor Teena wusste, wie ihr geschah, waren ihre Handgelenke an die Metallstangen am Kopf des Bettes gefesselt.

„Du hast mich überrumpelt", stieß Teena hervor und zog an den Fesseln. Die Handschellen waren ummantelt mit Pelz in Leopardenoptik, um die Haut zu schonen.

Mit einem Schmollmund antwortete Roz: „Na, und wenn schon? Es ist nur zu deinem Besten."

„Was hast du vor?"

„Dir mein neuestes Spielzeug zeigen." Sie fischte etwas aus der Schublade, das wie ein kleiner rosafarbener Ballon aussah, nur dass dieser einen kreisrunden Schnabel aufwies, einen transparenten Kanal mit Öffnung.

„Was ist das?"

Rosalin legte sich neben sie auf den Bauch und streichelte sie beruhigend. „Wovor fürchtest du dich? Ich werde dir nicht wehtun. Lustschmerz ist nicht dein Ding, das sagtest du mir bei unserem ersten Treffen."

Diese Hexe! Sie hatte Teena nicht nur mit Alkohol und Duftstäbchen betäubt, sondern sie ganz nebenbei auch nach ihren sexuellen Vorlieben ausgefragt. Doch wieso konnte Teena ihr einfach nicht böse sein?

„Ist es nicht schön, eine Freundin zu haben, mit der man experimentieren kann?“, fragte sie und hielt den Ballon hoch. „Das ist ein Nippelsucker. Ich habe dir im Pub davon erzählt. Möchtest du ihn ausprobieren?“

Teena nickte vorsichtig. Während Rosalin Teenas rechte Brustwarze zwischen die Lippen nahm und zu saugen begann, versuchte sich Teena zu entspannen. Sie hatte vollen Einsatz bei der Befriedigung von Roz gezeigt und es sich verdient, ebenfalls verwöhnt zu werden. Sie fragte sich, wie sich die Pumpe anfühlen würde und warum Roz erst ihren Mund benutzte, doch sie zügelte ihre Neugier und ließ sich fallen. Teena gab sich hin. Sie genoss, zog spielerisch an ihren Fesseln und ließ ihr Becken kreisen.

Rosalin löste sich von ihr und setzte den Schnabel auf Teenas Warzenvorhof, sodass der Nippel in der verlängerten Öffnung verschwand. Beherzt drückte sie auf den Ballon. Das Vakuum saugte die Brustwarze an. Rosalin presste ein zweites Mal auf den Ball. Der Nippel wurde noch ein Stück weiter in den Kanal gesaugt und fühlte sich straff an. Teena war erstaunt. Sie hatte nicht gedacht, dass ihre außergewöhnlich großen Brustwarzen noch praller aussehen konnten, als sie es ohnehin schon waren. Nun begriff sie, dass Roz die Nippel mit dem Mund sensibilisiert hatte. Ein erregendes Ziehen war zu spüren, ein wohliges Zerren, das nicht nur in den Busen ausstrahlte, wie ein Feuer, das sich vom Brandherd ausbreitete, sondern ihr bis in den Schoß fuhr.

Rosalin zog die Brüste mithilfe des Suckers in die Höhe,

bis das Vakuum sich mit einem „Plöp“ löste. Nun setzte sie die Öffnung auf die linke Brustwarze und saugte diese in den Kanal hinein. Der Unterdruck zerrte am Nippel. Das Blut schoss hinein. Er wuchs mit jedem Zusammenpressen des Ballons, bis Teena die Zähne aufeinanderbiss. Ihre Brustwarze stand in Flammen. Hitze loderte in ihrem Busen. Sie erinnerte sich, dass Rosalin ihre Brüste angeblich ebenso bearbeitet hatte, bevor sie in den Pub gegangen war, und sogar Gummiringe um die Nippel trug, um die Glut aufrechtzuerhalten. Ein erregender Gedanke.

Aber diesen Plan verfolgte Rosalin bei ihr offenbar nicht. Sie ließ die Pumpe kreisen, ohne sie zu lösen, und schenkte Teena so neue Wonnen. Während sie deren Mienenspiel beobachtete, rieb sie mit dem Daumen über die rechte Brustwarze.

Teena erschauerte. „Himmel, ist sie jetzt empfindlich.“

Anstatt ihr etwas zu entgegnen, leckte Roz über den linken Nippel und zog gleichzeitig mit dem Sucker am rechten, um beide Brustspitzen parallel zu stimulieren. Bei dem plötzlich einsetzenden Sog bäumte sich Teena auf. Sie bog den Rücken durch, riss an den Handschellen und presste die Lippen aufeinander, um die Nachbarn nicht mit animalischen Geräuschen zu wecken.

Rosalin hielt inne und zwang Teena, sie anzusehen. „Hör auf, deine Lust zu unterdrücken. Lebe sie aus! Zeige mir, wie sehr dir gefällt, was ich mit dir mache.“

Vorsichtig löste sie die Pumpe. Mit der Zungenspitze leckte sie über den hochroten Knopf, lutschte an ihm und legte dann die Hand wie einen Trichter an ihr Ohr. „Ich höre überhaupt nichts!“

Teena atmete tief durch. Erneut fühlte sie sich wie eine Schülerin. Zugegeben, sie war jung, doch die Lehrmeister in Gardenrye, der Maskierte und Rosalin, überforderten sie. Nein, korrigierte sie sich in Gedanken. Sie zeigten Teena, wie erregend es war, bis an die Grenzen und ein winziges Stück darüber hinaus geführt zu werden, aber sie übertrieben es nicht.

Stell dich nicht so an, ermahnte sich Teena, lass los. LASS LOS!

„Man kann die Nippelpumpe auch anders einsetzen", sagte Roz mit rauer Stimme.

Kaum, dass sie die Drohung ausgesprochen hatte, setzte sie den transparenten Kanal auf Teenas Kitzler. Teena schrie auf, aber es war zu spät. Kraftvoll presste Rosalin den Ballon zusammen. Das Vakuum saugte die Klitoris samt fleischigem Mantel ein. Teena glaubte zu zerschmelzen, weil die Hitze in ihrem Schoß plötzlich stark anstieg. Die Gier wuchs. Teena war besessen von einer Lüsternheit, zu der sich ihr gesamtes Fühlen und Denken nun verdichtete. Die Wollust erschien ihr wie ein schwarzes Loch, das alles andere verschlang, sodass am Ende nur die Erregung übrig blieb.

Bevor Roz ein zweites Mal auf den Ball drücken konnte, flehte Teena: „Bitte nicht. Das geht zu weit. Rosalin, ich halte es nicht aus."

Blasiert zog Roz eine Augenbraue hoch. „Was hältst du nicht aus – die Lust, das Brennen, das Verlangen danach, endlich zu kommen?"

Sie hatte recht. Teena sehnte sich nach hemmungslosem Sex, aber sie fürchtete sich davor, eine Leidenschaft zu empfinden, die vielleicht so intensiv war, dass nichts und niemand sie jemals wieder würde löschen können. Aber das war falsch. Rosalin war bei ihr. Sie würde sie nicht verbrennen lassen, sondern die Flammen löschen. Daher lockerte sie ihre Muskulatur und schloss die Augen, um zu signalisieren, dass sie Roz gewähren ließ.

Anstatt die Pumpe noch einmal zu drücken, zog Rosalin nun leicht daran. Sie streckte den fleischigen Mantel, drang mit Zeige- und Mittelfinger der freien Hand in Teenas Scheide ein und lutschte gleichzeitig an den Schamlippen. Sie fingerte Teena ausgiebig, drehte den Ballon mal in die eine, mal in die andere Richtung, bis ihr Opfer leise wimmerte. Teena begann vor Lust zu jammern, als Rosalin mit der Zungenspitze zwischen die kleinen Schamlippen drang, über den Damm glitt und schließlich den G-Punkt ausgiebig leckte. Die Stimulation an drei erogenen Zonen machte sie schwindelig vor Erregung. Die Lust blendete alles um sie herum aus – die Nachbarn, die Fesseln, die Angst vor der eigenen Courage –, es gab nur noch Rosalins Zunge, die über die unscheinbare kleine Fläche an der vorderen Vaginalwand züngelte. Teena reckte Roz ihr Becken entgegen. Sie stöhnte zügellos und warf den Kopf von einer Seite auf die andere. Ihre Beine zitterten. Der Orgasmus war nah. Doch Rosalin hob abrupt ihren Oberkörper und befreite den Kitzler von der Pumpe.

Enttäuscht hechelte Teena. Das Blut entwich aus der Klitoris, doch sie spürte den eigenen Herzschlag im Kitzler.

Noch bevor Teena zur Ruhe kam, drehte Roz sie auf den Bauch. Teena war zu erschöpft, um dagegen anzukämpfen oder Fragen zu stellen. Alles war in Ordnung. Roz kümmerte sich gut um sie. Teenas Arme waren nun überkreuzt.

Der Bettbezug kitzelte an ihrer empfindsamen Perle, die harten Brustwarzen stießen in das Laken, während ihr Kopf auf dem Kissen ruhte – jedoch nicht lange, denn Rosalin nahm das Kissen, hob Teenas Unterleib eine Handbreit hoch und schob es unter ihren Schoß, sodass der Kopf am niedrigsten lag und ihr Hintern den höchsten Punkt einnahm. Sie versuchte, über die Schulter zu schauen, um herauszufinden, was Roz vorhatte, doch ihre Gespielin ließ sich nicht in die Karten gucken.

Sie drückte Teenas Oberkörper auf das Laken, dann hockte sie sich zwischen die gespreizten Schenkel und leckte durch die Pospalte. Sie steckte ihre Zunge tief in die Scheide, kitzelte die Scheidenwände und lachte leise, da Teena ihren Unterleib vor Verzückung unablässig bewegte. Mit ihrer Zunge nahm sie etwas Lustsaft und verrieb ihn auf der Rosette. Der erregte Anus öffnete sich, Roz drang mit der Zunge ein, und der faltige Ring zog sich um die Zungenspitze zusammen. Sie glitt heraus, aber nur so weit, dass sie nicht aus dem After rutschte, und stieß wieder hinein. Der Ring dehnte sich vor Erregung immer weiter, je mehr sie ihn reizte.

Dieser sündige Ort lädt Rosalin förmlich ein, ihn tiefer mit der Zunge zu erkunden, dachte Teena erstaunt. Es kam ihr vor, als wäre ihr Anus ein eigenständiges Wesen, das Roz verlockte, mit ihm zu spielen. Bestimmt passten nun schon drei Finger hinein, denn die Rosette fühlte sich weich und entspannt an. Sie weitete sich sogar von allein, sobald Roz ihre Zunge herauszog, ganz als wollte der After sie durch das Öffnen locken. Er war nicht mehr verkrampft, wie beim ersten Mal, als der Maskierte mit einem einzelnen Finger in ihn eingedrungen war. Ein Fortschritt. Aber war das erstrebenswert? Teena feixte und streckte Rosalin ihren Hintern entgegen. Andere Menschen arbeiteten daran, 400 Meter unter 60 Sekunden zu laufen, und sie nahm sich vor, anal immer flexibler zu werden.

Während sie die feuchten Stöße von Rosalins Zunge genoss, sah sie in ihrer Fantasie, wie sie mit ihrer Mutter und deren Busenfreundin Kathleen in den Korbsesseln im Wintergarten saß. Die Sonne schien durch das gläserne Dach, und der Duft von Minztee schwängerte die warme Sommerluft.

Kathleen nahm ein Stück schottisches Shortbread, das Sybill extra bei Harrods gekauft hatte. „Meine Tochter spielt leidenschaftlich gerne Tennis. Es ist mehr als ein Hobby. Sie investiert ihre ganze Energie in das Training, um immer besser zu werden."

„Meine Tochter hat auch einen neuen Zeitvertreib. Sie hat noch nicht verraten, was es ist, aber sie strahlt neuerdings ständig bis über beide Ohren. Nicht wahr, Schatz?" Eindringlich sah ihre Mutter Teena an, damit sie nur eine ebenso interessante Geschichte auftischte.

„Oh ja, es ist meine neue Leidenschaft", hörte Teena sich im Traum sagen. „Mein neues Hobby ist Analverkehr, und ich bemühe mich wirklich sehr darum, immer dehnbarer zu werden."

Worauf Kathleen in hohem Bogen halb zerkautes Backwerk in die vollen Teetassen spuckte und Sybill ohnmächtig vom Stuhl kippte.

Ach, wäre es schön, mutig genug zu sein, um gezielt schockieren zu können, dachte Teena.

Ihre Gedanken wurden von Roz unterbrochen. Die Heißblütige stand gerade vom Bett auf und entnahm dem Nachttisch ein weiteres Spielzeug, das Teena erst erkannte, nachdem Rosalin es sich angelegt hatte. Teena riss ungläubig die Augen auf.

Ein Umschnalldildo.

8.

Das schwarze Leder wirkte beunruhigend im schwachen Kerzenschein. Der Phallus war groß und breit. Steif ragte er an Rosalins Hüften empor. Teena hatte sich zwar insgeheim gewünscht, anal noch mehr geweitet zu werden, aber sie dachte dabei eher an das Einführen von zwei oder drei Fingern, nicht an ein Glied, das so erschreckend imposant war. Dieser Herausforderung würde sie nicht gewachsen sein – noch nicht.

Eilig drehte sie sich auf den Rücken, um den Zugang zu ihrem Anus zu erschweren.

Doch Rosalin lachte nur. Sie stieg wieder auf das Bett, drückte Teenas Schenkel auseinander und neigte sich über sie, sodass sich der künstliche Penis an die feuchte Vulva schmiegte. Zärtlich streichelte sie Teenas Wange. Sie benässte den Zeigefinger und zeichnete die Lippen ihrer Spielgefährtin nach. „Zuerst hatte ich einen Doppeldildo für uns ausgesucht …"

„Uns?", entfuhr es Teena. Offensichtlich hatte Roz geplant, sie zu verführen.

„Heute Nacht ist unsere Nacht. Ich habe gesehen, wie du mit diesem Langweiler das Haus verlassen hast, und bin dir gefolgt." Rosalin zuckte mit den Achseln. „Er hätte deinen Abend ruiniert. Das konnte ich nicht zulassen. Du hast etwas Besseres verdient."

„Josh ist ein netter Kerl."

Abfällig rümpfte Roz die Nase. „Nett? Mich schüttelt es bei dieser Beschreibung. Nett sind kleine Kinder und Tiere. Männer sollten kernig und gut ausgestattet sein. Er hat bestimmt nicht so ein Prachtexemplar“, sprach sie und rieb den Lederpenis an Teenas geschwollenen Schamlippen.

In Teena wuchs die Erregung. War ihre Lust durch den Schreck beim Anblick des Umschnalldildos leicht abgeflaut, kehrte sie nun umso energischer zurück. Es war die Verruchtheit, das Paradoxe an der Situation, das Teena derart anmachte, dass sie den Rücken lasziv durchbog. Da lag eine Frau auf ihr und scheuerte sich an ihrem Schoß wie ein Kerl.

„So ein Doppeldildo ist schon etwas Feines“, Roz warf einige Haarsträhnen über die Schulter zurück, ohne dabei die Bewegung ihres Unterleibs zu unterbrechen. „Zwei Frauen, zwei Scheiden, zwei falsche Penisse an entgegengesetzten Seiten, und doch sind sie miteinander verbunden. Ich hätte mich geritten, während ich dich geritten hätte.“

Teena hatte Mühe zu sprechen. „Warum hast du dich dagegen entschieden? Du bringst dich doch selbst um den Spaß.“ Der Lederphallus streifte ihre Klitoris, und sie stieß einen lauten Seufzer aus.

„Ich möchte bei klarem Verstand bleiben und Zeugin sein, wie sich dein Gesicht vor Lust verzerrt – der Schweiß zwischen deinen Brüsten, die hochroten Brustspitzen, das Zerren an den Handschellen, das Aufbäumen und Zusammenbrechen. Kein obszöner Laut soll mir entgehen, kein gequältes Wimmern will ich überhören.“

Überrascht und stocksteif blieb Teena liegen. Sie bemühte sich, das Pochen in ihrem Kitzler zu bändigen. Das starke Pulsieren des Blutes durch ihre Vulva musste augenblicklich aufhören. Teena konnte es nicht länger zulassen.

Denn nun hatte sie eine Beobachterin!

Das wurde ihr mit einem Mal klar. Rosalin selbst hatte es ihr bewusst gemacht, wahrscheinlich sogar absichtlich. Roz würde sie anstarren, während der Orgasmus sie trunken machte und sie die Kontrolle über ihren Körper verlor.

Verlegen wandte Teena das Gesicht ab. Allein die Vorstellung war peinlich. „Unmöglich! Ich kann mich nicht fallen lassen, wenn du mich anstarrst. Es geht einfach nicht!"

„Warum nicht? Was macht es für einen Unterschied?", fragte Rosalin mit anzüglicher Stimme.

„Diesmal kannst du mich nicht über …"

Doch Roz verschloss Teenas Lippen fest mit einem Kuss. Sie drängte die Hüften enger an ihre Gespielin, rieb den Lederdildo an die Klitoris und massierte den Busen, bis ihr Teena die Zunge in den Mund stieß und die Schenkel weiter öffnete. Teena konnte nicht mehr gegen die Lust ankämpfen, die in ihrer Spalte brannte. Roz heizte ihr ein. Sie züngelte feucht und knetete den Busen. Der Dildo rutschte auf dem cremigen Saft. Und Teena sehnte den Höhepunkt herbei.

Doch Rosalin ließ erneut von ihr ab. „Wenn du kommen möchtest, dann nur so, wie ich es will. Heute Nacht spielen wir nach meinen Regeln."

Diese Worte kamen Teena schauderhaft bekannt vor, nur dass sie diesmal keinen Samtbeutel zwischen den Beinen hatte, sondern etwas viel Respekteinflößenderes, aber auch Vielversprechenderes.

„Bindest du mich los, wenn ich Nein sage?" Sie fragte eher, um ihre Freundin zu testen. Denn wenn sie ehrlich war, törnte es sie an, wie Roz mit ihr sprach, auf welch männliche Art Roz sie nahm und welche Fantasie sie dabei immer wieder einbrachte.

„Dein Körper hat schon Ja gesagt." Sie zwinkerte und setzte die Penisspitze an den Scheideneingang. Vorsichtig führte sie die Ledereichel ein.

Teena spürte den Druck. Der Phallus dehnte ihre Vagina, weil er einen ansehnlichen Durchmesser hatte. Würde dieses schwarze Ungetüm wirklich in sie hineinpassen?

Der Dildo drang ein Stück tiefer. Das künstliche Glied war hart und drückte die Scheidenwände auseinander. Teena genoss das Gefühl, komplett ausgefüllt zu sein. Die Größe dieses Phallus war eine Herausforderung. Durch den Druck spürte Teena den Partner noch intensiver. Nur dass der in dieser Nacht eine Frau war.

Rosalin presste, zog sich zurück und presste erneut. Es war ein behutsames Wiegen, ein Schaukeln, das den Phallus wie einen Schraubstock immer tiefer in Teena hineintrieb. Sie lehnte sich vor, um die Unterlegene zu entern, und ergötzte sich an deren wonnetrunkenen Miene. Sie lauschte dem Stöhnen, dem Jammern und steckte ihr den Finger in den Mund, damit sie an ihm lutschte.

Teena leckte und saugte und reckte ihr Becken dem Umschnalldildo entgegen. Es war ein intensives Gefühl, ein Gemisch aus körperlicher Lust und Erregung, die in ihrem Kopf entstand. Berauscht durch Roz' Stöße schaute sie ihr in die Augen. Ihre Furcht war wie weggeblasen und durch Laszivität ersetzt. Wie wurde sie doch zur Dirne, wenn die Erregung sie wie ein Kokon umgarnte! Mit einem Mal wollte sie sogar Roz' Blicke auf ihrer Haut brennen spüren, wollte das Schmunzeln sehen, das sie wissen ließ, sie konnte sich nicht vor Rosalin verstecken. Sie gierte danach, dass Roz hautnah sah, wie angetörnt Teena war. Wie erregend

Blöße und Scham sein konnten, spürte Teena nun am eigenen Leib!

Rosalins Stöße wurden ungestümer. Sie ritt Teena immer schneller, stieß das Lederglied tief in sie hinein, sodass sie sogar den Muttermund erschütterte und Teena die größten Freuden bereitete. Teena riss an ihren Fesseln, als sie den Orgasmus spürte. Ihre Beine zitterten, die Gesäßmuskeln versteiften sich. Alles um sie herum schien zu verschwimmen. Rosalins Gesicht rückte in weite Ferne, und Teena konzentrierte sich auf das Feuer in ihrem Schoß, auf die quälenden letzten Sekunden bis zur Erlösung. Endlich griff der Höhepunkt nach ihr und katapultierte sie in höhere Sphären. Ihr ganzer Körper spannte sich im Lustkrampf an. Teena biss sich auf die Unterlippe, bis sie Blut schmeckte. Unaufhörlich trieb Rosalin den Dildo in sie hinein, selbst dann noch, als Teena sich schon zuckend und stöhnend unter ihr wand. Erst als sie aufschrie, weil die Empfindungen zu intensiv geworden waren und das lustvolle Verkrampfen ihr die Kraft raubte, stieg Rosalin von ihr herunter.

Teena atmete tief durch. Sie drehte das Gesicht weg. Roz sollte ihre Tränen nicht sehen, Tränen, die von Anstrengung und Glückseligkeit erzählten. Ihre Gespielin hatte schon genug gesehen.

Nachdem Rosalin sie losgebunden hatte, deckte sie Teena mit einer Decke zu und ging ins Bad. Teena war froh darüber. Nun, da sie langsam wieder klarer denken konnte, war sie hin- und hergerissen zwischen Dankbarkeit und Zweifel. Wann immer sie Rosalin traf, übernahm ihre neue Freundin die Kontrolle. Geschickt beeinflusste sie Teenas Handeln und teilweise auch ihr Denken. Das verunsicherte sie. Einerseits war sie dankbar für die Führung und Anleitung. Andererseits hatte sie sich gerade erst von ihren Eltern gelöst und wollte sich nicht gleich in eine neue Abhängigkeit stürzen. Außerdem war Rosalin ihr manchmal unheimlich.

Roz kehrte aus dem Badezimmer zurück, blies die Kerze aus und legte sich neben Teena, die die Augen geschlossen hielt, damit es so aussah, als würde sie bereits schlafen. Roz schmiegte sich an sie und legte den Arm um Teena. Sie atmete ruhig. Teena spürte den üppigen Busen, der sich sanft in ihren Rücken drückte, wann immer Roz Luft holte.

Schon bald war sie eingeschlafen.

Als Teena um vier Uhr auf Toilette musste, nutzte sie die Gelegenheit, um ihre Sachen einzusammeln und in ihre Wohnung zurückzuschleichen. Sie brauchte Zeit für sich, um das Erlebnis zu verdauen, aber auch Abstand von Rosalin, deren Stärke sie zuweilen einschüchterte.

Der Wecker klingelte um acht Uhr, und Teena fühlte sich gerädert. Das Ale, Joshuas Werben, Rosalins Drink und schließlich die ausschweifende Nacht hatten sie ausgelaugt. Sie nahm eine lange, kalte Dusche, um einigermaßen wach zu werden, und fuhr auf die Bezirksdienststelle, ohne zu frühstücken oder sich auch nur ein Mineralwasser mitzunehmen. Sie konnte kaum aus den Augen sehen. Alles tat ihr weh, sogar ihre Scham. Konnte es sein, dass ihre Scheide Muskelkater hatte?

Mit einem verklärten Grienen auf den Lippen betrat sie das Polizeirevier.

Monica telefonierte und schaute ungläubig auf ihre Armbanduhr.

Jeden Morgen das gleiche Ritual, dachte Teena spöttisch

und sprach leise: „Zehn Minuten zu früh. Damit hole ich meine versäumte Zeit wieder rein."

Sie nahm einen Kaffee und wunderte sich über Monicas jugendliches Aussehen an diesem Tag. Die „gute Seele" trug ihre platinblonden Haare offen. Nur einige Strähnen waren hinter dem Kopf mit einer perlmuttfarbenen Spange zusammengebunden. So musste Monica als Twen ausgesehen haben. Teena bemerkte Perlenohrringe und eine passende Halskette, wahrscheinlich Monicas „Sonntagsschmuck", den sie nur zu besonderen Anlässen anlegte. Ihr Cardigan besaß das gleiche frische Mintgrün wie ihre Seidenbluse. Monica sah viel lebendiger aus. Selbst ihr Lächeln hatte heute einen jugendlichen Charme.

Monica räusperte sich und wandte sich zu Teena um, die noch immer hinter ihrem Rücken an der Kaffeemaschine stand. Mit gepresster Stimme flüsterte sie: „Ich telefoniere, falls du das nicht bemerkt hast", und deutete mit einer großen Geste auf den Hörer in ihrer Hand.

Teena kam sich begriffsstutzig vor. Natürlich! Die Empfangssekretärin musste mit einem Verehrer telefonieren. Erst jetzt nahm Teena die geröteten Wangen wahr. Es lag sogar Verwundbarkeit in Monicas Blick, ein dezentes Flehen. Daher nickte Teena entschuldigend und eilte davon. Kaffee schwappte über den Rand ihrer Tasse und tropfte auf den Boden. Sie stieg darüber hinweg. Bloß nicht anhalten und Monica in eine peinliche Situation bringen. Das Gefühl kannte sie selbst nur allzu gut. Außerdem gönnte sie ihr gern ein wenig Freude. Vielleicht war Monica ja deshalb immer so biestig, weil sie privat nicht viel Spaß hatte. Was wusste Teena schon! Mit einem Mal hatte sie das Bedürfnis, mehr über Monica zu erfahren, sie näher kennenzulernen. Möglicherweise könnten sie sogar Freundinnen werden.

Unweigerlich dachte sie an Rosalin. Was war Roz – Nachbarin, Busenfreundin, Bettgespielin, Geliebte? Teena mochte nicht so weit gehen und sie als Vertraute bezeichnen, denn das war sie nicht. Rosalin machte sich nicht die Mühe, auf Teena einzugehen, sondern setzte sie gewissen Reizen aus und testete ihre Reaktion. Teena hatte nicht einmal das Gefühl, Roz wirklich zu kennen. Das Rasseweib schottete ihre eigenen Gefühle sehr gut ab, während sie die aufreibendsten Emotionen aus Teena herauskitzelte. Dennoch stand Roz ihr nah. Teena hatte sie näher an sich herangelassen als jeden anderen, den sie bisher in Gardenrye kennengelernt hatte. Ohne Roz würde Teena es in dem Küstenstädtchen vermutlich nicht aushalten.

Himmel, diese Frau bringt mich dazu, ständig an sie zu denken, frotzelte sie in Gedanken und trat versehentlich so stark mit dem Fuß gegen die Tür von Joshuas Büro, dass diese schwungvoll aufflog und gegen den Aktenschrank knallte, der hinter der Tür stand. Glücklicherweise ging sie nicht zu Bruch. Es splitterte nicht einmal Holz ab. Nur Teenas Herz blieb beinah stehen. Auch weil sie Josh am Schreibtisch sitzen sah. Wie am Tag ihres Kennenlernens hatte er die Haare mit sehr viel Gel nach hinten gekämmt. Das orangebraune Hemd ließ ihn auch nicht fröhlicher erscheinen. Er machte eine Miene wie zehn Tage Regenwetter, schaute nur kurz auf und tippte dann weiter. Kein „Guten Morgen“. Kein „Bist du gut nach Hause gekommen?“ Draußen schien die Sonne, doch im Büro herrschte eine Kälte, die Teena erschaudern ließ.

Sie schluckte den Kloß hinunter, der plötzlich in ihrem Hals steckte. Und da Josh nichts sagte, tat sie es: „Guten Morgen."

„Morgen." Die Antwort war mehr ein Murren als ein Gruß.

„Bist du gut nach Hause gekommen?" Da er nicht sofort reagierte, fügte sie hinzu: „Ich meine nur, weil du einige Gläser Ale getrunken hattest."

„Das kannst du gar nicht wissen."

Teena biss die Zähne aufeinander. Das hatte gesessen. Seine Ablehnung tat weh. Schmerzlich musste sie zugeben, dass er recht hatte. Sie hatten nicht einmal zwei Bier miteinander getrunken. Danach war Rosalin gekommen, und Teena war überall im Pub gewesen, nur nicht an Joshuas Seite. Ihr schlechtes Gewissen drückte auf ihren Kreislauf. Sie trank einige Schlucke Kaffee. Ihre Beine fühlten sich zittrig an.

„Soll ich mich wieder in Lewis' Büro setzen?", fragte sie zaghaft, da eine Entschuldigung nicht über ihre Lippen kommen wollte. Ihr fielen nicht die richtigen Worte ein. Sie war einfach zu müde. Außerdem hatte sie noch nicht die Kraft für eine Auseinandersetzung, denn sie ging davon aus, dass es zu diesem Zeitpunkt, da die Wunden noch frisch waren, auf jeden Fall eine Diskussion geben würde. Wahrscheinlich würde Josh ihr erst vergeben, wenn sie vor ihm auf den Knien herumrutschte. Zumindest sah er so griesgrämig aus, dass es vermutlich besser war, ihn für eine Weile in Ruhe zu lassen.

Ungeduldig verlagerte sie ihr Gewicht von einem Fuß auf den anderen und wiederholte ihre Frage: „Soll ich jetzt in Lewis' Büro ..."

„Du hast ein eigenes. Frag Matthew."

Verdutzt riss sie die Augen auf. Ein eigenes Büro? Die Vorfreude vertrieb das Zittern in ihren Beinen. Sie eilte aus dem Zimmer und klopfte an Matthews Tür. Auch er war schon da. Sie hörte, wie er gegen eine Schublade trat und „Autsch!" rief. Offensichtlich war das der Tag der Frühaufsteher. Waren gestern alle zu spät zum Dienst erschienen, standen sie heute überpünktlich auf der Matte.

Er riss die Tür auf.

„Ich habe jetzt einen eigenen Raum?"

„Ja, der Computer ist schon angeschlossen, kein neues Modell, recht langsam, und ein Internetanschluss fehlt noch, aber alles steht bereit, damit du weiter Akten eingeben kannst."

„Oh, prima!", meinte Teena ironisch und verzog das Gesicht.

Forsch zog Matthew sie am Ärmel zu einem kleinen Zimmer gegenüber dem WC. Es war gerade mal so groß, dass ein Schreibtisch hineinpasste. Er stand unter einem Fenster. Teena blickte hinaus auf den Parkplatz und sah einer Schwalbe nach, die in Richtung Meer flog. Wie gerne hätte Teena mit ihr getauscht! Dieses „Büro" war eine Besenkammer, in der es kaum Luft zum Atmen gab.

„Auch das Telefon ist schon angeschlossen." Begeistert hob Matthew den Hörer ab und legte ihn wieder auf die Gabel. „Bis vor Kurzem haben wir hier unsere Akten gelagert, auch einen kaputten Bürostuhl, aber den hat der Hausmeister für dich repariert."

Ein Abstellraum, hatte sie es doch geahnt! Wahrscheinlich sollte sie sich sogar noch freuen, dass man den Stuhl hatte reparieren können und keine Mehrkosten für einen neuen entstanden. Auch die Polizei musste sparen.

„Toll.“ Mehr brachte sie nicht heraus.

„Dein eigenes kleines Reich.“ Matthew strahlte von einem Backenbartbüschel zum anderen. „Den Handwagen mit den Akten hat Joshua bei Lewis zwischengelagert.“ Mit diesen Worten verabschiedete er sich.

Josh hat mich also aus seinem Büro hinausgeworfen, dachte Teena.

Sie öffnete als Erstes das Fenster. Es roch muffig, und sie meinte Staub einzuatmen, dabei sah alles sauber aus.

„Zumindest ist es hell“, sprach sie sich gut zu. „Und Matthew hat wieder bessere Laune. Außerdem ist die Toilette gegenüber. Sollte ich mich übergeben müssen, eine Blasenentzündung bekommen oder sonst irgendeinen Druck verspüren, ist der Weg nicht weit.“

Seufzend stellte sie die Kaffeetasse auf den Schreibtisch und fuhr den Computer hoch. Sie wollte gerade den Handwagen holen, als das Telefon klingelte. Erschrocken fuhr sie zusammen. Wer konnte sie denn so schnell schon anrufen? Es kannte doch niemand ihre Nummer.

„Christeena McLight“, meldete sie sich zaghaft.

„Wenn es zweimal kurz hintereinander klingelt, also ‚ring-ring‘, ist das ein internes Gespräch und du brauchst dich nur mit deinem Vornamen zu melden. Wir haben zwar einen ISDN-Anschluss, aber leider keines dieser modernen Telefone, bei denen die Nummer des Anrufers angezeigt wird. Eine neue Telefonanlage ist beantragt. Das kann aber noch Jahre dauern. Jedenfalls klingelt es monoton, also in regelmäßigen Abständen ein lang gezogenes ‚Ring‘, wenn ein externer Anrufer …“

Teena unterbrach Monica. „Und dann darf ich mich mit Vor- und Nachnamen melden.“

„Das musst du sogar, außerdem mit Angabe der Bezirksdienststelle und deines Rangs.“

Besserwisserin! Teena war kurz davor aufzulegen. „Ich weiß das alles.“

„Wenn das so ist, weshalb hast du dich dann mit Vor- und Nachnamen gemeldet?“

„Ist dein Telefonat von vorhin schlecht gelaufen, oder warum treibst du die Diskussion auf die Spitze?“, fragte Teena scharf.

Stille.

Sekunden verstrichen, ehe Monica antwortete: „Im Gegenteil! Er hat mich zum Dinner eingeladen. Vielleicht rede ich nur so viel, weil ich nervös bin. Es tut mir leid. Ich wollte dir wirklich nur helfen, dich bei uns einzugewöhnen. So eine Hexe, wie du glaubst, bin ich nämlich gar nicht.“

Teena horchte auf. „Wer?“

„Wie bitte?“

„Wer hat dich eingeladen?“

„Habe ich das gesagt? Wenn ich fahrig bin, plaudere ich offenbar zu viel aus. Nun, Sly Court wird mich heute Abend um acht abholen. Wir haben uns schon ewig lang nicht mehr gesehen.“

„Das freut mich für dich, nein, für euch beide.“ Teena lächelte und war sogar ein wenig neidisch. Ihre Verabredung mit Josh war gründlich schiefgelaufen. In diesem Moment bereute sie, dass sie seinen Vorschlag abgelehnt hatte, in ein anderes Lokal nach Bamburgh zu fahren. Die Nacht mit Rosalin war das Paradies gewesen, aber eher für ihre Lenden als für ihr Herz. „Hast du schon mit ihm telefoniert, als ich eben reingekommen bin?"

Zuerst druckste Monica herum, dann sagte sie: „Ja."

„Ein intensives, ich meine, ein langes Gespräch."

„Man hat sich viel zu erzählen nach einer so langen Zeit. Herrje, er ist noch auf der anderen Leitung. Ich verquatsche mich und lasse den armen Mann warten. Dabei wollte er dich unbedingt sprechen, wegen … nun, wegen … der Sache eben."

„Danke, Monica, für alles. Stell ihn bitte durch." Teena nahm Platz. Sie hörte ein Klicken in der Leitung. „Hallo?"

„Sly hier." Er nieste zweimal.

„Gesundheit. Teena am Apparat. Ich wünsche Ihnen einen guten Morgen, Sly", sagte Teena mit fester Stimme, doch ihre freie Hand griff die Stuhllehne so fest, dass ihre Handknöchel weiß hervortraten. „Gibt es Probleme?"

Er schnäuzte die Nase. „Nein, wieso denken Sie das?"

„Weil Sie anrufen. Ich hatte mit einer Woche Wartezeit gerechnet. Haben Sie noch eine Frage?"

Zuerst hörte sie nur ein Krächzen. Dann räusperte er sich und sprach mit belegter Stimme: „Laboratorien wie das unsere sind durchgängig überlastet. Zu viel Kriminalität, zu viele potenzielle Beweisstücke, zu viele Untersuchungen – dagegen Einsparungen und zu wenig Personal."

„Und Sie sind auch noch krank. Gehören Sie nicht ins Bett?", fragte Teena und wunderte sich, dass er abends mit Monica ausgehen wollte. Er musste sie wirklich sehr dringend wiedersehen wollen.

„Sommergrippe. Widerlich! Kam über Nacht." Sein Husten ging in ein Röcheln über.

„Typische Rasselgeräusche. Das hört sich nach Bronchitis an", entgegnete Teena, darum bemüht, ruhiger zu klingen, als sie war. Befürchtete er nicht, die Beweisstücke zu kontaminieren? Sein Pflichtbewusstsein schien sehr groß zu sein. „Lassen Sie sich Zeit ..."

Sly unterbrach sie. „Ist die forensische Untersuchung denn nicht dringend? Sie machten den Eindruck, als wäre es sehr eilig."

„Das ist es auch", gab sie zu und seufzte. „Aber das sagen bestimmt alle Kollegen zu Ihnen."

„Es ist ein Kreuz." Wieder nieste er, diesmal unglaubliche zehnmal hintereinander.

„Und meine ... Sache kam ja dazwischen. Wenn Sie sich erst den Beweisen widmen, die auf normalem Dienstweg eingereicht wurden, kann ich das verstehen." Beinahe wäre ihr herausgerutscht, dass er sich lieber etwas schonen solle, um für sein Date mit Monica fit zu sein, aber sie verkniff sich die Bemerkung. In Wahrheit konnte sie ihre Nervosität kaum im Zaum halten.

„Meine Untersuchungen sind abgeschlossen!"

„Wie bitte?"

„Pfefferminztee mit Honig und Zitrone – meine Rettung." Sly trank und setzte die Tasse so geräuschvoll auf dem Unterteller ab, dass Teena das Klappern durch die Leitung hörten konnte. „Ich habe die Perücke bis in den späten Abend hinein untersucht und das Labor erst verlassen, als es schon dunkel war, was recht spät ist im Sommer. Aber eigentlich komme ich sonst auch niemals viel früher aus dem Bunker raus."

„Das war sehr freundlich von Ihnen.“

„Ehrlich gesagt, wollte ich die Perücke schnell wieder loswerden. Ich muss sie die ganze Zeit verstecken. Nicht auszudenken, was passieren würde, wenn ein Kollege oder mein Vorgesetzter sie entdeckte. Ich wäre meinen Job los! Wissen Sie, wie schwer es ist, etwas heimlich zu untersuchen, wo man doch nie allein ist?“

„Es tut mir aufrichtig leid, Sie in diese Situation gebracht zu haben.“

„Ich hätte ja ablehnen können“, krächzte er und hustete. „Vielleicht hätte ich das tatsächlich tun sollen, denn gefunden habe ich nichts.“

Teena duchfuhr es wie ein Blitz. Einen Moment lang schloss sie die Augen. Enttäuschung wechselte mit Hoffnungslosigkeit ab. Sie hatte Mist gebaut und noch dazu Monica und Sly mit hineingezogen – umsonst. Weshalb hatte sie die Perücke nicht einfach weggeworfen? Oder sie verbrannt, damit man sie nicht zufällig finden und Teenas Haare entdecken konnte? Aber das würde sie noch tun können. In Gedanken sah sie sich mit der Perücke aus dem Labor in Newcastle kommen, danach aufs Land fahren und ein Feuer machen, um das falsche Haar vollständig in Flammen aufgehen zu lassen.

Sie erschrak, als Sly weitersprach: „Nichts gefunden ist falsch ausgedrückt. Die Grippeviren scheinen mein Gehirn zu zerfressen. Was ich sagen wollte, ist, dass ich keine Hinweise gefunden habe, die den Fall auf eindeutige Weise erhellen würden.“

„Was genau haben Sie denn entdeckt?“

„Einige braune Haare. Ich habe die DNS extrahiert und

mit der Datenbank der Polizei abgeglichen. Keine Übereinstimmung. Zu wem auch immer diese Haare gehören, er oder sie ist bisher nicht registriert. Gut für die Person – schlecht für uns."

Teena seufzte. „Waren die Haare gefärbt?"

„Natur."

„Wäre auch zu schön gewesen, einen neuen Anhaltspunkt zu erhalten, wie zum Beispiel den Namen eines Färbemittels."

„Sogar einen Fingerabdruck habe ich aufgespürt."

„Ja?", schrie Teena etwas zu laut in den Hörer. „Warum sagen Sie das nicht sofort? Entschuldigung, ich wollte nicht unverschämt …"

„Es ist nur ein Teilfingerabdruck. Er befindet sich auf der Innenseite der Perücke am eingenähten Stirnband."

Teena lauschte, während Sly am Tee nippte. Was hätte sie in diesem Augenblick für eine Tasse Gunpowder gegeben! Stattdessen griff sie nach dem Kaffee, roch daran und stellte ihn wieder ab. „Wie ich mein Glück kenne, hat der Abgleich mit der Datenbank nichts erbracht."

„Der Abdruck passt zu keiner Person in der Datenbank."

Sie raufte sich die Haare. „Folglich habe ich nichts. Keine verwertbaren Hinweise."

„Ich würde es als persönliche Niederlage ansehen, wenn ich nichts Brauchbares gefunden hätte."

Teena horchte auf. „Soll das heißen …?"

„Man findet immer etwas. Sie können dem Anhaltspunkt nachgehen, aber ob er Ihnen weiterhilft, kann ich nicht versprechen. Er scheint mir sowieso etwas vage zu sein."

„Bitte, nun sagen Sie doch schon, Sly“, bettelte Teena ungeduldig.

„Die Perücke wurde gewaschen.“

Teena setzte sich besenstielgerade auf. „Und ich ahne, dass Sie mir sagen können, mit welchem Shampoo.“

„Natürlich.“ Er lachte und bekam einen Hustenanfall. Nachdem er sich beruhigt hatte, fuhr er fort: „Das Haarwaschmittel heißt „Silk Deluxe“. Ich kann Ihnen sogar die Duftnote verraten.“

Er wartete, damit Teena ihm Anerkennung zollen konnte, doch sie brachte keinen Ton heraus. Ein dicker Kloß verschloss ihren Hals. Ihre Kehle war wie zugeschnürt. Sie erinnerte sich an Silk Deluxe, sehr gut sogar. Sie selbst hatte sich den roten Schopf damit gewaschen und war begeistert gewesen, wie samtweich ihre Haare anschließend gewesen waren, sie hatte den dezenten Duft geliebt. Ihr Magen krampfte sich zusammen, und sie betete, dass er nicht sagen würde …

„Magnolia“, sprach Sly triumphierend. „Eine außergewöhnliche Note.“

Teena sackte zusammen. Wie ein Häufchen Elend saß sie im Bürostuhl und glaubte zu träumen. Sie lehnte den Hinterkopf an die Rückenstütze des Stuhls. Bestürzt schloss sie die Augen.

„Sind Sie noch dran, Teena?“, fragte Sly schniefend.

Mühsam brachte sie ein „Ja“ heraus.

„Helfen Ihnen Name und Duftnote des Shampoos denn weiter?“

Sie war bemüht, sich zusammenzureißen. „Möglicherweise schon.“

„Es sind die einzigen brauchbaren Indizien, die Sie haben. Sie sollten ihnen ernsthaft nachgehen. Vielleicht kann man Silk Deluxe nur in einem einzigen Geschäft in der Umgebung kaufen. Oder …“

Sie fiel ihm ins Wort und sagte tonlos. „Ich habe solch ein Shampoo schon einmal gesehen.“

„Die gleiche Duftnote?“

„Ja“, antwortete sie und fügte in Gedanken ein „Leider“ an. „Nicht nur das. Es stand in der Wohnung einer Frau, die braune Haare hat.“

Geräuschvoll trank er. „Das mag nur ein Zufall sein.“

„Aber es ist ein Anhaltspunkt.“ Teena atmete tief durch und fasste sich ein Herz. „Wenn ich Ihnen den Shampoobehälter beschaffe, würden Sie die Flasche dann auf Fingerabdrücke untersuchen? Bitte, es wäre mir sehr wichtig. Denn falls die Fingerabdrücke auf dem Haarwaschmittel mit denen auf der pinkfarbenen Perücke übereinstimmen, wüsste ich endlich … alles, was ich wissen möchte.“

Eine Weile schwieg Sly. Offensichtlich dachte er nach, ob er sich noch einmal auf eine weitere illegale Ermittlung einlassen sollte. Schließlich meinte er: „Einverstanden, aber es ist das letzte Mal, dass ich Ihnen einen Gefallen tue. An dieser Entscheidung wird nicht einmal Monica etwas ändern können.“

„Danke, ich danke Ihnen sehr.“

„Bringen Sie mir die Flasche so schnell wie möglich, damit wir es hinter uns haben. Auf Wiederhören.“

„Sly.“ Sie hielt ihn davon ab aufzulegen, denn es gab noch etwas, das sie dringend loswerden musste. Ihre Wangen waren gerötet, obwohl Sly sie gar nicht sehen konnte. Es war ihr unendlich peinlich. „Es könnte durchaus sein, dass sich auch auf dem Shampoo Fingerabdrücke und Haare von mir befinden."

„Christeena! Wo sind Sie da nur hineingeraten? Ach, ich will es gar nicht wissen. Passen Sie auf sich auf."

Es klickte in der Leitung.

Nach dem Telefonat war Teena nervös. Es hielt sie kaum auf dem Stuhl, immer wieder stand sie auf, nur um einige Schritte zu gehen oder einen Kaffee zu holen, den sie dann aber beim nächsten Gang wieder in das Handwaschbecken auf der Toilette oder in die Kloschüssel schüttete. Sie vertippte sich ständig, flüchtete auf den Parkplatz, doch anstatt frischer Seeluft umgab sie Schwüle. Die Sonne brannte auf den Asphalt, sodass Teena nur noch einmal das Revier verließ, um sich einen abgepackten Mini-Käsekuchen aus der Kühltheke des Supermarktes zu holen, denn natürlich nahm Joshua sie diesmal nicht mit zum Lunch.

Hast du das etwa erwartet, fragte sie sich im Stillen. Du hast dich weder entschuldigt, noch bist du zu Kreuze gekrochen. Josh schien doch nicht so ein Softie zu sein, wie sie gedacht hatte. Sie hatte vermutet, dass er ihr schneller verzeihen würde.

Doch soeben ging er mit starrer Miene an ihrem Fenster vorbei und fuhr davon. Teena hatte das Gefühl, den einzigen Freund, den sie in Gardenrye hatte, verloren zu haben.

Was ist mit Rosalin, fragte eine innere Stimme. Ja, was war mit ihr? Roz führte sich auf wie eine Bettgespielin, nicht wie eine Freundin. Ob sie lesbisch war? Wohl kaum. Sie hatte den Glatzkopf im Pub angeflirtet, und der Verehrer, der ihr Champagner schenkte und ihre Selbstständigkeit finanzierte, würde sich bestimmt auch nicht nur mit Händchenhalten zufriedengeben.

Alles deutete darauf hin, dass Rosalin Sawkenshaw bisexuell war.

Und Teena ebenfalls.

Das gestand sie sich nun ein. Aber wie konnte sie es schaffen, unbemerkt das Silk Deluxe zu entwenden? Ihr fiel nur eine Möglichkeit ein. Sie musste Roz mit ihren eigenen Waffen bekämpfen – mit Sex. Anders würde Teena sie nicht von ihrem eigentlichen Vorhaben ablenken können. Roz war eine Spielerin. Sie liebte die Gefahr, das Extraordinäre, frivoles Prickeln bis hin zu schwül-erotischen Tête-à-Têtes. Doch diesmal musste Teena das Spiel inszenieren, die Regeln und den Verlauf bestimmen. Sie wusste nicht, ob sie abgebrüht genug war, aber sie war bereit, das Risiko einzugehen, denn der Lohn war die Wahrheit.

Deshalb eilte Teena nach Feierabend in ihre Wohnung und lauschte auf die Rückkehr ihrer Nachbarin. Sobald sie Roz gehört hatte, klopfte sie an deren Tür und drapierte sich lasziv im Rahmen.

Als Rosalin öffnete, staunte sie nicht schlecht. Sie musterte Teena von oben bis unten, von ihrem Trägershirt, unter dem sich die großen Brustwarzen abmalten, über den Slip, denn sie hatte ihre Röhrenjeans ausgezogen, bis hin zu den nackten Füßen. „Wie ich sehe, färbt meine Interpretation von Gammellook auf dich ab. Wie schön!“

„In Unterwäsche fühlt man sich viel freier.“ Teena lächelte verführerisch. „Und gerade zu Hause sollte man doch ganz ungezwungen sein.“

„Das warst du gestern ja, zumindest nachdem ich dich davon überzeugt hatte, dich fallen zu lassen."

„Du hast mich genötigt", sagte Teena schmollend und reckte die Arme. Sie kreuzte die Handgelenke über dem Kopf, um daran zu erinnern, dass sie ans Bett gefesselt gewesen war, aber auch um ihren Busen in Szene zu setzen. Sie hatte einen Kuss erwartet oder ein beiläufiges Berühren der Brustwarzen, doch Rosalin rührte sich nicht. „Hast du noch etwas vor?"

„Willst du reinkommen?", fragte Roz provozierend.

Teena befeuchtete ihre Lippen mit der Zungenspitze, hatte aber sofort das Gefühl, dass es aufgesetzt wirkte. Sie war einfach nicht geübt. „Ich wollte anbieten, dir beim Waschen zu helfen."

„Was?" Rosalin prustete.

„Wir haben die Laken gemeinsam schmutzig gemacht, also waschen wir sie auch gemeinsam, so in der Art", erklärte Teena und kam sich wenig überzeugend vor.

„Ich denke nicht …"

„Ich seh dich im Waschkeller, in zehn Minuten, rein zufällig", beeilte sie sich zu sagen. Sie zwinkerte und hauchte Roz einen Kuss aufs Ohr. Sie saugte am Ohrläppchen, leckte über die Muschel und knabberte zärtlich am Hals. „Dort waschen alle im Haus ihre schmutzige Wäsche. Jederzeit könnte jemand hereinkommen. Es ist ein dunkler Raum. Ich habe ihn mir kurz angesehen, als ich heute von der Arbeit kam. Es funktioniert nur noch eine einzige Glühbirne. Die anderen sind kaputt."

„Letzten Samstag waren sie noch in Ordnung."

Teena schmunzelte verwegen. „Seit eben nicht mehr."

„Du bist durchtrieben."

„Nur eine gute Schülerin, Rosalin." Sie drehte sich auf dem Fußballen um und ging mit schwingenden Hüften in ihre Wohnung.

Nachdem sie die Tür geschlossen hatte, atmete sie auf. Sehr geschickt hatte sie sich nicht angestellt, aber ihr Plan schien zu funktionieren, zumindest bis jetzt. Sie lockte die Maus mit Speck. Nun musste sie nur noch warten, bis Rosalin in den Keller ging. Das dauerte jedoch länger, als sie gedacht hatte. Nach fünfzehn Minuten bangen Wartens und Horchens befürchtete sie schon, dass Rosalin ihre Einladung ausschlagen würde. Doch dann hörte Teena, wie ihre Nachbarin die Tür zuzog und die Treppe hinunterging. Roz musste Schuhe mit Holzsohlen tragen, denn das Klacken auf den Fliesen schallte durchs ganze Treppenhaus. Wie dünn und hellhörig die Wände doch waren! Hoffentlich hatten die anderen Hausbewohner Teenas Stöhnen in der letzten Nacht nicht vernommen. Es lag aber durchaus im Bereich des Möglichen.

Jetzt musste sich Teena beeilen.

Sie erinnerte sich sehr gut an das Gespräch, das sie geführt hatten, als sie Rosalins Appartement das erste Mal betreten hatte.

„Deine Wohnung ist viel schöner."

„Dafür schließt die Balkontür nicht mehr. Die Desmonds wollen sie schon seit Monaten reparieren lassen."

So unaufmerksam bin ich wohl doch nicht, dachte Teena stolz und hastete, bewaffnet mit einem Klarsichtbeutel, auf ihren Balkon. Es gibt also noch Hoffnung für mich als Polizistin.

Nur dass Polizisten nicht ohne Durchsuchungsbefehl oder

Sondergenehmigung in fremde Wohnungen einbrachen.

Aber Teena wischte alle Zweifel beiseite, auch die Möglichkeit, dass die Hauseigentümer das Schloss längst repariert haben konnten. Sie schaute sich kurz um. Es schien keine Zuschauer zu geben. Hoffentlich stand nicht jemand hinter einer Gardine, beobachtete die vermeintliche Einbrecherin und rief auf dem Revier an. Nicht auszudenken, wenn Lewis Poth, der ja Spätdienst hatte, in der Shell Road aufkreuzen würde.

Mit beiden Händen hielt sich Teena an der verrosteten Trennwand fest und stieg auf die Balustrade. Sie vermied es, in die Tiefe zu schauen, musste infolgedessen aber auch ihre Füße blind zwischen die Gitter setzen. Sie hangelte sich auf Rosalins Seite hinüber. Glücklich darüber, auf der Polizeischule sportlich gedrillt worden zu sein, atmete sie durch. Ihre Beine zitterten vor Aufregung. Bevor sie nach Gardenrye umgezogen war, hatte sie nie etwas Unrechtes getan. Dieses Städtchen veränderte sie offenbar.

Die Neugier trieb Teena voran. Außerdem durfte sie Rosalin im Waschkeller nicht zu lange warten lassen, damit sie nicht misstrauisch wurde. Sie näherte sich der Balkontür. Obwohl es nicht notwendig war, stand sie geduckt. Sie prüfte noch einmal durch einen Blick ins Innere des Appartements, ob es auch wirklich leer war. Dann zog sie vorsichtig an der Tür.

Nichts. Sie ging nicht auf.

„Mist", stieß Teena aus. „Was nun?"

Das durfte nicht wahr sein. Es wäre doch ein zu dummer Zufall, wenn die Hauseigentümer ausgerechnet in den letzten Tagen einen Handwerker hatten kommen lassen. Teena wollte sich ihre Niederlage nicht eingestehen. Sie umschloss den Griff mit beiden Händen, stemmte einen Fuß gegen die Wand und zog kräftig. Das Schloss gab ein Geräusch von sich, die Tür glitt nach außen auf und Teena fiel rückwärts gegen das Geländer.

Mühsam unterdrückte sie einen Aufschrei. Sie hielt die Luft an, bis der Schmerz nachließ, und trat wütend gegen den Beutel, den sie vor Schreck losgelassen hatte.

„Zum Glück ist er nicht vom Balkon gefallen. Du hast also Glück im Unglück", redete sie sich ein, aber das war nur ein schwacher Trost.

Plötzlich hörte sie jemanden vor dem Eingang. Schuhe klackerten. Ein Schlüsselbund rasselte, dann wurde ein Schlüssel ins Schloss gesteckt. Die Wohnungstür öffnete sich. Roz schlüpfte herein und eilte ins Badezimmer.

Teena fuhr der Schreck in die Glieder. Im ersten Moment war sie nicht in der Lage, sich zu bewegen. Sie beobachtete, wie Rosalin in den Wäschekorb griff, der zwischen WC und Wanne stand, und einige Kleidungsstücke herausfischte. Jeden Augenblick würde sie sich umdrehen und die Einbrecherin auf frischer Tat ertappen.

Beweg dich, Christeena! Los, beweg dich doch!

Endlich fiel die Lähmung von Teena ab. Sie versuchte, die Balkontür so leise wie möglich zu schließen. Doch trotz aller Bemühungen knarrten die Scharniere, kurz bevor sie die Tür zuschieben konnte.

Rosalin drehte sich um.

Entsetzt machte Teena einen Schritt zur Seite. Sie stellte sich mit dem Rücken an die Wand gleich neben der Tür. Ihr Puls raste. Sie hatte feuchte Hände. Unzählige Gedanken schwirrten durch ihren Kopf. Es war alles vorbei! Wie sollte sie Rosalin den Einbruch nur erklären? Sie tappte von einem Desaster ins nächste.

In diesem Moment fiel ihr Blick auf den Klarsichtbeutel, der immer noch mitten auf dem Balkon lag. Aber es war zu spät, um ihn aufzuheben. Selbst wenn Rosalin Teena vom Bad aus nicht gesehen hatte, würde ihr wahrscheinlich der Beutel auffallen. Sie würde auf den Balkon treten und Teena bemerken.

Während Teena sich enger an die Wand drückte, sah sie aus dem Augenwinkel, wie Roz' Hand den Griff der Balkontür umfasste.

„Nanu, ich hatte dich doch verriegelt."

9.

Teenas Herz blieb fast stehen. Verriegelt? Rosalin hatte doch gesagt, das Schloss sei defekt.

Erleichtert atmete Teena auf, als Roz die Balkontür schloss. Doch plötzlich ging die Tür wieder auf, und Teena biss die Zähne so fest aufeinander, dass ihr Kiefer wehtat. Einige Male schloss und öffnete Rosalin die Tür, drehte den Griff, um zu prüfen, ob der Bolzen des Schlosses nicht doch noch einhakte.

Irgendwann seufzte sie und gab auf. „Er hatte den Riegel doch repariert, wenn auch nur notdürftig. Wie kann es sein, dass er jetzt schon wieder kaputt ist?"

Teena drückte sich enger an die Wand. Die Dornen der Rosenranken stachen in ihre Waden, aber sie hielt den Schmerz aus. Also hatten die Vermieter die Reparatur tatsächlich durchgeführt. Wieso nach Monaten ausgerechnet jetzt?

Ruckartig zog Roz die Tür zu, zwei-, dreimal, aber Gewalt half offensichtlich auch nicht. Der Bolzen rührte sich nicht. „Tolle Arbeit, Mister Killer-blue-Eyes! Nun muss ich doch wieder den Desmonds hinterherlaufen."

Teena stand stocksteif auf dem Balkon. Sie lauschte Rosalins klackenden Schritten, als diese ihr Appartement verließ. In Teena jedoch hallten Roz' Worte wieder.

„… Mister Killer-blue-Eyes …"

„… Desmonds hinterherlaufen …"

Die Eigentümer hatten die Tür folglich nicht repariert. Wer war es dann gewesen? In Teenas Vorstellung erschienen die eisblauen Augen des Maskierten, die durch die schwarze Balaklava und das Kerzenlicht strahlten wie Eiskristalle in der Wintersonne. Konnte Rosalin etwas mit dem „smooth criminal“ zu tun haben? Teena widerstrebte der Gedanke, fast so, als wollte sie den sanften Ganoven für sich beanspruchen. Dabei wusste sie nicht einmal, wer er war, und würde ihn vermutlich auch niemals wiedersehen.

Puzzleteile. Dies war ein weiteres. Noch half es Teena nicht. Aber sie ahnte, dass sie schon bald ein verschwommenes Bild vor sich haben würde. Und eines Tages würde dieses Bild klar werden, sodass sie das Rätsel von Gardenrye lösen konnte.

Nachdem Rosalin gegangen war, wartete Teena noch einige Sekunden. Dann hielt sie es nicht mehr an ihrem Platz aus. Sie hob den Plastikbeutel auf und rieb sich die Waden.

„Mistige Dornen!“, murrte sie.

Eilig betrat sie das Wohnzimmer. Es gab keine Zeit mehr zu verlieren. Rosalin erwartete sie im Waschkeller und würde eine Erklärung für die Verspätung verlangen. Und je später Teena eintraf, desto schwieriger würde es werden, sich einen plausiblen Grund auszudenken.

Auf leisen Sohlen lief sie ins Badezimmer. Da stand es ja, auf dem Badewannenrand. Silk Deluxe. Teenas Hände zitterten leicht, als sie die Tüte über das Shampoo stülpte. Unter keinen Umständen wollte sie die Flasche noch einmal direkt anfassen, damit Sly Court nicht noch mehr Fingerabdrücke von ihr darauf fand. Die ganze Sache war so schon unangenehm genug. Vorsichtig schloss sie die Tüte, verknotete das Ende und eilte auf den Balkon zurück. Sie lehnte die Tür an und kletterte über die Balustrade zurück in ihre Wohnung. Ihr Herz pochte aufgeregt. Sie schwitzte. Schnell stopfte Teena das Shampoo in ihre Handtasche, gab einige Tropfen

Envy auf ihre Handgelenke und den Hals und schnappte sich ihre Schmutzwäsche. Sie hastete in den Keller und schaffte es nur mit großer Mühe, ein verführerisches Lächeln aufzusetzen, als sie vor Rosalin stand.

Im Keller reihten sich fünf Waschmaschinen und ein Trockner nebeneinander, allesamt mit Münzeinwurf. Vor lauter Eile hatte Teena ihr Geld vergessen.

Roz lehnte mit verschränkten Armen gegen eine der Maschinen, in der die Trommel bereits rotierte. Ein Poltern war neben dem sonoren Summen zu hören, als hätte Roz Steine zwischen ihre Wäsche gelegt.

„Du kommst spät“, sagte sie trocken, „und hast keinen Penny dabei, richtig?“

Teena warf die Schmutzwäsche, die sie unter dem Arm trug, einfach auf den gefliesten Boden. Geknickt gab sie zu: „Ich komme immer zu spät. Frag Monica Stew, den Hausdrachen der Polizeibezirksdienststelle. Es tut mir leid.“

„Was hast du so lange gemacht?“, fragte Roz und hob die Augenbrauen.

Fieberhaft suchte Teena nach Ausflüchten und beschimpfte sich, da sie sich nicht vorher Gedanken über eine passende Ausrede gemacht hatte. Sie war nicht nur eine schlechte Polizistin, sondern auch eine miese Kriminelle. In diesem Moment fiel ihr Blick auf eine Handvoll Münzen, die auf dem Trockner lagen.

Sie setzte ein Lolita-Lächeln auf, ein wenig schüchtern, fast von mädchenhafter Unschuld, und doch zugleich lasziv. „Kann ich mir bei dir etwas verdienen? Ich habe nämlich tatsächlich mein Kleingeld vergessen und keine Lust, es holen zu gehen.“

„Kleines, du lernst wirklich schnell." Rosalin schmunzelte. Dann schob sie sich ihre Hotpants über die Hüften, sodass sie auf die Bodenfliesen fielen. Darunter trug sie – nichts. „Lust, mein Stichwort."

Teena triumphierte. Sie hatte sich erfolgreich um eine Erklärung für die Verspätung herumgemogelt. Wie sie richtig vermutet hatte, war Rosalins Stärke zugleich auch ihre Schwäche. Die Gier nach Sex. Aber ein anderer Gedanke nagte an Teena – sie stand kurz davor, sich schon wieder für erotische Dienste bezahlen zu lassen. Das Schlimmste jedoch war, dass es ihr sogar gefiel.

Ein wenig unsicher, was sie tun sollte, ging sie auf Rosalin zu. Sie küsste sie leidenschaftlich und drängte sie, auf der Waschmaschine Platz zu nehmen. Nun zitterte Rosalin, da der Schleudergang ihren Körper leicht erschütterte.

Verkehrte Welt, dachte Teena, denn bisher war immer Roz die treibende Kraft gewesen.

Beherzter, als sie es vermutet hätte, schob sie Rosalins Beine auseinander. Sie streichelte die Waden. Ihre Hände glitten zu den Oberschenkeln hinauf, die sie kraulte, während sie den Blick nicht von der Spalte nahm, die unmittelbar vor ihren Augen lag. Eine bezaubernde Aussicht! Roz' Schamlippen waren genauso üppig wie ihr Busen. Ihr Schoß sah frisch rasiert aus. Hatte die Rasur sie aufgehalten? Auch sie war schließlich nicht zum vereinbarten Zeitpunkt im Keller gewesen.

Teena lehnte sich vor. Sie sog den Intimduft ein, ließ sich von ihm einlullen und massierte die großen Schamlippen mit den Daumen. Haarlos fühlte sich die Vulva samtig an. Ein herrliches Gefühl. Sie bekam gar nicht genug davon, den anschwellenden Schoß zu liebkosen.

„Lass mich nicht noch einmal warten“, hauchte Roz erregt, legte die Hand an Teena Hinterkopf und zog sie zu sich heran.

Neckend leckte Teena durch die Täler, immer so lange, bis Roz seufzte und die Schenkel anspannte. Fasziniert spreizte sie die Labien, erst die großen, dann die kleinen, betrachtete entzückt das empfindsame Fleisch, das eine Nuance dunkler war als ihr eigener Teint.

„Rosalin, du bist so schön“, säuselte Teena und nahm die kleinen Schamlippen zwischen die Lippen. Sie saugte an ihnen, hielt sie fest und leckte gleichzeitig mit der Zunge darüber. Stück für Stück bearbeitete sie den Schoß. Sie schob die Vorhaut der Klitoris mit Daumen und Zeigefinger beider Hände zurück und leckte mit der Breitseite der Zunge über die freigelegte Stelle. Rosalin stöhnte auf. Zufrieden lächelte Teena und ließ etwas Speichel herabtropfen. Sie verteilte ihn mit der Zungenspitze auf dem Kitzler. Roz' Gurren und das unruhige Spiel ihrer Arme und Beine heizte ihre Bemühungen an. Noch immer krallten sich Roz' Finger in Teenas Haare. Je mehr Teena leckte, desto fahriger wurde Rosalin. Schließlich hielt sich diese an ihren Knien fest. Sie hatte den Hinterkopf gegen die Wand gelehnt. Die Augen waren geschlossen, der Mund geöffnet. Ihre schweren Brüste bebten. Das Spiel der Muskeln war zauberhaft zu beobachten, und Teena wagte dann und wann einen Blick, ohne in ihrem Eifer nachzulassen. Es war ein schönes Gefühl, jemandem Lust zu verschaffen, fand sie.

Als Rosalin sich verkrampfte, weil sie dem Höhepunkt nah war, ließ Teena von ihr ab. Leise jammerte ihre Gespielin. Teena blies gegen die Vulva und grinste, als Rosalin erschauerte. Sie küsste hier und küsste dort und knabberte an der Innenseite der Schenkel. Ihre Zunge glitt in die Scheide, tastete über die vordere Vaginalwand oberhalb des Harnröhrenausgangs, bis sie die versteckte Zone fand, deren Reizung Roz rasend machen würde. Emsig züngelte sie über den G-Punkt. Sie spürte, wie der Bereich anschwoll. Rosalin zitterte am ganzen Leib. Sie saß mit gespreizten Beinen auf der rüttelnden Waschmaschine, und ihr Stöhnen war lauter als das Rattern der sich drehenden Trommel. Als Teena auch noch mit einer Hand die Vorhaut über den Kitzler zog und die Seiten des Häutchens gegeneinanderrieb, ohne mit dem Lecken des G-Punkts aufzuhören, schrie Rosalin ihren Orgasmus heraus. Der Höhepunkt erschütterte Roz. Der Lustkrampf raubte ihr für einen Moment den Atem, dann stieß sie die gestaute Luft, begleitet von einem zweiten Aufschrei, kraftvoll wieder aus. Gerade als Teena sich aufrichtete und den Oberkörper streckte, weil ihr Rücken durch die vorgebeugte Haltung zu schmerzen begann, schoss eine kleine Fontäne aus Rosalins Vagina hervor.

Teena staunte. Sie konnte nicht glauben, was sie gerade gesehen hatte. „Hast du etwa …"

„… abgespritzt", vervollständigte Rosalin den Satz und lachte herzhaft. Ihre Wangen waren rosig vor Befriedigung. „Weibliche Ejakulation. Es wird noch lange dauern, bis du so weit bist. Du musst erst lernen loszulassen. Der Weg bis zur vollkommenen Entspannung ist weit! Bisher hast du noch viel zu viel Angst vor der eigenen Courage."

„Aber ich habe eine gute Lehrerin." Schmollend stemmte Teena die Hände in die Hüften. Sie fand, dass sie sich beim letzten Stelldichein mit Roz sehr wohl hatte fallen lassen.

Rosalin stieg von der Waschmaschine, wischte mit einem Handtuch aus der Schmutzwäsche die Maschine sauber und überreichte Teena einige Pence. „Die hast du dir ehrlich erarbeitet."

„Danke", antwortete Teena verschämt und nahm die Münzen. Eigentlich war der Verdienst die Shampooflasche, aber das blieb ihr Geheimnis.

Wenn Rosalin nur wüsste, dachte Teena und fragte sich, ob ihre Freundin tatsächlich nicht eins und eins zusammenzählen konnte: Teena war arg verspätet in den Keller gekommen, die frisch reparierte Balkontür ging just an diesem Abend kaputt, und bald würde Roz feststellen, dass ihr Silk Deluxe fehlte. Teena konnte es nicht ändern und musste darauf hoffen, dass Rosalin die Puzzleteile nicht würde zusammensetzen können.

Gemeinsam beluden sie die Waschmaschinen, hockten sich auf den Boden und schwatzten bis Mitternacht, während sie den rotierenden Trommeln zusahen. Die Situation erinnerte Teena an ihre früheren Klassenfahrten. Es war fast so, als wären sie zwei Mädchen, die sich mitten in der Nacht aus dem Schlafsaal in den Keller der Jugendherberge geschlichen hatten, um sich im Schein einer Funzel Geschichten zu erzählen. Nun saßen Teena und Roz da und kicherten über ihre Anekdoten aus Teenagertagen. Es war eine freundschaftliche Stimmung, und Teena bekam ein schlechtes Gewissen. Sie saß Rosalin gegenüber, die nun nicht mehr die Femme fatale war, sondern einfach nur sie selbst. Hatte Teena sie wirklich bestehlen müssen? Sie hätte sich das Silk Deluxe ausleihen oder sie einfach darum bitten können. Teena hatte nicht einmal eine Ahnung, ob sich noch andere Frauen mit

Rosalins Shampoo die Haare gewaschen hatten, Frauen, die ebenfalls braunes Haar besaßen. Der Gedanke, Roz könnte weitere Gespielinnen haben, machte sie eifersüchtig. Aber Teena war sich bewusst, dass ihre Freundin ein freiheitsliebender Geist und sexuell experimentierfreudig war. Teena würde Roz nicht zähmen können, und eigentlich sah sie ihre Zukunft ohnehin an der Seite eines Mannes.

Die undefinierte Beziehung zu Rosalin Sawkenshaw verwirrte sie.

Als Teena sich verabschiedete, war sie viel zu müde, um noch länger darüber nachzudenken. Sie fiel ins Bett und schlief augenblicklich ein. Am nächsten Morgen quälte sie sich eine Stunde früher als notwendig aus den Kissen und fuhr noch schlaftrunken nach Newcastle. Sie konnte kaum die Augen aufhalten und schreckte hoch, als ein Krankenwagen hinter ihr hupte, weil die Ampel auf Grün gesprungen war, während Teena noch immer dachte, sie stünde auf Rot. Sogar das rhythmische Aufleuchten ihrer Blinkeranzeige lullte sie ein. Gähnend bog sie von der Zufahrtsstraße ab und suchte einen Parkplatz in der Nähe des Forensiklabors.

„Ich bin ein Vorzeigemodell von einer Polizistin, ein richtiges Vorbild, so wie es jeder Polizist sein sollte“, murmelte sie und rangierte eine geschlagene Minute lang, um den klobigen Discovery in die Parklücke zu bugsieren. Mit verstellter Stimme rügte sie sich: „Wer so müde ist, darf gefälligst nicht Auto fahren. Sie sind eine Gefahr für Newcastle, Miss McLight.“

Alles fiel ihr schwer: sich ins Gebäude zu schleppen, den Fahrstuhlknopf zu drücken und das in zwei Plastiktüten, eine durchsichtige und eine blickdichte vom Gardenrye

Groceries, eingepackte Shampoo auf die Theke des Empfangs zu stellen, denn dazu musste sie ja den Arm heben.

„Das ist für Sly Court“, brachte sie mühsam heraus und schob die Tüte ein Stück zu der Asiatin hin. „Er wartet darauf.“

Die Frau rümpfte die Nase und betrachtete die unprofessionelle Verpackung herablassend. „Und was ist ‚es‘?“

„Er weiß Bescheid.“

„Das kann jeder behaupten …“

Genervt unterbrach Teena sie. Sie lehnte sich über den Tresen und blaffte: „Denken Sie im Ernst, in dieser Tüte könnte eine Zeitbombe sein oder ein Behälter mit Ebolaviren?“

Die Asiatin zögerte. Dann antwortete sie leise: „Nein, aber …“

Teena schlug auf den Tresen. „Nichts aber! Sie behindern polizeiliche Ermittlungen, Misses …“, sie nahm das Namensschild in die Hand, das hinter einem Blumentopf mit Plastikveilchen gestanden hatte, und las: „… Ueyama-Skinner! Entweder Sie händigen Mister Court den Inhalt unverzüglich aus, oder ich verlange, auf der Stelle Ihren Vorgesetzten zu sprechen. Habe ich mich deutlich genug ausgedrückt?“ Wütend kniff sie die Augen zusammen und versuchte so böse und selbstsicher auszusehen wie nur möglich. In Wahrheit schalt sie sich einen Narren, weil sie sich leichtfertig aufs Glatteis begeben hatte. Sollte Misses Ueyama-Skinner tatsächlich ihren Chef bemühen, wäre nicht nur Teena in Bedrängnis, sondern auch Sly. Eine brenzlige Situation.

Die Empfangsdame nahm die Tüte der Gardenrye Groceries jedoch an sich und lächelte gequält. „Ich werde ‚es‘ Mister Court übergeben, sobald er das Labor betritt.“

Teena fand, dass die Asiatin das Wörtchen ‚es' unnötigerweise betont hatte, und ihr Sarkasmus war ihr nicht verborgen geblieben, aber sie schwieg und eilte aus dem Gebäude, weil sie einfach zu müde für weitere Auseinandersetzungen war. Verärgert, aber schon viel wacher als zuvor, machte sie sich auf den Rückweg nach Gardenrye. Am Stadtrand von Newcastle entdeckte sie einen Teeladen, der glücklicherweise bereits geöffnet hatte, kaufte sich einen Wasserkocher, losen Gunpowder in einer mit Lotusblüten bemalten Dose und ein Tee-Ei aus Porzellan und fuhr zur Bezirksdienststelle. Sollte Matthew, der Kaffeefanatiker, ruhig die Nase rümpfen, aber Teena brauchte an diesem Morgen unbedingt einen starken grünen Tee.

„Guten Morgen", grüßte sie Monica, die am Empfang saß und die Augen aufriss, als sie Teena erblickte. Dann erhob sie sich hektisch, drehte sich um und begann in ihrer Korbtasche zu kramen, wobei sie ein „Morgen" murmelte.

War sie errötet, oder hatte sich Teena das nur eingebildet? Möglicherweise lag es daran, dass sie von Monicas Verabredung mit Sly wusste. Der wunde Punkt der Kratzbürste.

Ha! Ich habe sie in der Hand, dachte Teena triumphierend und war sich gleichzeitig sicher, dieses Wissen nicht gegen Monica ausspielen zu wollen. Es ging immerhin um Zuneigung, vielleicht sogar um Liebe. Himmel, wie sehr sehnte sich Teena nach Liebe! Bei allen erotischen Abenteuern wünschte sie sich doch, sie würde einen Mann kennenlernen, der sowohl ihr Herz berührte als auch ihren Schoß, und beides in wundervoller Harmonie. Zu traumhaft, um wahr zu sein?

Sie ging zu Joshua, der sich gerade einen Becher Kaffee

nahm, und stellte provokativ den Wasserkocher neben die Kaffeemaschine.

„Auch dir einen guten Morgen, Josh.“ Das „Josh“ hatte sie absichtlich angefügt, um Vertrautheit herzustellen, doch er lächelte nur und nickte.

Teena war nach der Debatte mit der Asiatin noch immer aufgestachelt. „Sprichst du jetzt gar nicht mehr mit mir? Bin ich dir nicht einmal einen Morgengruß wert?“

„Bitte keine Diskussionen, bevor ich nicht diesen Becher geleert habe“, antwortete er, hielt seine Tasse hoch und deutete mit dem Finger darauf. Auf die Tasse war das Bild eines Säuglings gedruckt, eine Art Karikatur. Das Baby war nackt bis auf die Windeln und zeigte sein schönstes Werbelächeln, wie in einem dieser TV-Spots, in denen dem Säugling durch Computertechnik ein übertrieben breites Grinsen gezaubert wurde. Über dem Bild stand in schweinchenrosafarbenen Buchstaben: „Ich will ein Kind von dir“.

Teena lachte los. „Soll mir der Spruch etwas Bestimmtes sagen?“, fragte sie prustend.

Verdutzt schaute Joshua auf seinen Becher. Dann lachte auch er.

Das Lachen tat gut, fand Teena. Es lockerte die angespannte Situation auf, die seit dem Abend im „Anchor“ zwischen ihnen herrschte, und sie hoffte inständig, dass der Knoten zwischen ihnen nun geplatzt war. Sie wollte Josh nicht verlieren. Er war ein guter Freund, ehrlich und verlässlich, dessen war sie sich sicher, auch wenn sie noch nicht viel Zeit miteinander verbracht hatten. Der Konflikt zwischen ihnen war schließlich ihre Schuld gewesen, und es war nun an ihr, alles dafür zu tun, dass sie sich wieder näherkamen. Obwohl es Teena auf der Seele brannte, ihm zu sagen, wie leid es ihr tat, und die Stimmung günstig war, wollte sie sich vor Monica nicht ein zweites Mal bei ihm entschuldigen, weil die Angelegenheit niemanden etwas anging.

„Die Tasse hat mir meine Freundin geschenkt", erklärte Josh und ging in sein Büro.

Teenas Lächeln erstarb. Er hatte eine Freundin? Konnte das wirklich sein? Tausend Gedanken schwirrten ihr durch den Kopf. Sie fragte sich, weshalb er dann mit ihr in den Pub gegangen war. Vielleicht war sie nur eine Notlösung gewesen, weil seine Partnerin auf Reisen war oder in einer anderen Stadt wohnte und die beiden eine Fernbeziehung führten. Aber Josh hatte mit Teena geflirtet. Oder hatte sie sich das nur eingebildet? Sie war eigentlich viel zu müde, um darüber nachzudenken, doch was er gesagt hatte, nagte an ihr.

Teena füllte den Kocher auf der Toilette mit Wasser, kehrte an die Anmeldung zurück und schaltete ihn an. Während sie das Tee-Ei mit Gunpowder füllte, fragte sie Monica beiläufig: „Ist es etwas Ernstes?"

„Mit Sly und mir?", brach es aus Monica heraus. Sie ließ vor Schreck ihre Tasche fallen. Ein perlmuttfarbener Lippenstift und ein Eyeliner kullerten heraus.

Teena beeilte sich, Monicas Schminkutensilien aufzuheben, weil sie ein schlechtes Gewissen hatte. „Nein, ich meinte Joshua und seine Freundin, die, die ihm den Becher geschenkt hat."

Die Empfangssekretärin wurde knallrot, riss die Korbtasche an sich und stellte sie unter den Tisch, der als Theke diente. „Die Tasse benutzt er schon seit Jahren. Mehr weiß ich nicht."

„Dann ist Josh offensichtlich schon sehr lange in festen Händen“, sprach Teena und fragte sich, ob die Beziehung möglicherweise kränkelte und er sie deshalb ausgeführt hatte. In eine Beziehung wollte sie sich nicht hineindrängen. Ja, was wollte sie eigentlich von ihm?

Monica schwieg. Sie setzte sich an den Computer und tat beschäftigt. Doch Teena linste über ihre Schulter und bemerkte, dass Monica eine digitale Akte nach der anderen öffnete und sofort wieder schloss, nur damit es so aussah, als würde sie arbeiten.

„Möchtest du auch einen grünen Tee?“ Teena öffnete die Dose und hielt sie ihr hin.

Nachdem Monica geschnuppert hatte, leuchteten ihre Augen.

„Gib es zu, Kaffee hängt dir zum Hals raus“, sagte Teena und ging zum Tablett, um zwei Becher zu füllen. „Ich mache dir auch eine Tasse.“

„Danke. Ich trinke nur deshalb Kaffee, weil das hier alle tun. Daheim bevorzuge ich Tee.“

Teena war erstaunt. Sie hatte vermutet, dass Monica immer ihren Kopf durchsetzte. Dass sie sich tatsächlich auch einmal den Gegebenheiten beugte, machte sie sympathischer, irgendwie menschlicher. Die schroffe Fassade bröckelte immer mehr.

Monica kam zu ihr und lehnte sich gegen einen Aktenschrank. Eine Weile schaute sie Teena dabei zu, wie sie das Porzellan-Ei füllte und es danach an einer Kette ins Wasser gleiten ließ. Dann räusperte sie sich. „Ich werde morgen ein zweites Ei mitbringen. Hat … hat Sly denn vielleicht etwas zu dir gesagt?“

Teena hob die Augenbrauen. „Nein. Wie war eure Verabredung?“

„Nett, ich meine, nun, nett klingt so belanglos, es war wirklich schön“, druckste Monica herum. Dann atmete sie tief durch und gab zu: „Der Abend war eine Katastrophe.“

„So schlimm?“

„Nein, ich war ja mit Sly zusammen. Das ist alles, was zählt.“

„Wenn man jemanden gern hat“, formulierte Teena es behutsam, „braucht man nur zusammen auf einem Hügel zu sitzen und in den Nachthimmel zu schauen, um glücklich zu sein.“

Monica nickte und lächelte verträumt.

Teenas Neugier war geweckt, und so hakte sie nach, während sie das Tee-Ei leerte, erneut mit Gunpowder füllte und in die zweite Tasse hängte. „Ging es Sly wieder besser? Eine Sommergrippe ist wirklich etwas Fieses.“

„Das war ja das Problem.“ Monica seufzte. „Ihm ging es wirklich schlecht. Warum er das Date nicht abgesagt hat, ist mir schleierhaft.“

„Er wollte dich unbedingt wiedersehen. Das liegt doch auf der Hand.“

Verschämt wich Monica Teenas Blicken aus. „Er meinte, Hühnersuppe würde ihm helfen. Sly schwört auf natürliche Heilmittel. Also haben wir ein Restaurant gesucht, das Hühnersuppe anbietet, im Sommer kein leichtes Unterfangen, da das Gericht nur im Herbst und Winter auf den Speisekarten steht. Außerdem wollte Sly nur hausgemachte Suppe, keine aus der Tüte, denn nur Suppe, die von einem frischen Huhn gekocht wird, hilft bei Grippe.“

„Ich verstehe“, sagte Teena mitfühlend. „Männer sind nicht einfach, wenn sie krank sind.“

Monica lachte und flüsterte: „Wie quengelnde Kinder, nörgelig und kaum zufriedenzustellen. Jedenfalls haben wir nach über einer Stunde tatsächlich ein Restaurant gefunden, das hausgemachte Hühnersuppe auf der Speisekarte hatte, aber als Sly den dampfenden Teller vor sich stehen hatte, war ihm übel, weil er zu lange nichts gegessen hatte. Die Hälfte würgte er hinunter, dann war ihm noch schlechter, und ich fuhr ihn nach Hause.“

Teena lag die Frage auf der Zunge, ob Monica Sly ernsthaft wiedertreffen wollte, wenn er solch ein schwieriger Mann war, aber sie verkniff sie sich. Wer war schon perfekt? „Habt ihr ein neues Treffen vereinbart, vielleicht in ein, zwei Wochen, wenn es Sly besser geht?“

Monica schüttelte den Kopf. „Er konnte kaum sprechen, weil seine Nase verstopft war und er schwer Luft bekam. Außerdem hatte er starke Halsschmerzen. Er hätte ins Bett gehört. Stattdessen quälte er sich mit mir durch Newcastle.“

„Und wie geht es jetzt weiter mit euch?“ Teena nahm das Tee-Ei aus dem Becher und legte es auf eine Untertasse.

Sie zuckte mit den Achseln.

„Ruf ihn doch an“, schlug Teena vor und reichte ihr den Becher.

Monica nahm den Tee, schaufelte zwei Löffel Zucker hinein und rührte gedankenversunken. „Es gibt keinen Anlass dafür.“

Teena konnte das „Leider“ hören, obwohl Monica es nicht ausgesprochen hatte. „Es braucht doch gar keinen Grund. Frag ihn einfach, ob er wieder gesund ist.“

„Und dann?“

„Biete ihm an, ein Huhn zu kaufen, zu ihm zu kommen und ihm seine geliebte Hühnersuppe zu kochen.“

„Bei ihm zu Hause?“ Monica trank einen Schluck, verbrühte sich die Lippen und verzog schmerzlich das Gesicht.

„Das würde seiner Erkältung entgegenwirken. Er kann sogar im Bett liegen bleiben.“

„Christeena!“, entrüstete sich Monica und ließ sich auf ihren Stuhl fallen.

Lachend warf Teena den Kopf in den Nacken und ging zu ihrem Büro. Sie blieb kurz auf dem Gang stehen, spähte zu Joshuas Büro und überlegte, ob sie bei ihm vorbeischauen sollte. Einen Grund musste es nicht geben, das hatte sie gerade erst zu Monica gesagt. Ihr würde schon irgendetwas einfallen. Wenn nicht, würden sie eben über das Wetter reden. Aber Joshs Tür war geschlossen, daher entschied Teena, sich den ungeliebten Akten zuzuwenden.

Sie wollte gerade in ihr Büro treten, als Matthew den Kopf aus dem Besprechungsraum streckte. Er winkte hektisch mit der Hand. „Komm, Teena, komm. Ich habe kurzfristig ein Meeting anberaumt, und du darfst nicht fehlen. Lewis ist extra früher gekommen. Wir warten bereits auf dich.“ Schon war er verschwunden.

Teena schnaubte. Er tat ja gerade so, als hätte er ihr schon zweimal gesagt, dass sie erwartet wurde. Gewiss würde Lewis Poth sticheln, wo sie so lange blieb, immerhin war er eine Stunde vor seinem offiziellen Arbeitsbeginn erschienen.

„Dieser Tag fängt richtig toll an, wem ich auch begegne, jeder ist so furchtbar entspannt und guter Laune“, murrte Teena, hängte ihre Handtasche über die Lehne ihres Bürostuhls und ging in den Meetingraum.

Matthew schnüffelte. Er machte eine angeekelte Miene und linste in Teenas Tasse. „Tee, auf meinem Revier?“

„Genau das, was ich heute Morgen brauche“, entgegnete sie selbstbewusst. „Solltest du auch mal probieren, ist genauso anregend wie Kaffee, aber magenschonender.“

Er kniff die Augen zusammen. Zuerst fürchtete Teena, sich zu weit aus dem Fenster gelehnt zu haben, doch als Matthew auflachte, atmete sie erleichtert aus.

„Jedem das Seine“, freundschaftlich klopfte er ihr auf die Schulter, „mein Ding ist es nicht.“

Lewis Poth zündete sich eine Dunhill an. „Manche Menschen haben das Bedürfnis, immer alles anders zu machen als andere, und wollen etwas Besonderes sein.“

„Monica trinkt ebenfalls Tee.“ Teena öffnete ein Fenster und wedelte mit der Hand den Rauch fort. „Außerdem bist du der Einzige hier, der raucht. Du fällst damit also genauso aus dem Rahmen wie ich mit meinem Tee, mein Lieber. Das nennt man Individualität.“

Asche löste sich von der Zigarette und fiel auf den Tisch. Lewis wischte sie mit der Handkante fort. „Oh, wir sind heute gereizt.“

Sie schenkte ihm das falscheste Lächeln, das sie zustande brachte, und nahm neben Joshua Platz.

„Mir gefällt das kesse Mundwerk. Endlich kommst du aus dir heraus, Teena, und Lewis kann Gegenwind gebrauchen.“ Matthew klopfte energisch auf die Tischplatte. „Aber jetzt müssen wir uns konzentrieren. Es gibt neue Hinweise im Fall Woodridge, und sie erfordern sofortige Entscheidungen.“

10.

Teena, die gerade an ihrem grünen Tee nippte, verschluckte sich und bekam einen Hustenanfall. Nachdem sie sich wieder beruhigt hatte, meinte sie mit knallrotem Kopf: „Zu heiß, nicht Woodridge, der Tee, meine ich."

Manchmal sollte man einfach den Mund halten, rügte sie sich im Stillen.

„Aus sicherer Quelle habe ich erfahren, dass die Lady in Pink sehr wohl bekannt ist", sagte Matthew triumphierend.

Verblüfft schaute sie zu ihrem Chef auf, der sich erhoben hatte und die Hände in die Hüften stemmte. „Warum haben unsere Ermittlungen dann nichts ergeben?"

Joshua nickte zustimmend. „Im ‚Flesh' kennt sie niemand, obwohl die Perücke sehr auffallend ist und William Sore behauptet, sie dort aufgegabelt zu haben."

„Im Untergrund ist sie bekannt", erklärte Matthew.

„Im Untergrund?", fragte Teena und hob spöttisch die Augenbrauen. „Ich bin nur so erstaunt, weil ihr immer sagt, Gardenrye sei ein idyllisches Küstenstädtchen und nicht der Moloch London", sie neigte sich zu Lewis und fügte blasiert hinzu: „aus dem bekanntlich ich stamme."

„Begünstigt grüner Tee etwa spitze Bemerkungen?" Grinsend aschte Lewis ab.

Matthew rollte die Ärmel seines Hemds bis zu den Ellbogen auf, sodass seine behaarten Unterarme zu sehen waren. „Kriminelle Vereinigungen gibt es überall. Sie machen keinen Halt vor Fischerdörfern, sondern nutzen sie zum Beispiel für illegale Verschiffungen. Aber darum geht es jetzt nicht! Zurück zur Sache. Ich weiß, dass die Verdächtige zu einer Verbrecherorganisation gehört, die auch in der Grafschaft Tyne and Wear aktiv ist. Die Huren verführen die Freier dazu, sich verdorbenen Praktiken hinzugeben, und erpressen sie anschließend."

Teena traute ihren Ohren kaum. Matthew warf ihnen diese Neuigkeiten vor die Füße, als ginge es um einen simplen Verkehrsunfall, den er nebenbei aufgeklärt hatte. Es ging alles so schnell. Gestern noch steckten sie mit den Ermittlungen in einer Sackgasse, und plötzlich tischte Matthew ihnen die Hintergrundgeschichte des Falls „Lady in Pink" auf.

Außerdem trug er seinen Siegelring nicht mehr. An der rechten Hand war lediglich ein Streifen heller Haut zu sehen. Das kam Teena nur allzu bekannt vor. Der Siegelring. Seine eisblauen Augen. Teena hatte mit einem Mal Sodbrennen und stellte den Becher mit dem grünen Tee geräuschvoll ab.

„Du hast uns gar nicht gesagt, dass der Earl mittlerweile erpresst wird", mokierte sich Lewis.

Genervt winkte Matthew ab. „Wird er auch nicht. Noch nicht."

„Ein Prostituiertenring in Gardenrye? Das passt ungefähr so gut wie ein Stich Butter in ein Glas Zitronenlimonade." Teena schüttelte sich.

„Netter Vergleich, doch Huren gibt es überall, selbst in der Provinz."

„Aber gleich eine ganze Organisation? Das erscheint mir doch etwas zu groß für Gardenrye."

„Vielleicht existiert hier nur eine Zelle, und der Kopf sitzt in Newcastle upon Tyne oder sogar in London", warf Josh ein. „Mich wurmt nur, dass wir erst jetzt davon erfahren. Ist die Gang schon länger bei uns tätig?“

Matthew strich fahrig über seinen Backenbart. Die Fragen schienen ihn nervös zu machen. „Die Verbrecherbande ist verdammt gut organisiert, der Kopf ein wahrer Teufelskerl. Wir müssen höllisch vorsichtig vorgehen.“

„Woher hast du diesen Hinweis?“, fragte Teena ihn zögerlich.

Er kam um den Tisch herum und baute sich vor ihr auf. „Von einem Informanten. Woher sonst?“

„Ist er verlässlich? Er könnte auch hinter einer Geldprämie her sein oder einer anderen Vergütung, wie Strafmilderung, oder ...“

„Willst du mich etwa nötigen, seine Identität preiszugeben?“, fragte er scharf.

Teena rutschte tiefer in den Sitz. „Natürlich nicht.“

Verärgert verschränkte er die Arme vor dem Körper. „Oder misstraust du meiner Kompetenz?“

„Ganz und gar nicht.“ Sie wurde immer kleiner.

Glücklicherweise sprang Joshua für sie in die Bresche. „Teena wollte damit nur sagen, dass ein kriminelles Netzwerk für uns möglicherweise eine Nummer zu groß ist. Wolltest du doch, oder?“

Sie nickte stumm.

„Wir selbst haben ihr immerhin an ihrem ersten Arbeitstag erzählt, dass sie Fischerbootlizenzen prüfen und Verkehrsunterricht in der Grundschule geben muss.“ Er breitete die Arme aus und zuckte mit den Achseln. „Jetzt sind wir aber mit einer ganzen Verbrecherorganisation konfrontiert – Prostitution, Diebstahl, räuberische Erpressung, das ganze Programm.“

Lewis drückte seinen Zigarettenstummel im Aschenbecher aus und nahm die nächste Dunhill aus der Schachtel. „Wir schalten selbstverständlich Newcastle ein."

„Selbstverständlich nicht!", blaffte Matthew. „Willst du, dass wir wie Idioten dastehen? Die nehmen uns doch eh nicht für voll. Das schaffen wir allein!"

Teena war eingeschüchtert. Matthew sah aus wie ein tollwütiger Köter, der nur noch einen kleinen Anreiz brauchte, um sich in sein Opfer zu verbeißen. In Gedanken sah sie Sly im Forensiklabor, wie er sich – vielleicht sogar genau in diesem Moment – über eine Aluminiumschale mit der pinkfarbenen Perücke und der Shampooflasche beugte und sie auf Spuren untersuchte. Teena fragte sich, wie sie Matthew überhaupt in die Augen schauen konnte. Sie kritisierte ihn während einer Teambesprechung und verschwieg, dass sie möglicherweise wichtige Hinweise hatte. Aber es ging nicht anders, wenn sie sich nicht vollends lächerlich machen wollte wegen der Verbindung, die es zwischen der Lady in Pink und ihr gab. Dennoch fühlte sie sich miserabel.

Während Matthew aufgebracht mit Lewis diskutierte, stieß Teena unter dem Tisch Joshua an und flüsterte: „Hattet ihr in Gardenrye schon einmal einen ähnlichen Fall?"

Josh schüttelte den Kopf.

„Einen in dieser Größenordnung?", hakte sie nach. „Bei der Bande handelt es sich ja nicht bloß um ein Einbrecherduo."

„Nicht während meiner Zeit bei der Polizei, aber ich bin ja noch nicht so lange dabei", antwortete er leise und begann an seiner Unterlippe zu knabbern.

„Kennt du die Kontaktperson?"

„Nein, und jetzt …“ Joshua legte den Finger an den Mund.

Sie schreckte zusammen, als Matthew schrie: „Koogan Brannigan leitet das Revier in Newcastle. Schon in der Grundschule haben wir uns gehasst, die Polizeiausbildung war ein einziger Wettbewerb. Er hat sich lustig über mich gemacht, weil ich in Gardenrye blieb und er in die Großstadt berufen wurde. Eher hänge ich mich auf, als ihn um Unterstützung zu bitten.“

Daraufhin schwieg Lewis.

Teena war nicht wohl bei der Sache. Auf dem Revier waren sie nur zu viert, und sie selbst war in den Fall verwickelt, wenn auch nur am Rande. Zudem war ihr nicht wohl dabei, sich auf einen Informanten verlassen zu müssen, den niemand außer Matthew kannte. Alles stand und fiel mit Matthew, und der hatte schon einmal gegen die Regeln verstoßen, als er seine Freundschaft zum Earl of Cunninghall verschwieg. In London wäre er wegen Voreingenommenheit vom Fall suspendiert worden. Freundschaftliche Gefühle konnten die Ermittlungen beeinflussen. Das Seltsame war jedoch, dass Matthew sogar gegen Woodridge gewettert hatte.

Matthew fuhr sich mit der Hand durchs Haar. Er blickte durch das Fenster hinaus auf den Parkplatz, schien aber mit den Gedanken weit weg zu sein. Schließlich setzte er sich und schlang die Finger ineinander.

„Diese Organisation operiert im großen Stil. Sie veranstaltet finstere Lustspiele an ständig wechselnden Orten, damit sie nicht auffliegt“, hastig fügte er hinzu: „berichtete mir mein Informant. Wie gesagt, ich vertraue seinen Aussagen hundertprozentig. Die Verdächtige hat beim Earl of

Cunninghall offensichtlich einfach die Gunst der Stunde genutzt und zugeschlagen."

„Finstere Lustspiele, was ist damit gemeint?" In Teenas Fantasie taten sich Szenarien von perversen Sexorgien auf, bei denen nichts heilig war. „Gewalt, Kinder, Tiere, Drogen …?"

Matthew schüttelte den Kopf. „Nein, nein! Alles ist erlaubt, solange nur Erwachsene beteiligt sind und die Gesundheit nicht beeinträchtigt wird. Es geht heiß her, sehr heiß."

„Ein Club, in den nur ausgewählte Personen mit persönlicher Einladung eintreten dürfen?" Kräftig zog Lewis an seiner Dunhill.

Sein Chef nickte. „Ein Swingerklub, recht exklusiv. Einflussreiche Leute sind dort zu finden, die ihre Anonymität um jeden Preis wahren wollen, daher tragen alle Masken", er räusperte sich und fächelte in der Luft herum, um den Rauch zu vertreiben, „habe ich mir sagen lassen. Mensch, Lewis, halte die Zigarette woanders hin, sonst ersticke ich."

Teena schaute von Joshua zu Lewis und wieder zu Josh, aber niemand schien sich über Matthews Aussage zu wundern. „In einem Swingerklub verkehren aber keine Prostituierten. Paare treffen sich dort zum Partnertausch oder auch nur, um vor allen Anwesenden Sex zu …"

„Ich weiß, wovon ich spreche!", entfuhr es Matthew. Er öffnete die obersten zwei Knöpfe seines Hemds. Aufbrausend erhob er sich, stieß dabei seinen Stuhl um und schritt hastig zum Fenster, um es weit zu öffnen. Dort stand er eine Weile und atmete frische Luft ein.

Teena wunderte sich, wie reizbar Matthew an diesem Morgen war. Wieso betonte er immer wieder, dass er die Insider-Informationen von einer Kontaktperson hatte? Natürlich, die Verbrecherorganisation war eine Nummer zu groß für Gardenrye, und das wusste auch Matthew. Aber musste er deshalb bei jeder kritischen Nachfrage ausflippen?

„Egal was es nun ist“, lenkte Joshua ein, „dort finden wir wahrscheinlich die Lady in Pink, unsere Verdächtige. Darauf sollten wir uns konzentrieren.“

Lewis drückte seine Dunhill aus und lehnte sich zurück, ohne eine weitere Zigarette anzuzünden. „Aber wenn es sich um einen Prostituiertenring handelt, müssen wir ihn hochgehen lassen. Gegen einen mobilen Swingerklub können wir nichts tun, das ist legal.“

„Hast du nicht zugehört? Es geht auch um Raub und Erpressung.“ Matthew drehte sich um und lehnte sich gegen die Fensterbank. „Wir tasten uns langsam heran. Mit vier Polizisten können wir selbstverständlich keine Großoffensive planen. Noch liegen uns auch zu wenig Details vor. Ich habe mich für einen Undercover-Einsatz entschieden. Auf die Idee brachte mich unser Neuzugang aus London.“

Perplex setzte Teena sich auf. „Ich?“

„Du hast mir doch eben vorgeworfen, nicht zu wissen, worauf wir uns einlassen“, sprach er, sichtlich zufrieden darüber, Teena in die Enge gedrängt zu haben. „Nun gut, du bist die Einzige von uns, deren Gesicht noch recht unbekannt in Gardenrye und Umgebung ist.“

„Aber es tragen doch alle Masken, hast du gesagt – die Kontaktperson sagte das natürlich.“

Er kniff die Augen zusammen. „Angst? Wenn du dich dazu nicht in der Lage siehst …“

Teena presste die Lippen aufeinander.

„Du kannst nicht den Grünschnabel einschleusen“, sagte Lewis.

„Irgendwann ist immer das erste Mal“, verteidigte sich Matthew und wandte sich an Teena. „Du könntest gezwungen sein, die Maske abzunehmen oder sie verlieren.“

Josh deutete auf Teena und hätte beinahe ihre Teetasse umgeworfen. „An den Spielen wird sie nicht teilnehmen!“

„Natürlich nicht. Sie wird beim nächsten geheimen Treffen eingeschleust, um sich umzusehen, Näheres in Erfahrung zu bringen und die Lady in Pink aufzuspüren.“ Nun wirkte Matthew wieder sachlich.

Josh nahm die Tasse und schob sie weg. „Das ist zu gefährlich.“

„Wir werden dich verkabeln, Teena, sodass wir alle Gespräche aufzeichnen und sofort eingreifen können, solltest du auffliegen. Das wird aber nicht passieren. Sei ganz ruhig und behalte einen kühlen Kopf. Verhalte dich unauffällig und gib dich als Voyeurin aus, mehr nicht. Sobald du die Lady in Pink gefunden hast, wirst du sie überreden, dir hinauszufolgen. Das müsstest du doch schaffen, nicht wahr?“

Teena konnte weder sprechen noch nicken oder den Kopf schütteln. Sie dachte an die pinkfarbene Perücke, die im Forensiklabor lag. Wie sollte sie die Verdächtige erkennen? Ihre ganze Hoffnung würde darin liegen, dass die Prostituierte sich eine neue falsche Haarpracht gekauft hatte.

Matthew kam zu ihr hin und legte die Hand auf ihre Schulter. „Jetzt hast du die große Chance, dich zu beweisen. Nutze sie. Die nächste illustre Party findet bereits am Freitagabend statt, in einem stillgelegten Kesselhaus im Industriegebiet von Newcastle.“

Endlich fand sie ihre Sprache wieder. „Ich bin bereit.“

Das war sie wirklich. Nicht nur, dass sie ihren neuen Kollegen endlich zeigen konnte, dass sie mehr als ein dummes Gör aus der Großstadt war, sie erkannte auch die Herausforderung, die einer der Gründe für sie gewesen war, aus London wegzugehen – aber vor allen Dingen war das wahrscheinlich die einzige Möglichkeit, alles ins Reine zu bringen. Wenn die Lady in Pink überführt wäre, würde Teenas eigenmächtige Verfolgung der Verdächtigen und ihr Fauxpas im Keller des Coast Liquor Stores keine Rolle mehr spielen.

„Das ist alles für den Moment.“ Forsch ging Matthew aus dem Besprechungsraum, gefolgt von Lewis.

Joshua fasste Teenas Arm. „Du musst das nicht machen. Niemand ist gezwungen, sich zu beweisen.“

„Darum geht es nicht“, widersprach sie. „Sollte die Verdächtige wirklich auf den Partys zu finden sein, müssen wir dem nachgehen und sie dingfest machen. Das ist unsere Aufgabe. Gardenrye verlässt sich auf uns.“

„Du willst nicht vielleicht Ethan Woodridge beeindrucken?“, fragte er freiheraus.

Teena runzelte die Stirn. Dann zog sie den Arm weg. „Wie kommst du darauf?“

„Er hat dich nervös gemacht.“

„Unsinn!“ Schwungvoll stand sie auf. Im Hinausgehen versprach sie: „Ich werde mein Bestes geben. Mach dir keine Sorgen! Sollte ich mich überfordert fühlen, werde ich die Undercover-Aktion abbrechen.“

Mach dir keine Sorgen! Teena wunderte sich, wie selbstsicher sie auftrat, obwohl ein Sturm in ihr tobte. Eilig floh sie in ihr Büro, um ihre Gedanken zu ordnen und sich zu beruhigen. Ja, sie hatte Angst, eine Heidenangst sogar. Wer wusste schon, was sie auf dem erotischen Treffen im Kesselhaus erwartete? Matthew hatte von Ausschweifungen berichtet. Das stimmte sie nicht gerade zuversichtlich, obgleich sie nur Beobachterin sein würde. Vielleicht würde ihre Tarnung auffliegen, wenn sie schockiert reagierte und nicht an den Hemmungslosigkeiten teilnahm.

Sie verbot sich das Grübeln und lenkte sich ab, indem sie sich auf einen Berg Akten stürzte.

Joshua nahm Teena zwar nicht mit zum Lunch, reichte aber eine Portion Fish and Chips aus dem „Finger Food" herein. „Es ist noch warm. Du solltest es sofort essen."

Bevor sie sich bedanken konnte, hatte er die Tür ihres Büros schon wieder geschlossen. Sie lächelte. Eine dezente Annäherung, weil sie bei dem kommenden Einsatz den Kopf würde hinhalten müssen, vermutete sie und steckte eine Pommes in den Mund.

Teena vergaß die Zeit. Als es an der Tür klopfte, schaute sie auf die Uhr ihres Computers. „Schon fünf Uhr?"

Monica kam herein. „Feierabend in einer Stunde."

„Ich habe heute viel geschafft", rief Teena ihr freudestrahlend zu und deutete auf den Handwagen. Der Aktenberg war sichtbar geschrumpft.

„Möglicherweise halte ich hier die Belohnung für deinen Fleiß in den Händen." Monica reichte ihr ein Päckchen. „Es kommt vom Forensiklabor."

„Von Sly?"

Monica nickte. „Er hat es per Kurier geschickt. Muss

ziemlich wichtig sein."

Eher will er die Beweise für seinen regelwidrigen Freundschaftsdienst schnellstmöglichst loswerden, dachte Teena. „Danke."

Einen Moment lang blieb Monica in der Tür stehen, doch da Teena keine Anstalten machte, das Paket zu öffnen, verließ sie das Büro.

Aufgeregt riss Teena die Verpackung auf. Sie fand die in Plastiktüten eingeschlagene Perücke und das Silk Deluxe darin sowie einen Brief. Sie verschloss das Päckchen wieder, so gut es ging, stellte es unter den Schreibtisch und schob ihre Handtasche davor, damit es nicht sofort ins Auge fiel, wenn jemand hereinkam. Mit klopfendem Herzen las sie den Brief.

Liebe Christeena McLight,
anbei sende ich Ihnen die Objekte zurück. Im Labor kann ich sie nicht länger lagern. Mein Gewissen drückt zu schwer. Bitte haben Sie Verständnis dafür, dass ich meine Arbeit nun als erledigt ansehe. Ich hoffe, meine Hilfe konnte Ihre Ermittlungen vorantreiben. Ihr Spürsinn hat sie auf die richtige Fährte gebracht. Die Fingerabdrücke auf der Shampooflasche stimmen mit dem Teilfingerabdruck auf dem Stirnband der Perücke überein. Die Zusammensetzung des Silk Deluxe ist identisch mit dem Shampoo, mit dem das falsche Haar gewaschen wurde. Volltreffer, würde ich sagen. Sie wissen sicher, was mit den Beweisen zu tun ist. Viel Erfolg!
Ihr Sly Court

Teena war übel. Der Lunch rumorte in ihrem Magen, dabei hatte sie den Merlan und die Pommes frites schon vor Stunden verspeist. Sie suchte die Toilette auf und ließ kaltes Wasser über ihre Handgelenke fließen.

Nachdem sie sich auch den Nacken benetzt hatte, sah sie ihr Spiegelbild an. „Du bist ein Strohkopf, ein dummes Huhn, naiv und einfältig. Wie konntest du dich mit Rosalin einlassen? Wie konntest du dich nur von Roz fesseln lassen? Herrje, Mädchen, werd endlich erwachsen!"

Teena wusch sich das Gesicht und verharrte, die Augen mit den Händen bedeckt. Sie konnte es nicht fassen, dass Rosalin die pinkfarbene Perücke getragen hatte, dass sie es war, die Teena bis in den Spirituosenladen am Hafen verfolgt hatte. Roz hatte die falsche Haarpracht gewaschen. Daher vermutete Teena, dass die Perücke schon länger in ihrem Besitz war. Zumindest lang genug, um sie während eines erotischen Dinners in William Sores Villa getragen zu haben.

Aber Roz könnte sie genauso gut von jemandem ausgeliehen und gereinigt haben, bevor sie sie aufgesetzt hatte, ermahnte sich Teena.

„Himmel, du nimmst Rosalin immer noch in Schutz!" Sie fuhr sich mit den feuchten Fingern durch das rote Haar.

Als würde ihre Gespielin vor ihr stehen, sprach sie: „Was hast du mit dem Überfall auf Ethan Woodridge zu tun? Und was zur Hölle mit dem Maskierten?"

Teena ging zurück in ihr Büro und nahm die Kopien, die sie in der Stadtbibliothek gemacht hatte, aus ihrer Handtasche. Sie brachte das Papier nah an ihre Augen, aber dennoch konnte sie das Siegel der Ringe, die die drei Musketiere trugen, nicht erkennen.

Um sechs Uhr nahm sie das Päckchen unter den Arm, hängte die Handtasche über die Schulter und ging mit den Kopien in der Hand zum Empfang. „Du hättest nicht eventuell eine Lupe?“

„Eventuell“, sagte Monica, während sie einige Haarsträhnen in ihre Spange stopfte.

„Dürfte ich sie mir ausleihen?“ Teena schenkte ihr ein Lächeln, um ihre Chance zu erhöhen. „Ich bringe sie morgen früh zum Dienstbeginn wieder mit. Versprochen!“

Monica öffnete eine Schublade, kramte aus einem Haufen von Bleistiften und Kugelschreibern die Lupe hervor und reichte sie Teena. „Wo hast du denn das Foto her? Es muss alt sein. Die Fuchsjagd ist schon seit Februar 2005 verboten und der Jagdverein Gardenrye Fox Hunters ebenso lang Vergangenheit.“

„Ich habe das Foto zufällig in einer alten Zeitungsausgabe entdeckt“, log Teena.

„Natürlich, rein zufällig.“ Monicas Stimme triefte vor Ironie. „William Sore habe ich schon ewig nicht mehr auf dem Revier gesehen.“

Teena horchte auf. „Sore?“

„Der neben Matthew und dem Earl“, erläuterte Monica und zeigte auf den Mann, den Teena nicht kannte. „Früher hat er Matthew hin und wieder zum Lunch abgeholt.“

„Jetzt nicht mehr?“

„Sei ein paar Wochen kriselt die Männerfreundschaft. Man darf Matthew nicht einmal mehr auf den Bankdirektor ansprechen. Als ich ihn fragte, ob Sore krank wäre, hat er getobt und gesagt, das ginge mich nichts an“, berichtete sie, verdrehte die Augen und fuhr den Computer herunter.

Teena verlagerte ihr Gewicht von einem Fuß auf den anderen. Mit der Empfangssekretärin befreundet zu sein, hatte seine Vorteile, wie sie nun feststellte. Monica war der Dreh- und Angelpunkt des Reviers. Teena bohrte nach: „Er scheint leicht reizbar zu sein."

„Früher war er die Ruhe selbst. Erst seit einigen Wochen ist er so hitzig."

„Ob das etwas mit Sore zu tun hat?"

Monica zuckte mit den Achseln. Sie nahm ihre Handtasche und ging mit Teena hinaus.

Nachdem sie sich verabschiedet hatten, schlenderte Teena zu ihrem Landrover. Sie konnte nicht glauben, dass William Sore das dritte Musketier war. Das warf ein völlig neues Licht auf den Fall „Lady in Pink". Matthew war voreingenommen und hätte nach dem Raub gar nicht zu Sore fahren und ihn über das Geschehen ausfragen dürfen. Vielleicht vertuschten die Männer sogar etwas, das die Verdächtige betraf. So abwegig war ihr spontaner Gedanke nicht, denn schließlich gab es keinerlei Spuren. Es war schleierhaft, wie die Prostituierte zur Sore'schen Villa gelangt und nach dem Vorfall wieder von dort weggekommen war, lag das Haus doch weitab der Stadt. Im „Flesh", wo Sore die Lady angeblich engagiert hatte, kannte sie niemand, weder Stammgäste noch Angestellte.

Himmel, konnte denn wirklich Roz die Verdächtige sein? Sie besaß ein Dessousgeschäft. Wozu sollte sie also als Hure arbeiten?

Teena rieb sich die Schläfen, legte das Paket auf die Rückbank und stieg auf den Fahrersitz. Neugierig betrachtete sie das Foto durch die Lupe.

„Ein Viereck?" Teena runzelte die Stirn, denn sie konnte

sich nicht vorstellen, was eine solche Form auf dem Siegelring der Männer bedeuten mochte. Die einzelnen Balken wurden von Rosen umrankt. Sogar winzige Dornen waren zu erahnen.

Rosen mit Dornen? Eine Erinnerung flammte in ihr auf.

Die Ranken waren zwar sehr hübsch, doch sie verzerrten das Gesamtbild. Teenas Augen begannen wegen des angestrengten Hinschauens wehzutun. Aber es zahlte sich aus, denn auf einmal erkannte sie, was ihr bisher verborgen geblieben war.

„Es sind Buchstaben", stellte sie triumphierend fest. „Zwei ‚L', von denen das eine auf dem Kopf steht, sodass die beiden ein Rechteck bilden. Wozu diese Symbolik?"

Sie vermutete, dass die Buchstaben einen elitären Kreis versinnbildlichen sollten, zumindest fiel ihr diese Deutung als Erstes ein. Möglicherweise sollten die beiden „L" auch symbolisieren, dass man in der Vereinigung Hand in Hand arbeitete oder zusammenhielt. Nur was bedeuteten die Buchstaben? Von den Gardenrye Fox Hunters konnten sie nicht abgeleitet sein.

Grübelnd fuhr Teena nach Hause. Im Treppenhaus kam ihr Rosalin entgegen. Hastig tippelte die brünette Schönheit die Stufen in gefährlich hohen High Heels herab.

„Was machst du denn schon hier?", fragte Teena, dabei brannten ihr ganz andere Fragen auf der Seele.

Im Vorbeigehen küsste Roz sie auf die Wange. „Hab meinen Laden heute früher geschlossen, ich muss wichtige Dinge erledigen."

„Was denn?" Der Riemen von Teenas Handtasche rutschte von den Schultern.

„Vorbereitungen." Rosalin zwinkerte. Sie schob den Riemen zurück auf Teenas Schulter und eilte weiter. Ihre Tritte hallten durch das Treppenhaus.

Teena hatte das Gefühl, die Perücke hätte Finger bekommen und würde von innen gegen die Schachtel kratzen, um sich bemerkbar zu machen. Aufgeregt rief Teena Roz hinter: „Halt! Wir müssen reden."

„Keine Zeit." Ohne sich umzudrehen, trippelte Roz schnell hinaus.

„Operation erfolgreich vergeigt", murmelte Teena und ging in ihre Wohnung. Während der nächsten Tage bekam sie Rosalin nicht mehr zu Gesicht. Niemand öffnete, wenn sie an die Tür klopfte, und wenn sie vom Balkon hinüberschaute, bewegte sich nichts. Sie hörte Roz noch nicht einmal nach Hause kommen. Die Nachbarwohnung schien verlassen.

„Als würde sie ahnen, dass ich sie wegen der Perücke befragen will."

Tagelang grübelte Teena über ihre neuen Erkenntnisse. Sie stellte sich vor, wie sie Matthew auf den Zahn fühlte und mit taktischen Fragen die Wahrheit aus Rosalin herauskitzelte. Auch William Sore wollte sie aufs Korn nehmen und ihm einen Besuch abstatten. Nur an den Earl of Cunninghall traute sie sich nicht heran. Allein bei dem Gedanken an ein Verhör unter vier Augen musste sie kapitulieren, weil schon die Erinnerung an seinen anzüglichen Blick sie verwirrte. Joshua würde Ethan Woodridge übernehmen. Teena vertraute Josh.

Aber noch war die Zeit für Befragungen nicht reif. Erst musste sie den Undercover-Einsatz überstehen – erfolgreich überstehen. Dann würden die Kollegen ihr mehr zutrauen als zuvor und sie stärker in die Ermittlungen einbeziehen.

Der Freitag kam viel zu schnell. Vor Nervosität konnte sie kaum mehr ruhig auf dem Stuhl sitzen, als es so weit war. Matthew beraumte eine Besprechung nach der anderen ein. Das wühlte Teena noch mehr auf, sodass sie froh war, als es am Abend endlich losging. Sie wollte es so schnell wie möglich hinter sich bringen.

„Bleib bitte still stehen", raunte Lewis, der das Abhörgerät mit einem Gürtel um ihren Bauch schnallte und zusätzlich mit Klebestreifen sicherte.

Teena hatte sich extra ein neues Oberteil für den Einsatz kaufen müssen. Es war ein schwarzes Trägertop, eine Mischung aus BH-Hemd und Babydoll. Das Bustier hob ihre kleinen Brüste an und drückte sie zusammen, sodass sie wollüstig aus dem Büstenhalter quollen, während das weite Hemd das Gerät versteckte. Ihr war nicht wohl dabei, Lewis an ihrem Bauch werkeln zu sehen. Der Gürtel war alt und rieb rau über ihre Haut. Sie hatte sich auch einen Minirock aus Lackleder zugelegt und trug Rosalins Schuhe und Strapse.

„Kommst du dir nicht verkleidet vor?", fragte Joshua, der die Vorbereitungen skeptisch beobachtete.

Eigentlich fand sie sich ziemlich sexy, aber sie entschied, das für sich zu behalten. „Kannst du dich an die ersten Walkmen erinnern, diese Kästen, die fast so groß wie eine DVD-Hülle waren und doppelt so dick? Findest du nicht, das Abhörgerät sieht genauso aus?"

„Es ist recht alt."

Lewis befestigte das Mikrophon an der Innenseite ihres

Bustiers. „Wir haben es eine Ewigkeit nicht benutzt. Warum hätten wir ein modernes anfordern sollen? Undercover-Einsätze in Gardenrye kommen so häufig vor wie Schnee im Sommer."

„Wenn das so ist, werde ich meinen Auftritt besonders genießen", spöttelte Teena und hätte am liebsten Lewis' Hände fortgeschlagen, die gerade das Mikrophon zwischen ihren Busen schoben.

„Wir hätten sowieso kein neues Equipment bekommen, weil die in Newcastle glauben, wir würden es eh nie brauchen." Lewis steckte einen Minifotoapparat unter den Bund ihres Rockes. „Nimm ihn nur heraus, wenn du ganz sicher bist, dass dich niemand beobachtet. Hast du mich verstanden?"

„Was ist mit Kameras, die in Ohrringen versteckt sind, Mikrophonen, die wie Knöpfe aussehen?", fragte Teena fassungslos. Das Gerede von Sparmaßnahmen in Ehren, aber diese Ausstattung für einen Undercover-Einsatz war absolut lächerlich!

Lewis lachte abfällig und sprach im Hinausgehen: „Hightech hat nur der Secret Service."

Als er den Besprechungsraum verlassen hatte, fragte Teena Joshua leise: „Warum konntest du das Verkabeln nicht übernehmen?"

„Ich habe so etwas noch nie gemacht. Lewis kennt sich besser damit aus. Wir wollen ja nicht, dass sich auf der Party die Gürtelschnalle öffnet oder das Mikrophon plötzlich wie eine Antenne zwischen deinen Brüsten herauslugt." Josh lachte herzlich. „Von mir bearbeitet zu werden, hätte dir besser gefallen, ja?"

Teena war zu erstaunt, um zu antworten. Wie er das Wörtchen „bearbeitet“ betont hatte! Ihr lief es heißkalt über den Rücken. Beschämt senkte sie den Blick, weil ihr bewusst wurde, dass sie sich bereits in einer frivolen Stimmung befand.

Das ist Arbeit, ermahnte sie sich, kein Vergnügen.

Schmunzelnd nahm Josh ihre Hand und führte sie zum Auto. Sie nahmen auf dem Rücksitz Platz, während Matthew und Lewis vorne saßen. Matthew fuhr sie ins Gewerbegebiet nach Newcastle, während sein älterer Kollege noch einmal die Technik überprüfte. Teena hatte das Gefühl, auf Toilette zu müssen, doch sie beherrschte sich.

Als sie fast vor Ort waren, reichte Lewis Teena die Maske. Es war ein sehr hübsches Exemplar, das nur die Augenpartie bedeckte und am Hinterkopf mit einem schwarzen Gummiband gehalten wurde.

„Ganz schön finstere Gegend“, murmelte sie, während sie mit den Fingern über die schwarzen Federn der Maske strich und fahrig die Goldfäden nachzeichnete, mit denen die Sehschlitze umkettelt waren.

Josh drückte sanft ihre Hand. „Nachts sparen die Firmen Strom und schalten nur das Notwendigste an, selbst dann, wenn produziert wird. Das lädt Einbrecher geradezu ein, aber sie wollen es einfach nicht verstehen. Da ist das Stahlwerk.“

Ein spärlich beleuchtetes Werksgelände mit seltsamen Türmen, mannsbreiten Rohren und Hallen tat sich vor ihnen auf. Sie parkten in der Nähe und stiegen aus. Durch ein Loch im Zaun schlichen sie auf das Gelände.

„Das Gebäude dort drüben ist das alte Kesselhaus“, erklärte Matthew und suchte Schutz hinter einem Berg Stahlmüll. „Von hier aus musst du allein gehen. Am Eingang wird man dich nach dem Losungswort für die heutige Insider-Party fragen. Es lautet Fellatio. Bist du bereit?"

Teena zitterte. Sie bemühte sich, kühl zu wirken, doch es gelang ihr nicht. Trotz aller Nervosität zog das Kesselhaus sie magisch an. Die warme Nachtluft trug Fetzen gregorianischer Gesänge zu ihr. In der Ferne sah sie bereits maskierte Gäste eintreten. Sie konnte es kaum erwarten zu sehen, was in dem skurrilen Komplex vor sich ging.

Sie nahm allen Mut zusammen und nickte. Dann setzte sie die Maske auf und schritt eilig auf die Eingangstür zu, bevor der Mut sie noch verließ. Als sie näherkam, bemerkte sie einige Männer, die, in Mönchskutten gekleidet und die Kapuzen weit ins Gesicht gezogen, um das Gebäude patrouillierten. Der Mann an der Pforte trug eine schwarze Henkersmaske. Eine braune Lederweste spannte sich um seinen Wanst.

Er verschränkte die Arme vor dem Körper und brummte: „Passwort!"

„Fellatio." Teena erschrak vor ihrer eigenen Stimme, die zittrig und dünn war.

Der Türsteher trat beiseite, und sie stieg über die Schwelle. Sie ging langsam durch einen Gang, der nur von wenigen Tropfkerzen erhellt wurde. Gruselig, fand Teena. Unsicher senkte sie den Blick. Sie bemerkte die Wachstropfen auf dem Boden, ein Bild, das ihr nur allzu bekannt vorkam. Im Coast Liquor Store hatte sie ebenfalls erstarrtes Wachs gesehen.

Als Teena den Hauptraum betrat, blieb sie abrupt stehen. Vor ihr tat sich eine außergewöhnliche Halle auf. Ein uralter Heizkessel reichte bis unter das Spitzdach. An den Wänden liefen unzählige Rohre entlang. Ein Gewirr von Leitungen umspannte die stillgelegten Kesselkammern und Brennräume. Während das Röhrennetz an den Wänden von bunten Lichtern angestrahlt wurde, bot das komplexe Geflecht um den Kessel viele Nischen und Rückzugsmöglichkeiten in finstere Unterschlüpfe. Das Szenario besaß einen bizarren Charme, ein kühles Ambiente, das von Gästen in den unterschiedlichsten Maskierungen bevölkert wurde. Sie standen in den Gängen, flanierten umher oder wiegten sich im Rhythmus der gregorianischen Chorgesänge, atmosphärische Melodien, die aus unsichtbaren Lautsprechern ertönten. Die meisten Anwesenden trugen Schwarz, der Rest war in Nachtblau oder Dunkelgrün gekleidet. Kein pinkfarbener Farbtupfer, soweit Teena sehen konnte.

Sie strich über ein verrostetes, mit Patina überzogenes Ventil, Relikt der Vergangenheit. Dieser Ort besaß eine eigenwillige Mystik. Teena fühlte sich in eine andere Welt hineinversetzt. Das diffuse Licht und die Choräle machten sie trunken. Erst beim zweiten Hinsehen bemerkte sie wippende Brüste, Hände, die in geöffnete Hosenschlitze glitten, und Gesichter im Zustand der Verzückung, den nicht einmal die Masken verbergen konnten. Diese waren sehr vielgestaltig, venezianisch inspiriert, bemalt oder mit Federn geschmückt, manchmal nur Kapuzen mit Augenlöchern, aber auch Leder- und Latexmasken fanden sich darunter. Ebenso unterschiedlich waren die Bekleidungen. Manche Gäste hatten sich in noble Gewänder gehüllt, mittelalterliche Roben und Umhänge aus Samt, andere dagegen hatten kaum einen Fetzen Stoff am Leib, stelzten mit schwindelerregend hohen

Schuhen durch die Gänge. Frauen in Dienstmädchenuniformen trugen Champagner und Wein zu den Gästen, während Männer in Livreen, nur bekleidet mit einem Lendenschurz, Häppchen reichten.

Neidisch musterte Teena eine Dame, deren aufregende Kurven in einem engen Catsuit aus Latex steckten. Nur die Brustwarzen lugten zwischen Löchern hervor. An den Brustspitzen hing je ein goldenes Glöckchen, das klingelte, wann immer sie sich bewegte. Das Bordeauxrot ihrer Seidenmaske, die eng um den Kopf gebunden und am Hinterkopf verknotet war, war perfekt abgestimmt auf das Dunkelrot ihres Lippenstiftes. Ihre Haare steckten unter einem Turban aus scharlachroter Seide.

Eine Weile stand Teena unschlüssig herum. Sie wagte kaum einen Schritt zu machen, weil sie nicht wusste, wie sie sich verhalten sollte.

Plötzlich legte sich eine Hand auf ihren Rücken. „Steh gerade“, hauchte ein Mann in ihr Ohr. „Du stehst wie ein scheues Reh in der Ecke. Straffe deine Schultern und zeige deine Reize. Du musst nichts verstecken!“

Diese Stimme! Warm, beherrscht und ihr sehr wohl bekannt. Sie ging ihr unter die Haut.

Teena flog sofort herum und sah unmittelbar in eisblaue Augen.

11.

Der Maskierte aus dem Coast Liquor Store! Ungläubig starrte sie ihn an. Er wirkte Furcht einflößend, nun noch mehr als bei ihrem ersten Zusammentreffen. Fasziniert und eingeschüchtert betrachtete sie seine afrikanische Maske, die zugleich verlockend schön und abstoßend war. Sie war aus Ebenholz gefertigt und ließ nur Augen und Mund frei. Die blutroten Hörner setzten sich auffällig vom Schwarz des Holzes ab, ebenso der eingefärbte Bart, der augenscheinlich aus Pflanzenfasern und Schnüren bestand. Er fiel so weit herab, dass er den ebenfalls schwarzen Umhang des Unbekannten berührte.

Teena öffnete den Mund, um etwas zu sagen, doch der Fremde verschloss ihre Lippen mit seiner Hand. Mit der anderen schnipste er. Ein Mann in einer braunen Mönchskutte, die an der Taille mit einer weißen Kordel gebunden war, kam heran, offensichtlich eine der Wachen. Die freie Hand des Maskierten glitt unter Teenas Bustier-Hemd.

Entsetzt hielt sie die Luft an.

Bevor sie sich wehren konnte, ertastete er den Gürtel. Er schien nicht verwundert zu sein, sondern folgte dem Riemen bis zu ihrer Kehrseite. Eiskalte Schauer liefen ihr über den Rücken. Sie spürte die sanfte Berührung seiner Finger und fühlte zugleich, wie die Angst in ihr wuchs. Während er in Teenas Augen blickte, öffnete er die Gürtelschnalle. Er packte das Abhörgerät und riss daran. Teena erschrak. Ihr Atem ging rascher. Die Klebestreifen lösten sich. Das Mikrofon verschwand zwischen ihren Brüsten. Ohne den Blick von Teena zu nehmen, übergab er das Gerät dem Wachmann.

Entsetzt versuchte sie die Hand von ihrem Mund zu lösen, doch der Maskierte drückte sie gegen die Wand. Er tastete nach der Minikamera. Unwirsch riss er sie aus dem Bund des Rocks. Der Mönch nahm den Fotoapparat und wartete, bis der Maskierte nickte. Dann verschwand er.

Teenas Puls raste. Sie fühlte sich nackt ohne die Verkabelung. Ihre einzige Verbindung zu Matthew, Lewis und Joshua war abgerissen. Der Maskierte hatte Teena enttarnt! Wie war das möglich? Ausgeliefert und hilflos kam sie sich vor. Ihre Kollegen, die unweit des Kesselhauses kauerten, hatten keinen blassen Schimmer, in welcher Gefahr sie schwebte. Würden sie merken, dass etwas mit der Übertragung nicht stimmte? Würden sie das Gebäude stürmen, wenn sie längere Zeit nichts von ihr hörten? Sie fühlte sich alleingelassen. Aber sie hatte es ja nicht anders gewollt. Nun stand sie der lang herbeigesehnten Herausforderung gegenüber und konnte kaum einen klaren Gedanken fassen. Diese Augen! Sie funkelten kalt, weil Teena sich auf die Party eingeschlichen hatte. Aber war da nicht auch ein Funke Lüsternheit?

Endlich nahm er die Hand von ihrem Mund. „Du hättest nicht herkommen sollen, Christeena."

Er kannte ihren Namen! Teena wollte etwas entgegnen, doch ihr versagte die Stimme.

„Ich weiß, wer du bist. Ich kenne den Grund für dein Kommen", sprach er, neigte sich zu ihr und drohte: „Und ich kann dich auffliegen lassen."

Seine Hand strich sanft über den Minirock. Er fasste ihren Hintern und zog sie zu sich heran. Bebend lag sie in seinen Armen. Sie starrte ihm in die Augen, suchte nach einem

Hinweis auf seine Identität und wusste doch nur eines ganz sicher.

„Ihr" sanfter Ganove war nicht Matthew.

Der Polizeichef wartete vor dem Kesselhaus darauf, dass sie ihm die Lady in Pink brachte oder zumindest Informationen über die Verbrecherorganisation über das Mikrofon sandte. Aber hier stand sie, enttarnt durch einen Mann, der so aufregend war, dass sie in seiner Nähe kaum atmen konnte. Nur wie gefährlich war er?

Schließlich fand Teena ihre Sprache wieder. „Sie sind der Organisator dieses Events, habe ich recht?" Zumindest die Wachen tanzten nach seiner Pfeife.

„Gut erkannt, Polizistin. Sie nennen mich den Leitwolf. Ich bin zuweilen ebenso Ordnungshüter wie du und habe als solcher gerade eine Einbrecherin gestellt. Diese Party ist nur für geladene Gäste. Du gehörst bedauerlicherweise nicht zu meinem Rudel."

Teenas letzter Rest Mut verschwand. Was hatte Matthew über den Kopf der Gang gesagt?

„Die Verbrecherbande ist verdammt gut organisiert, der Kopf ein wahrer Teufelskerl. Wir müssen höllisch vorsichtig vorgehen."

Hier stand sie vor dem Anführer und hatte keinen blassen Schimmer, wie sie aus seiner Umklammerung entfliehen konnte. Wenn er wirklich so barbarisch war, wie Matthew behauptete, befand sie sich in großer Gefahr.

„Je mehr Fragen du stellst, desto unmöglicher wird es für mich, dich gehen zu lassen. Spitzel sind äußerst unbeliebt bei uns." Seine Hand auf dem Lack glitt langsam tiefer und suchte den Rocksaum.

Er versuchte ihn hochzuschieben, aber Teena hielt sein Handgelenk fest. Vielleicht konnte sie doch das ein oder andere aus ihm herauskitzeln. Sie hoffte, dass die Kollegen sie holen kämen, wenn sie länger nichts von ihr hörten.

Daher riss sie sich zusammen und stichelte: „Ich bin nicht mehr Spion als die Prostituierten, die ihre Gäste aushorchen."

„Nennt man das jetzt so?", fragte er sarkastisch und lachte. „Wir sind alle Huren. Wir leben unsere Passion …"

„Und nehmt dabei die Kundschaft aus." Sie konnte nicht verhindern, dass seine Finger sich unter ihren Rock schoben und ihren Slip ertasteten.

„Umsonst ist nicht einmal der Tod", hauchte er und kam ihr so nah, dass sie das Ebenholz an ihren Lippen spürte. „Wir geben den Gästen nur das, was sie brauchen. Du brauchst es genauso. Warum unterdrückst du deine Sehnsüchte?"

Er wurde persönlich. Teena war auf der Hut. Sie würde sich nicht von ihm um den Finger wickeln lassen!

„Hier geht es doch nicht um Leidenschaft – sondern ums Geschäft."

„Wer das behauptet, ist ein Lügner! Wir bereichern uns nicht an den Partys." Blitzschnell befreite er sein Handgelenk aus ihrem Griff. Er drang von hinten unter ihren Rock, fasste ihr Höschen und riss es entzwei.

Teenas Herz blieb beinah stehen. Sie bekam eine Gänsehaut, war hin- und hergerissen zwischen Fassungslosigkeit und dem Wunsch, ebenso zügellos zu sein wie die Anwesenden. Der Maskierte wollte persönlich werden. Nun gut, das konnte er haben. „Woher kennen Sie meinen Namen?"

„Möchtest du nicht eigentlich wissen, seit wann ich deinen Namen kenne?“ Mit dem Finger drang er in ihre Pofalte.

Abwehrend spannte sie den Hintern an. Das ließ sie jedoch seinen Finger intensiver spüren. Sie biss sich auf die Unterlippe, um die Lust zu verscheuchen. Ein klarer Kopf war nun wichtiger als alles andere.

Eigentlich wollte sie ihre Frage noch genauer formulieren, denn sie brannte darauf zu erfahren, ob er schon bei ihrem ersten Treffen gewusst hatte, dass sie nicht die Frau war, die er in den Keller bestellt hatte. Aber sie wagte es nicht, weil sie sich vor der Antwort fürchtete.

„Ich weiß alles über dich, auch dass du vernünftig genug sein wirst, meinen Anweisungen zu folgen, um deinen Hals zu retten.“ Er zog die Hand unter ihrem Rock hervor und stützte sich rechts und links von ihr an der Wand ab. Eindringlich sah er sie an. „Was glaubst du, was das Rudel macht, wenn sie erfahren, dass sich eine Polizistin unter ihnen befindet? Eine, die herumspioniert, nicht eine von uns, denn Polizisten gehören ebenso wie Rechtsanwälte und Richter schon lange zu unserem erlauchten Kreis.“

Ein Kreis. Zwei „L“. Teena wandte das Gesicht ab und bemerkte den Siegelring an der rechten Hand des Mannes. Diesmal hatte er ihn nicht abgestreift, bevor er sich zu dem Lusttreffen begeben hatte. War er einer der drei Musketiere? Sie fragte sich, ob er nicht befürchtete, durch diesen Hinweis seine Identität preiszugeben. Die Masken waren nicht nur dazu da, die Gäste zu schützen, sondern auch die Organisatoren. Wenn der sanfte Ganove der Anführer der Bande war, würde der Siegelring die Chance erhöhen, ihn dingfest zu machen.

„Werden sie mich ausliefern?"

„Oh, du wirst die Attraktion dieser Nacht sein", säuselte er.

Verzweifelt suchte sie nach Argumenten, damit er sie schonte, aber Angst blockierte ihre Gedanken. Sie legte die Hände an seinen Brustkorb. „Bitte, tun Sie das nicht. Ich habe nichts gesehen, nichts gehört, was Aufschluss über Ihr kriminelles Handeln geben könnte."

„Kriminell?" Er schien nachzudenken. „Wenn das Ausleben von Neigungen ein Verbrechen ist, bekenne ich mich schuldig. Aber ich werde dir zeigen, wie erfüllend es ist, sich hinzugeben, bis man glaubt, den Verstand zu verlieren. Bei Morgengrauen wirst du deine Meinung über uns längst revidiert haben."

Mit diesen Worten griff er ihren Oberarm und zog sie durch den Mittelgang, vorbei an Röhrengeflecht und Kesseln. In den unbeleuchteten Nischen vergnügten sich die Gäste. Teena spürte den Luftzug an ihrer entblößten Spalte und versuchte sich loszureißen, unauffällig, denn sie wollte nicht noch mehr Aufmerksamkeit auf sich ziehen, doch der Griff des Mannes war fest. Im Vorübergehen beäugte sie das Treiben, ein wenig neidisch, wie sie sich schweren Herzens eingestand. Trotz der Dunkelheit in den Hohlräumen waren Körper zu erkennen, die sich verrenkten, kniende Frauen, Männer, die auf allen vieren hockten, eine Handvoll Vermummter, die eine Frau massierten, welche auf einem Stahlkasten lag. Beine ragten in die Höhe, Arme griffen unter Gewänder, berauschende Küsse prasselten auf Münder, Brüste, Unterleiber, und Klapse schnellten auf Hinterbacken und gelutschte Zehen. Die gregorianischen Choralgesänge konnten die animalischen Geräusche nicht überdecken. Fasziniert lauschte Teena dem Stöhnen und dem Seufzen, den schmutzigen Worten, den Aufschreien, dem Anfeuern und dem Schmatzen, das entstand, wenn in schnellem Rhythmus feuchte Haut auf feuchte Haut klatschte. Sie konnte nicht mehr entscheiden, ob sie in der Hölle oder im Himmel gelandet war.

Der Maskierte führte sie in einen Nebenraum. „Lehrwerkstatt" stand in schmiedeeisernen Lettern über dem Eingang. Teena ließ sich nur widerwillig durch eine kleine Ansammlung von Menschen hindurchzerren. Der Mob stand um einen Werktisch herum. Auf der dicken Arbeitsplatte, die löchrig war und zahlreiche Risse aufwies, lag ein nackter Mann auf dem Bauch. Er trug eine Latexmaske, die nur eine Öffnung für die Nase hatte. Sein Glied stand steif von seinen Lenden ab und ragte durch ein Loch in der Platte nach unten heraus. Die Frau im Catsuit, die Teena schon beim Betreten des Kesselhauses aufgefallen war, bearbeitete seinen Rücken mit ihren langen, rot lackierten Fingernägeln. Bei jeder Bewegung klingelten die Glöckchen, die an ihren Brustspitzen hingen. Die Tischbeine waren so stämmig und stabil, dass der Tisch nicht wackelte, obwohl der Mann mit Armen und Beinen ruderte. Sein Kreuz war mit Kratzern, Schrammen und Bisswunden übersäht. Das schien ihn zu elektrisieren. Denn als die Frau unter den Tisch griff und seinen Phallus ein einziges Mal mit den Nägeln streifte, entlud er sich auf den Boden der ehemaligen Werkstatt. Die Frau in dem Latexsuit half ihm aufzustehen. Sie umarmte ihn und führte ihn beiseite.

In diesem Moment zog der Maskierte Teena zum Tisch.

„Nein, das kannst du mir nicht antun", flüsterte sie und pfiff auf die Höflichkeitsform. „Das ist nicht meine Welt."

„Woher willst du das wissen, wenn du es noch nie ausprobiert hast?"

Er wollte in die Hände klatschen, um die Aufmerksamkeit der Umstehenden zu erlangen. Das nutzte Teena und stürmte davon. Doch schon am Ausgang der Werkstatt holte er sie ein und fasste ihren Arm.

Sie wehrte sich und zappelte aus Leibeskräften. „Ich will das nicht!"

„Was denn? Du kannst nicht ahnen, was ich mit dir vorhabe." Mit sanfter Gewalt zerrte er sie zurück. „Vertrau mir. Es wird dir gefallen, wie schon bei unserem ersten Treffen."

„Wie kann ich dir denn vertrauen? Ich kenne dich nicht einmal."

„Nein?", fragte er provozierend.

Sie hörte auf, sich zu wehren, und schaute ihn mit großen Augen an. Alles in ihr war angespannt. Möglicherweise war das der Zeitpunkt der Wahrheit. „Wer bist du?"

Er lachte amüsiert. Dann zog er sie in seine Arme und wisperte in ihr Ohr: „Du bist doch Polizistin. Finde es selbst heraus."

Die anwesenden Gäste starrten Teena an. Sie fragten sich bestimmt, was vor sich ging und ob ihnen ein neues Schauspiel geboten werden würde. Wer versteckte sich wohl hinter all den Masken? Die Kassiererin der „Gardenrye Groceries", der Inhaber des „Finger Food", vielleicht einer der Bibliothekare aus dem Archiv in Newcastle oder gar Misses Uyema-Skinner? Eventuell waren diese Menschen nicht wohlhabend genug, überlegte Teena. Wenn der Prostituiertenring plante, die Gäste später zu erpressen, würden sie nur die Reichen und Mächtigen einladen. Aber war es nicht ganz natürlich, sich Menschen, die man kannte, hinter den Masken vorzustellen, da es schauderhafter war, vor Bekannten bloßgestellt zu werden als vor Fremden?

Der Alphawolf baute sich vor Teena auf, und diesmal wagte sie nicht mehr zu flüchten, denn die Anwesenden bildeten einen Kreis um sie.

Er trat von vorne an sie heran. Behutsam hob er ihr Kinn, damit sie ihm in die Augen sah. „Ich appelliere an deine laszive Seite, die ich erkenne, ebenso wie du. Lebe deine Fantasien aus. Die Situation könnte nicht günstiger sein. Hier ist der richtige Ort, die richtige Zeit, und ich bin der richtige Partner, denn du kannst mir vertrauen. Ich beweise es dir ein zweites Mal."

Sein Blick paralysierte Teena. Seine Worte drangen in ihr Herz vor und in ihren Schoß. Sie durfte sich ihm nicht hingeben, und trotzdem sehnte sie sich danach.

Langsam schritt er um sie herum. Er schmiegte sich an ihren Rücken und wisperte: „Ich appelliere an deine Vernunft. Besänftige mich, indem du dich in meine Hände begibst. Lenke mich durch Hingabe von meiner Pflicht ab, dich dem Rudel zum Fraß vorzuwerfen. Unterwirf dich jetzt, und gewinne deine Freiheit später."

Teena schluckte. Er hatte den Arm wie einen Stahlring um ihre Hüften gelegt. Ihr Hinterkopf lag gegen seine breiten Schultern gelehnt. Teena hätte die Nähe genießen können, wären sie allein gewesen. Die Wölbung unter seinem Gewand schmeichelte ihr.

„Zittere nicht. Ich bin stark genug für dich." Er stellte

sich vor sie und schaute auf sie herab.

Teena gelang es nicht, seinem Blick zu entnehmen, was er vorhatte. Als der Maskierte ihre Wange mit dem Handrücken streifte, zuckte sie zusammen, als hätte er ihr eine Ohrfeige gegeben. Warum war dieser Schuft nur so zärtlich? Sie wollte nicht glauben, dass er der Anführer einer Verbrecherorganisation war. Und das, was sie bislang von der Party gesehen hatte, machte auch nicht den Eindruck, als würde hier ein Prostituiertenring operieren. Wäre sie nicht in dieser prekären Zwangslage gewesen, hätte sie die Zusammenkunft womöglich sogar genossen. Der Event entsprach ihren erotischen Träumen.

Die Hand ihres Gegenübers glitt tiefer, ihren Hals hinab. Er kraulte ihr Dekolleté. Teenas hochgedrückte Brüste hoben und senkten sich aufreizend. Sie bemühte sich, die Zuschauer zu ignorieren, was kläglich misslang. Die Blicke verunsicherten sie. Sie schämte sich, was sie zugleich jedoch erregte. Es war ein anderes Schamgefühl als jenes, das sie ergriff, wenn sie vor einer Menschenmenge einen Vortrag halten musste oder sich ihre Tollpatschigkeit darin zeigte, dass sie versehentlich die Kugelschreiber-Box von Lewis' Schreibtisch fegte, wo er doch ohnehin nicht viel von ihr hielt. Vielleicht machte die Anwesenheit des Maskierten den Unterschied aus. Er begehrte sie, und er zeigte es allen. Ohne zu wissen, wer unter der afrikanischen Teufelsmaske steckte, war sie überzeugt, dass er der aufregendste Mann war, dem sie jemals begegnet war. Leider standen sie nicht auf der gleichen Seite.

Langsam schob er die Träger des Büstenhalters über ihre Schultern. Bevor Teena ihn daran hindern konnte, hatte er ihre Brüste aus den Schalen geholt, auf denen sie nun lagen wie pralle Äpfel auf einem Tablett. Die Brustwarzen standen hochrot und steif hervor, ein deutliches Zeichen ihrer Erregung, das alle Zuschauer bemerkten. Teena wäre am liebsten im Boden versunken, weil sie sich derart lüstern dem Publikum präsentierte. Zugleich spürte sie ein Prickeln zwischen den Schenkeln. Ihre Gefühle überschlugen sich. Innerhalb von Sekunden durchlief Teena Höhen und Tiefen: Sie wollte fliehen, wollte berührt werden, wollte den BH anlegen, wollte den Rock ausziehen …

Der Leitwolf nahm ihr die Entscheidung ab. Er begann ihren Busen zu liebkosen. Erst strich er sacht über die Wölbungen. Beiläufig streifte er eine Brustspitze. Teena erschauerte. Sie hörte, wie jemand kicherte. Die Zuschauer tuschelten. Auch ohne ein Wort zu verstehen, wusste Teena, dass die Gäste über sie sprachen. Fragten sie sich, wer unter der Federmaske steckte? Amüsierten sie sich, weil Teena wie ein verschrecktes Huhn wirkte? Vielleicht wunderten sich die Beobachter auch, dass Teena so schüchtern war, konnten sie selbst es doch kaum abwarten, sich die Kleider vom Leib zu reißen. Ihre Frivolität war der Grund dafür, dass sie der Einladung gefolgt waren. Diese Party fand schließlich statt, um der Hemmungslosigkeit zu huldigen. Einige von ihnen waren längst nicht nur Voyeure. Teena hörte das Rascheln von Stoff. Kleider wurden gelüftet, Umhänge geteilt, Hände glitten zwischen Schenkel, die eigenen oder die des Nachbarn. Das, was sie beobachteten, machte die Frauen und Männer offensichtlich an. Teena machte sie offensichtlich an. Das wiederum erregte Teena, wollte sie doch begehrt werden. Es war ein Nehmen und Geben, ein Kreislauf. Ihr fiel der Siegelring mit den zwei „L“ wieder ein, die zu einem geschlossenen Kreis angeordnet waren.

Ihr Spielpartner fasste beide Brustspitzen und zwirbelte sie. Mit Zeigefinger und Daumen drückte er sie sacht, zog an ihnen und drehte sie leicht, mal nach rechts, mal nach links. Er peitschte Teenas Lust an. Nie zuvor hatte das Liebkosen ihrer Brüste sie so stark erregt. Lag es an den Zuschauern? Oder an dem goldrichtigen Liebhaber?

Er schnipste. Augenblicklich kamen zwei Wachmänner in Mönchskutten heran und führten Teena die Hände hinter ihren Rücken.

Eine Weile musterte der Maskierte Teena, als wollte er ihre Reaktion abwarten. Da sie lustvoll erbebte, widmete er sich wieder zufrieden ihren Brüsten. Er massierte die fleischigen Hügel, rieb mit der Handinnenfläche über die großen Brustwarzen und ließ diese in die Zwischenräume der Finger gleiten, um die Finger sodann zusammenzudrücken. Teena seufzte. Die Erregung raubte ihr den Atem. Sie rang nach Luft und stöhnte.

Aufgewühlt legte sie den Kopf in den Nacken, als der Fremde sich vorneigte und eine Brustspitze in den Mund nahm. Er massierte sie mit den Lippen. Er züngelte über den Warzenhof und saugte an der Spitze. Teena versuchte verzweifelt, die Kontrolle über sich zu bewahren. Sie wollte nicht Wachs in den Händen eines Schurken sein, wollte nicht vor dem Publikum dahinschmelzen. Vergeblich wehrte sie sich, denn das, was sie abstieß, heizte zugleich ihre Lust an. Die Männer, die sie an den Händen festhielten, die schrecklich schöne Maske ihres Liebhabers, das Rätsel seiner Identität, die Niedertracht, mit der er sie zwang, sich ihm hinzugeben, die Blicke der Zuschauer – all das berauschte Teena.

Ihr Liebhaber öffnete das Bustier. „Lasst sie einen Moment los“, befahl er den Gehilfen. Er wollte Teena das Oberteil ausziehen, doch sie hielt die Arme an den Körper gedrückt. Verärgert schüttelte er den Kopf. Er griff in seine Tasche und zog ein Balisong heraus.

Teena riss entsetzt die Augen auf. Sie konnte nicht glauben, dass er ein Butterflymesser bei sich trug. Auf der Polizeischule hatte sie gelernt, dass man das Balisong auf den Philippinen als Fischermesser verwendete. Konnte der Maskierte ein Fischer sein? Immerhin hatte ihr erstes Zusammentreffen in der Nähe des Hafens stattgefunden. Vielleicht hatte er noch andere Waffen unter seinem Umhang verborgen. War das nicht sogar naheliegend? Er war ein Verbrecher, und diese Party hatte den Zweck, neue Opfer zu finden. Der Anführer musste gewappnet sein für den Fall, dass einer seiner Gäste sich wehrte. Im Moment war es Teena, die aufbegehrte.

„Dann werde ich dein Oberteil wohl in Stücke schneiden müssen“, sagte er gelassen. „Allerdings wirst du somit den Rest der Nacht mit nacktem Oberkörper herumlaufen. Ist es das, was du willst?“

„Nein“, beeilte sie sich zu antworten, erleichtert darüber, dass er nicht vorhatte, sie zu verletzen.

Er steckte das Balisong weg, zog ihr das Bustier-Hemd aus und reichte es der Frau in dem roten Catsuit. Zärtlich streichelte er Teenas Unterbauch, dort, wo vor Kurzem noch das veraltete Abhörgerät geklebt hatte. „Weshalb muss man dich immer wieder zu deinem Glück zwingen?“

Teena erstarrte. Diese Worte kamen ihr nur allzu bekannt

vor. Rosalin hatte sie benutzt. Teena schaute sich um, doch keiner der Anwesenden trug eine pinkfarbene Perücke. Mochte das Original auch bei ihr daheimliegen, so hatte sie gehofft, dass sich die Verdächtige inzwischen eine neue Zweitfrisur gekauft hatte, eventuell sogar extra für diesen Event, weil es ihr Markenzeichen war. Sie konnte immer noch nicht glauben, dass Roz die Perücke getragen hatte.

Der Maskierte streifte ihr den Lackrock von den Hüften. Diesmal wehrte sich Teena nicht. Sie fühlte sich mit einem Mal benommen, so als würde sie alles nur träumen. Etwas brach in ihr auf. Denn nun, da sie nur noch in Strapsen und hochhackigen Schuhen vor ihm stand, fühlte sie sich zwar verwundbar, aber auch unglaublich sexy. Während ihr die Wachen die Arme wieder hinter den Rücken bogen, straffte sie die Schultern und bemühte sich, dem Blick ihres Spielpartners selbstbewusst zu begegnen. Der Fremde würde sie vor aller Augen nehmen. War das wirklich so schlimm? Nein, eigentlich fieberte sie der öffentlichen Verschmelzung sogar entgegen.

Genieße es, ermunterte sie sich. Solch eine Chance bekommst du nie wieder.

Er kam näher. Sein Fuß stieß zwischen ihre Beine und spreizte sie auseinander. Dann trat er wieder zurück, musterte Teena von den Schuhen bis zu den roten Haaren. Die Frau in dem Latexanzug näherte sich mit einer Kerze. Bei jedem Schritt klingelten die Glöckchen, die an ihren Brustspitzen hingen. Sie kniete sich hin, begutachtete Teenas Spalte und Schenkel. Keine Berührung. Nur Blicke. Teena erregte die Beschauung.

Sie bebte leicht und spürte den Atem der Frau an ihrem

Venushügel, als diese sprach: „Glänzt wie Morgentau.“

Die Fremde stand auf, und der Anführer nickte.

Er kam zu Teena und kraulte ihren Nacken. „Du bist feucht, ohne dass dich jemand dort unten angefasst hat“, amüsierte er sich.

Dann küsste er sie. Er drückte die Teufelsmaske auf ihr Gesicht, sodass die Mundöffnung auf ihren Lippen lag. Aus dieser Öffnung streckte er die Zunge heraus. Teena spürte das harte Ebenholz auf ihrem Mund, seine feuchte Zunge, die Einlass forderte. Welch seltsamer Kuss, dachte sie und öffnete die Lippen. Während sie mit ihm züngelte, prickelte es stärker in ihrer Scham. Es gab längst kein Halten, kein Zurück mehr. Er begehrte sie, und sie würde sich ihm hingeben, das wurde ihr klar, nun, da sie durch seine Führung so weit gekommen war und sich ihm immer weiter öffnete. Wie gut er schmeckte! Gerne hätte sie die Wärme seiner Lippen gespürt, die Weichheit seines Mundes. Sie sehnte sich danach, in seine Mundhöhle einzudringen, doch das wurde durch den kleinen Schlitz verhindert. Der Bart aus gefärbten Pflanzenteilen kitzelte an ihrem Kinn. Sie küsste das Ebenholz und schmeckte dennoch ihren Lehrmeister.

Als er von ihr abließ, spürte sie, wie Hitze in ihre Wangen schoss, da ihr plötzlich wieder die Zuschauer bewusst wurden. Sie senkte den Blick.

Doch der sanfte Ganove legte die Hand unter ihr Kinn und hob es an. „Präsentiere dich mit Stolz, denn du bist schön.“

Seine Worte klangen ehrlich. Teena lächelte ihn an. Sie spürte eine tiefe Genugtuung. Schön, er fand sie schön!

Unsicher, was man von ihr erwartete, ließ sie sich von

den Wachen rückwärts führen und auf den Werktisch heben. Was hatten sie vor? Als die Wachmänner ihre Schultern herunterdrückten, wehrte sie sich leicht.

Ihr Spielpartner trat seitlich an den Tisch und legte beruhigend die Hand auf ihren Bauch. „Du hast immer noch kein Vertrauen, das betrübt mich."

Die sanfte Berührung ging ihr durch und durch. „Weil ich nicht weiß, was du mit mir vorhast."

Er lachte leise. „Liegt darin nicht der Reiz?"

Gemächlich ging er zurück an den Kopf des Tisches und stellte sich zwischen ihre Beine. Er drapierte Teena so, wie er sie haben wollte. Genüsslich zog er ihren Hintern bis an die Tischkante heran. Er spreizte ihre Schenkel weit auseinander und trat einen Schritt zurück. Als hätte er die Zeit der Welt, betrachtete er eingehend Teenas ausgebreiteten Fächer – ebenso wie alle anderen Anwesenden. Die Blicke machten Teena rasend. Ihr Spielpartner bot sie dar wie eine Ware, die appetitlich präsentiert im Schaufenster begafft werden konnte. Und alle schauten hin.

Als jedoch ein schmächtiger Mann im Frack, die Hände in Glacéhandschuhen und das Gesicht hinter einer weißen Ledermaske verborgen, an Teena herantrat und sich bereits bückte, um sie zu beschnüffeln, wischte ihm der Leitwolf den Chapeau claque vom Kopf.

„Begehre niemals, was mein ist!"

Wie ein geschlagener Hund floh der Mann geduckt davon, hob noch den Zylinder auf und tauchte in der Menge unter.

Teena war froh, dass ihr Partner offensichtlich nicht vorhatte, jemanden in ihr Spiel einzubeziehen. Die Voyeure erregten sie. Die Blicke brachten ihr Blut in Wallung. Es war ein Gefühl, als würden unzählige Hände über ihren Körper streichen, ein Prickeln und Kribbeln, das nur durch die Gewissheit, beobachtet zu werden, entstand. Aber bei der Vorstellung sollte es bleiben. Sie sehnte sich danach, von ihrem sanften Ganoven berührt zu werden, und von niemandem sonst.

Er baute sich zwischen ihren gespreizten Schenkeln auf. Genießerisch strich er über ihre Beine, vom Spitzenband der Strapse bis hinunter zu den Knöcheln. Eine Weile betrachtete er ihren Fächer, der sich lüstern vor ihm entfaltete. Dann beugte er sich vor und rieb mit der Nasenspitze der afrikanischen Maske über die großen Schamlippen. Teena erschauerte. Sie erwartete seine Zunge, vergeblich. Stattdessen tauchte er mit der Ebenholz-Nase zwischen ihre kleinen Labien, rieb über ihren Damm und drang in ihre Scheide ein, aber nur ein wenig.

Endlich begann ihr anonymer Liebhaber durch ihre Schluchten zu züngeln. Sein Speichel vermischte sich mit ihrer Feuchtigkeit. Er verteilte beides vom Venushügel bis zum Anus. Bedächtig leckte er über ihren faltigen Ring. Er glitt mit der Zungenspitze hinein, zog sie zurück, um energischer hineinzustoßen. Seine weiche Zunge war warm und feucht, und Teena genoss die sanfte anale Penetration. Mutig schaute sie in die Gesichter der Beobachter. Die Gäste leckten sich über die Lippen, als wären sie neidisch darauf, wie Teena verwöhnt wurde. Sie masturbierten oder begannen einen lustvollen Klinsch mit einem oder mehreren der anderen Gäste.

Teena entspannte ihre Muskeln. Sie ließ sich gehen. Niemand machte sich lustig über sie. Niemand wollte ihr Böses oder lästerte über ihren kleinen Busen. Es machte viel eher den Anschein, als würde das Publikum nach Teenas Rundungen gieren. Nur der Alphawolf hielt sein Rudel davon ab, über Teena herzufallen. Er lieferte sie aus und beschützte sie zugleich.

Teena seufzte enttäuscht, als er sich aus ihr zurückzog. Er richtete sich auf und streichelte ihre Waden. Einige Male drückte er gegen ihre Knie, damit sie sich noch weiter öffnete, aber das war kaum möglich. Er kostete ihre Oberschenkel, streifte beiläufig ihre großen Schamlippen, ein-, zwei-, dreimal, rieb immer wieder über die Ansätze ihres Hinterns und drang plötzlich mit zwei Fingern in ihre Scheide ein. Teena bäumte sich vor Erregung auf, doch die Wachen drückten sie nieder. Sie hielten Teenas Arme fest. Seufzend legte sie sich wieder hin.

Ihr Spielpartner befingerte sie behutsam. Er kraulte mit der freien Hand über den Venushügel. „Ich liebe rotes Schamhaar. Gestutzt macht es mich richtig heiß. Es ist wie ein außergewöhnliches Accessoire."

Teena fragte sich, warum er sie nicht endlich nahm. Sie sehnte sich danach, seinen Phallus zu spüren. Die beiden Finger, die in ihr vor- und zurückglitten, heizten ihr ein, befriedigten sie aber nicht. Sie wollte mehr! Und erschrak über ihre eigene Lüsternheit. Hatte sie vor Kurzem noch gewünscht, sie würde sich in Luft auflösen, so sehnte sie nun die Vereinigung herbei.

Die Erregung ist schuld, dachte Teena, sie schaltet meine Vernunft aus. Sie konzentrierte sich auf die milde Penetration, um sie intensiver spüren zu können. Als hätte der

Fremde ihre Gedanken gelesen, führte er einen weiteren Finger in sie ein, sodass nun drei von ihnen sie stimulierten. Er spreizte die Finger, glitt über die Vaginalwände und dehnte die Scheide behutsam.

Ihr Spielpartner zog die Finger heraus. Seine Hand glitt tiefer, bis seine Fingerspitzen den Anus ertasteten. Er verteilte ihre Feuchtigkeit auf dem faltigen Ring. Minutenlang kreiste er an dieser Stelle, dann schob er den Mittelfinger hinein und verharrte. Teena genoss den bittersüßen Widerstand, der sich in ihrem After regte. Der Eindringling stieß tiefer hinein und begann in ihr zu rühren. Es war herrlich verrucht, aber auch intim, und Teena gab den Widerstand auf. Sie spürte, wie drei weitere Finger in sie eindrangen, einer nach dem anderen, behutsam und sehr gemächlich. Zuerst wollte sie die Störenfriede herausdrücken. Aber als der Maskierte die vier Finger in bedächtigem Rhythmus herauszog und wieder hineinstieß, wuchs die Erregung schnell, und Teena entspannte ihr Gesäß. Der faltige Ring prickelte. Er öffnete sich und ließ die Finger tief hinein. Immer wenn sie gänzlich eingetaucht waren, neckte der Fremde Teenas Pofalte mit den restlichen Fingern. Er kitzelte und kratzte, kraulte und piekste. Erst als er die eingeführten Finger in entgegengesetzte Richtungen auseinanderzog – zwei nach rechts und zwei nach links –, begriff Teena, dass jeweils Zeige- und Mittelfinger der rechten und linken Hand in ihr steckten. Der Maskierte dehnte den faltigen Ring. Doch sobald sie zuckte, weil sich ein leichter Schmerz ankündigte oder die Dehnung zu intensiv wurde, hörte er auf, nur um die Finger erneut zu spreizen, sobald Teena locker ließ.

Stumm kommunizierten sie miteinander.

Er dehnte ihren Anus immer weiter. Einmal neigte er sich hinunter und blies in den geweiteten Ring hinein. Teena lachte. Sie konnte nicht anders. Es war ein seltsames Gefühl, dass sich jemand ihres Afters bemächtigte. Obwohl sie es nun zum zweiten Mal erlebte, war sie immer noch erstaunt, wie heftig sie auf die Penetration reagierte. Sie liebte es! Teena sah es als Lustgewinn an, als zusätzliche Möglichkeit der köstlichen Stimulation. Denn nun war nicht nur ihre Vulva entflammt, sondern ihr ganzer Unterleib, von vorne bis hinten brannten Anus, Vagina und Klitoris in einem gigantischen Feuer.

Der Maskierte entfernte sich jedoch aus ihr. Die Wachmänner zogen Teena an die entgegengesetzte Seite des Tisches und legten sie mit den Schultern auf die Tischkante, während die Frau im Latexsuit ihren Kopf festhielt. Langsam lockerte sie den Griff. Mit einer Hand hielt sie Teenas Federmaske, damit sie sich nicht löste. Nun hing Teenas Kopf über die Tischkante nach unten. Die Zuschauer erschienen ihr, als würden sie von der Decke hängen. Sie wagte einen Blick unter die Kapuzen der Mönche, die Teenas Arme auf die Tischplatte drückten, und musste schmunzeln. Beide trugen Plastikmasken, der eine mit Rowan Atkinsons Grimasse, der andere mit der von John Cleese. Teena musterte die Gehilfin im Catsuit. Sie trug fürchterlich hohe High Heels. Der Latex umschloss ihre Beine wie eine zweite Haut. Nur an einem der Unterschenkel war der Reißverschluss bis zur Hälfte der Wade hochgezogen und gab den Blick auf ein Tattoo frei, das eine rote Rose mit auffällig großen Dornen zeigte.

Rosalin!

Teena traute ihren Augen kaum. Sie versuchte aufzustehen, um genauer hinsehen zu können und Roz anzusprechen, aber die Wachen pressten ihre Schultern auf die Tischplatte. Ihr Kopf hing immer noch über der Kante. Plötzlich verdunkelte sich ihr Blickfeld. Der Maskierte hatte sich vor sie hingestellt. Sie sah weder sein Gesicht noch seine Schuhe, nur schwarzen Stoff. Aus seinem Umhang lugte ein Phallus heraus. Sanft stieß er nun mit der Eichel an ihre Lippen. Teena öffnete den Mund. Sie nahm das steife Glied auf, denn endlich durfte sie ihn spüren und schmecken. Rosalin würde sie später suchen müssen.

Teena lutschte am Penis. Er war so lang, dass sie ihn nicht ganz mit dem Mund aufnehmen konnte, aber nicht so gigantisch, dass er ihr Angst einflößte, sondern genau richtig, wie sie fand. Sie züngelte über die Eichel, suchte das kleine Loch und stieß mit der Zungenspitze in die Vertiefung. Eifrig drückte sie die Vorhaut zurück. Sie drang mit der Zunge darunter. Angeregt durch ihr eigenes Lecken, knabberte sie übermütig, aber zärtlich. Der Phallus wurde zunehmend steifer. Wunderbar hart lag er zwischen ihren Lippen, die ihn nun massierten. Der Fremde atmete immer heftiger. Seine Lenden zuckten. Zu gerne hätte Teena seine Hoden wenigstens mit der Nase angestupst, aber er hütete seine Kronjuwelen unter dem Umhang wie einen Schatz.

Sie hatte gelesen, dass Frauen in der Position, in der sie nun lag, das Geschlecht ihres Liebhabers tief aufnehmen konnten, sogar bis in den Rachen. Ob sie das auch schaffen würde? Sie bemühte sich, Kehle und Kiefer zu entspannen. Doch als die Eichel plötzlich gegen ihr Rachenzäpfchen stieß, erschrak sie. Sofort zog der Fremde seinen Penis ein Stück heraus.

Er streichelte ihre Wange. „Überfordere dich nicht. Alles zu seiner Zeit."

War das eine Prophezeiung? Sprach er von weiteren Treffen? Teena grübelte noch, da drang er schon wieder tiefer in ihren Mund. Er hielt ihren Kopf mit den Händen und nahm sie. Teena tat nichts weiter, als die Lippen fest auf den Phallus zu pressen. Der Fremde benutzte sie, wie es ihm gefiel, vor den Augen der Anwesenden. Dieses Ausgeliefertsein erregte Teena. Sie wusste, dass er aufhören würde, sobald sie ihm ein Zeichen gab. Er war nicht rücksichtslos oder grob. Das hatte er mehr als einmal bewiesen. Ihr wurde klar, dass sie ihm immer mehr vertraute. Er erarbeitete sich ihr Vertrauen. Hoffentlich gehörte das nicht zu einem perfiden Plan, den Teena nur noch nicht durchschaute.

Eine Ader trat auf dem harten Glied hervor. Während der Fremde seinen Penis herauszog und wieder in ihren Mund einführte, leckte sie darüber. Diese Ader ließ seinen Phallus noch männlicher wirken, noch kräftiger, und Teena wünschte nichts sehnlicher, als ihn in ihrer Scheide zu spüren, die der Fremde gut geölt hatte. Aber stattdessen benutzte er ihren Mund. Was war mit ihrer Lust? Er war also doch ein Schuft!

Als ihre Lippen schon wund und geschwollen waren, begann sein Geschlecht leicht zu zucken. Der Maskierte stöhnte einmal laut auf und entfernte sich dann aus ihr. Weshalb? Er war nicht gekommen.

Er schritt um sie herum, fasste ihre Fußgelenke und zog sie ungestüm an das andere Ende des Tisches. Nun lag sie wieder mit dem Hintern auf der Kante. Hastig spreizte er ihre Schenkel. Ohne zu zögern, drang er in Teena ein. Sie bäumte sich lustvoll auf, aber wieder drückten die Mönche ihre Schultern zurück auf die Tischplatte. Ihr Spielpartner drang tief in sie ein. Teena spürte seine Hoden an den Schamlippen. Er drückte den Daumen auf ihren Kitzler und massierte ihn sanft. Seufzend wand Teena sich vor den Augen des Publikums. Doch je mehr ihre Erregung anschwoll, desto mehr rückten die Zuschauer in den Hintergrund. Teena hob ihr Becken. Sie stöhnte, zitterte, versuchte den Fremden aufzufordern, sich in ihr zu bewegen, aber er rieb unentwegt über ihre Klitoris, bis Teena kurz vor dem Orgasmus stand. Sie wölbte den Rücken, hielt die Luft an – doch er nahm die Hand fort.

Enttäuscht schnaubte sie. Das nahm er zum Anlass, sie gemächlich mit seinem Glied zu stoßen. Er entfernte sich aus ihr und drang schwungvoll ein. Wieder zog er sich zurück, nahm den Penis in die Hand und ließ die Eichel nun auf dem faltigen Ring kreisen. Teena sah ihn erschrocken an. Dazu war sie noch nicht bereit. Sie wünschte es sich. Sie spürte, wie der Anus lustvoll pulsierte. Aber sie wollte diese Erfahrung nicht vor Publikum machen. Die Furcht, zu versagen, war zu groß.

Er drang vaginal in sie ein und fiel sofort in einen energischen Rhythmus. Teena, überrascht von dem schnellen Takt seiner Stöße, schloss die Augen und stöhnte entfesselt. Mochten die Gäste von ihr denken, was sie wollten. Teenas Denken und Fühlen konzentrierte sich auf den Höhepunkt, den sie sehnlichst herbeiwünschte. Sie stemmte dem Unbekannten das Becken entgegen, damit er noch tiefer eindringen konnte. Sie spreizte die Schenkel noch ein Stück weiter, rutschte dabei mit den Stöckelschuhen vom Tisch ab. Doch ihr Liebhaber fing die Beine auf, hob sie an und legte die Waden an seinen Brustkorb, sodass Teenas Unter- und Oberkörper einen rechten Winkel bildeten. Die Stöße drangen nun bis an ihren Muttermund. Zuerst war es ihr unangenehm. Aber die Gewissheit, so intensiv genommen zu werden wie nie zuvor, ließ die Lust erneut die Oberhand gewinnen. Nun spürte sie auch endlich wieder seine Hoden, die gegen ihre geschwollenen Schamlippen schlugen.

Der Maskierte hielt Teenas Beine fest. Er streichelte die Knie, während er immer schneller in sie hineinstieß. Sein Stöhnen klang bizarr unter der Ebenholzmaske hervor. Es dauerte nicht lang, und Teenas Muskeln versteiften sich. Sie griff rechts und links nach den Tischkanten. Fest presste sie die Zähne aufeinander. Und während ihr Spielpartner immer noch kraftvoll in sie hineinfuhr, erfasste Teena der Höhepunkt. Sie unterdrückte einen Schrei, der dadurch animalisch klang, ähnlich dem Grollen einer Hündin, die warnend knurrte. Ihr Körper wurde von Lustwellen erschüttert. Zuckend lag sie auf dem Tisch, den unerbittlichen Stößen des Fremden ausgeliefert, der erst einige Sekunden später dumpf aufschrie. Seine Lenden zitterten. Er kam. Mit geschlossenen Augen legte er Teenas Oberschenkel auf dem Tisch ab, sodass ihre Unterschenkel herunterhingen. Er stützte sich neben ihr ab. Selbst noch benommen von dem Orgasmus, hörte sie entfernt sein schweres Atmen unter der Teufelsmaske.

Erschöpft ruhte Teena. Als der Fremde sein erschlaffendes Glied aus ihr herauszog, blieb ein Gefühl von Leere zurück. Ihr war kalt. Sie fühlte sich einsam. Doch die Geborgenheit kehrte zurück, denn ihr Liebhaber hob sie auf die

Arme und trug sie aus der Lehrwerkstatt. Er bettete sie in einer Nische auf ein Lager aus purpurnen Kissen.

Teena öffnete die Augen. „Mein Bustier. Mein Rock."

„Später", hauchte er und strich ihr einige Strähnen aus der Stirn. „Trink erst einmal."

Der Maskierte führte ein Glas mit Rotwein an ihre Lippen. Er war lieblich, aber bitter im Nachgeschmack. Teena trank ihn trotzdem, denn sie hatte großen Durst. Der Alkohol machte sie benommen und müde. Gähnend reckte sie sich. Da fiel ihr Blick auf ein gläsernes Röhrchen in seiner Hand. Es war zur Hälfte mit weißem Pulver gefüllt. Schreck durchfuhr sie. Erst jetzt nahm sie wahr, dass ihre Glieder immer schwerer wurden. Das Denken strengte sie zunehmend an. Die bleierne Schwere rührte offenbar nicht allein von dem Wein und den sexuellen Exzessen. Dazu brach die Schläfrigkeit zu mächtig und zu schnell über sie herein.

„Betäubungsmittel", brachte sie mühsam hervor.

12.

Was führte er nun wieder Teuflisches im Schilde? Hatte sie sich derart in dem sanften Ganoven getäuscht? Er hatte sie also doch umgarnt. Oder hatte er nur ihre Sehnsüchte erkannt und sie dann spontan gegen Teena eingesetzt? So musste es gewesen sein.

Sie schaute ihm in die Augen, aber die Dunkelheit der Nische machte es unmöglich, in ihnen zu lesen. Sie verspürte den innigen Wunsch, die Maske von seinem Gesicht zu reißen und ihm die Augen auszukratzen. Das hätte sie schon längst tun sollen. Davon abgehalten hatte sie nur seine Versprechung, sie nicht dem Rudel auszuliefern, wenn sie sich ihm hingab. Nun machte die Droge, was es auch immer war, sie zu träge, um auch nur den Arm zu heben. Von Vertrauen hatte er gesäuselt. Was für ein Hohn!

Judas!, spie sie ihm in Gedanken entgegen, denn sie vermochte ihren Mund nicht mehr zu öffnen. Er hatte sie geküsst und sie am Ende verraten. Es war alles nur ein Spiel gewesen!

Voller Kummer versank Teena in einen tiefen, traumlosen Schlaf.

Sie erwachte, als jemand sie grob schüttelte. Irgendwer legte ihr ein feuchtes Tuch auf die Stirn.

„Teena, Mensch, Teena."

„Christeena, wach auf!" Wieder wurde sie durchgeschüttelt. „Reiß dich zusammen und mach die Augen auf."

„Gib uns ein Zeichen."

Zwei männliche Stimmen. Sie kamen Teena bekannt vor. Fieberhaft versuchte sie sich zu erinnern, wem die Stimmen gehörten. Noch wirkte die Betäubung. Aber ihre Lebensgeister kehrten zurück. Man hob ihren Oberkörper an und hielt ihr ein Glas an die Lippen.

Das weckte ihren Widerstand. Sie schlug das Glas fort. „Keine Drogen!“

„Das ist nur Wasser“, beruhigte sie einer der Männer. „Leitungswasser, sorry, etwas Besseres haben wir nicht zur Hand.“

Endlich gelang es ihr, die Augen wieder zu öffnen. „Josh! Lewis!“

Joshua hielt ihr erneut das Glas an den Mund, und diesmal trank sie.

„Alles okay?“, fragte Lewis, der vor der Insel aus Kissen hockte.

Sie nickte zaghaft. Er schien aufrichtig besorgt zu sein. Zum ersten Mal sah er ihr direkt in die Augen, und sie konnte darin weder Falschheit noch Spott erkennen. Sein Atem roch nach Zigarette.

„Wir hätten einen von uns schicken sollen!“, sagte er und raufte sich die Haare. „Da haben wir ganz schönen Bockmist gebaut.“

„Wo ist Matthew?“ Immer noch erschöpft lehnte sie sich an die Schulter von Joshua, der neben ihr auf den Kissen kniete.

Lächelnd stellte Josh das Glas ab und umarmte sie. „Er durchsucht die Räumlichkeiten. Ich habe mir solche Sorgen gemacht! Was hat man dir angetan? Bist du in Ordnung?“

„Ich lass euch Turteltauben mal allein. Matthew braucht vermutlich meine Hilfe. Es gibt viel zu tun heute Nacht.“ Lewis drückte Teenas Arm und erhob sich. Sie schaute ihm nach, bis die dunklen Gänge ihn verschluckt hatten.

Dann fiel ihr siedend heiß ein, dass sie fast nackt gewesen war, als der Maskierte sie betäubt hatte. Sie blickte an sich hinunter – und atmete auf. Er hatte sie offenbar wieder angekleidet. Sie trug das Bustier-Hemd und den Lackrock, jedoch keinen Slip, da der Fremde ihn entzweigerissen hatte.

Teena drückte die Oberschenkel aneinander. „Mir geht es gut. Ich bin nur schrecklich müde. Man hat mir etwas verabreicht. In dem schweren Rotwein habe ich das Betäubungsmittel nicht geschmeckt."

„Mach dir bitte keine Vorwürfe", sprach Josh leise und streichelte ihren Nacken.

„Habt ihr mir die Maske abgestreift?"

Er nickte. „Wir haben dich hier in dieser Nische liegend gefunden – mit Maske. Es dürfte niemand dein Gesicht gesehen haben."

Enttarnt hat man mich auch so, dachte sie, antwortete aber nur: „Wie beruhigend!" Sie tastete nach dem Abhörgerät und tat so, als würde sie erst jetzt bemerken, dass es nicht mehr an ihrem Bauch klebte. Unmöglich konnte sie von dem sanften Ganoven berichten, auf den sie nun schon das zweite Mal getroffen war.

„Es ist weg, genauso wie die Minikamera. Irgendwer hat dich ausgeschaltet und dann gefilzt."

„Und ihr habt die Party gestürmt, als ihr bemerkt habt, dass die Funkverbindung abgebrochen war?"

„Das ist sie nicht."

Teena richtete sich auf. „Dann müsst ihr doch etwas mitbekommen haben?"

Diesmal schüttelte er den Kopf. „Wer auch immer das

Gerät entwendet hat, platzierte es so, dass zwar Geräusche zu hören waren, aber keine Gespräche. Meist hörten wir irgendwelche gregorianischen Klänge, die alles übertönten. Wir dachten schon, du würdest auf den Lautsprecherboxen tanzen."

Pikiert hob Teena eine Augenbraue.

Josh geriet in Erklärungsnot. „Du bist jung. Junge Menschen lassen sich leicht mitreißen."

„Ich steckte in der Klemme, und ihr dachtet, ich würde meinen Spaß haben?" Sie zog die Beine an und legte die Arme um die Knie. „Das lässt tief blicken. Jetzt weiß ich, was ihr von mir haltet."

„So war das nicht! Die Verbindung stand, wir hörten, dass die Party in vollem Gange war. Es gab keinen Grund einzugreifen." Er zuckte mit den Achseln.

„Warum habt ihr es schließlich doch getan?" Sie war gespannt.

„Die Lichter gingen plötzlich aus."

„Wie bitte?"

„Mit einem Mal wurde es dunkel im Kesselhaus, und die Musik verstummte. Es war mucksmäuschenstill auf dem Werksgelände, richtig unheimlich", berichtete Josh. „Die Wachen in den Mönchskutten verschwanden zwischen den Werkshallen und Kesselhäusern, und auch der Türsteher war fort. Das hat uns stutzig gemacht, also sind wir rein."

„Habt ihr die Gäste gesehen?", fragte sie.

„Es war niemand mehr da. Halt! Doch, wir hörten Schritte. Ein Mann floh. Matthew nahm die Verfolgung auf, hat aber in der Finsternis seine Spur verloren."

Teena war fassungslos. „Das Kesselhaus war voller Maskierter. Ich habe es selbst gesehen. Die können sich nicht einfach in Luft aufgelöst haben."

Schwungvoll stand Josh auf und bot ihr seine Hand an. „Wir gehen davon aus, dass man uns entdeckt hat. Vermutlich haben die Veranstalter die Gäste durch den Hinterausgang hinausgeschleust, sich noch die ein oder andere Box geschnappt und sind dann auf und davon."

„Unfassbar!" Teena erwartete ja nicht, dass jeder Polizist ein Sherlock Holmes war, aber eine komplette Gesellschaft entkommen zu lassen, war ein starkes Stück! Sie griff seine Hand, ließ sich von ihm hochziehen und schaute sich um. „Sie müssen einiges zurückgelassen haben. Es gibt viele Spuren zu sichern."

„Du wirst gar nichts sichern!", sagte Matthew, der forsch auf sie zuschritt. „Joshua, fahr sie nach Hause. Bleib am besten bei ihr. Vielleicht hat doch jemand unter ihre Maske geschaut und sie erkannt. Lewis und ich regeln das hier schon."

„Das ist wirklich nicht nötig." Teena winkte ab. Sie wollte bei der Untersuchung des Kesselhauses nicht außen vor bleiben. Vielleicht fand sie Hinweise auf ihren „smooth criminal" oder entdeckte Spuren von Rosalin.

Möglicherweise fand sie auch ihr Höschen.

„Wir haben keinen Psychologen in Gardenrye", sprach Matthew mit ernster Miene. „So etwas können sich nur Hauptreviere leisten. Wenn du mit jemandem über das, was geschehen ist, reden möchtest, musst du dich mit einem von uns begnügen." Es klang aufrichtig, als er hinzufügte: „Tut mir ehrlich leid. Das hätte nicht passieren dürfen."

„Danke. Aber ich möchte wirklich gerne helfen."

Er hob abwehrend die Hand. „Keine Diskussion! Josh, fahr sie heim."

Beschwörend guckte Joshua sie an. Dann legte er den Arm um ihre Taille und führte sie zum Ausgang. In der Dunkelheit konnte Teena nicht viel erkennen. Sie stolperte über eine Tropfkerze und trat gegen ein Tablett mit Gläsern, das auf dem Boden stand.

Es setzte dem misslungenen Einsatz die Krone auf, dass Josh und sie sich ein Taxi nehmen mussten, weil ihre kleine Truppe nur mit einem einzigen Wagen gekommen war, den Matthew und Lewis nun für den Abtransport möglicher Beweisstücke brauchten. Resignierend lehnte sich Teena an Josh, nachdem sie beide auf dem Rücksitz Platz genommen hatten.

„Wohl eine wilde Nacht gehabt, was?", feixte der Taxifahrer, der Teena über die Rückenlehne hinweg musterte. Er dachte vermutlich, sie sei eine Prostituierte und Josh ihr Freier.

„Nach Gardenrye", sagte Joshua trocken. „Cattlefish Road 3a."

Fragend schaute Teena ihn an.

„Es ist besser, wenn du heute bei mir übernachtest. Dort ist es sicherer."

Ihr war nicht ganz wohl dabei. Fürsorglichkeit schreckte sie ab. Ihre Eltern hatten es schon immer „gut mit ihr gemeint" und versucht, sie behutsam in die Richtung zu drängen, die sie für richtig hielten. Das war eine Interpretation von Fürsorge, die Teena zunehmend suspekt vorkam.

Doch wenn sie länger darüber nachdachte, gefiel es ihr immer besser, die Nacht nicht allein verbringen zu müssen.

Allein in ihren vier Wänden wäre sie ihren Gedanken ausgeliefert gewesen und womöglich am nächsten Morgen Rosalin über den Weg gelaufen. Teena brauchte noch Zeit, um ihr Verhör zu planen. Aber bald war Roz fällig!

Sie schmiegte sich in Joshuas Arme. Immer wenn sie die Augen schloss, sah sie die Teufelsmaske vor sich. Sie erinnerte sich an das Wechselbad der Gefühle, das sie gequält hatte, als sie nackt vor ihm und dem Publikum stand. Es war grausam von ihm gewesen, ihr das anzutun. Und es war genau das, wovon sie geträumt hatte. Doch Träume waren eine Sache – das reale Ausleben derselben eine andere. Teena musste das Erlebte verdauen. Wie gerne hätte sie mit jemandem darüber gesprochen! Aber Joshua würde aus allen Wolken fallen, Monica würde fragen, ob sie noch ganz bei Verstand war, Lewis würde sie augenblicklich suspendieren, und Matthew? Seine Rolle war zu undurchsichtig, als dass sie auch nur in Erwägung ziehen würde, ihn in ihr Geheimnis einzuweihen.

Der sanfte Ganove. Ihr sanfter Ganove. Mit ihm hätte sie gerne ein intensives Gespräch geführt. Sie würde ihn nicht nur über den vermeintlichen Prostituiertenring, die Partys und Erpressungen ausfragen, sondern auch über ihr Gefühlschaos. Nur er konnte ihr helfen, ihre Lust zu verstehen. Bei der Erinnerung an seine Liebkosungen erschauerte sie.

„Ist dir kalt?" Joshua drückte sie an sich. „Die Sommernächte an der Küste können frisch sein."

„Mir gefällt das. In der Großstadt steht die Hitze förmlich. Selbst in der Nacht kühlt es nur wenig ab."

Schmunzelnd stupste er ihre Nasenspitze an. „Kann es sein, dass du langsam die Vorzüge unserer kleinen Stadt zu schätzen lernst?"

„Mein Leben in London war nicht so aufregend." Sie lächelte müde.

Als sie in Gardenrye ankamen, war es stockdunkel. Nur der Hafen war noch beleuchtet.

„Die Straßenlaternen werden um Mitternacht abgeschaltet, um Strom zu sparen", erklärte Josh, während er das Taxi zahlte.

Er stützte Teena, als wäre sie eine Versehrte. Erst in seiner Wohnung, einem kleinen Appartement in der Nähe der Post, löste er seinen Griff.

„Setz dich ins Wohnzimmer", forderte er sie auf. „Ich mache dir einen Tee."

„Du trinkst Tee? Ich dachte, Matthew, Lewis und du, ihr wärt auf Kaffee eingeschworen."

„Ich hab immer Tee im Haus, falls Besuch kommt", erklärte er und ging in die Küche.

Dann ist er bestimmt schon abgelaufen, weil du ihn so selten brauchst, feixte Teena in Gedanken. Sie hatte ihre Erfahrungen gemacht.

Teena betrat das Wohnzimmer und runzelte die Stirn. Josh trieb sein Retrofaible auf die Spitze! Zögerlich nahm sie auf dem Sofa Platz, strich über das braun-gelb gestreifte Velourspolster und fragte sich, wie viele Milbengenerationen darin schon aufgewachsen waren. Wie konnte sich jemand nur eine solch hässliche Couch zulegen? Ihr Blick fiel auf die Satellitenlampe an der Decke. An der orangefarbenen Halterung hingen fünf weiße Kugelleuchten. Hatte Josh sie vom Trödelmarkt?

Sie bekam ein schlechtes Gewissen. Wenn die siebziger Jahre nun mal Joshuas Vorliebe waren, hatte sie das zu akzeptieren. Dieser Spleen war immer noch besser, als Porzellanschweine zu sammeln. Immerhin besaß er einen eigenen Stil. Teena mochte Männer, die wussten, was sie wollen. Wieder schlich sich der Maskierte in ihre Gedanken ein. Seufzend kraulte sie ihre Schläfen.

„Hast du Kopfschmerzen?“, fragte Josh, der mit einem Tablett ins Zimmer kam, auf dem ein Becher, ein Süßstoffspender und eine Packung Kaffeesahne standen.

Teena verkniff es sich, etwas über die Sahne zu sagen. Sie trank ihren Tee sowieso ohne Milch. Viel schlimmer fand sie, dass ein Teebeutel in dem Becher hing. Eigentlich mochte sie nur losen Tee. Wenn es keinen gab, bevorzugte sie ein Glas Mineralwasser. Aber dies war nicht das Ritz Carlton, sondern Joshs Wohnung, und er meinte es wirklich gut mit ihr.

„Ich bin nur müde.“

Er nahm den Teebeutel heraus, tunkte ihn noch einige Male ins Wasser und legte ihn dann auf das Tablett.

Amüsiert betrachtete Teena das Tablett, während sie den Becher anhob. Es bestand aus Plastik, was nicht weiter schlimm war. Nur die aufgemalten gelben Kreise, die innen einen grasgrünen Punkt hatten und aussahen wie die Pupillen eines Gelbsucht-Patienten, waren so abscheulich, dass sie Teena fast die Tränen in die Augen trieben.

„Möchtest du reden?“, fragte Josh und legte eine Hand auf ihr Knie.

„Mir ist nichts passiert“, log sie und blies in ihren Tee. Kräuterduft stieg in ihre Nase. „Unprofessioneller hätten wir nicht vorgehen können, findest du nicht auch? Matthew hätte seine persönlichen Aversionen zurückstellen und Newcastle einschalten müssen.“

Zerknirscht nickte er. „Wir hatten weder genügend Einsatzkräfte noch eine adäquate Ausstattung. Es tut mir so leid.“ Er zog sie in seine Arme.

„Pass auf, der Tee!“, rief sie.

„Entschuldigung.“

Teena streifte die Schuhe ab, winkelte die Beine an und legte die Füße auf die Couch. „Darf ich?“

„Alles, was du möchtest“, antwortete er verträumt.

Sie wich seinem Blick aus. Die Situation wurde ihr zu heiß. Nicht nur, weil sie sich von Josh bedrängt fühlte, sondern auch, weil ihr Schoß erwachte. Sie war nicht sicher, ob die Erinnerung an die Szene in der Lehrwerkstatt schuld daran war, doch die Bilder ließen Teena nicht mehr los. Der Maskierte schwirrte unablässig in ihrem Hinterkopf herum. Vielleicht war sie immer noch, oder schon wieder, von ihm erregt. Oder begehrte sie Josh? Ihre Gedanken und Gefühle verwoben sich. Teena konnte sie nicht trennen und war verwirrt.

Sie war emotional noch nicht in Joshs Wohnung angekommen.

„Woran denkst du?“, wollte er wissen und kraulte ihren Oberarm, der auf der Rückenlehne lag.

„Ich möchte duschen.“

„Jetzt? Dein Tee wird kalt.“

„Ich beeile mich.“ Sie musste den Duft des Maskierten abwaschen. Auch die Kleidung wollte sie wechseln. Das würde ihr sicherlich helfen. „Hast du etwas, das ich anziehen kann?“

Joshua zeigte ihr das Badezimmer. Er gab ihr ein Badetuch und holte ein Hemd aus dem Schlafzimmer. „Das müsste lang genug sein."

„Lieb von dir." Seine begehrenden Blicke brannten auf ihrer Haut. Ihre Brustwarzen reckten sich. Der Taumel der Leidenschaft schien in dieser Nacht nicht enden zu wollen. Sie wehrte sich gegen die aufkeimende Lust, denn sie wusste, sie konnte Josh nicht geben, wonach es ihn verlangte.

Damit er das Bad verließ, räusperte sie sich.

Er lachte und zeigte auf die Tür. „Das Schloss ist defekt. Eigentlich fehlt die Klinke, seit ich hier eingezogen bin. Es stört mich nicht."

Mich aber, antwortete sie stumm. „Danke."

Auf einmal legte er die Hand in ihren Nacken und küsste sie. Sie versuchte sich loszureißen, allerdings nur halbherzig. Zum einen wollte sie ihn nicht verletzen, indem sie ihn barsch zurückwies, zum anderen war er ein verdammt guter Küsser. Er legte seine Lippen mit sanftem Druck auf ihren Mund. Liebevoll massierte er ihre Lippen. Seine Zungenspitze drang kurz in sie ein, zog sich zurück. Josh wartete auf ihre Reaktion, ohne von ihr abzulassen. Seine Finger vergruben sich in ihren Haaren. Er kraulte ihre Kopfhaut.

Wäre ich eine Katze, würde ich jetzt schnurren, dachte Teena. Sie genoss die Zärtlichkeit. Sie war nicht darauf vorbereitet gewesen und hatte ihn nicht animiert. Aber sie konnte der Lust nicht widerstehen. Teena mochte Josh. Er war ein guter Kerl. Er umschmeichelte sie. Außerdem schmeckte er gut. Deshalb erwiderte sie seinen Kuss.

Sie öffnete die Lippen. Stürmisch, als hätte er die Geduld verloren, drang er mit der Zunge in ihren Mund ein. Er breitete sich dort aus, ließ Teenas Zunge kaum noch Platz, sich zu entfalten. Erregt drückte er die seine auf die ihre und rieb sich an ihr, als wäre die Zunge sein Geschlecht, das sich selbst stimulierte. Sein Körper zitterte, Teena spürte es deutlich, ebenso die Wölbung in seiner Hose, als er sich an sie schmiegte. Josh war nicht aufdringlich. Er begrapschte sie nicht und öffnete auch nicht den Reißverschluss seiner Jeans. Er begnügte sich mit einem Kuss, der so feucht war, dass der Speichel an Teenas Mundwinkel herablief.

Lachend löste sich Joshua von ihr und fing die Flüssigkeit mit dem Finger auf.

Eine Weile starrte er sie an. Teena verlagerte ihr Gewicht von einem Fuß auf den anderen. Die Stille zwischen ihnen machte sie nervös. Es hatte den Anschein, als wäre Josh einfach nur glücklich, sie anschauen zu dürfen.

Schließlich deutete sie auf die Dusche. „Es ist schon spät."

„Ja, natürlich, verzeih." Seine Wangen waren gerötet. Er küsste sie auf die Nasenspitze und verließ das Badezimmer.

Teena atmete auf. Sie war froh, allein zu sein, zumindest für den Moment. Es war nicht so, dass sie sich nach der Einsamkeit ihres Appartements in der Shell Road sehnte. Aber kaum hatte er den Kuss gelöst, zweifelte sie bereits, ob es richtig gewesen war, ihn zu ermutigen fortzufahren. Sie war sich nicht klar über ihre Gefühle für Josh. Außerdem hatte er angedeutet, eine Freundin zu haben.

„Was ist das nur für eine turbulente Nacht!"

Sie entkleidete sich und stieg in die Dusche. Erst jetzt fiel ihr auf, dass auf dem Duschvorhang Cannabispflanzen abgebildet waren. Eine Erinnerung an Woodstock 1969? Dieser Joshua Cardiff war vielleicht doch nicht so sündenlos, wie er tat!

Teena drehte das Wasser auf und wusste, dass sie damit wichtige Beweise von ihrem Körper wusch. Durch die Untersuchung eines Vaginalabstrichs hätte man die DNS des Maskierten erhalten, aber das hätte einen Rattenschwanz an Fragen nach sich gezogen, Fragen, die auf ihre eigenmächtige Verfolgung der Lady in Pink in den Coast Liquor Store zurückweisen würden. Die ganze vertrackte Wahrheit käme mit einem Schlag ans Licht. Das hätte Teena einfach nicht verkraftet.

Angenehm warm rann das Wasser über ihren Körper. Sie streckte sich genüsslich. Der Strahl besprengte ihren Busen. Beim Anblick ihrer Brüste lächelte Teena. Noch vor Kurzem hatte sie sich für deren Größe geschämt. Auch dafür, dass sich die großen Brustwarzen, wenn sie steif waren, sogar auf Pullovern abzeichneten. Mittlerweile jedoch mochte sie ihren Busen. Sie fand ihn sogar recht schön. Er war fest, klein, aber prall, und die Brustspitzen reckten sich köstlich. Es kitzelte herrlich, wenn der Duschstrahl sie bespritzte. Die Wasserfontänen ergossen sich über ihr Dekolleté. Teena fühlte sich gelöst. Das Feuer in ihr, das in dieser Nacht auf solch mannigfaltige Weise entfacht wurde, war noch nicht erloschen. Die Glut glimmte noch, sie flackerte auf. Doch Teena wollte nicht Hand an sich selbst legen, denn sie hoffte, dass die Zeit der Masturbation vorüber war. Teena sehnte sich nach Mündern, nach Händen, nach warmer Haut und Feuchtigkeit ... Sie wurde jäh aus ihren Fantasien gerissen.

Josh trat unter die Dusche.

Hüllenlos.

Er grinste bis über beide Ohren. Dann faltete er die Hände zusammen, sammelte Wasser darin und schöpfte es sich über den Kopf. Er wusch sein Gesicht.

Teena sah dies als Chance zu flüchten, doch er missverstand sie. Er dachte wohl, sie komme auf ihn zu, und umarmte sie, dabei wollte sie an ihm vorbei. Sprachlos stand Teena in der Dusche, wie zur Salzsäule erstarrt. Joshs nackter Körper drängte sich an den ihren. Sein erigiertes Glied drückte gegen ihren Venushügel. Obwohl seine Erregung auf sie überfloss, spürte sie eine innere Blockade. Josh verlangte zu viel, zu schnell.

Teena fragte sich, warum sie die Unverschämtheiten des Maskierten genossen hatte, während sie Joshua lieber sofort gestoppt hätte.

„Ich will ein Kind von dir", kam es aus ihrem Mund, und sie bereute es augenblicklich.

„Das geht ein wenig schnell, aber in Ordnung."

Sie legte die Hände gegen seinen Brustkorb und versuchte ihn wegzustemmen, doch er ließ sie nicht aus seiner Umarmung.

„So meinte ich das nicht", beeilte sie sich zu sagen. „Ich wollte dich an die Tasse erinnern."

Anscheinend verstand er nicht, denn er runzelte die Stirn.

„Den Becher, den du schon eine halbe Ewigkeit auf dem Revier stehen hast. Die Karikatur. Das Baby."

„Wirf ihn weg, wenn er dich stört."

„Ich bin nicht eifersüchtig, falls du das meinst", stellte sie klar, obwohl das gelogen war, denn sie hatte sich schon vor den Kopf gestoßen gefühlt, als sie erfahren hatte, dass er kein Single mehr war. „Du hast doch selbst gesagt, die Tasse ist von deiner Freundin."

„Jetzt verstehe ich. Du denkst, ich bin in festen Händen." Josh schüttelte den Kopf. „Nein, nein, der Becher ist von meiner Ehemaligen. Wir sind schon seit einem Jahr getrennt. Ehrlich! Ich würde dich doch nie küssen, wenn ich liiert wäre. Du solltest eigentlich wissen, dass ich eine ehrliche Haut bin."

„Natürlich." Möglicherweise war er sogar die einzige ehrliche Person in Gardenrye. Jeder andere schien eine Leiche im Keller zu haben.

Zärtlich streichelte er ihre Wange. „Ich gehöre dir."

Verblüfft guckte sie zu ihm auf. Doch bevor sie ihm sagen konnte, dass für sie alles zu übereilt kam und sie sich ihrer Gefühle nicht sicher war, küsste er sie. Diesmal lauerte er nicht auf eine Reaktion, sondern stieß, ohne zu zögern, mit der Zunge in ihren Mund. Während er mit einer Heftigkeit züngelte, als würde in den nächsten Sekunden die Welt untergehen, schob er sie unter den Duschstrahl. Das Wasser rann über ihrer beider Köpfe, die Fontäne kitzelte Teenas Gesicht, ihre Schultern wurden besprenkelt. Es kam ihr vor, als wären sie nicht allein, als würden kleine, warme Hände sie zusätzlich liebkosen.

Sinnlichkeit erfasste sie.

Sie legte die Hände an Joshs Hüften. Zweifel plagten sie, doch etwas trieb sie dazu, den nackten Körper zu berühren, der sich ihr auf so köstliche Weise anbot. Joshuas Küsse überzeugten sie. Er verführte sie, indem er ihr das Gefühl gab, sie sei das begehrenswerteste Geschöpft auf dem Planeten. Sie konnte sich seiner Zuneigung nicht verschließen und wehrte Joshs Hand nicht länger ab, als diese ihre Wirbelsäule hinabglitt und begann, ihren Hintern sacht zu kneten. Seine Finger drangen in die Pofalte. Er rieb mit der Handkante über den Anus und tastete sich von hinten in ihre Spalte.

Erregt seufzte Teena. Sie löste den Kuss und lehnte sich gegen Joshuas Schulter. Während er ihre Oberschenkel von hinten ergriff und massierte, biss er immer wieder flüchtig in ihren Nacken. Sie gab spitze Schreie von sich, obgleich die Bisse nicht wirklich wehtaten. Dies feuerte ihn an, ungestümer zu werden. Er saugte sich an ihrem Haaransatz fest, bis Teena auf seinen Rücken trommelte.

„Das wird ein schöner Knutschfleck werden", entrüstete sie sich.

Lächelnd streichelte er beide Ohrmuscheln zugleich. „Sollen ruhig alle wissen, dass wir …"

„Josh! Wir müssen reden."

„Nicht jetzt. Nicht jetzt", säuselte er und ging auf die Knie.

Teena traute ihren Augen nicht. Da hockte Joshua vor ihr in der Dusche und betrachtete eingehend ihren Schoß. Sie war so verdutzt, dass sie sich nicht wehrte, als er ihr rechtes Bein anhob und den Fuß auf den Duschwannenrand stellte. Nun waren ihre Schenkel gespreizt. Er hatte einen Platz in der ersten Reihe und genoss ihn in vollen Zügen. Mit glasigem Blick musterte er das rote Schamhaar. Er fuhr mit den Fingern durch das gestutzte Feuer, streifte beiläufig mit dem Handballen ihren Kitzler. Sie stöhnte.

Das sah er als Zeichen ihrer Zustimmung und spreizte auch noch die Schamlippen, mehr zu seinem eigenen Vergnügen, denn er inspizierte ihr Geschlecht, als wäre es das erste, das er von Nahem sah.

Schließlich zog er die Vorhaut ihrer Klitoris zurück und

küsste den empfindsamen Punkt. Lange ruhten seine Lippen auf dem Kitzler, ohne dass er sich bewegte. Teena hielt die Luft an. Die Erregung wuchs, eben weil er nichts tat, außer den Mund an eine Stelle zu drücken, die hochsensibel war. Das Blut schoss hinein. Es pulste durch ihre Scham, sammelte sich dort, wo er sie küsste. Während das Wasser unaufhörlich auf ihr Haar, die Schultern und das Dekolleté herunterprasselte, ließ Josh in ihrem Unterleib die Erregung hochkochen.

Sie hielt sich an der Seifenablage fest. „Ich halte das nicht mehr aus", keuchte sie und legte die freie Hand an Joshuas Hinterkopf.

Er verstand das Signal und gab ihren Kitzler frei. Weit streckte er die Zunge hinaus und leckte durch ihre Spalte. Er nuckelte an den Innenseiten ihrer Oberschenkel, küsste zwischendurch immer wieder die Klitoris, saugte an den Schamlippen und drang mit der Zunge in die Vagina ein. Er kitzelte die Scheidenwände. Er blies in die Höhle und kreiste mit den gespitzten Lippen über die Seiten des Eingangs.

Mittlerweile lehnte sich Teena mit dem Rücken gegen die Wand. Die Kacheln waren kühl, das Wasser war warm. Der Strahl reizte ihre Brustwarzen. Sie schloss die Augen. Ihr Widerstand war vollends gebrochen. Sie ließ sich gehen, drückte Joshs Gesicht gegen ihre Spalte und kraulte sein feuchtes Haar.

Als er sie zwischenzeitlich angriente, sah sie, dass die Partie um seinen Mund mit ihrer Feuchtigkeit bedeckt war. Er leckte mit der Zunge über die Lippen und begann an ihrer Klitoris zu lutschen.

Er fachte die Glut an. Sie wurde zum Feuer. Die Flammen loderten auf, und das Wasser löschte sie nicht. Teenas Becken bewegte sich. Sie wollte Josh nicht ausweichen, sondern konnte einfach nicht ruhig stehen bleiben. Ihre Beinmuskulatur verkrampfte sich. Die Lust schwoll rasch an. Ihre Finger krallten sich in Joshuas Haare, zerrten daran, drückten den Kopf gegen ihre Spalte. Er leckte wie ein Weltmeister. Er saugte und schleckte und rieb mit zusammengepressten Lippen über den Kitzler. Sie hielt den Atem an. Ihr Körper zitterte. Dann brach der Orgasmus über sie herein. Ihr Körper zuckte vor Ekstase, sie konnte kaum noch stehen, ihre Beine waren wie Pudding.

Als sie einen tiefen Seufzer von sich gab, erhob sich Joshua und nahm sie in die Arme. Teena bekam keine Luft mehr. Der Duschstrahl zielte genau auf ihr Gesicht. Sie drückte Josh ein Stück fort und drehte den Strahl zur anderen Seite.

„War das schön?", fragte er säuselnd.

Teena schämte sich. Ihr wurde bewusst, dass sie ihn ausgenutzt hatte. Die Gelegenheit hatte sich geboten, und sie hatte zugegriffen. „Danke."

„Du brauchst mir nicht zu danken."

„Das ist lieb von dir." Sie griff nach dem Duschgel, um sich zu waschen, da fasste er ihr Handgelenk und führte ihre Hand zu seinem Phallus. Dünn, aber sehr lang, stand er verlangend von seinen Lenden ab.

„Danke mir nicht." Er schloss ihre Finger um sein Glied, legte seine Hand fest über die ihre und schob die Vorhaut zurück.

Teena schluckte schwer. Offensichtlich war der Höhepunkt kein Geschenk von ihm, sondern nur eine Leihgabe, denn er wollte ihn nun zurück. „Das kann ich nicht.“

„Was?“ Unverständnis lag in seinem Blick.

„Sei mir bitte nicht böse, aber … aber das geht mir alles zu schnell.“

„Gerade eben konnte es dir nicht schnell genug gehen“, blaffte er und gab ihre Hand frei.

„Du hast mich überrumpelt.“ Oh je, sie machte alles nur noch schlimmer. Rasch korrigierte sie sich. „Ich habe mich falsch ausgedrückt. Du hast mich verführt. Es war wunderschön, aber ich kann es dir nicht zurückgeben.“

Wütend stieg er aus der Dusche. „So, so, ich habe dich also überrumpelt.“

„Verführt!“

Er hob die Hand, damit sie schwieg. „In London mag man sich rücksichtslos nehmen, was man möchte. Hier in der Kleinstadt gibt es noch so etwas wie Respekt.“

„Joshua, bleib bitte hier. Lass uns reden“, flehte Teena. Sie fühlte sich schrecklich.

Als er in Richtung Flur ging, baumelte sein Penis schlaff hin und her. Über die Schulter hinweg geiferte Josh: „Du schläfst auf der Couch. Ich lege dir alles bereit.“ Dann verließ er das Bad und warf die Tür zu.

Teena schlug die Hände vors Gesicht. Leise weinte sie. Sie konnte nicht anders. Der ganze Druck, der sich im Laufe der Nacht aufgebaut hatte, wollte heraus. Sie hätte sich nicht auf Joshua einlassen dürfen. Sie hatte geahnt, dass sie seine Gefühle verletzen würde. Warum hatte sie ihn nicht abgewiesen? Wurde sie zum Flittchen? Hatte sie gehofft, sich in ihn zu verlieben? Ja. Er war ein guter Mann. Er wäre ihr treu, würde sie umsorgen. Sogar ihre Eltern würden ihn mögen.

Aber er war nicht das, was Teena brauchte. In ihr Herz hatte sich ein anderer Mann eingeschlichen, ein Schurke, der nicht gut für sie war.

Teena duschte, wusch ihre Haare und trocknete sich ab. Langsam beruhigte sie sich. Sie zog Joshuas Hemd an. Selbst das erschien ihr wie ein Frevel. Auf leisen Sohlen schlich sie zu seinem Schlafzimmer.

„Joshua, bist du noch wach?“ Das war eine dumme Frage, aber ihr fiel nichts Besseres ein.

Er antwortete nicht.

Vorsichtig klopfte sie. „Josh? Gib mir eine Chance, alles zu erklären.“

Stille. Kein Mucks kam aus seinem Zimmer. Ob er die Wohnung verlassen hatte?

Sie drückte den Griff. Die Tür ging jedoch nicht auf. Verschlossen.

Enttäuscht bereitete sie auf dem Sofa ihr Nachtlager. Joshua hatte ihr ein Kissen, eine Wolldecke und Bezüge hingelegt. Der Tee stand noch auf dem Tisch. Das Fenster war weit geöffnet. Es drangen kaum Geräusche in das Appartement. Nur der Mond schien in den Wohnraum. Einige Minuten stand sie am Fenster und blickte hinaus. Sie genoss die Nachtluft, die leicht salzig war und nach Algen roch. Dann legte sie sich hin.

Aufgewühlt wälzte sie sich von einer Seite auf die andere. Sie dachte an die Party, an die seltsamen Antworten des Maskierten, der auswich, wenn sie ihn nach dem Prostituiertenring fragte, als wüsste er nicht, wovon sie sprach. Was hatte sie schon beobachtet? Gäste auf einem ausgefallenen Event. Zugegeben, alles drehte sich um Lust. Aber Anzeichen für ein Verbrechen hatte sie nicht entdeckt.

„Ich will schlafen“, murmelte sie. Sie fühlte sich aufgedreht, aber in ihrem Inneren war sie todmüde.

„Warum tust du es dann nicht?“

Teena setzte sich auf. Die Stimme kam nicht von der Tür und war außerdem dunkler als Joshuas. Sie blickte sich um. Auf dem Fenstersims hockte der Maskierte. Er trug nicht länger Umhang und Ebenholzmaske, sondern einen schwarzen Staubmantel und ein Dreiecktuch, das seine untere Gesichtshälfte verdeckte und am Hinterkopf zusammengebunden war. Teena schmunzelte. Der Fremde sah aus wie ein Postkutschenräuber aus dem Wilden Westen. Es fehlten nur noch Cowboystiefel und Stetson. Wie Josh ein Faible für die siebziger Jahre hatte, sammelte der Unbekannte offensichtlich Maskierungen.

Ihr zweiter Gedanke war Flucht. Sie sprang von der Couch, hastete zur Tür, doch der Mann war schneller und baute sich im Türrahmen auf.

Teena zog den Hemdsaum tiefer, da sie kein Höschen anhatte. „Du hast mich betäubt!“

„An deiner Stelle wäre ich leiser“, ermahnte er sie und legte den Zeigefinger an die Lippen. „Du bringst Joshua in Gefahr.“

Eine Drohung? Sie rümpfte die Nase. Aber was blieb ihr anderes übrig, als sich zusammenzureißen? In diesem Moment ging es nicht nur um sie. Sie musste Josh schützen, der im Nachbarzimmer schlief.

Langsam schritt er auf sie zu. „Ich habe dich betäubt, um dich zu retten.“

„Wehrlos hast du mich durch die Droge gemacht.“ Sie

wich rückwärts aus.

„Ich habe auf dich aufgepasst, bis alle Gäste durch den Hintereingang geflohen waren. Niemand ist auch nur in deine Nähe gekommen. Zu deinem Schutz habe ich als Letzter das Kesselhaus verlassen und wäre beinahe geschnappt worden."

Sie stieß gegen die Plastikpalme, die vor dem Fenster stand. „Du warst also derjenige, den Matthew Hallow verfolgt hat?"

„Er ist ein Feigling", zischte er und stemmte die Hände in die Hüften.

Ihr Blick schweifte umher. Sie versuchte, um den Wohnzimmertisch herumzulaufen, doch der Ganove versperrte ihr den Weg. Ihr fiel der Siegelring ein, den sowohl Matthew als auch der Maskierte besaßen und den sie auf dem Zeitungsfoto mit den drei Musketieren entdeckt hatte. Welcher der drei stand gerade vor ihr? Gab es weitere Mitglieder?

Sie nahm allen Mut zusammen und fragte: „Was ist das für ein Ring, den du trägst?"

„Es gibt Dinge, nach denen du nicht fragen solltest", belferte er. Er kam auf sie zu und trieb sie in Richtung Fenster.

„Es ist ein Siegelring", sagte sie aufmüpfig und überlegte, wie viel von ihrem Wissen sie preisgeben sollte. Seine Nähe erschwerte das Denken. Noch vor Kurzem hatte er sie vor Publikum genommen.

„Schweig."

Er hob die Hand, und Teena dachte schon, er würde sie schlagen, doch er stützte sich lediglich an der Wand neben dem Fenster ab und neigte sich über sie, wie eine Krähe, die ihr gleich ein Auge aushacken wollte.

Aber sie ließ sich nicht einschüchtern und ignorierte auch das Leben, das erneut in ihrer Spalte erwachte. Hilfe lag im Nachbarzimmer, und sie wollte endlich mehr erfahren. Es blieb ihr nichts anderes übrig, als ihn mit weiteren Informationen zu locken. „Wofür stehen die zwei ‚L'?"

„Woher weißt du, was darauf zu sehen ist?" Erstaunt runzelte er die Stirn.

Eine Ausrede musste her. Nur nicht zu viel preisgeben. „Auf der Party habe ich einen Blick auf deinen Siegelring geworfen."

„Dafür war es viel zu dunkel."

„Himmel, ich habe selbst recherchiert!", brach es aus ihr hervor.

„Dann weißt du schon mehr, als du wissen darfst."

„Ich bin doch eh schon im Visier deiner Verbrecherbande."

„Mein einziges Verbrechen war, dich so nah an mich heranzulassen." Er drängte sie gegen die Fensterbank und schmiegte seinen Körper an den ihren. „Deshalb bin ich gekommen."

Sie schluckte. „Um deinen Fehler zu korrigieren?" Eine schlimme Ahnung überkam sie.

„Unsinn!"

Sein verführerisches Lachen ließ sie wohlig erschauern. Sie begann leicht zu zittern, als sie die Wölbung, die unter dem Staubmantel wuchs, an ihrem Bauch spürte. Rieb er sich an ihr? Oder war es ihr eigenes Zittern, das diesen Eindruck hervorrief?

„Warum bebst du? Ich habe nicht vor, dich zu nehmen. Nicht einmal berühren werde ich dich." Amüsiert kommentierte er das Erstaunen, das sich auf ihrem Gesicht zeigte. „Enttäuscht?“

Wütend darüber, dass er ihre Gefühle erraten hatte, versuchte sie, sich an ihm vorbeizuzwängen.

Aber er besänftigte sie, indem er die Hand an ihre Wange legte. „Jetzt werde ich schon wieder meinen Prinzipien untreu und fasse dich doch an. Das ist allein deine Schuld.“

„Meine?“ Sie fasste sein Handgelenk, um seine Hand wegzuschieben. Dann spürte sie jedoch seine warme Haut und vergaß ihr Vorhaben.

„Zweimal habe ich dich gezwungen, dich mir hinzugeben“, sprach er ernst. „Zweimal habe ich es in vollen Zügen genossen, weil du unter meinen Liebkosungen dahingeschmolzen bist. Aber das hätte nicht passieren dürfen. Ich zwinge Frauen nicht dazu, sich mit mir einzulassen!“

„Was ist mit den Prostituierten?“ War es nicht sein tägliches Brot, Frauen gefügig zu machen?

„Welche Prostituierten?“ Er hob die Augenbrauen. „Käufliche Liebe praktiziere ich nur in Form von Rollenspielen. Gewöhnliche Huren üben keinen Reiz auf mich aus.“

Tausend Gedanken schwirrten durch Teenas Kopf, es war die Verwirrung pur. Sie suchte nach scharfsinnigen Fragen. Vergeblich. Ihre Gefühle überschlugen sich. Es herrschte Chaos in ihr.

„Mach den Mund zu“, sagte er belustig. „Dass ich es liebe zu spielen, solltest du mittlerweile wissen. Momentan möchte ich einzig und allein dich als Lustspielzeug – aber aus freien Stücken.“

„Ich verstehe nicht.“ Ihr Hals war trocken.

„Ich möchte, dass du dich freiwillig mit mir einlässt. Aus

freien Stücken sollst du dich mit mir treffen, dich meinen Regeln fügen. Ich habe dir bewiesen, dass du mir vertrauen kannst. Lass dich fallen. Deine sexuellen Wünsche sind auch die meinen."

Sie fürchtete sich, allerdings mehr vor ihrer eigenen Hemmungslosigkeit als vor ihm, denn sie kannte ihre Grenzen nicht. Was wäre, wenn sie ein Tier in sich erweckte, das sie schon bald vor sich selbst erschaudern ließ? „Das glaube ich nicht."

„Wir sind aus dem gleichen Holz geschnitzt. Das habe ich dir zweimal demonstriert. Behaupte nicht, dass du schon bessere Orgasmen erlebt hast!"

Sie senkte den Blick. „Was sind deine Regeln?"

„Bedingungsloses Vertrauen, Hingabe, Leidenschaft, Offenheit und Ehrlichkeit, keine Fragen, keine Recherche, all die Dinge, die dir schwerfallen. Wenn ich dich zu einem Lusttreffen bestelle, kommst du so, wie ich es dir vorschreibe, und an den Ort, den ich vorgebe."

„Ich kann mich dir nicht ausliefern!", sagte Teena entrüstet. Sie drückte die Fäuste gegen den Venushügel, damit das Pulsieren in ihrer Scham aufhörte, aber es wurde nur intensiver. „Ich weiß nicht einmal, wer du bist."

„Die Zeit ist noch nicht reif für meine Demaskierung. Habe Geduld. Ich verspreche dir, dass dir nichts geschehen wird. Du wirst zerfließen, wirst jammern und schreien vor Erregung. Die exotische Welt der Wollust – ich bereite dir den Weg dorthin."

Plötzlich hatte Teena eine Idee. Wenn sie auf seinen Vorschlag einginge, würde er sie höchstwahrscheinlich zu weiteren Partys mitnehmen. So könnte sie sich in die Verbrecherbande, oder was auch immer diese Gemeinschaft war, unter dem Schutz des Anführers einschleichen. Würde sie dem Druck gewachsen sein? Die Aussicht war verlockend, Arbeit und Vergnügen zu verbinden, doch sie fragte sich, ob sie abgebrüht genug war.

Darüber würde sie später in Ruhe nachdenken. Nun entschied sie, sein Angebot erst einmal zu akzeptieren. Einen Rückzieher konnte sie immer noch machen. „Ich möchte es versuchen."

„Das reicht mir aber nicht. Ein Versuch ist immer nur halbherzig."

„Ich will mich dir hingeben."

„Ohne einen Beweis, dass du meiner Einladung nicht leichtfertig folgst, sondern es ernst meinst, kann ich dich nicht unter meine Fittiche nehmen."

Teena wurde angst und bange. Da hatte sie sich ja einen tollen Plan zurechtgelegt. Der Fremde machte es ihr nicht einfach. Wie hatte sie das nur glauben können?

„Du wirst eine Aufgabe von mir erhalten, eine erotische selbstverständlich, die einen gewissen Gentleman betrifft", sprach er in Rätseln und kletterte auf den Fenstersims.

Dort hockte er, den Blick auf Teena gerichtet. Das Mondlicht schien auf sein Gesicht und ließ ihn geheimnisvoll wirken. Sie meinte an seiner Nase einen kleinen Schatten wahrzunehmen. Vermutlich nur eine optische Täuschung in diesem gespenstischen Licht. Dennoch sah sie genauer hin. An der Nasenwurzel, kurz über dem Ansatz des Tuchs, war tatsächlich etwas, aber sie konnte es nicht genau erkennen.

Eine Erinnerung meldete sich, doch sie war zu verschwommen, als dass Teena sie deuten konnte.

„Überlege dir mein Angebot.“

Teena wollte den Fremden, niemanden sonst. Offensichtlich war das eines seiner geliebten Spiele. Er machte Teena glauben, dass er sie begehrte, und spannte sie insgeheim für seine Schandtaten ein.

Ihr platzte der Kragen. „Ich soll einen eurer Gäste verführen, richtig? Ich soll ihn durch gewisse Dienste gefügig machen, damit ihr ihn erpressen könnt. Niemals! Du hattest es fast geschafft, mich vom Gegenteil zu überzeugen, doch jetzt erkenne ich – du bist und bleibst ein Krimineller!“

„Ich bin nicht krimineller als du.“ Er schmunzelte.

Teena dachte an die Perücke, die sie heimlich im Forensiklabor hatte untersuchen lassen, an den Einbruch bei Rosalin und den Diebstahl des Shampoos. Was wusste er?

Bevor der Fremde auf das Garagendach sprang, sagte er: „Auch ich will dir einen Beweis dafür geben, dass ich die Einladung nicht leichtfertig ausgesprochen habe. So einfach wird man in unseren elitären Kreis nämlich nicht aufgenommen. Loge der Lust – das ist die Bedeutung des Siegels.“ Dann verschwand er.

Erstaunt blieb Teena am Fenster stehen. Sie versuchte ihn in der Finsternis auszumachen, aber selbst der Mondschein half nicht. Der Unbekannte war genauso plötzlich verschwunden, wie er aufgetaucht war.

„Loge der Lust“, murmelte sie. Konnte sich so ein Prostituiertenring nennen? Es klang gar nicht nach einer Verbrecherbande.

Sie entdeckte einige Bücher in einem Regal, schaltete das Licht an und las laut die Titel: „‚Lehrbuch für den Polizeidienst‘, ‚Die moderne Kriminaltechnik‘, ‚Richtlinien für die

Erstellung psychologischer Gutachten', ,Die forensische Toxikologie', ,Dem Täter auf der Spur', ,Die Neuerungen in der Kriminalbiologie' … Joshua ist Polizist durch und durch."

Glücklicherweise fand sie, wonach sie gesucht hatte. Das Lexikon stammte zwar aus dem Jahr 1975, aber der Begriff „Loge" war dennoch darin zu finden. „Eine Gemeinschaft, die sich gegenüber der Öffentlichkeit abgrenzt und Mitglieder nur nach bestimmten Kriterien aufnimmt. Diese sind verpflichtet, über interne Angelegenheiten Stillschweigen zu bewahren."

Das hörte sich nicht nach einer Bande an, auch nicht nach kriminellen Machenschaften. Geheimniskrämerei war kein Vergehen, sondern konnte den Lustgewinn erhöhen. Teena glaubte immer weniger an Matthews Theorie. Hatte ihn sein Informant vielleicht belogen? Existierte er überhaupt?

Sie schob das Lexikon zurück zwischen die anderen Bücher, schaltete das Licht aus und legte sich hin. Vor Anbruch des Tages würde sie nichts in Erfahrung bringen. Sie brauchte dringend Schlaf. In der Hoffnung, dass die Teambesprechung auf dem Revier weitere Puzzlestücke liefern würde, schlummerte sie ein.

Der nächste Morgen war grausam. Joshua weigerte sich, mit ihr zu sprechen. Sie musste den kalten, abgestandenen Kräutertee trinken und ihre alten Sachen überstreifen. Zudem war sie so müde, dass sie im Stehen hätte einschlafen können.

Joshua fuhr sie zu ihrem Appartement, ohne sie eines Blickes zu würdigen. Wenigstens konnte sie frische Kleidung anziehen. Allerdings würde das ihren Zustand auch nicht verbessern. Kaum war sie aus Joshs Wagen gestiegen, brauste er davon.

„Esel“, rief Teena ihm hinterher. Ihr Discovery stand zwar am Straßenrand, weil Josh sie vor dem Einsatz mit seinem Austin Mini in der Shell Road abgeholt hatte, aber er hätte sie an diesem Morgen ruhig auch zum Revier fahren können.

Fluchend schleppte sie sich die Treppenstufen hoch, schloss die Tür auf und betrat ihre Wohnung. Als Erstes musste sie dringend die Zähne putzen. Sie ging eigentlich nie ohne geputzte Zähne ins Bett, doch nach dem Missverständnis der letzten Nacht hatte sie Josh nicht mehr um eine Zahnbürste bitten wollen.

Teena entkleidete sich und ging ins Bad. Gähnend betrachtete sie ihre Augenringe im Spiegel. Da fiel ihr Blick auf eine Karte, die aussah, als würde sie einem Monopoly-Spiel entstammen. Sie stand auf der Ablage, gegen eine Cremedose gelehnt, und war so groß wie eine Visitenkarte. Die Beschichtung reflektierte das Licht der Deckenleuchte.

Teena las laut, was in weißen Buchstaben auf burgunderfarbenem Grund geschrieben stand: „Ereigniskarte“.

War das die Aufgabe, von der der Maskierte gesprochen hatte?

13.

„Er ist bei mir eingebrochen!“, schrie sie aufbrausend. „Er oder irgendwer anders.“

Sie konnte es nicht fassen. Jemand war letzte Nacht in ihre Wohnung eingedrungen und hatte Teena eine Nachricht hinterlassen. Sie war froh, bei Joshua übernachtet zu haben. Nicht auszudenken, was passiert wäre, wenn sie zu Hause geschlafen hätte! Wie konnte sie sich jemals wieder sicher in den eigenen vier Wänden fühlen?

Wütend riss sie die Spielkarte von der Ablage. Dabei stieß sie gegen das Zahnputzglas, das ins Waschbecken fiel und zersplitterte.

„So viel zum Thema Zähneputzen heute Morgen.“ Nun musste sie erst eine neue Zahnbürste kaufen, denn ihre war voller Glassplitter. „Auch das noch.“

Teena seufzte und drehte die Ereigniskarte um. „Verführe den Earl of Cunninghall und ziehe das große Los.“

Tatsächlich, eine Botschaft des Maskierten.

Die Karte war, wie von ihr vermutet, in Anlehnung an Monopoly verfasst. Er hatte sie extra drucken lassen. War er sich so sicher gewesen, dass Teena seine Offerte annehmen würde, oder hatte er gleich einen ganzen Schwung Spielkarten in Gardenrye verteilt, und sie war eine von vielen ‚Auserwählten‘?

Teena hob die Augenbrauen. „Das große Los?“, spöttelte sie. „Meint er nun, dass ich mich glücklich schätzen soll, weil ich die Chance erhalte, in den elitären Kreis aufgenommen zu werden, oder weil er mir die Ehre erweist, seine Spielgefährtin zu sein?“

Sie hatte keine Ahnung, was in ihm vorging, auch nicht, worauf sie sich einließ oder ob sie sich überhaupt auf ihn einlassen sollte. Nur eines war sicher: Teena würde Ethan Woodridge nie und nimmer verführen!

Dazu fehlte ihr schlichtweg der Mut. Es war nicht so, dass sie ihn verabscheute, aber sie war nun mal keine Femme fatale, die jeden beliebigen Mann um den Finger wickeln konnte. Sie besaß nicht einmal den Schneid, ihn anzurufen und um ein Treffen zu bitten. Nur allzu gut erinnerte sie sich daran, wie nervös und ungeschickt sie gewesen war, als sie ihm begegnet war. Woodridge spielte in einer höheren Liga. Sie würde ihm nie in die Augen sehen können, geschweige denn ihn betören.

„Diese Aufgabe ist abgeschmackt!“, blaffte sie und warf die Spielkarte in die Ecke.

Während sie sich eine Röhrenjeans und ein T-Shirt mit der Aufschrift „Virgin“, im Stil des Logos von Virgin Records, anzog, grübelte sie, weshalb der Unbekannte den Earl ausgewählt hatte. Was verband die beiden Männer?

Sofort fiel ihr der Siegelring ein.

Wie es momentan aussah, war Ethan Woodridge ein Mitglied der Loge. Hatten sich die Herren zerstritten? Wollte sich der Maskierte am Earl rächen, ihn vielleicht durch Teena erpressen, oder war sie ein Geschenk für ihn? Egal was es war, sie wollte sich nicht in etwas hineinziehen lassen, obgleich der Gedanke an den Earl sie mit Hitze durchflutete.

In Seelenruhe fuhr Teena zum Supermarkt, kaufte sich eine Zahnbürste und einen Plastikbecher, statt eines Zahnputzglases, holte sich einen Bagel und einen grünen Eistee mit Lychee-Geschmack und steuerte die Bezirksdienststelle an. Ihr war es egal, dass sie zu spät kam. Die Kollegen würden Verständnis haben. Wenn nicht, würde sie eiskalt die Schuld auf Joshua schieben.

Doch als sie eintrat, stürmte Monica schon auf sie zu. Sie fasste Teenas Oberarme und schüttelte sie sanft. „Geht es dir gut? Bist du in Ordnung? Mein Gott, als ich gehört habe, was vorgefallen ist, wäre ich ja fast in Ohnmacht gefallen."

„Ich lebe noch." Kaum hatte Teena dies ausgesprochen, sah sie die Farbe aus Monicas Gesicht weichen und fügte rasch hinzu: „Es ist nichts passiert, wirklich. Man hat mich nur außer Gefecht gesetzt, mehr nicht."

Lewis kam aus seinem Büro, wahrscheinlich weil er ihre Stimme gehört hatte. Eindringlich sah er sie an. „War Joshua mit dir beim Arzt?"

„Warum?"

„Ihr hättet gleich ins Krankenhaus fahren sollen", sagte er und schüttelte den Kopf. „Dein Blut muss untersucht werden, man hat dir immerhin eine Droge verabreicht, und ..."

Weil er herumdruckste, bemühte sich Teena ihn zu besänftigen. „Es war nur ein Schlafmittel, da bin ich mir sicher. Matthew hatte angeordnet, dass Josh mich heimbringen soll. Ich fühle mich gesund."

„Matthew hätte dich ins Hospital schicken müssen. Herrje, was ist nur mit ihm los zurzeit! Er ist völlig durch den Wind."

Lewis sah zum Meetingraum hinüber, und Teena vermutete, dass Matthew dort wartete, um mit der Nachbesprechung zu beginnen. Sie wunderte sich, wie besorgt ihr Kollege war, gar nicht mehr der alte, brummige Lewis Poth, der bislang kein einziges freundliches Wort über die Lippen gebracht hatte.

„Wir haben Vertragsärzte“, sagte er und nickte Monica zu.

Diese ließ Teena endlich los. „Ich suche dir die Adressen heraus.“

Teena winkte ab. Den Stress brauchte sie nicht auch noch. „Nein, danke. Ich lasse keine Blutuntersuchung machen, auf eigenes Risiko. Ich weiß einfach, dass auf dieser Party nichts Schlimmes mit mir geschehen ist.“

Lewis räusperte sich. „Eine bestimmte Untersuchung solltest du dennoch machen lassen.“ Hilfe suchend sah er Monica an.

Monica lächelte verlegen. „Es gibt einen ausgezeichneten Gynäkologen, mit dem wir schon einmal zusammengearbeitet haben, als es um eine vermeintliche ..., na ja, es ging um Gewalt in der Ehe.“

Jetzt verstand Teena. Sie errötete, aber nicht weil das Gespräch ihr peinlich war, sondern weil sie an das Geschehen in der Lehrwerkstatt dachte.

„Ich wurde nicht vergewaltigt!“, antwortete sie scharf und eilte in das Konferenzzimmer, da sie befürchtete, man könnte ihr ansehen, dass sie in der letzten Nacht sehr wohl Sex gehabt hatte. Eine Vergewaltigung war es jedoch nicht gewesen! Sie erinnerte sich gerne an ihre Nacktheit, an die Zuschauer und den Phallus des Maskierten. Rosalin hatte recht, ebenso wie der Unbekannte – Teena musste immer erst einen sanften Stupser erhalten. Allein würde sie nicht den Mut aufbringen, die Exzesse, von denen sie träumte, auszuleben. Mit der Ereigniskarte jedoch zwang sie der Maskierte nun, ihre Courage und ihren Willen unter Beweis zu stellen. Dennoch zweifelte sie, ob sie über ihren eigenen Schatten springen konnte.

Würde sie den sanften Ganoven niemals wiedersehen, falls sie sich weigerte, seinen Auftrag zu erfüllen?

Gedankenversunken betrat Teena den Besprechungsraum. „Morgen, Chef", sagte sie zu Matthew, der am Kopfende des Tischs saß.

„Alles okay?"

„Ja." Sie nahm Platz und wappnete sich für das nun folgende Gespräch. Was sollte sie berichten? Sie wusste es nicht. Sie hatte einmal einen Fehler verschwiegen und war nun gezwungen, ein Netz aus Lügen zu weben. Das bereitete ihr Kopfzerbrechen. Nachdenklich biss sie in ihren Bagel.

Lewis und Joshua kamen herein und setzten sich. Teena linste immer wieder zu Josh hinüber, der sie jedoch keines Blickes würdigte.

Matthew stand auf, schloss die Tür und schaute in die Runde. „Hört auf, saure Mienen zu ziehen. Der Undercover-Einsatz ist nicht so gelaufen wie geplant, aber es hätte schlimmer kommen können."

„Schlimmer als …?"

Er unterbrach Lewis. „Teena hat mir gerade noch einmal versichert, dass es ihr gut geht. Wie ist es zu dem Vorfall gekommen?"

Die beiden älteren Männer starrten sie an, nur Josh starrte in seinen Becher, als würde er im Kaffeesatz lesen.

„Nun", begann sie unsicher. „Irgendjemand reichte mir ein Glas Rotwein."

„Du hättest es nicht annehmen dürfen", warf Lewis ein.

Sie zuckte mit den Achseln. „Ich habe mich schon nicht an den Lustspielen beteiligt. Wie hätte es ausgesehen, wenn ich nicht einmal etwas getrunken hätte?"

„Du hättest so tun können, als ob."

„Man beobachtete mich sehr genau, da man mich nicht kannte."

„Willst du damit behaupten, die anderen kannten sich alle?" Matthew setzte sich.

Teena überlegte. Sie wollte nichts über die Loge der Lust verraten, für den Fall, dass Matthew Mitglied war. Das war ihr zu riskant. „Ich hatte das Gefühl, dass es eine eingeschworene Gemeinschaft ist."

Er verzog keine Miene, rieb aber mit der linken Hand den Ringfinger seiner Rechten, dort, wo er früher den Siegelring getragen hatte. Teena erinnerte sich. Er hatte ihn kurz vor der Sitzung ausgezogen, in der er ihnen von den Hinweisen seines Informanten berichtete. Da war etwas faul.

„Gut vorbereitet ist halb gewonnen, so sind sie", kommentierte Matthew nachdenklich, dann fügte er hastig hinzu: „Die Banden."

Lewis zündete sich eine Dunhill an und drehte unentwegt das Feuerzeug in der freien Hand. „Hast du jemanden erkannt?"

„Leider nicht", antwortete Teena und fragte sich, ob sie den Siegelring erwähnen sollte. Sie entschied sich dagegen. Sie wusste noch nicht, mit wem sie es zu tun hatte. Wenn die Loge wirklich eine Verbrecherbande und Matthew ihr Mitglied war, würde sie sich wahrscheinlich in Gefahr bringen. „Es tut mir wirklich leid, keine Hinweise liefern zu können. Aber die DNS-Tests werden sicher aufschlussreicher sein."

„Welche Tests?“, blaffte Matthew.

Verwundert lehnte sie sich zurück. „Da waren doch Gläser, Flaschen, Tabletts ... Alles haben Gäste und Veranstalter bei der Flucht nicht mitnehmen können. Darauf müssen doch Fingerabdrücke und Lippenstiftreste zu finden sein. Auf den Tischen sollte man Epidermisreste ...“ Sie zwackte sich selbst in den Arm. Wie konnte sie nur so dumm sein und das zur Sprache bringen! Man würde ihre eigenen Hautschuppen auf dem Werktisch in der Lehrwerkstatt finden.

„Ja, genau. Habt ihr die Sachen ins Labor gebracht?“, klinkte sich Joshua in die Diskussion ein.

Geräuschvoll schob Lewis den Stuhl zurück. Er drückte die Zigarette aus und ging in sein Büro, wo er die Tür hinter sich zuschlug.

Teena sah ihm verdutzt hinterher. „Was ist denn in den gefahren?“

„Er ist sauer, weil wir nichts haben.“ Matthew lachte peinlich berührt. „Alles war kaputt, in kleinste Teile zerschlagen, zumindest die Gläser und Flaschen. Die Bande hat ganze Arbeit geleistet, um mögliche Beweise zu vernichten. Es war nichts mehr damit anzufangen.“

Welch dreiste Lüge!, entrüstete sich Teena, aber sie schwieg. Denn immerhin war er ihr Vorgesetzter, und von Joshua konnte sie keine Rückendeckung erwarten. Als Josh sie zum Wagen gebracht hatte, war sie gegen ein Tablett mit Gläsern getreten. Einige waren dabei zerbrochen, aber nicht alle. Außerdem war die Forensik heutzutage so gut, dass selbst kleinste Reste eines Sektkelches Auskunft geben konnten, wer daraus getrunken hatte. Teena konnte sich nicht vorstellen, dass Matthew davon nichts wusste. Er ignorierte die Fakten absichtlich. Hatte Lewis deshalb den Raum verlassen? Was war vorgefallen, nachdem Josh und sie die beiden älteren Kollegen im Kesselhaus zurückgelassen hatten?

„Es ist, wie es ist. Wir stehen mit leeren Händen da. Dich auf die Party einzuschleusen, war ein netter Plan, aber er hat uns nicht weitergebracht“, sagte Matthew, lehnte sich nach vorne und stützte sich mit den Ellbogen auf dem Tisch auf.

Teena konnte es nicht glauben. „Das soll's jetzt gewesen sein?“

„Die Lady in Pink ist seit dem Vorfall auf Sores Dinnerparty nicht mehr aufgetaucht, über den Prostituiertenring wissen wir viel zu wenig, und wahrscheinlich sind die Gauner ohnehin weitergezogen, weil sie durch den verpatzten Einsatz erfahren haben, dass wir ihnen auf der Spur sind.“

„Was ist mit dem Informanten?“, fragte Joshua. „Kann uns der nicht weiterhelfen?“

„Die Quelle ist versiegt. Außerdem werde ich nicht noch einmal einen meiner Leute in Gefahr bringen.“ Er wandte sich an Teena. „Das Ganze tut mir aufrichtig leid.“

Das nahm sie ihm ausnahmsweise sogar ab.

Plötzlich stand er auf. „Ich werde die Akte schließen. Tja, das war wohl die kürzeste Nachbereitung eines Einsatzes, von der man je gehört hat.“

Er wollte hinausgehen, aber Teena hielt ihn zurück, indem sie sagte: „Das kann nicht dein Ernst sein. Wir haben so viel riskiert, und nun …“

Aufbrausend wirbelte er herum. „Du hättest draufgehen können. Der Fall ist abgeschlossen!“

„Ungelöste Fälle hasst du doch wie die Pest.“ Nun erhob sich auch Josh.

Matthew rieb sich die Stirn, als hätte er einen Migräneanfall. Auch sein Gesicht sah schmerzverzerrt aus. „Es läuft nicht immer so, wie man es sich vorstellt. Manchmal muss man kapitulieren, um Schlimmeres abzuwenden."

Nach dem zu urteilen, was Teena bereits herausgefunden hatte, schien er damit nicht nur die Polizeiarbeit zu meinen. „Was ist mit Woodridge?"

„Was soll mit ihm sein?"

„Er wird Ärger machen, weil wir die Verdächtige nicht aufspüren konnten."

„Der Earl hat längst andere Prioritäten." Mit diesen Worten schritt er hinaus, doch anstatt zurück zu seinem Schreibtisch ging er zu Lewis und schloss die Tür hinter sich.

Joshua eilte in sein Büro.

„Flieh nur, damit du dich nicht mit mir unterhalten musst", zischelte Teena verstimmt.

Sie nahm Bagel und Eistee und verließ das Besprechungszimmer. Als sie ihr Büro ansteuern wollte, hörte sie Stimmen aus Lewis' Büro dringen. Die beiden Männer diskutierten laut. Vielmehr stritten sie sich.

Auf leisen Sohlen schlich Teena näher. Sie blickte den Gang entlang, aber Monica war weder zu hören noch zu sehen. Joshua würde sich wahrscheinlich in seinem Büro verstecken, damit er ihr nicht mehr begegnete. Also blieb sie vor der Tür stehen und lauschte.

„Wir hätten die Beweise sichern müssen, Matthew. Das wäre unsere Pflicht gewesen."

„Wer hätte sie denn untersuchen sollen? Das Forensiklabor in Newcastle?"

„Manchmal muss man in den sauren Apfel beißen."

„Red nicht solch einen Unsinn! Du bist lang genug dabei, länger als ich. Du weißt, wie es läuft."

„Seine Fehler muss man eingestehen können. Es geht nun mal nicht immer alles glatt."

„Das Hauptrevier hätte Wind davon bekommen. Eine solche Fülle an Tests fällt auf, besonders wenn eine Kleinstadt wie Gardenrye sie anfordert. Koogan Brannigan und seine Männer wären gekommen und hätten dämliche Fragen gestellt."

„Und wir hätten ehrlich geantwortet."

„Was hätten wir denn geantwortet, Lewis? Dass der Einsatz Bockmist war? Dass ich das Leben einer Polizistin riskiert habe? Es hätte werweißwas passieren können. Nicht auszudenken!"

„Sie ist eine Anfängerin."

„Gerade deshalb hätte sie nicht auf die Party gehen dürfen. Ich bin ihr Vorgesetzter. Mein Kopf würde rollen."

„Die Verantwortlichen hätten dich nicht geschasst. Sie brauchen dich!"

„Brannigan hat mich doch eh auf dem Kieker, seit er mich 2000 bei dieser dummen Parkplatzsex-Geschichte erwischt hat. Das weißt du."

„Das ist schon sehr lange her. Du musst dich eben zusammenreißen."

„Wirst du mich melden, Lewis, nach allem, was wir zusammen erlebt haben?"

Stille.

„Nein."

„Danke, du bist ein wahrer Freund."

Teenas Herz raste. Sie lief auf Zehenspitzen in ihr Büro

und ließ die Tür geöffnet, damit deren Bewegung sie nicht bei Matthew verriet. Ihr Atem ging rasch. So stand sie mitten in der ehemaligen Abstellkammer und hörte, wie Matthew den Korridor entlangeilte, ihre Tür passierte und zu Monica ging, um sie nach frischem Kaffee zu fragen.

Matthew Hallow war also derjenige gewesen, der sich damals mit Rosalin auf dem Parkplatz amüsiert hatte. Es war sein Name, den man aus der Presse herausgehalten hatte. Sie waren beide Mitglieder der Loge der Lust. Einige Puzzlestücke ergaben nun doch ein Bild.

Teena setzte sich und fuhr ihren Computer hoch.

Aber warum dann das Theater mit dem Earl of Cunninghall und der Lady in Pink? Vielleicht hatte Matthew den Siegelring ausgezogen, damit er nicht mit der Loge in Verbindung gebracht wurde, gegen die schließlich ermittelt wurde. Es konnte aber auch sein, dass es Ärger innerhalb der geheimen Verbindung gegeben hatte. Die „Gardenrye Fox Hunters" hatten sich aufgelöst – möglicherweise stand der Loge dasselbe Schicksal bevor, da die Mitglieder identisch waren. Falls es so war, musste Teena die Ursache für den Streit herausfinden.

Rosalin!, schoss es Teena durch den Kopf.

„Heute Abend bist du fällig! Auch wenn ich die komplette Küste nach dir absuchen muss. Diesmal lasse ich mich nicht abwimmeln und auch nicht mit fadenscheinigen Antworten abspeisen."

Teena nahm einen großen Schluck aus der Eisteeflasche. „Sprechen wir Klartext, Roz!"

Sie war aufgewühlt und kampflustig und konnte sich kaum darauf konzentrieren, ihren Bericht über den Einsatz in der letzten Nacht zu schreiben. Während sie noch tippte, bemerkte sie, dass Joshua, Lewis und Monica über den Parkplatz zu ihren Wagen gingen. Matthew würde an diesem Wochenende den Bereitschaftsdienst übernehmen. Nach seinem Gespräch mit Lewis, das sie soeben belauscht hatte, traute Teena ihm sogar zu, dass er die Berichte an sich nehmen oder gar vernichten würde, anstatt sie in die Aktenmappe zu heften. Wie verschlagen war er wirklich?

Aber hatte sie das Recht, ihn zu verurteilen?

„Bestimmt nicht." Teena speicherte ihren Report ab, druckte ihn aus und fuhr den Computer herunter. „Wer von euch ohne Sünde ist, der werfe den ersten Stein."

Sie hatte keine reine Weste. Nicht nur, dass sie eigenmächtig ermittelt hatte, sie verschwieg die Ergebnisse auch noch vor ihren Kollegen. Zudem war sie bei Rosalin eingebrochen und hatte die Shampooflasche gestohlen, die somit als Beweismittel vor Gericht nicht zulässig war. Auf diese Weise hatte sie einen Teil des Falls „Lady in Pink" vermasselt. Aber den hatte Matthew nun ohnehin geschlossen.

„Warum freust du dich eigentlich nicht?", fragte sich Teena. Sie war all ihre Probleme los. Wenn Sly nichts verriet, wovon sie ausging, würde niemand von ihrem Fehltritt erfahren. Sie konnte dazu übergehen, Verkehrsunterricht in der hiesigen Grundschule zu geben, Fischerlizenzen zu überprüfen und so zu tun, als wäre nichts geschehen.

„Nein, das kannst du nicht!" Schwungvoll stand Teena auf. Sie wusste zu viel. Sie steckte selbst zu tief drin. Mit jeder Faser ihres Körpers gierte sie nach Antworten. Da war nicht nur die Neugier, sondern auch eine durchdringende Lust, die, einmal entzündet, nun in ihr loderte. Ihr fielen die

Ereigniskarte und der Auftrag des Maskierten ein.

Das Spiel war noch nicht zu Ende. Nicht für Teena.

Als sie Matthew den Ausdruck aushändigte und sich von ihm verabschiedete, fragte sie sich, ob ihr wirklich die Lösung des Falls am Herzen lag oder ob sie einfach nur mehr über die Loge der Lust erfahren wollte.

„Bis Montag." Teena rang sich ein Lächeln ab.

Er hob die Hand zum Abschiedsgruß. „Ruh dich aus. Du hattest einen sehr anstrengenden Dienstbeginn in Gardenrye."

Sie nickte und eilte aus dem Revier. Die Turmuhr der Kirche schlug zwölf, als sie in die Shell Road brauste. Teena nahm zwei, drei Stufen auf einmal und hastete in das zweite Obergeschoss. Glücklicherweise war Rosalin zu Hause. Sie hörte eine CD der Pretenders. Lautstark sang Roz: „Don't get me wrong" und übertönte sogar Chrissie Hynde. Wenngleich sie einige Töne nicht traf, besaß sie doch eine warme, leicht rauchige Singstimme.

Auf direktem Weg schritt Tina zur Tür von Rosalins Apartment und klopfte energisch an.

Verdutzt öffnete Rosalin. „Du bist es! Ich dachte schon, Mister Desmond wäre gekommen, weil die Miete nicht rechtzeitig überwiesen wurde."

„Hast du keinen Dauerauftrag?" Teena schob sich an Roz vorbei, obwohl sie nicht hereingebeten worden war. Geradewegs stolzierte sie zum CD-Player und drehte die Lautstärke herunter, als wäre es ihr Appartement und nicht das ihrer Nachbarin.

Roz lächelte verklärt. „Als ich die Miete noch gezahlt habe, ja."

„Dein Verehrer?", fragte Teena und warf die Handtasche auf die Couch.

„Was kann ich für dich tun?"

„Keine ausweichenden Antworten mehr!", sagte sie scharf und beobachtete mit Genugtuung, wie das Lächeln aus Rosalins Gesicht verschwand. Teena wollte endlich ernst genommen werden. Sie wollte nicht länger von allen als Grünschnabel betrachtet werden, der gerade erst flügge geworden war.

„Du bist also gekommen, um Antworten zu erhalten." Rosalin schüttelte den Kopf. „Die kann ich dir nicht geben. Ich bin nicht die richtige Person dafür."

„Doch! Du bist …", Teena suchte nach dem passenden Begriff, „involviert."

„Aber nicht berechtigt zu plaudern. Man würde mir den Kopf abreißen, wenn ich zu viel verrate. Bitte versteh. Wir sind doch Freundinnen."

In diesem Moment war das Teena egal. „Mit der Freundschaft kann es nicht weit her sein. Du hast mich mehr als einmal an der Nase herumgeführt, und du hast Geheimnisse vor mir."

„Dir als Polizistin sollte es doch Spaß machen, Rätsel auf eigene Faust zu lösen."

Teena stemmte die Hände in die Hüften. Sie war geladen. „Mein Beruf ist kein Witz, Verbrechen ist kein Kavaliersdelikt!" Erst jetzt fiel ihr auf, dass sie sehr laut sprach. Die Nachbarn sollten nichts von der Auseinandersetzung mitbekommen. Dies war eine Angelegenheit zwischen Roz und ihr.

Rosalin legte etwas auf den Wohnzimmertisch. Teena sah,

dass es Nadel und Garn waren. Sie schaute sich um und entdeckte eine Schaufensterpuppe, die vor dem Balkonfenster stand und nichts trug außer einem schwarzen Lack-Bustier, von dessen Saum lange Lederschnüre herabhingen, die der Puppe bis zu den Knien reichten. Teena fragte sich, ob Roz später wenigstens ein Höschen dazu tragen würde. Auf dem Boden stand eine Dose mit rotmetallicfarbenen Pailletten. Augenscheinlich wollte Roz gerade beginnen, die Korsage zu verzieren.

Rosalin stieß Teena sanft an die Schultern, sodass diese auf das Sofa niedersank. „Ich hol uns erst einmal ein Glas Champagner."

„Kein Alkohol!" Teena musste unbedingt einen klaren Kopf behalten. Außerdem traute sie nach dem Vorfall mit dem Betäubungsmittel niemandem mehr.

„Du brauchst etwas, um dich zu entspannen", meinte Roz und ging in die Küche.

Sollte sie nur so viele Gläser füllen, wie sie wollte, oder die teuerste Marke auftischen, Teena nahm sich vor, am Schampus nicht einmal zu nippen. „Entwirfst du alle deine Kostüme selbst?"

„Kostüme?", kam es aus der Küche. Rosalin kehrte mit zwei Champagnerflöten zurück und reichte Teena ein Glas. Dann nahm sie neben ihr auf der Couch Platz.

Teena beobachtete die aufsteigenden Bläschen, stellte den Kelch jedoch ab, ohne zu trinken. Herausfordernd betrachtete sie ihre Freundin. Der weiße Bodysuit schmiegte sich so eng an ihre üppigen Rundungen, dass sie darunter auf keinen Fall Unterwäsche tragen konnte. Der Stretchanzug besaß dünne Träger und endete in Hotpants.

„Rot würde dir auch gut stehen“, sagte Teena und hob eine Augenbraue. Da Roz schwieg, setzte sie nach: „Wie würde dir ein Catsuit aus rotem Leder gefallen? Oder trifft Latex eher deinen Geschmack?“

Rosalin seufzte, nahm einen Schluck Champagner und stellte das Glas auf den Couchtisch. Dann neigte sie sich zu Teena und legte die Hand auf deren Schulter. Zärtlich kraulte sie Teenas Nacken. „Bitte, hör mir zu.“

Teena schlug die Hand fort. Roz würde sie heute nicht durch Anzüglichkeiten ablenken können. „Spar dir die Ausflüchte.“ Teena stand auf und setzte sich in den Sessel, um den Abstand zu Roz zu vergrößern.

Eingeschnappt verschränkte diese ihre Arme unter dem Busen.

„Was ist die Loge der Lust?“, fragte Teena geradeheraus.

Rosalin schnappte nach Luft. „Solche Fragen darfst du nicht stellen.“

„Wer hält mich davon ab?“ Selbstbewusst straffte Teena die Schultern. „Ich verlasse deine Wohnung erst, wenn ich zufriedenstellende Erklärungen von dir erhalten habe.“

Roz nahm einen kräftigen Schluck Schampus. „Was weißt du?“

„Das ist jetzt uninteressant. Erzähl mir alles, von Anfang an.“

„Ausgeschlossen!“ Sie leerte das Glas, stellte es ab und griff Teenas Kelch. Doch bevor sie trinken konnte, sprang Teena auf. Sie riss Roz das Glas aus der Hand und goss den Champagner in den Blumentopf des Ficus.

„Bist du verrückt geworden?“

„Du musst nüchtern bleiben.“ Teena baute sich vor ihr

auf. „Welche Rolle spielt William Sore?“

„Will?“

„Oh, wie vertraut das klingt.“

„Nein, nein, du verstehst das falsch. Ich kenne ihn kaum.“ Rosalin versuchte aufzustehen, aber Teena drückte sie zurück auf das Sofa.

„Ihr seid beide seit Jahren Mitglieder der Loge. Erzähl mir nicht, ihr würdet euch nur flüchtig kennen.“ Teena erkannte sich selbst nicht wieder. Ihre Worte klangen hart, und sie blieb beharrlich. Immerhin ging es nicht mehr um einen Fall der Polizei von Gardenrye, sondern um ihre Zukunft. Sie hatte das Gefühl, ein Sog ginge von der Loge aus, der sie hineinzog. War das der Strudel der Begierde? Der Maskierte hatte sie ins Visier genommen. Rosalin spielte ein falsches Spiel. „Ich will nicht länger euer Spielball sein. Verstehst du das?“

Rosalin lächelte zaghaft und nahm Teenas Hand. „Es ist nicht so, wie es scheint.“

„Dann sag mir die Wahrheit“, drängte Teena. „Klär mich auf.“

„Das kann ich nicht.“

Teena riss ihre Hand fort. „Hat Matthew Hallow etwas mit deiner Verschlossenheit zu tun?“

„Wie kommst du darauf?“ Roz wurde blass.

„Ihr seid alte Bekannte“, sagte Teena und spielte auf die Parkplatzgeschichte aus dem Jahr 2000 an. Sie überlegte, ob es klug war, den Siegelring zu erwähnen, aber entschied, nicht sofort alle Karten auf den Tisch zu legen.

„Er ist Polizeichef, seit 30 Jahren verheiratet und ein Vorbild für die Einwohner von Gardenrye. Was, glaubst du, hat jemand in seiner Position mit einer Loge zu schaffen?“ Es lag Spott in ihrer Stimme.

„Was hat jemand wie er mit dir zu tun?“, wollte Teena wissen und fixierte sie.

Roz wich ihrem Blick aus. „Das liegt lang zurück.“

„Aber keine 30 Jahre.“ Da Rosalin offensichtlich keine Lust verspürte zu erläutern, was damals vorgefallen war, hakte Teena nach. „Er war auch schon lang verheiratet, als ihr erwischt …“

„Schluss mit dem Verhör!“ Energisch stand sie auf. „Bist du als Polizistin oder als Freundin hier?“

„Freunde, sind wir das wirklich?“ Teena spürte einen Stich im Herzen.

„Das dachte ich bis heute zumindest. Im Moment bin ich mir nicht mehr sicher.“

„Eine Freundin würde mich nicht hinters Licht führen. Sie würde mich warnen und mich aufklären.“

„Ich wollte immer nur dein Bestes. Ich mag dich sehr gerne, das musst du mir glauben.“

Rosalin wollte Teenas Arm berühren, aber diese wich zurück. „Wenn dir wirklich etwas an mir liegt, dann erzählst du mir jetzt, wie Ethan Woodridge ins Bild passt.“

„Der Earl of Cunninghall?“, entfuhr es Roz laut.

Teena nickte.

Sie lächelte gequält. „Reden wir über Matthew, ja?“

„Nein, wir sprechen über den Earl.“

Rosalin unterbrach sie. „Lass ihn aus dem Spiel.“

„Ich gebe dir ein Stichwort: pinkfarbene Perücke.“

„Bitte!“, flehte Roz.

„Du hast Ethan Woodridge ausgeraubt.“

„Nein.“

„Du warst in jener Nacht auf Sores Dinnerparty.“

„Das stimmt nicht.“

„Lüg mich nicht an. Ich weiß es!“

„So war das nicht.“

„Wie war es dann?“

Schweigen.

„Ich will die ganze Wahrheit, und zwar auf der Stelle!“

„Aber nicht von mir“, schrie Rosalin, sprang auf und schritt forsch zur Balkontür. Sie stand neben der Schaufensterpuppe, mit dem Rücken zu Teena, und hielt die Arme um den Körper geschlungen, als wäre ihr kalt. Nachdenklich schaute sie nach draußen. Es war ein sonniger, warmer Tag. Die Möwen kreisten ausgelassen über der Kleinstadt.

Es war ungewohnt, Rosalin so durcheinander zu sehen. Teena genoss das Gefühl nicht einmal, Roz in die Enge zu treiben. Sie hatte vielmehr gehofft, dass sie sich ihr freiwillig öffnen würde. In einer echten Freundschaft ging es nicht um Machtfragen, doch bei ihnen beiden war das von Anfang an der Fall gewesen.

Rosalin wandte sich um. „Ich kann dir wirklich nichts über die Loge der Lust sagen. Die Mitglieder sind wie ein wildes Rudel Wölfe, wenn es darum geht, ihre Anonymität zu wahren.“

„Also gibst du zu, ein Mitglied der Loge zu sein.“

Sie nickte. „Verurteile den Geheimbund nicht. Die Mitglieder sind keine Kriminellen oder Perverslinge. Sie tun nichts Unrechtes …“

Teena schnaubte. „Sie erpressen und stehlen.“

„Du verstehst das alles nicht.“

„Dann klär mich auf."

Rosalin schüttelte den Kopf und nestelte an den Lederschnüren des Bustiers. „Niemand darf jemals über die Loge sprechen."

„Auch nicht der Alphawolf?"

Rosalin zuckte zusammen. Sie stieß gegen die Puppe und konnte sie gerade noch auffangen, bevor sie umfiel. „Woher kennst du seinen Namen?"

„Es ist wohl eher ein Pseudonym. Er hat es mir selbst verraten", berichtete Teena und ging zu ihr hinüber. Sie baute sich vor Roz auf. „Du wirst mir nun seinen richtigen Namen nennen."

„Um Himmels willen, nein. Ich würde gegen den Kodex verstoßen. Wer weiß, was er dann mit mir anstellt!"

Teena fiel auf, wie eingeschüchtert Rosalin war. Sie selbst hatte noch immer keine Ahnung, mit wem sie es zu tun hatte. Falls die Loge eine Verbrecherorganisation war, würde sie Roz in Gefahr bringen, wenn sie sie zwang, den Namen des Anführers preiszugeben. Das wollte Teena nicht. Trotz aller Differenzen mochte sie Roz immer noch.

Teena fasste Rosalins Schultern und schüttelte sie sanft. „Dann sag mir wenigstens, wo ich einen Hinweis darauf finde. Ich brauche nur einen Anhaltspunkt, dann werde ich seine Identität selbst herausfinden." Bei der Vorstellung, endlich erfahren zu können, wer sie in diese lustvollen Abenteuer verstrickt hatte, prickelte es zwischen ihren Beinen. Auch wenn sie ein wenig Angst vor der Wahrheit hatte, so musste sie ihr doch ins Auge blicken. Die Zeit war reif.

Rosalin zwinkerte ihr zu. „Du hast doch eine Aufgabe von ihm erhalten."

„Eine ziemlich dämliche“, antwortete Teena. „Du scheinst ja über alle Aktionen Bescheid zu wissen.“

Nun lächelte Rosalin wieder. „Nur was dich betrifft.“

„Du hast mich in den Coast Liquor Store gelockt, habe ich recht?“

„Ich wusste, dass es eine wundervolle Erfahrung für dich werden würde.“

„Euer Anführer hat dich auf mich angesetzt.“ Es war keine Frage, sondern eine Feststellung. „Wieso ich?“

„Du hast ihm gefallen, sehr sogar.“ Roz streichelte Teenas Wange. „Ich kann das gut nachvollziehen.“

„Dann war alles zwischen uns nur Kalkül?“

„Meine Verführung?“ Sie betrachtete Teena von oben bis unten. „Natürlich nicht!“

„Als ob ein Rasseweib wie du an mir Gefallen finden könnte“, blaffte Teena trotzig und trat einen Schritt zurück.

Betrübt seufzte Roz. „Trotz allem, was du erlebt hast, zweifelst du immer noch an deiner Attraktivität? Ich hatte gehofft, das hätte sich geändert.“

„Dann hast du nur Interesse vorgeheuchelt, um mich zu therapieren?“ Teena fühlte sich verletzt. Ihre alten Wunden waren aufgerissen.

„Unsinn! Jetzt bist du unfair. Vom ersten Moment an habe ich mich zu dir hingezogen gefühlt. Ich schlafe mit vielen, aber ich lasse nur wenige emotional an mich heran.“

Teena glaubte ihr. Vor ihr stand nicht die vor Selbstbewusstsein strotzende Rosalin Sawkenshaw, sondern die umgängliche Roz, mit der sie in der Waschküche bis Mitternacht geschwatzt hatte wie mit einer alten Busenfreundin. Roz warf sich nicht in Pose, sie kokettierte nicht, sondern sah ihr offen in die Augen.

Ruhig fragte Teena: „Willst du behaupten, ihr habt mich nicht nur als Marionette für eure frivolen Spiele benutzt? Bin ich nicht nur Frischfleisch für euch, kein Experiment?"

„Wir begehren dich aus einem einzigen Grund", begann Rosalin. „Weil du attraktiv bist. Wir sind keine Barbaren, die nur mit anderen spielen, um die eigene Lust zu befriedigen. Ich habe mich von Anfang an zu dir hingezogen gefühlt, und ich habe gespürt, wie sehr du dich nach Ausschweifungen sehnst."

„Du hast dein Netz ausgeworfen, und ich habe mich bereitwillig einfangen lassen." Teena seufzte, schritt zum Sofa und setzte sich. Sie stützte die Ellbogen auf den Knien ab und legte den Kopf in die Hände. „Ihr habt mein Leben ziemlich durcheinandergebracht."

Rosalin nahm neben ihr Platz und kraulte besänftigend ihren Rücken. „Ist es nicht aufregend? Waren die Erlebnisse nicht erfüllend?"

Teenas Blick fiel auf ihre Champagnerflöte. Sie griff das Glas und trank den winzigen Rest, der sich noch darin befand. Nachdem Rosalin die Flasche Moet & Chandon aus dem Kühlschrank geholt und nachgeschenkt hatte, nahm Teena erneut einen Schluck.

So viel zu meinen Vorsätzen, absolut nüchtern zu bleiben, dachte sie.

Plötzlich fiel ihr Blick auf einen Werbeslogan auf dem Flaschenetikett: „Newcastle Money Bank – sicher und vertrauenswürdig". Den Champagner musste William Sore ihr geschenkt haben. Die Flüssigkeit prickelte in Teenas Kehle, es war ein sinnliches Prickeln, das mit der Erinnerung an die erotischen Erlebnisse verschmolz. „Es war … berauschend. Trotzdem habt ihr alles aus dem Gleichgewicht gebracht, zum einen meine Gefühle: Ich frage mich, ob die Loge mich in die Tiefe reißen wird …“

„Sie wird dich wohl eher in höhere Sphären heben“, fiel Roz ihr ins Wort und strich ihr mit dem Zeigefinger die Feuchtigkeit von den Lippen.

„… Zum anderen mein Berufsleben. Ihr habt mich in laufende Ermittlungen hineingezogen, um genau zu sein in den Fall ‚Lady in Pink‘“.

Rosalin leckte den Schampus vom Finger. „Die Akte ist doch längst geschlossen.“

„Woher weißt du das?“, entfuhr es Teena. Dann fiel ihr wieder ein, dass Roz Matthew näher kannte oder gekannt hatte. „Der Polizeichef persönlich hat dir diese Information gegeben, habe ich recht?“

„Versprichst du mir, für dich zu behalten, was ich dir jetzt erzähle?“

Teena runzelte die Stirn.

„Bitte.“ Rosalin nahm ihr das Glas aus der Hand und leerte es. Geräuschvoll stellte sie es auf den Tisch.

„In Ordnung.“

14.

„Dass Matthew Hallow und ich zusammen auf einem Parkplatz erwischt worden sind, hast du ja bereits herausgefunden." Zaghaft lächelte Roz. „Es war ein Rollenspiel, nichts weiter. Ich habe mich in einem billigen Outfit auf den Rastplatz gestellt, als wäre ich eine Prostituierte, die auf einen Freier lauert. In Wirklichkeit habe ich dort nur auf Matt gewartet."

Matt? Das klingt vertraut, dachte Teena und lehnte sich zurück.

Roz schaute verträumt. „Damals haben wir lauter verrückte Sachen gemacht. An besagtem Tag im Jahr 2000 fuhr er heran. Er fragte mich, was ich kosten würde. Und ich sagte ihm, es komme darauf an, welche Leistungen er haben wolle. Schon während wir verhandelten, wurden wir so heiß, dass wir am liebsten übereinander hergefallen wären. Wir diskutierten alle Sexvarianten und Preise durch. Verbalerotik als Vorspiel."

„Waren keine anderen Autofahrer auf dem Rastplatz?"

„Nur ein Wagen hielt an, der Fahrer stieg aus und verschwand in den Büschen. Ich weiß noch genau, wie ich über seine gelben Baumwollhosen gelästert habe."

Teena dachte daran, wie sie auf der Fahrt nach Gardenrye auf einem Parkplatz masturbiert hatte. Nachdem sie gekommen war, war ein Mann zwischen den Sträuchern herausgetreten. Er musste sie die ganze Zeit beobachtet haben. Sie war sich vorgekommen wie eine mobile Peepshow und hatte sich entrüstet, doch nach allem, was sie mit Roz und dem Maskierten hatte erleben dürfen, entlockte ihr die Erinnerung nur noch ein schamloses Lächeln.

„Dieser Typ hat uns später bei der Polizei angeschwärzt“, erzählte Rosalin weiter. „Als Matthew auf dem Fahrersitz und ich auf seinem Schoß saß, sein steifes Glied in mir, meine Brüste in seinen großen, starken Händen, kamen sie und verhafteten uns. Matthew war außer sich, besonders weil ein alter Bekannter uns auf dem Hauptrevier in Newcastle verhört hat.“

„Koogan Brannigan.“

„Woher weißt du das?“, fragte Roz. Sie zog die Beine an und legte sie auf die Couch.

Teena zwinkerte. „Ich bin halt eine gute Ermittlerin.“ Wie hatte Monica so schön gesagt? Immer Augen und Ohren offen halten.

„Irgendwie hat es Matthew geschafft, seinen Namen aus der Presse herauszuhalten. Meiner dagegen stand überall.“ Sie schnalzte. „Ich wurde zwar nicht wegen Prostitution angeklagt, aber es kam zum Bruch zwischen mir und Matt. Vorher hatten wir uns häufig getroffen, denn wir waren auf einer Wellenlänge und trieben es überall. Danach sahen wir uns nur noch sporadisch.“

„Du hast ihn geliebt, nicht wahr?“

Verdutzt starrte Roz sie an.

Teena rutschte tiefer in den Sitz. Am liebsten hätte sie ihre Freundin in den Arm genommen, aber sie konnte nicht. Roz erzählte ihr nichts wirklich Neues und nicht das, was sie hören wollte. „Du klingst traurig, wenn du von damals erzählst. Es hört sich für mich so an, als hättest du gehofft, dass aus den erotischen Treffen mehr wird, vielleicht sogar eine richtige Beziehung.“

„Matthew hat sich von mir abgewandt, langsam und unmerklich, damit ich keinen Ärger mache. Als Abschiedsgeschenk gab er mir das Startkapital für einen eigenen Dessousladen."

„Und schickt dir hin und wieder Aufmerksamkeiten?"

„Nein, das macht ein anderer." Rosalin nahm die Flasche. „Möchtest du noch Champagner?"

Teena deutete auf den Slogan, der auf dem Flaschenetikett stand. „Sore?"

„Fang nicht schon wieder an." Seufzend füllte sie die Gläser nach und kniete sich auf die Couch. Roz lenkte ab. „Bitte behalte meine Vergangenheit mit Matthew Hallow für dich. Ich habe ihm damals schwören müssen, niemandem etwas zu erzählen."

„Willst du ihn zurückgewinnen?", fragte Teena und ahnte, dass Rosalin sich nach Matthew nie wieder verliebt hatte. Vermutlich gab sie sich mit sexuellen Ausschweifungen zufrieden und wollte von Liebe nichts mehr wissen. Roz war nicht so hart, wie sie vorgab zu sein. Teena konnte Rosalins Reaktion auf die Zurückweisung zwar nachvollziehen, doch sie selbst würde der Liebe nie abschwören.

„Wie kommst du darauf? Nein, er liebt seine Frau. Ich will mich nicht in eine Ehe einmischen, die schon 30 Jahre lang hält. Vor fünf Jahren war ich noch so naiv zu denken, ich könnte ihn für mich gewinnen, doch mittlerweile weiß ich, dass das nur eine Illusion war."

„Dann habt ihr keinen Kontakt mehr?"

Rosalin richtete den Träger ihres Bodysuits und trank den halben Kelch auf einmal aus.

„Lüg mich nicht schon wieder an." Aufbrausend setzte

sich Teena auf. Obwohl sie sich nicht völlig sicher war, sagte sie: „Er hat erst vor Kurzem deine Balkontür repariert."

„Woher weißt du das nun wieder?"

Mister Killer-blue-Eyes. „Weshalb sollte ich meine Karten auf den Tisch legen, während du dich in Schweigen hüllst?"

„Aber ich erzähle dir doch alles, was ich erzählen kann", Roz stellte das Glas ab, „alles, was unmittelbar mit mir zu tun hat. Ja, ich habe noch einmal versucht, Matt zu ködern, als sich mir die Chance bot."

„Welche war das?"

„Du natürlich. Du bist für mich eine neue Verbindung zu ihm." Roz blinzelte.

„Das ist eine Lüge!", entrüstete sich Teena. „Du bist nicht einmal persönlich aufs Revier gekommen, um mir die Strapse und High Heels auszuhändigen, sondern hast sie von einem Kurier überbringen lassen. Das wäre die Gelegenheit gewesen, Matthew wiederzutreffen. Du verschweigst mir doch etwas."

„Kannst du dir nicht vorstellen, wie sehr es wehtut, ihn zu sehen? Er hat sich endgültig für seine Ehe entschieden. Das schmerzt. Ich werde ihn garantiert nie wieder belästigen." Roz wich ihrer Frage aus.

„Ich finde es nobel von ihm, sich für seine Frau zu entscheiden, auch wenn ich es missbillige, dass er fremdgegangen ist", entgegnete Teena und rümpfte die Nase.

„Nobel? Er hat sich regelmäßig mit mir getroffen und mir das Gefühl gegeben, zwischen uns gäbe es mehr als nur Sex. Alle in der Loge haben mich ausgelacht. Ich und dieser alte Mann mit dem Backenbart und den Pullovern, die sich um seinen Bauch spannen. Ich habe ihn verteidigt und gesagt, wie männlich er ist, wenn wir alleine sind, und wie sehr ich seinen festen Griff und seine zärtlichen Küsse liebe. Aber er hat mich sitzen lassen. Solltest nicht wenigstens du als Freundin zu mir halten?“ Rosalin gestikulierte so heftig, dass sie den Kelch umwarf. Aufgelöst eilte sie in die Küche, um ein Trockentuch zu holen, und wischte den Champagner auf, als sie wieder zurück war.

Einerseits empfand Teena Mitleid, andererseits vermutete sie, dass Roz nur von ihrer eigenen Droge gekostet hatte. Aber an diesem Nachmittag hatte sie keine Lust, auf Rosalin einzugehen. Heute ging es um sie selbst! Sie brauchte Antworten und würde nicht länger warten.

Teena nahm ihre Handtasche. „Diese Frage kann ich dir genauso stellen. Ich will mehr über die Loge wissen!“

„Spiele die Ereigniskarte.“ Eilig tupfte Roz mit dem Tuch über den Boden, weil der Schampus hinuntergetropft war.

„Ist es eine Verbrecherorganisation?“, fragte Teena freiheraus und stand auf.

Rosalin lachte ironisch. „Wir sind nicht krimineller als du. Hast du vor, mir das Shampoo zurückzugeben?“

„Es ist ein Beweismittel“, antwortete Teena trocken und schritt forsch zum Ausgang.

„Für welchen Fall? Die Akte ist geschlossen worden.“

An der Tür drehte sich Teena um. Hatte eben noch das Mitleid wegen Rosalins unerwiderter Liebe den Zorn in ihr gedämpft, so kehrte dieser nun machtvoll zurück. Sie hatte das Gefühl, die Einzige zu sein, die keine Ahnung hatte, was es mit der Loge der Lust auf sich hatte.

Sie sah auf Rosalin hinunter, die noch immer auf dem Boden hockte und nun die Tischbeine abwischte. „Ich kann den Fall wieder aufrollen.“

„Du?“ Roz warf eine Haarsträhne über die Schulter zurück.

„Ich brauche nur zu Koogan Brannigan zu gehen, die Beweise und Reporte vorzulegen und ihm alles zu berichten“, zischte Teena. „Ihr solltet euch eurer Sache nicht so sicher sein. Ihr habt gedacht, ihr könnt mit mir machen, was ihr wollt, nachdem ihr mich in den Fall hineingezogen habt. Doch da habt ihr euch getäuscht. Ich bin keine leichte Beute. Dieses Opfer schlägt zurück!“

Plötzlich warf Rosalin das Trockentuch nach ihr. Teena duckte sich hastig. Das Tuch flog gegen die Wand und fiel zu Boden.

„Du bist verbohrt!“ Roz erhob sich. „Du hast nichts von dem verstanden, was ich dir erzählt habe. Nichts! Wir sind weder kaltblütig noch rücksichtslos.“

Teena trat auf das Tuch. „Aber auch nicht bloß ein einfacher Freundeskreis.“

Sie hatte genug. Wütend verließ sie das Appartement und warf die Tür hinter sich zu. Sie flüchtete in ihre Wohnung und nahm eine kalte Dusche, um sich abzuregen. Während das kühle Wasser über ihren Kopf rann, ballte sie die Hände zu Fäusten. Sie hieb gegen die Kacheln. Dann stützte sie sich an der Wand ab, schloss müde die Augen und ließ den Kopf hängen.

Was hatte sie schon von Rosalin erfahren? Nicht viel mehr, als sie vorher schon gewusst oder zumindest geahnt hatte. Nun gut, Matthew und sie hatten eine Affäre gehabt. Für Roz, die durch die lieblose Ehe ihrer Eltern vorbelastet war, war das der Auslöser gewesen, um den Glauben an die

Liebe endgültig zu verlieren und in der Erotik Zerstreuung zu finden. Auf beider Leben, Matthews und Roz', hatte die Affäre Schatten geworfen. Er hatte seinen guten Ruf und seine Ehe aufs Spiel gesetzt und sie den Glauben an die Liebe verloren.

Rosalin war ein Mitglied der ominösen Loge, das hatte sie zugegeben. Aber was war mit Matthew? Mit William Sore und Ethan Woodridge? Sie alle trugen Siegelringe. Und wie viel wusste Lewis Poth?

„Was hat die Loge mit mir vor?", fragte sich Teena laut. Sie wusch sich das Gesicht, drückte einen Strang Gel auf die Hand und verteilte ihn auf dem Busen. Erregt stellten sich die Brustspitzen auf. Teena rieb über die Brustwarzen und knetete ihre Brüste. Ihre Hand glitt tiefer. Sie seifte ihren Unterleib ein, genoss das wohlige Prickeln und sog den Duft von Zitronenmelisse tief ein.

„Ich will nicht masturbieren. Ich will ihn!" Schwer atmend legte sie die Stirn gegen die Kacheln. Vor ihrem geistigen Auge tauchte der Maskierte auf. Dieser durchdringende Blick, die zärtlichen Berührungen, das tabulose Spiel. Ein Spiel ohne Grenzen.

„Spiel die Ereigniskarte."

„Ich kann nicht. Mir fehlt der Mut." Der Weg zu ihrem „smooth criminal" führte über Ethan Woodridge. Doch der Earl flößte ihr Respekt ein. Sie hatte ihn erst einmal getroffen. Bei dem Verhör auf der Bezirksdienststelle hatte er so durch und durch selbstsicher gewirkt. Selbstbewusste Menschen schüchterten Teena ein.

„Habe ich eine Wahl?" Sie nahm die Shampooflasche und rieb sie mit Duschgel ein. Dann führte sie die Flasche zwischen die Schenkel. Teena drückte sie gegen ihre Scheide. Langsam schob sie die Flasche vor und zurück, sodass diese auf dem Gel über ihre Schamlippen rieb. Wohlig seufzte Teena.

Ja, im Masturbieren war sie gut. Aber würde sie erfolgreich darin sein, den Earl zu verführen? Sie zweifelte stark daran. Seine Beschreibung, wie er das Dessert vom entblößten Körper der Lady in Pink gegessen hatte, ohne die Hände zu benutzen, ließ Teena vermuten, dass er sehr erfahren in erotischen Dingen war. Teena fühlte sich unterlegen, und das passte ihr gar nicht, schließlich würde sie ihn nur aus dem einen Grund aufsuchen – um mehr über die Loge der Lust zu erfahren. War das wirklich der einzige Antrieb?

„Himmel, ich brauche Entspannung." Teena kniete sich in der Duschkabine nieder. Erneut seifte sie die Shampooflasche mit Gel ein. Sie spreizte die Schenkel, hielt die Flasche wieder an ihren Unterleib und schob ihr Becken vor und zurück. Das Wasser prasselte auf Teena herab, während Wärme in ihre Vulva stieg. Teena drückte die seifige Flasche fester gegen ihre Schamlippen. Sie rieb damit über ihre Klitoris und stöhnte. Alles was sie in diesem Augenblick herbeisehnte, war ein Höhepunkt, ein erlösender Orgasmus, der sie entspannte. Danach würde sie klarer denken können.

Teena scheuerte ihren Unterleib immer stärker an der Flasche. Gel rann an ihren Beinen hinab. Ihre Lust wuchs. Das Blut floss in ihre Schamlippen und ihre Klitoris, die Feuchtigkeit aus ihrer Scheide. Teena stützte sich am Wannenrand ab. Sie stöhnte lasziv und rieb die Flasche nun ausschließlich über ihren Kitzler. Als sich ihr Unterleib zusammenzog und der Orgasmus sich ankündigte, hob sie ihr Gesicht in den Duschstrahl. Kühles Wasser auf Stirn, Wange und Dekolleté – Hitze in ihrer Klitoris. Teena erzitterte. Ihr Körper krampfte vor Lust. Sie hielt sekundenlang die Luft an. Ihr Mund war leicht geöffnet. Wasser drang hinein. Dann endlich erfasste der Orgasmus sie. Teena spie das Wasser aus, rang nach Atem und zuckte wie ein feuchter Aal. Einige Male rieb sie noch über ihre empfindsame Stelle. Schließlich hörte sie kraftlos, aber glücklich auf.

Erschöpft setzte sich Teena in die Duschwanne. Der Strahl war nun auf ihre Füße gerichtet. Sie formte mit den Händen eine Schale, sammelte Wasser darin und trank. Ihr ging es besser. Nun endlich fühlte sie sich entspannter.

„Was wirst du tun, Christeena McLight?“ Sie lehnte den Hinterkopf an die Kacheln und atmete tief durch. Würde sie den Mut haben, dem Earl entgegenzutreten?

„Ich muss einfach.“ Sie sprach sich innerlich Mut zu, aber die Angst blieb. Vielleicht musste sie ihn ja gar nicht verführen. Eventuell reichte es, wenn sie ihn aufsuchte. Was sollte sie überhaupt sagen? Teena hatte keine Ahnung.

Nachdem sie aus der Dusche gestiegen war, trocknete sie sich ab. Ihr Blick fiel auf die Ereigniskarte, die immer noch in der Ecke lag. Teena hob sie auf und betrachtete sie einen Moment lang. Hätte Sly ihr nicht geschrieben, dass er für keine weiteren Gefälligkeiten zur Verfügung stand, hätte sie ihn gebeten, die Spielkarte auf Fingerabdrücke zu untersuchen. Der Maskierte hatte bei der Übergabe der Karte keine Handschuhe getragen. Möglicherweise hätte sie durch Slys Hilfe den Earl gar nicht besuchen müssen, sondern die Identität des Maskierten mithilfe der Forensik lüften können.

Teena hielt die Karte hoch. „Von dir ist weitaus mehr abzulesen als meine Aufgabenstellung."

Leider war die Tür des Forensiklabors geschlossen. Schnalzend steckte Teena die Ereigniskarte in ihre Handtasche und legte sich ins Bett. Sie hatte Schlaf nachzuholen, und die Nacht würde lang werden.

Sie verschlief den Nachmittag und wachte erst am Abend auf. Hungrig aß sie eine Schale Porridge. Dann ging sie ins Bad und erwischte sich dabei, wie sie nach dem Rasierer griff. Sie begegnete ihrem Blick im Spiegel.

„Es muss sein. Für den Fall der Fälle." Eine Welle der Erregung durchfloss sie. Ethan Woodridge war Respekt einflößend, aber attraktiv. Wie würde er sie nehmen, hart oder gefühlvoll?

Seltsamerweise bekam sie ein schlechtes Gewissen. Eigentlich wollte sie mehr über den Maskierten in Erfahrung bringen. Er war ihr Liebhaber. Doch auch der Earl zog sie an.

Teena begann sich zu rasieren und schüttelte den Kopf. Ein Gewissen, hatte der sanfte Ganove denn eins? Er war der Anführer irgendeiner geheimen Vereinigung und schickte Teena zu einem anderen Mann. Worüber machte sie sich also Gedanken?

Sie zog das gleiche Outfit an, das sie schon beim Undercover-Einsatz im Kesselhaus getragen hatte, um Woodridges Reaktion zu testen. War er vielleicht unter den Gästen gewesen? Sie war neugierig, ob er an diesem Abend den Siegelring trug. Ihre Aufregung wuchs.

Teena toupierte ihre roten Haare am Ansatz, damit sie mehr Volumen bekamen, schminkte sich sorgfältig und schlüpfte in Rosalins Strapse und die hochhackigen Schuhe.

Zufrieden drehte sie sich vor dem Ganzkörperspiegel, der im Eingangsbereich hing.

Da Teena sich nicht angemeldet hatte und die Sonne bereits unterging, schnappte sie sich ihre Handtasche und eilte zum Discovery. Sie fuhr zu einer Tankstelle, kaufte sich eine Straßenkarte und ließ sich vom Kassierer den Weg zu den Green Terrace Klippen erklären. Aufgewühlt stieg sie in den Wagen. Sie fasste das Lenkrad fest, damit ihre Hände nicht so stark zitterten. Während der ganzen Fahrt knabberte sie an ihrer Unterlippe. Sie schmeckte Lippenstift.

Als Teena ein Schild mit der Aufschrift „Cunninghall Manor" passierte, murmelte sie: „Himmel, was mache ich hier eigentlich?" Sie hatte niemandem erzählt, was sie vorhatte. Sollte ihr etwas zustoßen …

„Denke gar nicht erst daran!", ermahnte sie sich.

Sie lenkte den Landrover durch ein kleines Wäldchen und kam an eine Sandsteinmauer. Dahinter lag das Haus, in der Ferne sichtete sie das Dach. Teena hielt vor einem Eisentor, fuhr das Fenster herunter und klingelte.

„Ja, bitte?", erklang eine nasale Männerstimme aus dem Lautsprecher. Eine Kamera zoomte. Das Geräusch war deutlich in der Stille der Abenddämmerung zu hören.

Sie lehnte sich aus dem Fenster und sprach laut und deutlich: „Christeena McLight für Mister Ethan Woodridge."

„Haben Sie einen Termin?"

Teena zögerte. „Nein, aber er wird mich empfangen." Falls er überhaupt zu Hause ist, fügte sie in Gedanken hinzu.

„Einen Moment, bitte." Die Leitung knisterte. Dann war es wieder still.

Teena spähte zu den Klippen, konnte das Meer aber nicht sehen. Nur das Säuseln des Windes war zu hören und ein Rascheln im Unterholz. Es war ein lauer Sommerabend. Die Sonne versank am Horizont und tauchte den Himmel in ein flammendes Rot.

Teena erschrak, als das Tor aufschwang. Langsam fuhr sie über einen Schotterweg auf das Anwesen, geradewegs auf Cunninghall Manor zu. Das Herrschaftshaus stand inmitten einer Wiese – englischer Rasen, akkurat geschnitten, gleichmäßig und kurz, ein grüner Teppich ohne das kleinste Anzeichen von Moos oder Löwenzahn. Den Weg säumten Ringelblumen, die in gleichmäßigen Abständen gepflanzt waren. Alle besaßen den gleichen satten Gelbton. Teena kam sich vor wie auf einem Rollfeld, denn die gelben Blüten erschienen ihr wie Lichter, die ihr den Weg wiesen. Auf dem Rasen erblickte sie einen Pavillon aus weiß lackierten, kunstvoll ineinander verschlungenen Eisenstangen, an denen gelbe Kletterrosen rankten. Das Anwesen wurde an drei Seiten von der Mauer eingegrenzt und an einer Seite von den Klippen, auf denen eine Holzbank stand, die schon bessere Zeiten gesehen hatte.

Im Winter muss es hier ziemlich stürmen, dachte Teena und parkte unmittelbar vor dem Gebäude. Es hatte hohe Giebel und wirkte durch seine roten Backsteine rustikal und gemütlich, nicht so steril wie der Rasen.

Teena stieg aus, zog den Saum ihres Minirocks tiefer und blickte nervös zu den Fenstern. Niemand war zu sehen. Ob Woodridge sie beobachtete? Sie richtete ihr Bustier.

„Ich habe das Parfum vergessen." Hastig kramte sie in ihrer Handtasche nach dem kleinen Flakon. Da war er ja. Sie trug einige Tropfen „Knowing“ von Estée Lauder zwischen ihren Brüsten auf und steckte das Fläschchen zurück in die Tasche. Dann straffte sie die Schultern und schritt die kleine Steintreppe empor.

Die Haustür öffnete sich. Ein Butler nickte ihr zu und machte eine einladende Geste. „Bitte, treten Sie ein, Miss McLight.“ Sie erkannte die nasale Stimme wieder.

„Danke.“ Teena folgte ihm bis in die Eingangshalle, in der er sie zu warten bat. Ihr Herz pochte. Sie hasste es zu warten. Doch diesmal konnte sie die Zeit nutzen, sich zu sammeln. Innerlich zählte sie immer wieder bis zehn. Sie bemühte sich, langsam ein- und auszuatmen, aber ihr Puls beruhigte sich nicht. Offensichtlich war der Earl tatsächlich daheim. Teena wusste nicht, ob sie glücklich oder betrübt darüber sein sollte. Sie wischte ihre feuchten Handflächen am Bustier-Hemd ab und wünschte sich, sie hätte Jeans und T-Shirt gewählt, in denen sie sich hätte verstecken können. Aber nun war sie hier, sie hatte eine Entscheidung getroffen und musste das Beste daraus machen. Um sich abzulenken, sah sie sich um. Überall standen antiquarische Kommoden, die sich bestimmt seit vielen Generationen im Familienbesitz derer von Cunninghall befanden, Schwarz-Weiß-Fotos, auf denen Personen in nostalgischen Automobilen zu sehen waren, und Vasen mit filigranen Blumenmustern. Da bemerkte sie die Jagdszene, die hoch über ihr die Decke zierte.

„Gefällt Ihnen die Deckenmalerei?“

Teena erschrak. Ethan Woodridge hatte sich unbemerkt genähert. Er öffnete die obersten Knöpfe seines kurzärmeligen Seidenhemds und steckte lässig die Hände in die Taschen seiner Sommerhose. Keine Schuhe. Keine Socken. Er lief barfuß.

„Ich halte nichts von der Jagd."

„Auch nicht, wenn das Opfer gejagt werden will?"

Natürlich sprach er nicht von Füchsen. Obwohl er Teena mit seinem blasierten Blick einschüchterte, hob sie aufmüpfig ihr Kinn. Egal wie durcheinander und unsicher sie war, sie nahm sich vor, äußerlich die Fassung zu behalten. „So etwas gibt es nicht."

„Ach, nein?" Ethan Woodridge musterte sie von oben bis unten.

Teena fasste ihre Handtasche fester. Er hatte recht. Mit dem Bustier, der ihren Busen aufreizend hochdrückte, den Strapsen, deren Spitzenbänder unter dem Minirock hervorlugten, und den High Heels vermittelte sie eine klare Botschaft.

Du bist gekommen, um ihn zu verführen, dachte Teena, das ist offensichtlich.

„Kommen Sie. Ich empfange meine Gäste am liebsten im Kaminzimmer." Der Earl nahm ihre Hand und zog sie mit sich. „Ihre Hände sind ja ganz feucht." Über die Schulter hinweg sah er sie schmunzelnd an.

Teena biss die Zähne zusammen. Oh ja, er liebte es, ihr vor Augen zu führen, wie nervös sie war. Er wusste, dass sie ihn attraktiv fand. Ahnte er auch, was oder, besser gesagt, wer der Auslöser für ihren Besuch war? Als er sie durch die Korridore führte, entdeckte sie in einem Zimmer Holzmasken, die an der Wand hingen. Aber sie gingen zu schnell, als dass Teena gezielt nach einer Teufelsmaske hätte Ausschau halten können.

„Mein Jagdzimmer“, erklärte er. „Dort bewahre ich auch meine Waffen auf.“

Spitz fragte sie: „Ist auch ein Balisong darunter?“

Er lachte spöttisch und schob sie in das Kaminzimmer. „Meinen Sie, ich habe früher die Füchse mit dem Messer erstochen?“

Nun, da er ihren Arm freigab, drehte Teena ihm den Rücken zu, um seinen bohrenden Blick nicht länger spüren zu müssen und sich sammeln zu können. Der Kamin war nicht angefacht, das Zimmer wurde nur von einer Stehlampe erhellt, die zwischen einem braunen Chesterfield-Dreisitzer und einem Ledersessel stand, auf dessen Lehne ein aufgeklapptes Buch mit dem Text nach unten lag. Ein Teppich mit beigefarbenem Paisleymuster lag inmitten des Raumes und reichte vom gläsernen Couchtisch bis zur Terrassentür. Rechts und links befanden sich je zwei Fenster, sodass der Raum tagsüber sicherlich hell und freundlich wirkte. Jetzt, in der Dämmerung, hatte Teena allerdings einen atemberaubenden Blick auf die Klippen, das Meer und den Sonnenuntergang.

Der Butler kam herein und stellte zwei Gläser mit Rotwein auf den Tisch. Teena beobachtete ihn skeptisch. Woodridge hatte nicht einmal gefragt, ob sie etwas trinken wolle. Dieser Mann war unverschämt!

„Danke, Sie können jetzt Feierabend machen, Rupert“, sagte er.

Der Butler wünschte eine gute Nacht und verneigte sich leicht. Teena beobachtete entsetzt, wie er das Kaminzimmer verließ und die Tür hinter sich schloss.

Woodridge musste ihren Blick bemerkt haben, denn er fragte provozierend: „Fürchten Sie sich denn davor, mit mir allein zu sein?“

„Nein“, antwortete sie, aber ihre Stimme war dünn.

Er schritt zu einem Fenster, blickte eine Weile gedankenversunken hinaus und wandte sich zu Teena um. „Was kann ich für Sie tun?“

Sie suchte verzweifelt nach den richtigen Worten. Da fiel ihr die Ereigniskarte ein. Teena zog sie aus der Handtasche und reichte sie ihm stumm. Gespannt auf seine Reaktion verlagerte sie ihr Gewicht von einem Fuß auf den anderen.

Er las regungslos, was auf der Karte geschrieben stand. Schließlich sagte er: „Hhm, ich verstehe.“ Dann nickte er und legte die Karte auf die Fensterbank, gegen die er sich nun lehnte. Er stützte die Hände rechts und links darauf ab und lächelte herausfordernd. „Ich warte.“

Verdutzt hob Teena die Augenbrauen. „Was erwarten Sie von mir?“ Eine blöde Frage. Sie schämte sich.

„Sie haben die Ereigniskarte eingelöst, indem Sie sie dem Spielführer überreicht haben.“ Er fixierte sie mit seinem bohrenden Blick. „Sie könnten sich zum Beispiel vor mir hinknien, langsam meine Hose öffnen und …“

„Mister Woodridge!“ Hatte er Spielführer gesagt? Eine Ahnung stieg in ihr auf.

„Nennen Sie mich Ethan, bitte.“ Seine Stimme troff vor Selbstgefälligkeit. „Deshalb sind Sie doch heute Abend zu mir gekommen, Teena.“

Wie er ihren Namen aussprach! Butterweich und sinnlich. Teena bekam eine Gänsehaut. „Eigentlich bin ich hier, weil ich Antworten suche.“

„Die werden Sie bekommen, ich verspreche es Ihnen. Doch zuvor müssen Sie die Aufgabe erfüllen. Keine Leistung ohne Gegenleistung.“

Teena schluckte ihren Zorn hinunter, anstatt ihm Luft zu machen. Dieser arrogante Kerl! Aber sie konnte ihn nicht verführen. Sie war ja nicht einmal in der Lage, einen Schritt auf ihn zuzugehen. Wie er da stand und sie anstarrte! Sein Blick lähmte sie. Seltsamerweise wünschte sie sich, er würde eine Maske tragen, denn dann müsste sie sein anmaßendes Lächeln nicht länger ertragen und könnte vielleicht über ihren Schatten springen. „Ich kann nicht.“

Anstatt sie nach Hause zu schicken, kam er auf sie zu. „Ich werde Ihnen helfen. Für jedes Kleidungsstück, das Sie ausziehen, beantworte ich Ihnen eine Frage. Strümpfe und Schuhe gelten jeweils als ein Teil.“

Innerlich kämpfte sie mit sich. Nun, da er nah vor ihr stand, roch sie sein erdiges Aftershave. Es gefiel ihr, ebenso wie seine gradlinigen Lippen, die geschwungenen Augenbrauen und das Muttermal an der Nasenwurzel, durch das der vollkommene Schnitt seines Gesichts wohltuend gebrochen wurde. Teena gestand sich schweren Herzens ein, dass sie nicht nur nach Antworten gierte.

Langsam öffnete sie den Reißverschluss ihres Rocks und schob ihn über die Hüften, sodass er auf den Teppich fiel.

Wo sollte sie anfangen? Welche Frage war die wichtigste? In diesem Moment fuhr Ethan sich durch die Haare. Der Siegelring fiel Teena ins Auge. „Was ist die Loge der Lust? Sie sind ein Mitglied, habe ich recht?“

„Das sind zwei Fragen.“ Er kraulte nachdenklich sein Kinn, während er ihr Bustier betrachtete. „Ziehen Sie doch bitte noch Ihr Oberteil aus.“

Teena hob abwehrend die Hände. „Nein, nein, so war

das nicht gemeint."

„Gesagt ist gesagt."

„Ich weiß, dass Sie dazugehören", sagte sie und deutete auf den Ring. „Zwei ‚L', die angeordnet sind wie ein Viereck oder im weitesten Sinne wie ein Kreis. Ein Kreis aus Eingeweihten."

Er lachte, es war ein aufrichtiges Lachen. „Sie haben recherchiert. Nun gut, ich will Sie endlich nackt sehen, daher werde ich nicht lange diskutieren."

Teena erschauerte wohlig.

„Die Loge der Lust ist ein Geheimbund. Männer und Frauen treffen sich in regelmäßigen Abständen und frönen tabulosen Ausschweifungen an außergewöhnlichen Orten. Anonymität ist uns wichtig, daher tragen wir Masken, ebenso halten wir Maß bei den erotischen Spielen. Alles ist erlaubt, was heiß macht, Teena, alles, solange niemand zu Schaden kommt. Keiner der Gäste wird zu irgendwelchen Handlungen gezwungen, aber ich darf anführen, dass alle sehr aufgeschlossen für Handlungen abseits von Vanilla, dem sogenannten Blümchensex, sind. Geschmackvolle Unsittlichkeit nenne ich es."

„Werden Prostituierte engagiert, um den Gästen ihre Wünsche zu erfüllen?"

Er hielt Teena die Hände hin, um ein Kleidungsstück entgegenzunehmen. „Wenn das Ihre zweite Frage sein soll, bitte ich Sie …"

Hastig schüttelte sie den Kopf. Da die Loge kein Prostituiertenring und auch keine Verbrecherorganisation war, gab es wichtigere Details zu klären.

Er fuhr schmunzelnd fort und begann sie zu umkreisen

wie ein Raubtier seine Beute. „Viele Mitglieder sitzen tagsüber in wichtigen Positionen, sie sind zum Beispiel Richter, Geschäftsführer oder Gemeindevorsteher. Doch auf den Partys der Loge erkennt sie niemand. Sie tarnen sich mit einer Maske und schämen sich nicht, ihre triebhafte Seite zu zeigen. Mitunter sind sie wie ein Rudel Wölfe – sie fallen wie Tiere übereinander her, meist ohne zu wissen, mit wem sie es treiben. Sie machen es auf alle erdenklichen Arten, Teena, sie leben ihre sexuellen Wünsche aus, in beiderseitigem Einverständnis, sorglos, losgelöst. Träumst nicht auch du davon?"

Er stand nun hinter ihr, legte ihr die Haare über die Schultern nach vorne und hauchte ihren Nacken an.

Teena schloss die Augen und genoss die Wärme seines Atems. Die Loge faszinierte sie, aber das würde sie ihm nicht auf die Nase binden. „Ich stelle die Fragen, Sie antworten." Klang ihre Stimme lasziv? Sie räusperte sich.

„Ziemlich kokett", bemerkte er amüsiert und öffnete ihr Bustier.

Sie hob die Arme und ließ es sich bereitwillig ausziehen. „Erklären Sie mir, was es mit der Lady in Pink und dem Raub in William Sores Garten auf sich hat."

Mit den Fingerspitzen zeichnete er ihre Wirbelsäule nach. „Das ist ein wenig zu ungenau formuliert, finden Sie nicht auch? Und eigentlich ist es nicht einmal eine Frage."

Teena schlang die Arme um ihren Brustkorb, um ihren Busen zu verdecken, und drehte sich zu ihm um. „Bitte, Ethan, ich möchte endlich die Wahrheit erfahren. Was hat sich wirklich nach dem exotischen Dinner zugetragen?"

„Nimm die Hände herunter", befahl er mit zärtlicher Stimme. „Präsentiere dich mit Stolz."

Diese Worte kamen ihr bekannt vor. Sie bebte, als sie die Arme fortnahm.

Während er ihre kleinen, festen Brüste verträumt betrachtete, rieb er ihre Oberarme. Vermutlich dachte er, ihr wäre kalt, oder aber er versuchte sie zu beruhigen. „Nichts – rein gar nichts ist nach dem Dinner geschehen."

„Das glaube ich nicht." Sie wollte trotzig zurückweichen, doch er hielt sie fest. Er drückte sie so kraftvoll an seinen Körper, dass seine Hemdknöpfe an ihrem Busen kratzten. Auch die Wölbung in seiner Hose blieb ihr nicht verborgen. Teena erregte Ethan. Diese Erkenntnis entzückte sie. Ihr Herz pochte aufgeregt, bis hinein in ihren Schoß.

„Die Dinnerparty hat nie stattgefunden."

Teena traute ihren Ohren nicht. „Aber ... aber Sie haben doch in allen Einzelheiten von der frivolen Art der Dessertverköstigung berichtet." Konnte er die Wahrheit sprechen? Ja, es war möglich, immerhin hatten sie nie auch nur den kleinsten Beweis dafür gefunden, dass die Lady in Pink in Sores Villa gewesen war.

„Ich habe auf ein Erlebnis aus der Vergangenheit zurückgegriffen. Herrje, jetzt beantworte ich schon wieder Fragen, die Sie nicht gestellt haben. Teena, Sie machen mich verrückt."

Das wollte sie gerne glauben, tat es jedoch nicht. „Aber die Lady in Pink gibt es tatsächlich."

Er kam so nah an ihr Ohr, dass sie seinen Atem an der Ohrmuschel spürte. „Ihre Bekanntschaft haben Sie ja schon gemacht."

„Rosalin", hauchte sie und genoss das Prickeln, das durch sie hindurchfloss, weil Ethan sich an sie schmiegte. Sie schloss die Augen und lehnte ihre Stirn gegen seine Schulter.

„Sie sollten nicht wütend auf Rosalin sein. Roz hat Sie ins Herz geschlossen, etwas, das bei ihr sehr selten passiert. Aber an besagtem Abend war sie nicht in Sores Villa, genauso wenig wie ich. Sie hat die pinkfarbene Perücke nicht mehr getragen, seit sie auf dem Parkplatz mit Matthew Hallow erwischt wurde, als beide Hure und Freier spielten. Ein verhängnisvolles Rollenspiel."

Deshalb konnte sich auch niemand der Gäste oder Angestellten im „Flesh" an die Lady in Pink erinnern. „Roz hat mir von dem Parkplatzsex berichtet, aber nicht, dass sie die Perücke an dem Tag getragen hatte."

„Rosalin hat sie als Andenken an ihre verflossene Liebe aufbewahrt und erst wieder angezogen, als sie Sie, Teena, in den Coast Liquor Store locken sollte."

Zornig blinzelte Teena ihn an. Es drängte sie, ihn nach dem Maskierten zu fragen, doch sie wollte erst alles über den Fall „Lady in Pink" hören, der offensichtlich nur erfunden war. Oder fürchtete sie sich davor zu erfahren, dass ihre Vorahnung sich bewahrheiten könnte? „Zu dem Vorfall komme ich später. Jetzt möchte ich erst einmal wissen, weshalb Sie auf die Bezirksdienststelle gekommen sind, um einen Raub zu melden, der nie stattgefunden hat."

„Die Schuhe, bitte."

Aufgebracht schleuderte sie die High Heels fort. Nun trug sie nur noch Slip und Strümpfe. Der Strapsgürtel blieb ihr auch noch. Folglich hatte sie drei Fragen übrig. Sie musste sich konzentrieren, was nicht leicht war, wenn man halb nackt vor einem Mann wie dem Earl of Cunninghall stand.

„Hoffentlich sind Sie gleich beim Sex genauso impulsiv", sprach er gelassen.

Sex? Teena meinte sich verhört zu haben. Bisher war nur die Rede von Entkleiden gewesen.

Er nahm den Bund ihres Höschens und zog ihn nach oben, sodass sich der Steg des Slips eng an ihre Scham drückte. Ihre Schamlippen begannen anzuschwellen. Das Blut pulste verstärkt hinein. Teena hoffte, es würde kein Fleck zu sehen sein, denn sie spürte, wie feucht sie war.

„Ich war allein deshalb auf dem Revier, um Matthew das Messer auf die Brust zu setzen."

„Matthew?"

„Ist das eine weitere Frage?" Blasiert hob er die Augenbrauen.

Sie machte sich von ihm los und trat zurück. Den Slip ließ sie, wo er war. Der Druck behagte ihr. „Natürlich nicht."

„Schade! Sehen Sie, genau das ist der Unterschied. Wären wir auf einer Party der Loge, hätte ich Ihr Höschen längst entzweigerissen. Ich hätte keinen Moment darüber nachgedacht. Hier, im Alltag, ohne Masken, halte ich mich zurück. Ich überlege, wie Sie reagieren würden, anstatt meinem Wunsch, der sicher auch der ihre ist, nachzugeben."

Da er sich ihr näherte, sprach sie hastig: „Sie würden mir eine Frage stehlen."

Ethan lachte. Dann wurde er ernst. „Matthew Hallow war lange Zeit ein Mitglied der Loge. Er gehörte zum ... Management. Ich habe ihn viel zu leichtfertig hinter die Kulissen blicken lassen. Er kennt einige Namen von Mitgliedern, die er nicht kennen darf, weiß von Örtlichkeiten, an denen wir uns regelmäßig treffen. Es ist meine Schuld. Ich habe ihm vertraut, und nun ist er eine potenzielle Gefahr für die Loge." Er massierte seine Schläfen. „Ich kann nicht zulassen, dass er unsere Welt der Lust zerstört."

„Hat er Ihnen gedroht? Oder war seine Mitgliedschaft ein Undercovereinsatz?"

„Wieder zwei Fragen auf einmal." Er schüttelte den Kopf. „Aber ich beantworte beide, wenn ich Ihnen den Slip vom Leib reißen darf. Es wird nicht wehtun, machen Sie sich keine Sorgen."

Die machte sie sich nicht. Sie wusste, wie es sich anfühlt – derb, kraftvoll und männlich. Der Maskierte hatte es bereits zweimal bei ihr gemacht, und sie fand es erotisch. Stumm nickte sie.

Ethan trat heran. Er drängte Teena gegen die Terrassentür. Sie spürte das kühle Fensterglas an ihrer nackten Haut. Nachdem er die Hand unter ihr Kinn gelegt und es angehoben hatte, schaute er ihr tief in die Augen. Er streifte beiläufig mit der freien Hand ihre linke Brustspitze. Dann griff er ihr Höschen. Seine Finger tauchten so tief ein, dass sie Teenas Venushügel streiften. Sie hielt die Luft an. Noch immer schaute sie Ethan ins Gesicht. Sie wartete auf den Ruck, die Kühle an ihrem entblößten Schoß, aber er nahm sich Zeit. Sein Mund war nah an ihrem. Ihre Lippen prickelten. Sie sehnten sich nach einem Kuss. Als sie ausatmen musste, weil sie nicht länger die Luft anhalten konnte, und ihr Körper sich daraufhin ein wenig entspannte, zog er kräftig am Slip. Sie erschrak. Der Stoff rieb über ihren Schoß und reizte ihn, bevor der Slip zerriss. Teena presste die Lippen aufeinander, um nicht zu stöhnen.

Provokant hielt Ethan das Höschen hoch. „Es ist feucht. Sie sind feucht, Teena."

„War Matthew aus privaten oder beruflichen Gründen

Mitglied der Loge?“, fragte sie mit hochrotem Kopf, ohne auf ihre augenscheinliche Erregung einzugehen.

Was soll’s, dachte sie resigniert, er sieht dir eh an, dass du scharf auf ihn bist.

Er roch an ihrem Slip und legte ihn neben die Ereigniskarte auf die Fensterbank. „Hundertprozentig aus Lust. Nach so vielen Jahren war aus seiner Ehe die Luft raus, aber der alte Bock kann ohne Sex nicht leben. Wie er das jetzt regelt, ist mir schleierhaft. Jedenfalls ist er vor einigen Monaten zu mir gekommen und hat gesagt, dass er die Loge verlassen will, aber so leicht geht das nicht, besonders nicht, wenn man dem inneren Zirkel angehört.“

Teena schaute zur Tür. Vielleicht war es besser, wenn sie ihre Sachen nehmen und gehen würde. Zu viele Fragen brachten sie womöglich in ungeahnte Schwierigkeiten.

„Wir können ihn nicht einfach ziehen lassen. Verstehen Sie das?“ Da Teena nicht antwortete, fuhr er fort. „Matthew ist eine tickende Zeitbombe. Er könnte uns alle hochgehen lassen. Die Möglichkeit bestand, dass er seine Drohung wahr macht, um seinen Ruf wiederherzustellen. Koogan Brannigan würde er damit zweifelsohne beeindrucken. Ich sehe schon die Schlagzeilen in den Boulevardblättchen: ‚Kleinstadtpolizist deckt Sex-Loge auf – lesen Sie die illustre Gästeliste bei uns‘. Das wäre ein Skandal!“

Bereitwillig löste Teena den Strapsgürtel, rollte die Strümpfe hinunter und ließ sie fallen, denn sie wollte herausfinden, wie weit die Organisation gehen würde. Wozu waren die Mitglieder fähig? „Was werden Sie gegen ihn unternehmen?“

„Die Frage muss lauten: Was haben wir bereits gegen ihn unternommen?“

Jede Faser in Teena spannte sich an.

Mit dem Fuß schob Ethan die Strümpfe zum Rock hinüber. „Ich habe ihm deutlich gemacht, dass wir ihn in der Hand haben und notfalls dafür sorgen, dass seine schlimmsten Befürchtungen wahr werden. Ob es an seinem fortgeschrittenen Alter liegt, weiß ich nicht. Jedenfalls fürchtet er plötzlich, dass sich seine geliebte Ehefrau von ihm scheiden lassen und er vom Dienst suspendiert werden könnte, sollte seine Mitgliedschaft bei uns öffentlich werden. Er will mit uns nichts mehr zu schaffen haben."

„Aber Sie haben keine Beweise gegen ihn", warf Teena ein. „Er könnte Sie ans Messer liefern. Sollten Sie enthüllen, dass er einer von Ihnen war, könnte er behaupten, Sie wollten ihn in den Skandal hineinziehen."

Schmunzelnd tippte er an ihre Nasenspitze. „Wir sichern uns immer ab."

Immer? Sie fragte sich, ob jemand im Garten stand und sie beobachtete. Immerhin standen sie im Spotlight, wie auf einer Bühne, draußen war es bereits dunkel und das Kaminzimmer hell erleuchtet.

„Wir haben aussagekräftige Fotos von ihm, sowohl aus früheren Zeiten, als er sich noch mit Rosalin traf, als auch solche neueren Datums. Ich bin aufs Revier gekommen und habe behauptet, beraubt worden zu sein. In der Befragung habe ich immer wieder Hinweise eingestreut, die nur Matthew verstehen konnte. Zum Beispiel die Prostituierte mit der pinkfarbenen Perücke, den kleinen, am Baum festgebundenen Penis, das exotische Dessert … alles Dinge, die ich oder andere Logenmitglieder zusammen mit Matthew erlebt haben. Ich habe ihn an seine Vergangenheit erinnert und ihn damit in die Enge getrieben. Natürlich ist er zunächst ausgeflippt, doch wir haben ihn langsam, aber sicher zur Vernunft gebracht. Die Ermittlungen hat er, wie Sie wissen, abgebrochen, und er wird den Mund halten, was die Loge der Lust betrifft, denn er sitzt auf einem explosiven Fass. Das sieht er ein."

„*Wir* – Sie sagten, *wir* haben ihn zur Vernunft gebracht." Sie streifte den Strapsgürtel ab. Nun stand sie vollkommen nackt vor dem Earl, aber es machte ihr kaum mehr etwas aus, da sie von seinen Ausführungen gefangen war und zufrieden zur Kenntnis nahm, dass die Wölbung in seiner Hose stetig wuchs. „Damit meinen Sie sicher William Sore. Welche Rolle spielt er? Ich weiß, dass Matthew zu seiner Villa gefahren ist, angeblich, um ihn wegen des Raubs zu verhören."

Ethan nickte. „William ist Schatzmeister der Loge. Als Matthew zu ihm fuhr, um zu fragen, was mein Auftritt auf dem Polizeirevier sollte, und um die Loge zu ermahnen, die „Spielchen" sein zu lassen, hat er ihm deutlich zu verstehen gegeben: ‚Run with the wolfpack or get hunted by the wolfpack'. Es mag etwas drastisch sein zu drohen, dass wir ihn jagen würden, wenn er das Rudel verlässt, aber so ist Sore nun einmal." Er las die Besorgnis von Teenas Gesicht ab und fügte hinzu: „Solang Hallow friedlich ist, werden wir ihn in Ruhe lassen. Wir wollen nur ungestört unsere Lüsternheit ausleben. Mehr nicht. Wir sind weder kriminell noch aggressiv. Ich hoffe, das haben Sie nun verstanden. Es ist mir wichtig."

„Das habe ich." Teena senkte den Blick, weil ihr eine Frage auf der Zunge brannte, die sie nicht auszusprechen gewagt hatte. Aber die Zeit war gekommen. „Wer ist der Anführer der Loge der Lust?"

15.

Ethan schwieg.

Da sah Teena ihm direkt in die Augen, die die Farbe von Aquamarinen hatten. „Der Alphawolf, der Leitwolf." Ihre Stimme klang rau, als kündigte sich eine Erkältung an.

Mit dem Handrücken strich er in einer geraden Linie von ihrem Dekolleté zwischen ihren Brüsten hindurch bis hinunter zum Schamhügel. „Sie sind nackt. Sie haben kein Kleidungsstück mehr, das Sie gegen eine Frage eintauschen könnten."

Teena hätte sich am liebsten geohrfeigt. Wie hatte sie nur so dumm sein können! Die Erklärungen hatten sie eingelullt. Wie ein Skatspieler verliert, wenn er die falschen Karten spielt, hatte sie die Chance verspielt, in dieser Nacht die Identität ihres Maskierten zu erfahren, da sie die falschen oder zumindest nicht die geschicktesten Fragen gestellt hatte. Sie hätte raffinierter vorgehen müssen, um dem Earl alles zu entlocken.

Ethan legte die Hand an Teenas Wange und streichelte sie mit dem Daumen. „Seien Sie nicht betrübt. Ich hätte Ihnen ohnehin nicht alles erzählt, auch wenn Sie zwanzig Lagen Kleidung übereinandergetragen hätten."

Wütend schlug Teena seine Hand fort. „Das ist unfair! Ich bin gekommen ..."

„... um Antworten zu erhalten", führte er ihren Satz fort und holte ein schwarzes Seidentuch aus seiner Gesäßtasche hervor. „Und das werden Sie auch. Sie werden alles wissen, nachdem Sie mich verführt haben. Erst wenn ich alles von Ihnen erhalten habe, werden Sie alles von mir bekommen."

„Was wollen Sie von mir?“, zischelte sie und fühlte sich machtlos. Der Earl war ein Schuft, genauso wie ihr sanfter Ganove. Warum faszinierten sie solche Typen nur? Beim Anblick des Seidentuchs wurde ihr heiß und kalt. Sie zitterte, aber nicht vor Kälte.

„Ihr Vertrauen.“ Er legte ihr das Seidentuch auf die Augen und band es an ihrem Hinterkopf fest. Dann rückte er es zurecht, um sicherzugehen, dass sie wirklich nichts sehen konnte.

Seltsamerweise beruhigte es Teena, für den Moment blind zu sein. So musste sie Ethans anmaßende Miene nicht länger ertragen. Aber war seine Selbstgefälligkeit während ihres Gesprächs nicht gebröckelt? Ihre eigene Nacktheit war ihr nun nicht mehr so bewusst. Die Realität wurde immer unwirklicher, und sie bekam das Gefühl, sich in einem ihrer lüsternen Träume zu befinden. Obwohl sie aufgeregt und die Wut auf Ethan noch nicht vollständig verflogen war, entspannte sie sich. Sie nahm tiefe Atemzüge. Vertrauen, der Maskierte hatte so oft davon gesprochen, auch davon, dass man Teena ständig zu ihrem eigenen Glück zwingen müsse. Diesmal nicht. Sie ließ sich auf Ethans Spiel ein.

Teena hörte gedämpfte Schritte auf dem Teppich, die sich fortbewegten und wieder zurückkehrten. Sie spürte kühles Glas an ihren Lippen. Zuerst erschrak sie, doch dann öffnete sie den Mund, denn sie roch köstlichen Rotwein.

„Es wäre zu schade, den Beaujolais Supérieur schal werden zu lassen, denn er spricht alle Sinne an, und darum geht es doch beim Sex“, säuselte Ethan, während sie trank. „Er wurde in Villefranche-sur-Saône angebaut, einer bezaubernden französischen Gemeinde. Konzentrieren Sie sich auf den fruchtigen Geschmack, ma chère. Nehmen Sie den Duft wahr. Beaujolais ist ein sinnliches Getränk, wenn man den Wein zu genießen weiß." Er nahm das Glas fort und stellte es auf die Fensterbank. „Darum geht es doch – zu lernen, etwas richtig zu genießen und sich fallen zu lassen."

Sie hörte, wie Ethan die Terrassentür öffnete, und erschauerte bei dem Luftzug. Oder lag es an seinen Worten?

„Es ist eine laue Sommernacht." Er sog hörbar Luft ein. „Die Sonne ist längst im Meer versunken, aber stockdunkel ist es trotzdem nicht. Der Mond scheint hell. Ich vermute, in einer Woche werden wir Vollmond haben. Kein Wölkchen ist am Firmament zu sehen."

Er nahm Teenas Oberarm und führte sie hinaus auf die Terrasse. „Wir werden einen kleinen Spaziergang machen, und ich möchte, dass Sie auf alles genauestens achten. Spüren Sie die Sinnlichkeit der Natur."

Teena blieb nichts anderes übrig, als dem Earl zu vertrauen. Sie ließ sich von ihm führen. Der Terrassenbelag fühlte sich rau an ihren Fußsohlen an. Sie vermutete, dass Ethan ihn nicht hatte erneuern oder fliesen lassen, seit er Cunninghall Manor übernommen hatte, wahrscheinlich um den Charakter des Herrschaftshauses zu bewahren.

„Vorsicht, Stufe." Er nahm ihre Hände.

Sie wusste, dass er am Treppenabsatz stand und sie beobachtete, ohne sie loszulassen. Mit den Zehen tastete sich Teena vor. Sie fand die erste Stufe und stieg hinab. Vertrauen, davon hatte er gesprochen. Sie fand, sie bewies gerade, dass sie ihm vertraute – zumindest für die Dauer eines Spiels –, aber er würde sicher weitaus mehr verlangen.

Nachdem sie zwei weitere Stufen langsam hinabgestiegen

war, stand sie auf dem Rasen – und nackt im Garten, das wurde ihr mit einem Mal bewusst. Die Klippen mussten vor ihnen liegen. Genau in diese Richtung führte Ethan sie nun. Ihr war nicht wohl dabei, und sie sträubte sich zaghaft.

„Ich passe auf Sie auf, das habe ich immer getan", sprach er sanft und zog sie vorwärts. „Konzentrieren Sie sich auf Ihre Wahrnehmung, zum Beispiel auf die Grashalme unter Ihren Füßen. Spüren Sie den weichen Boden?"

„Die Wiese ist feucht."

„Feucht?" Ethan lachte und strich ein einziges Mal über ihren Venushügel. „Rupert hat nachmittags den Rasen gesprengt. Nehmen Sie die Feuchtigkeit wahr. Spüren Sie, wie sie aus Ihnen herausfließt und sich auf Ihren Oberschenkeln verteilt, während Sie Schritt für Schritt machen."

Plötzlich blieb er stehen. Er stellte sich hinter Teena und schmiegte sich an ihren Rücken. „Lauschen Sie. Hören Sie nun das Zirpen der Grille, das romantische Rascheln der Blätter?"

„Ja", hauchte sie und vernahm den Ruf einer Eule. Er hörte sich lockend an, als würde sie um ein Weibchen balzen. Oder war es nur Teenas eigene Fantasie, die alles um sie herum erotisch auflud? Sie konnte nicht leugnen, dass sie sehr erregt war.

Ethan legte ihre Haare über die Schultern nach vorne und küsste ihren Nacken. „Die Natur ist sinnlich, die Paarung der Tiere etwas Natürliches. Auch für uns Menschen sollte Sex natürlich sein. Kein Zwang, keine Hast, keine Scham, keine Tabus. Erst wenn man die Erotik mit allen Sinnen genießt, kann man in sie abtauchen, Teena."

Er fasste ihre Handgelenke und breitete ihre Arme aus.

„Schärfen Sie Ihre Sinne. Genießen Sie die Berührungen der Natur."

Die Brise streichelte sie tatsächlich. Teena vermutete, dass sie auf den Klippen standen, denn der Wind wehte stärker als zuvor auf der Terrasse. Die Luft roch nach Meer, salzig und ein wenig nach Seetang, aber nicht unangenehm wie im Hafen, wo das Benzin der Fischerboote ständig das Wasser verpestete.

Teena lächelte und dachte daran, wie sie sich gefragt hatte, auf welche Weise Ethan sie nehmen würde. Nun wusste sie es: auf eine sehr sinnliche Art. Er sprach mit ihr wie ein Lehrmeister mit seiner Schülerin. Das weckte Erinnerungen in ihr.

Es war, als hätte der Wind unzählige Hände, die Teenas Körper liebkosten. Die laue Meeresbrise streifte ihre Schenkel, ihre Hüften und ihren Busen. Ihre Brustspitzen stellten sich auf.

Ethan zwang Teena, die Beine zu öffnen. Somit drang der Wind bis an ihre Scham. Aufgrund der Teilrasur reagierte ihr Schoß weitaus empfindsamer. Die Brise blies über die haarlosen Schamlippen. Der Windhauch fühlte sich frisch an, fast ein wenig kühl, als er über die Feuchtigkeit fächelte, die aus Teena herausfloss.

„Verschränke die Hände hinter dem Kopf", befahl er.

Diese Stimme! So männlich rau und zugleich sanft. Sie war Teena nicht fremd.

Teena folgte der Anweisung. Nun waren es Ethans Hände, die über ihren nackten Körper streichelten. Er kreiste sanft um ihren Bauchnabel und glitt höher. Seine Fingerspitzen berührten die Höfe, ohne die Brustwarzen selbst zu betasten.

Liebevoll nahm er den Busen in die Hände und massierte ihn zärtlich. Mit der Zunge leckte er über ihren Haaransatz im Nacken und hinterließ eine feuchte Spur. Er liebkoste ihr Dekolleté und strich mehrere Male über ihren Hals, sodass sie ihr Kinn nach oben streckte und den Hinterkopf gegen seine Schulter legte.

Mit einem Mal ließen seine Hände von ihr ab. Sie spürte nur seine Wölbung an ihrem Hintern. Nun, da sie sich auf ihn konzentrierte, roch sie auch wieder den Moschusduft seines Aftershaves. In diesem Augenblick legte er beide Hände auf ihre Oberschenkel. Seine Daumen stießen gegen ihre großen Schamlippen. Teena atmete schwer.

Warum drang er nicht endlich in sie ein?

Egal in welche Öffnung.

Sie war erhitzt von dem Beaujolais und dem Striptease, von der Sinnlichkeit der Natur, dem lüsternen Timbre von Ethans Stimme und seinen warmen Handflächen nah an ihrer Scham. Himmel, sie wollte Ethan!

„Was möchten Sie, Teena?", fragte er kaum hörbar.

Sie öffnete die Lippen, aber es kamen keine Worte. Sie schämte sich, ihre Wünsche zu formulieren, sie auszusprechen, laut, vor Ethan.

„Wir werden zurück ins Haus gehen, wenn Sie mir nicht sagen, nach welchen Berührungen Sie sich sehnen", drohte er leise. „Sie ziehen sich an, fahren heim, und ich kehre zu meinem Buch zurück."

„Nein", schoss es aus ihr hervor. „Ich ... ich ..."

„Ja?"

Er klang nicht spöttisch. Daher fasste sie sich ein Herz und wisperte: „Einen Finger, in den Ort, der nicht für die

Fortpflanzung bestimmt ist."

„Das ist so ungeschickt formuliert, dass ich es nicht verstehe." Das war eine Lüge, denn er begann ihr Gesäß zu massieren. „Bringen Sie es auf den Punkt."

Teena biss sich auf die Unterlippe. Dann sprach sie: „Bitte, führen Sie einen Finger anal ein."

Er leitete sie zwei Schritte nach rechts. Als Teena gegen Holz stieß, streckte sie instinktiv die Hände aus. Die Bank! Teena hatte sie bemerkt, als sie auf das Anwesen gefahren war.

„Neigen Sie sich nach vorne und stützen Sie sich an der Rückenlehne ab." Er knetete ihren Hintern fester. Dann und wann schlug er zu, aber nie fest, sondern neckend. Hitze breitete sich in ihrem Gesäß aus. Der Hintern glühte, doch es war ein wohliges Glühen, das ihren faltigen Ring in freudiger Erwartung prickeln ließ.

Ethan zog die Pobacken auseinander. Er leckte über den After. Dann legte er die Lippen auf den Ring und saugte sich fest. Er saugte so lange, bis Teena versuchte, sich ihm zu entziehen, weil es anfing wehzutun. Sofort hörte er auf. Er drang mit dem Finger in ihre feuchte Mitte ein, um ihn zu benetzen, und glitt behutsam in ihren Enddarm. Problemlos nahm Teenas Anus ihn auf. Es erstaunte sie, weil sie bei den letzten Malen noch Bedenken gehabt hatte und ihr faltiger Ring sich erst an den Eindringling hatte gewöhnen müssen. Diesmal jedoch ging es leicht. Ihr Anus öffnete sich bereitwillig, nahm den Finger auf und zog sich wieder um ihn zusammen. Ethan bemerkte dies ebenfalls und führte einen zweiten, dann einen dritten und sogar einen vierten Finger ein. Nun war die Dehnung so stark, dass es unangenehm wurde, trotzdem erregte es sie aufs Höchste. Feuchtigkeit lief ihre Schenkel hinab. Bei ihrem Spiel ging es um Lust, und genau diese spürte sie bis ins Mark.

„Du musst nichts verstecken. Präsentiere dich mit Stolz."

Das hatte der Maskierte gesagt. Oder war es doch Ethan gewesen?

Der Earl zog seine Finger heraus. Der erregende Druck verschwand. Teena war enttäuscht. Dann spürte sie seine Eichel an ihrem faltigen Ring.

Erschreckt richtete sie sich auf. „Nein! So weit bin ich noch nicht." Sie konnte sich immer noch nicht vorstellen, wie ein erigiertes Glied bis zur Peniswurzel in ihren After passen sollte.

„Beruhigen Sie sich. Ich werde Sie nicht gegen Ihren Willen nehmen." Er streichelte über ihren Rücken. „Doch ich gebe zu, es betrübt mich. Ihr Vertrauen ist immer noch nicht groß genug. Ich werde Sie spüren lassen, dass mein Penis kein Monstrum ist."

Er tat ja gerade so, als wäre dies nicht ihr erstes Lusttreffen. Vertrauen entstand nicht innerhalb von Minuten. „Das habe ich nie behaupt..."

„Pst", machte er und verschloss ihren Mund mit einem Kuss.

Ethan setzte sich auf die Bank. Sie hörte, wie er seinen Reißverschluss öffnete. Behutsam drückte er Teena auf die Knie, vergrub seine Finger in ihren Haaren und führte ihr Gesicht an seine Lenden. Sie stieß an seinen Phallus, der sich ihr entgegenreckte. Aufgeregt spitzte sie die Lippen und rieb damit über die Vorhaut. Wie samtig weich diese war! Mit dem Mund tastete Teena sich höher, übersäte sein Geschlecht mit Küssen und erkundete die Hoden. Ethan hatte sich rasiert. Eindeutig! Sein Unterleib war angenehm glatt. Es war fast so, als hätte er sich auf ihr Kommen vorbereitet, genauso, wie Teena sich vorbereitet hatte. Sie hatte die Ereigniskarte zwar eingelöst und somit die Aufgabe des Maskierten angenommen. Aber war es nicht vielmehr der Earl, der sie verführte, als andersherum?

Dies war das erste Mal an diesem Abend, dass Teena aktiv wurde, und sie wollte Ethan genauso anmachen, wie er sie. Deshalb lutschte sie an den Hodensäcken. Sie nahm einen Hoden tief in den Mund, saugte zärtlich daran und entfernte sich mit dem Gesicht so weit, dass er ihr mit einem schmatzenden Geräusch entglitt. Ethan stöhnte. Willig öffnete er seine Schenkel weiter, damit sie sein Geschlecht leichter erreichen konnte.

Teena feuchtete ihre Lippen an und legte sie um den erigierten Penis. Behutsam drückte sie die Vorhaut in Richtung Wurzel und schob sie dann vor und zurück, während ihre Zungenspitze fieberhaft über die Eichel zuckte. Mittlerweile verlagerte Ethan immer wieder sein Gewicht, denn die zunehmende Erregung ließ ihn unruhig werden. Ein Kompliment für Teena, die nun seinen Phallus freigab. Enttäuscht zischte Ethan.

Teena drückte schmunzelnd mit dem Gesicht den Penis nach oben, sodass er zwischen Ethans Unterbauch und ihrer Nase eingekeilt war. Da sie wegen der Augenbinde nichts sehen konnte, waren ihre verbleibenden Sinne sensibilisierter. Aufgrund dessen spürte sie deutlich die Hitze des Glieds an ihrer Stirn und nahm seinen herben männlichen Geschmack wahr. Sie begann eifrig zwischen den Schenkeln zu lecken.

Der Damm war eine empfindliche Stelle, auch bei Männern, das wusste Teena. Sie seifte ihn kräftig ein, kitzelte Ethan an der Peniswurzel und ließ erst von ihm ab, als seine Schenkel sich vor Lust verkrampften.

Sie hauchte kleine, neckische Küsse auf die Eichel. Dann verrieb sie ihren Speichel mit den Lippen darauf und suchte mit ihrer Zungenspitze das kleine Loch. Ein Tropfen Sperma musste sich gelöst haben, denn es schmeckte salzig. Verwundert über ihre eigene Hemmungslosigkeit, saugte sie an der Öffnung, als wollte sie alles, wirklich alles aus Ethan herausholen, doch er schob sie auf einmal fort.

Mühsam brachte er heraus: „Ich will in Ihnen kommen, aber nicht dort."

Er erhob sich, half Teena beim Aufstehen und führte sie einige Schritte von der Bank fort. „Legen Sie sich hin."

Als sie seiner Anweisung folgte, erschrak sie, denn ihr Kopf ragte zur Hälfte über den Rand der Klippe. Sie wollte ihren Oberkörper aufrichten, doch Ethan drückte ihn auf den Boden zurück. Grashalme kitzelten ihr Geschlecht von hinten.

„Sie können mir vertrauen. Das werde ich Ihnen nun ein weiteres Mal beweisen, allerdings muss ich gestehen, dass Sie meine Geduld auf die Probe stellen", sprach er und bürstete mit den Fingern ihre roten Haare zurück, die nun über den Abgrund nach unten hingen.

Teena hielt sich an seinem Seidenhemd fest, als er ihre Schenkel spreizte und ohne Umschweife in sie eindrang. Durch den kräftigen Stoß rutschte ihr Kopf ein Stück weiter über den Rand.

„Sind Sie wahnsinnig?", schrie sie erschrocken auf. Als

könnte sie Teena dadurch Halt verschaffen, zog sich ihre Vagina fester um sein Glied zusammen.

„Ein wenig verrückt vielleicht, aber genau das gefällt Ihnen doch an mir."

Da war sie erneut, seine Selbstgefälligkeit. Sie wünschte sich, seinen Phallus wieder zwischen den Zähnen zu haben. In diesem Fall hätte sie ihm seine Arroganz schon ausgetrieben. Aber wenn sie ehrlich war, gefiel ihr dieses Machtspiel. Es erregte sie. Mit gefälligen Männern wie Joshua konnte sie nicht viel anfangen. Ethan dagegen reizte sie, gerade weil er verrückt und eigensinnig war.

Er stützte sich oberhalb ihrer Schultern ab, damit er sie nicht über die Klippe stieß, und fuhr fort, schwungvoll in sie einzudringen. Immer wieder zog er sich bis zur Eichel aus ihr zurück, um sogleich wieder dynamisch in sie hineinzustoßen. Ihre Scheide schmatzte, Teena war sehr feucht, und Ethan verteilte durch seine Stöße die Feuchtigkeit auf ihrer beider Unterleiber. Unter anderen Umständen wäre es ihr peinlich gewesen. Vermutlich hätte sie sich bei einem anderen Partner mit hochroten Ohren entschuldigt und wäre ins Badezimmer geflüchtet, um die Feuchte abzuwischen. Bei Ethan jedoch spielte falsche Scham keine Rolle. Seine Aufgeschlossenheit machte es ihr leichter, zügellos zu sein. Außerdem half der Seidenschal ihr, die Welt um sie herum zu vergessen, die Realität zu verdrängen und sich ihren Sehnsüchten hinzugeben. Sie wollte von Ethan genommen werden. Hier und jetzt. Deshalb öffnete sie die Beine ein Stück weiter, damit er tiefer in sie eindringen konnte. Das deutete er als Aufforderung und stieß noch kraftvoller zu. Er zog sein Glied längst nicht mehr so weit heraus wie zuvor, sondern drang in kurzen, festen Stößen in sie ein. Trotz seiner Hände rutschte Teena ein Stück weiter über den Rand der Klippe. Plötzlich hatte ihr Kopf keinen Halt mehr. Sie schrie auf. Zuvor hatte nur ihre Haar nach unten gehangen, nun auch ihr ganzer Kopf.

„Was regen Sie sich auf? Ich halte Sie doch fest", sprach er ironisch. „Versetzen Sie sich in meine Lage. Ich schaue direkt in den Abgrund. Das ist viel Furcht einflößender."

„Dann lassen Sie uns ins Haus gehen."

„Und Blümchensex im Himmelbett haben? Auf keinen Fall! Wir gehören nicht zu den Langweilern, Teena. Wir lieben die Gefahr."

„Ich nicht!", blaffte sie, aber das war eine Lüge.

„Weshalb sind Sie dann so nass zwischen den Schenkeln? Warum lassen Sie sich von einem Fremden die Augen verbinden und sich an den Abgrund führen?" Er nahm sie hart. „Sie brauchen das Abenteuer. Sie sind gerade erst auf den Geschmack gekommen und erkennen nun, wie durchdringend Lust sein kann. Jede Faser Ihres Körpers ist wie elektrisiert. Sie sind berauscht, und haben Sie erst einmal gekostet, wollen Sie mehr. Viel mehr!" Seine Stimme klang rau vor Erregung. Er hob ihre Beine an und drückte die Oberschenkel auf ihren Oberkörper. „Aber das birgt Gefahren. Sie könnten an den falschen Spielpartner geraten."

Sie unterbrach ihn ängstlich. „Ich möchte aufstehen."

Er nutzte den Umstand, dass sie ihn wegstoßen wollte, hielt mit seinen Stößen inne und griff ihre Hände. „Halten Sie sich an mir fest." Dann fuhr er fort, sie zu nehmen.

Teena krallte sich an seine Hände. Sie kämpfte gegen ihn an, doch das brachte sie nur dem Abgrund näher. Die

Erregung war stärker als die Furcht. Machtlos ließ sie den Kopf baumeln und ergab sich in ihr Schicksal. Sie lauschte dem Säuseln der Meeresbrise und ihrem eigenen Stöhnen. Das Blut rauschte in ihren Ohren. Ihr Unterleib fühlte sich weich und nass an. Und wie die Wellen unterhalb der Klippen brandeten, so brandete auch Ethan in ihr und brachte sie fast um den Verstand. Er drang rhythmisch in sie ein und hielt ihre Hände fest, um seinen Stößen entgegenzuwirken und sie nicht weiter über den Abgrund zu schieben.

Teenas Körper krampfte vor Lust und vor Anstrengung. Je näher sie dem Orgasmus kam, desto mehr zog sie an Ethans Armen. Ihr Kopf hing immer noch über der Klippe nach unten, aber sie rutschte nicht näher auf den Rand zu. Ethan hielt sie fest. Er stieß sie auf den Höhepunkt zu, keuchend und wild. Er nahm sie kompromisslos. Und als sie glaubte, die Klippen hinunterzustürzen, war es in Wirklichkeit der Orgasmus, der sie überwältigte. Sie fühlte sich, als würde sie fallen, und genoss den Rausch der Geschwindigkeit und den überwältigenden Glücksmoment, von starken Männerarmen aufgefangen zu werden, denn Ethan hob ihren Oberkörper an und umarmte sie. Er hielt sie ganz fest. Sie spürte sein pochendes Herz und seine Wärme. Er schenkte ihr Geborgenheit. Sie lehnte erschöpft den Kopf an seinen Brustkorb. Noch immer bebte sie vor Lust. Langsam atmete sie wieder normal. Erst jetzt merkte sie, dass Ethans Glied nicht mehr in ihr steckte. Sie vermisste es, schon jetzt. Sollte sie nun ihn verführen? Hatte sie den Mut, eine zweite Runde einzuläuten?

Teena streifte die Augenbinde ab und sah ihn an. Es war dunkel geworden, nur das Mondlicht erhellte seine Miene.

Er sah glücklich und entspannt aus. Ihr Blick fiel auf einen kleinen Schatten an der Nasenwurzel. Das Mondlicht reichte nicht aus, um mehr zu erkennen.

Genau wie bei dem Maskierten, dachte Teena, und ihr Herzschlag setzte für einen Moment aus. Sie näherte sich Ethans Gesicht und sah nun das Muttermal.

Ihr Vorgefühl bestätigte sich!

Ethan dachte wohl, sie wolle ihn küssen, und neigte ihr seinen Kopf entgegen.

Barsch stieß Teena ihn fort. Sie sprang auf die Füße und trat einige Schritte von ihm weg. „Warum hast du mir nicht von Anfang an gesagt, dass du …“, beinahe hätte sie ihn als ihren „sanften Ganoven“ bezeichnet, stattdessen sagte sie: „dass du der Anführer der Loge bist? Warum dieses Versteckspiel?“

„Ich wollte dich sanft an die Wahrheit heranführen“, antwortete Ethan und erhob sich. Sein Penis hing schlaff aus dem Hosenschlitz.

„Genauso, wie du mich sanft an deine Art zu lieben heranführen wolltest?“ Sie war plötzlich so wütend. Warum behandelte niemand sie wie eine Erwachsene? Ihre Eltern, ihre Kollegen, Rosalin und auch er, sie alle schubsten Teena herum. „Ich bin kein kleines Mädchen mehr und kann die Wahrheit durchaus ertragen!“

Er steckte sein Glied in die Hose und schloss den Reißverschluss. „Nun beruhige dich, bitte. Mir war es wichtig, dich nicht zu verschrecken.“

„Nein, das stimmt nicht! Alles, was für dich zählt, ist das Spiel“, zischte sie aufbrausend. „Ich bin nur ein weiteres Amüsement für dich. Wäre es anders, hättest du auf diese ganze Maskerade verzichtet und vernünftig mit mir über alles geredet.“

„Vernünftig? Du siehst doch, wie leicht du dich angegriffen fühlst.“ Er kam auf sie zu, aber sie wich zurück. Schließlich blieb er stehen. „Dir hat es doch gefallen. Du findest das erotische Spiel genauso aufregend wie ich, und ich habe dir oft genug bewiesen, dass du mir vertrauen kannst.“

„Du hast mich in dein Treiben hineingezogen“, sagte sie trotzig, weil er recht hatte. Die Gefahr und die Ungewissheit machten sie an. Sie würde ihm so gerne vertrauen. Aber wie konnte sie das, wenn er sie in solch gefährliche Situationen brachte wie soeben an den Klippen? Es war ein morbider Kreislauf. Sie konnte nicht ahnen, wohin diese exotischen Spiele sie führen würden. Nein, nein, das Risiko konnte sie nicht eingehen! Bisher hatte er sie überrumpelt, sie sanft gezwungen, sich ihm hinzugeben, und genau das war es, was sie sich gewünscht hatte. Nun musste sie das erste Mal selbst entscheiden, ob sie an diesen Spielen teilnehmen wollte oder nicht.

„Ich habe dich verführt“, sagte er mit sanfter Stimme. „Hättest du mir ein Zeichen gegeben, dass dir alles zuwider ist, hätte ich mich zurückgezogen. Doch das war nicht der Fall! Bitte, Teena, ich möchte, dass du Mitglied in der Loge wirst, denn du bist wie wir.“

Himmel, sie wollte es! Wenn ihre erotischen Träume irgendwo wahr werden konnten, dann in der Loge der Lust. In ihrem Innern tobte ein Sturm der Gefühle. Auf der einen Seite fühlte sie sich benutzt, auf der anderen hatte sie es sehr genossen, benutzt zu werden. Teena blickte sich um, als würde sie in der Dunkelheit eine Antwort suchen.

Da bemerkte sie ein kleines rotes Licht.

Zuerst konnte sie nicht ausmachen, was es war. Es schien zwei Yards hoch in der Luft zu schweben. Erst als Teena genauer hinschaute, konnte sie Schemen erkennen. Die vagen Umrisse formten sich zu einem Viereck. Was war das? Sie blinzelte. Erst als sie das Geräusch des Zooms vernahm, erkannte sie die Kamera auf der Mauerkrone.

„Du hast alles aufgezeichnet, du Schuft!“ Zornig ballte sie die Hände zu Fäusten und hielt sie kampfbereit hoch. „Das mit der Sinnlichkeit der Natur war nur ein Vorwand. Du hast mich in den Garten geführt, um mit den Überwachungskameras aufzeichnen zu können, wie ich mit dir schlafe, damit du ein Druckmittel hast.“

„Wofür sollte das gut sein?“ Ethan zuckte mit den Achseln. „Teena, ich spiele kein falsches Spiel mit dir. Alles, was ich dir erzählt habe und was ich mit dir gemacht habe, geschah, damit du dich öffnest. In Ordnung, ich hatte auch meinen Spaß, aber mein Ziel war es, dich dahin zu bringen, deine Erziehung, deine Moral und deine Ängste über Bord zu werfen und mir zu vertrauen.“

„Vertrauen, du redest von Vertrauen?“ Sie schrie nun hysterisch. „Es ist zu spät. Du kannst ruhig zugeben, dass du Beweise gegen mich gesammelt hast, genauso wie damals bei Matthew. Willst du auf diese Weise mein Stillschweigen erzwingen, oder soll ich ab sofort für die ganze Loge die Beine breit machen?“

„Jetzt wirst du verletzend. Ich habe dich bei deinem Undercover-Einsatz sogar beschützt. Erinnerst du dich?“

„Dann hast du mich gerade im Garten geliebt, um deine Sammlung von Privatvideos zu erweitern. Was weiß denn ich? Mir ist es egal. Wage es bloß nicht, die Aufzeichnung gegen mich einzusetzen. Dann lernst du mich kennen!“

Tränen schossen ihr in die Augen, während sie sich umdrehte und zum Haus rannte, als wäre der Teufel persönlich hinter ihr. Doch als sie im Kaminzimmer hastig ihre Kleidung überstreifte, sah sie, dass Ethan ihr nicht folgte.

Vielleicht will er mich wirklich nicht bedrängen, dachte sie und schimpfte im nächsten Moment mit sich selbst: „Jetzt verteidigst du ihn schon wieder. Er läuft mir nur nicht hinterher, weil er zu stolz dazu ist, der ehrenwerte Earl of Cunninghall, und weil er einsieht, dass er dieses Spiel verloren hat.“

Teena stürmte zu ihrem Discovery und brauste davon. Doch sie ließ nicht nur Cunninghall Manor hinter sich, sondern auch Gardenrye und fuhr geradewegs nach London. Als sie in den frühen Morgenstunden bei ihren Eltern ankam, fielen diese aus allen Wolken.

Gregory McLight schloss Teena besorgt in die Arme. „Kind, was machst du denn hier? Geht es dir nicht gut? Du siehst krank aus. Soll ich Dr. Franklin anrufen?“

„Trägt man solche Kleidung an der Küste, oder hast du angefangen, in einer Bar zu arbeiten?“, fragte Sybill und hob missbilligend die Augenbrauen.

Alles war beim Alten. Teena war froh darüber. Sie war ins beschützende Nest geflohen, weil sie am Ende ihrer Kräfte und entsetzlich gekränkt war. Ihr wurde bewusst, wie sehr sie gehofft hatte, dass der Maskierte ihr Liebhaber werden würde. Aber wer wollte schon eine unerfahrene Frau mit karottenfarbenen Haaren, die ständig herumzickte, wenn es darum ging, neue Erfahrungen zu machen? Sie war nur ein

Spielzeug gewesen, eines von vielen, ein Zeitvertreib, eine Sexpartnerin, die lästig geworden war und die man daher mithilfe eines Nacktvideos auf Distanz halten musste. Ethan hatte ja nicht ahnen können, dass sie recherchieren würde. Wahrscheinlich hatte er gedacht, sie wäre eine Göre, die noch grün hinter den Ohren war und seine Eskapaden ertrug, bis er genug von ihr hatte. Doch sie wusste nun über die Loge der Lust Bescheid. Sollte sie den Geheimbund auffliegen lassen? Würde sie es ertragen können, wenn sie ins Kreuzfeuer der Polizei von Newcastle und der Öffentlichkeit geriet? In den nächsten Tagen würde sie darüber entscheiden. Nun wollte sie erst einmal schlafen.

Glücklicherweise hatte Teena nicht alle Kleidungsstücke mitgenommen, als sie nach Gardenrye gezogen war, und so musste sie nicht gleich am nächsten Morgen einkaufen gehen. Sie brauchte Ruhe. Die musste sie sich allerdings hart erkämpfen.

„Nun sag doch endlich, was vorgefallen ist, Kind", sagte ihre Mutter am Frühstückstisch mit Nachdruck und legte ihre Hand auf die von Teena.

Aufmüpfig zog diese ihre Hand fort. „Bitte, nenn mich nie wieder ‚Kind'."

„Aber das bist du doch." Unbeeindruckt nippte Sybill an ihrem Tee, ohne den Blick von Teena zu nehmen.

„Ich bin deine Tochter. ‚Kind' klingt unmündig, aber ich bin erwachsen." Seufzend lehnte sie sich zurück. Sie würde ihrer Mutter und auch ihrem Vater, wenn er von der Arbeit heimkehrte, eine Erklärung geben müssen, damit sie ihr nicht weiterhin auf die Nerven gingen. „Mein Chef hat mir Sonderurlaub gegeben", log sie, „weil ich einen anstrengenden Undercovereinsatz hinter mir habe.“

„Undercovereinsatz? War das nicht etwas riskant? Du kommst doch frisch von der Polizeischule.“

„Ich lebe noch“, rutschte es ihr heraus. Sie bereute es sogleich und fügte hastig hinzu: „Es ist alles gut gegangen. Aber jetzt muss ich telefonieren. Entschuldige mich bitte.“ Geräuschvoll schob sie den Küchenstuhl zurück.

„Dein Vater wird ausflippen, wenn er das hört.“ Nervös richtete Sybill ihre Frisur, die dank enormer Mengen Haarspray jedem Sturm standgehalten hätte. „Du hättest sein Angebot annehmen sollen, dir einen Schreibtischjob beim Metropolitan Police Service zu besorgen.“

Aufgebracht winkte Teena ab. „Ja, ja, ich mache immer alles falsch in euren Augen.“

Bevor ihre Mutter antworten konnte, hastete sie die Treppe hoch, setzte sich aufs Bett und nahm den Telefonhörer. Aus ihrer Handtasche zog sie einen Zettel, auf dem sie alle wichtigen Telefonnummern notiert hatte, auch die Mobilnummer von Matthew Hallow. Sie zögerte. Mit zittrigen Fingern wählte sie schließlich.

„Hallow.“

Sie räusperte sich. „Teena hier. Ich möchte mich für die kommende Woche krankmelden.“

„Ist alles in Ordnung?“ Er klang besorgt.

„Ja, sicher, ich …“

„Teena“, begann er mit einer sanften Stimme, die sie noch gar nicht von ihm kannte, „falls du Zeit brauchst, nimm sie dir. Ich habe ein schlechtes Gewissen. Das mit dem Undercover-Einsatz tut mir leid. Ich wollte dich nicht in Gefahr bringen. Ist dir auch wirklich nichts geschehen?“

Teena legte sich auf den Rücken und starrte zur Decke. Wollte Matthew ihr plötzlich sein Herz ausschütten? Sie entschied sich für die Flucht nach vorne. Was hatte sie zu verlieren? „Tatsächlich möchte ich mir eine Auszeit nehmen. Ende der Woche werde ich mich entscheiden, ob ich nach Gardenrye zurückkehre …“

„Du passt gut in unser Team“, unterbrach er sie. „Unser Revier braucht eine engagierte Polizistin wie dich.“

„Vorher muss ich aber eine Sache wissen. Warum hast du mich in das Kesselhaus geschickt?“

„Warum?“, fragte er verdutzt.

Er verstand nicht, was sie meinte, daher half Teena nach: „Hattest du wirklich vor, dich mit der Loge der Lust anzulegen? Oder hast du nur vorgegeben, gegen sie zu ermitteln, um die Akte so bald wie möglich ergebnislos schließen zu können?“

Zuerst druckste Matthew herum. „Oh, Teena … solche direkten Fragen … nun, also, ich weiß gar nicht, was ich sagen soll. Herrje! Woodridge meinte, du wärst im Bilde, aber dass du alles weißt, war mir nicht klar.“

„Ich will nur die Wahrheit wissen, mehr nicht!“ Sie legte Entschlossenheit in jedes ihrer Worte.

Am anderen Ende der Leitung atmete Matthew tief ein und stieß dann kraftvoll die Luft aus. „Es war keinesfalls meine Absicht, dich ins offene Messer laufen zu lassen. Die Loge zeigt ihre Krallen gerne, benutzt sie aber nicht. Das war auch nie nötig. Sie sichert sich ab, schlägt mit Verstand und nicht mit Kraftakten zurück.“

„Das Kesselhaus.“ Er wich aus, das ließ Teena nicht zu.

„Ich wollte der Loge zeigen, dass ich nicht untätig zusehe, wie sie mein Leben zerstört und mich durch den Fall ‚Lady in Pink' in die Enge treibt. Sie sollte wissen, dass ich mir so etwas nicht gefallen lasse. Deshalb habe ich die Ermittlungen aufgenommen. Es hätte auch keinen Zweck gehabt, den Fall zu vertuschen. Wie hätte ich vor euch rechtfertigen sollen, dass ich eine Aufklärung ablehne? Der Earl of Cunninghall hätte mich weiter traktiert, bis die Öffentlichkeit auf den Fall aufmerksam geworden wäre. Wie hätte ich dann dagestanden? Ich wäre verloren gewesen. Also musste ich die Loge vorher stoppen."

„Dann war der Einsatz also nur als Abschreckung für die Loge gedacht?"

Sie hörte, wie er trank und einen Becher abstellte. „Ehrlich gesagt, hatte ich gehofft, wir würden etwas finden, um sie auffliegen zu lassen, oder zumindest etwas, das sie von mir fernhält. Du hättest den Hinweis öffentlich machen können. Dann wäre es nicht meine Schuld gewesen, und die Loge hätte mir nichts ankreiden können." Er lachte abfällig. „Ich hatte auf ein Wunder gehofft."

„Das war ziemlich blauäugig von dir", sagte Teena.

„Weißt du, ich liebe meine Frau sehr." Er seufzte. „Ich bin sicherlich kein guter Ehemann, aber mir ist klar geworden, was ich an ihr habe. Sie zu verlieren, weil sie erfährt, dass ich mehr als einmal fremdgegangen bin, würde mich fertigmachen … Keine Ahnung, was ich ohne sie tun würde."

Teena schloss die Augen. Das Gespräch erschöpfte sie. Die ganze Angelegenheit ging an ihre Substanz. „Dann hast du mich nicht geopfert, um dich freizukaufen oder so etwas?"

„Natürlich nicht! Ich hatte meine ganze Hoffnung in

dich gesetzt. Wir waren Verbündete, ohne dass du es wusstest. Du hättest meine Rettung sein können, aber jetzt ist es vorbei. Die Loge lässt mich in Ruhe, wenn ich sie in Ruhe lasse, und das werde ich tun."

„Das ist vernünftig", sagte sie mehr zu sich selbst als zu ihm.

„Wirst du heimkehren?"

„Heim?" Sie schmunzelte. „Ich muss zur Ruhe kommen und über alles nachdenken."

„Wie gesagt, nimm dir Zeit. Ich halte deine Stelle frei. Monica, Lewis und Josh sage ich, dass ich dir kurzfristig freigegeben habe, damit du dich von dem Einsatz erholen kannst. Er hat dir viel abverlangt. Eine Auszeit hast du dir verdient. Mehr müssen unsere Kollegen nicht erfahren, oder?"

Sie überlegte. Dann antwortete sie: „Nein, müssen sie nicht. Was hat der Earl sonst noch erzählt?"

„Nichts, nichts über dich. Er hat mich nur gewarnt. Ich solle mich gut um dich kümmern und besser auf dich aufpassen. Er ist ein sehr verschwiegener Mann. Ich weiß, etwas ist zwischen euch vorgefallen, aber er würde nie irgendjemandem davon berichten."

Schwungvoll setzte sie sich auf. „Warum verteidigst du ihn, obwohl ihr auf entgegengesetzten Seiten steht?"

„Weil er nur zu meiner Frau und zu meinem Vorgesetzten in Newcastle hätte gehen und ihnen kompromittierende Fotos hätte zeigen müssen, um mich zu vernichten. Es wäre mein Todesurteil gewesen, in jeder Hinsicht!" Teena hörte, wie er einen kräftigen Schluck nahm, bevor er fortfuhr. „Alles, ich hätte alles verloren, was mir am Herzen liegt. Stattdessen kam er zu mir. Zugegeben, er drohte mir, doch er zerstörte mein Leben nicht, was ihm ein Leichtes gewesen wäre."

„Was für ein guter Mensch!", entgegnete Teena ironisch. „Ich melde mich Ende der Woche. Bis dann."

„Danke, Teena."

Sie legte auf.

In den folgenden Tagen zog sie sich zurück. Selbst ihre Eltern bekamen sie nur beim Dinner zu sehen. Teena musste über so vieles nachdenken. Bislang hatte sie keine Zeit gehabt, alle Eindrücke zu verarbeiten. Die Ereignisse hatten sich überschlagen. Ihr Einstand in Gardenrye war turbulent gewesen. Aber alle Widerstände und Probleme hatten sie nicht brechen können. Ihr ging es gut. Sie fühlte sich stark. Trotz begann sich wieder in ihr zu regen.

Sie wollte Lewis keinen Grund geben zu triumphieren. „Ich hab's euch ja gleich gesagt. Teena hält nicht durch."

Was war aus Monica und Sly geworden? Was machte Josh? Teena vermisste ihn. Sie hätten Freunde werden können. Und Rosalin? Welches Erotikspielzeug bewahrte sie noch in ihrem Nachttisch auf? Schließlich Ethan …

„Vergiss ihn!", ermahnte sie sich, als sie wieder einmal nicht einschlafen konnte, nachdem sie mitten in der Nacht auf Toilette gemusst hatte. Sie wälzte sich unruhig hin und her. Vermutlich würde sie nun wieder auf Masturbation zurückgreifen müssen. In London gab es weder eine Loge noch solch außergewöhnliche Nachbarn wie Roz.

„Vergiss wen?", fragte eine männliche Stimme.

Teena erschrak.

16.

Ein Mann hatte sich in ihr Zimmer geschlichen. Sie blinzelte, doch plötzlich schaltete er die Nachttischlampe an. Das Licht blendete sie. Nur langsam gewöhnten sich ihre Augen an die Helligkeit.

„Du sprichst nicht etwa von Ethan Woodridge, diesem Schuft?“

Ethan stand vor ihrem Bett. Sie erkannte ihn trotz dunklem Umhang und Maske, einem blauen Domino, der seine eisblauen Augen noch strahlender wirken ließ.

Erbost sprang sie auf. Sie ging in Richtung Tür. Ihre Beine waren wie Pudding. „Was machst du hier? Verlasse sofort …“

Ethan griff ihr Handgelenk, hielt sie fest und drängte sie gegen die Wand. Das alles geschah so schnell, dass Teena sich nicht wehren konnte. Er verschloss ihren Mund mit seiner Hand. „An deiner Stelle wäre ich leise. Wir wollen doch deine Eltern nicht wecken, oder?“

Teena kniff die Augen zusammen. Sie versuchte, ihn zu treten, aber er klemmte sie zwischen seinem Körper und der Wand ein. Wütend kämpfte sie gegen ihn an. Es war aussichtslos. Warum erregte sie der Kampf? Konnte Ethan sie nicht völlig kalt lassen? Irgendwann gab sie auf und schaute ihn herausfordernd an.

„Wirst du artig sein?“

Diese Wortwahl! Aufgebracht stemmte sie die freie Hand gegen seinen Oberkörper und nickte. Kaum hatte er ihren Mund freigegeben, brachte sie gepresst hervor: „Wozu die Maskerade? Sie ist überflüssig.“

Ethan schüttelte den Kopf und ließ ihr Handgelenk los. „Du scheinst mit dem Maskierten besser zurechtzukommen als mit dem Earl. Ich trage die Maske, weil ich mit dir reden möchte, auf vernünftige Art und Weise."

„Keine Spiele mehr! Maskierter und Earl sind ein und dieselbe Person."

„Damit kommst du aber nicht klar." Er legte den Zeigefinger an ihre Lippen, um ihr zu bedeuten, leiser zu sprechen. „Du kannst mir nicht vormachen, dass dich der Earl anwidert, denn ich sehe, wie du auf mich reagierst. Das Problem liegt woanders."

Sie wischte den Zeigefinger fort. „Hast du neben Politik auch Psychologie studiert?"

„Du hast dich über mich erkundigt", bemerkte er amüsiert. „Das beweist dein Interesse."

„Es war Zufall." Sie spürte, dass ihre Wangen erhitzt waren, und wünschte, er hätte das Licht nicht angeschaltet. Zweifelsohne sah er ihr nun an, dass sie log.

„Hör mir gut zu, Teena. Ich werde es nur ein einziges Mal sagen." Seine Stimme klang tief, und er sprach ruhig. „Ich bin schuld daran, dass du durcheinander und wütend auf mich bist. Wahrscheinlich habe ich deinen Hass sogar verdient."

„Hass, so weit würde ich nicht gehen", warf sie ein. Nun, da er so nah vor ihr stand, war ihre Kehle wie zugeschnürt, doch keineswegs vor Furcht oder Abneigung, sondern vor Verlangen.

„Aber meine Geduld ist am Ende. Herrje, ich rede als Ethan mit dir. Keine Spiele mehr, das hast du selbst gesagt." Er nahm seinen Domino ab. „Entweder, du akzeptierst, dass ich es war, der dich im Coast Liquor Store dazu gebracht hat, dein Geschlecht an den Samtbeutel zu reiben, und im Kesselhaus deinen fleischigen Fächer vor den Augen der Gäste auszubreiten, oder es wird keine Zukunft für uns geben."

Hatte er Zukunft gesagt? Er war hartnäckig, keine Frage. Teena schmeichelte das. Bei der Erinnerung an ihre lustvollen Treffen richteten sich ihre Brustspitzen auf.

Ethan kommentierte dies mit einem Lächeln, doch er berührte Teena nicht. „Ich werde dich nicht zwingen, mit mir zu schlafen."

„Das ist ja etwas ganz Neues", sagte sie schnippisch.

„Tu nicht so, als hättest du es nicht gewollt." Er legte die Hand unter ihr Kinn und hob es an, damit sie ihm direkt in die Augen sah. „Sag, dass du das Zusammensein mit mir genossen hast."

Teena zögerte. Sie war hin- und hergerissen, wollte ihm die Augen auskratzen und sich im nächsten Moment das Nachthemd vom Leib reißen. „Es war ganz nett."

„Nur nett?", entrüstete er sich.

Sie konnte nicht aufhören zu sticheln, aber ebenso wenig ein Schmunzeln unterdrücken. „Zweifelst du an deinen Fähigkeiten?"

„Hexe!" Ethan kam nah an ihr Gesicht, als wollte er sie küssen, doch im letzten Augenblick zog er sich zurück.

Teenas Lippen kribbelten. „Du spielst schon wieder mit mir."

„Ich habe mir geschworen, dich heute Nacht nicht anzufassen", erklärte er ernst. „Ich bin gekommen, um mit dir zu reden. Mehr nicht."

Sie hob die Augenbrauen und schaute an ihrer beider Körper hinunter, die eng aneinandergeschmiegt waren. „Hältst du dich immer so genau an deine Vorsätze?"

Nun trat er einige Schritte zurück und verschränkte die Arme vor dem Körper.

Teena biss sich auf die Unterlippe. Sie war wütend, wütend auf sich selbst. Weshalb hatte sie nicht einfach den Mund gehalten?

„Ich möchte nicht immer eine Maske tragen müssen, um mit dir zusammen sein zu können."

„Das brauchst du ohnehin nicht mehr, weil deine Identität gelüftet ist, das kannst du nicht rückgängig machen." Die Worte klangen bissiger als beabsichtigt.

„Für dich waren die Erlebnisse mit dem Maskierten wie ein Traum", fuhr er fort. „Die Lusttreffen fanden immer im Schutz der Dunkelheit statt, er … ich habe dich gezwungen, dich deiner Sehnsucht zu stellen, und habe dir so die Verantwortung für deine Hemmungslosigkeit abgenommen. Danach bist du in dein normales Leben zurückgekehrt. Die Ausschweifungen hatten also keinerlei Einfluss auf deinen Alltag."

Teena protestierte: „Sie haben mich in Schwierigkeiten gebracht."

„Nein, es waren deine Ermittlungen, die dich in das Machtgerangel zwischen Hallow und der Loge geraten ließen." Schnaubend zuckte er mit den Schultern. „Aber nun, da du weißt, wer dein mysteriöser Liebhaber ist, bekommt dein Traum ein Gesicht, und das erschreckt dich."

„Überschätzt du dich nicht?", fauchte sie etwas zu laut und lauschte, aber im ganzen Haus blieb es still. Ihre Eltern waren nicht aufgewacht.

Er nickte. „Ich verstehe. Es tut mir leid. Ich habe die Situation wohl falsch eingeschätzt." Ethan ging zur Tür.

Bevor er das Zimmer verlassen konnte, sagte Teena rasch. „Warte!"

Er drehte sich langsam um und schwieg.

„Vielleicht hast du recht."

„Nur vielleicht?", fragte er und runzelte die Stirn.

„Himmel, ich kenne dein Gesicht, aber ich weiß nicht, wer du wirklich bist. Wir haben uns nicht auf einem Gartenfest bei Freunden oder an der Gemüsetheke im Supermarkt kennengelernt. Wir sind weder essen gegangen noch waren wir im Kino. Wir haben alles übersprungen: Händchenhalten, den ersten zaghaften Kuss, lange Spaziergänge am Meer ..."

„Würdest du unsere Art des Kennenlernens dagegen eintauschen wollen?"

Sie raufte sich die Haare. „Nein, aber ich habe keine Ahnung, welche Unterwäsche du trägst, welche Musik du hörst und wo du gerne deinen Urlaub verbringst."

„Du weißt, welchen Wein ich am liebsten trinke", wendete er schmunzelnd ein. „Und dass ich mir Zeit nehme, wenn ich mit einer Frau schlafe. Dass ich beim Sex gerne experimentiere und es mich reizt, mir meine Geliebte zu unterwerfen ..."

„Schluss damit!" Das Gespräch ging in eine Richtung, die ihr nicht behagte, denn es erregte sie viel zu sehr. „Mit wie vielen Frauen schläfst du?"

„Nur mit dir", antwortete er mit fester Stimme. Er kam wieder näher.

Teena stemmte die Hände in die Hüften. „Das glaube ich

dir nicht. Du bist auf jeder Party der Loge anwesend und behauptest, abstinent zu sein? Oh, bitte!"

„Ich habe mich ausgetobt, das ist wahr." Eine Weile betrachtete er den Domino in seiner Hand. Dann steckte er die Maske in die Seitentasche des Umhangs. „Im Gegensatz zu früher ist es mir nicht mehr egal, mit wem ich es treibe. Ja, ich brauche diese Form der Erotik, die Tabulosigkeit, den Duft von wildem Sex, kopulierende Körper und animalisches Stöhnen, doch ich sehne mich nach einer Frau, mit der ich all das gemeinsam ausleben kann."

Was er sagte, berührte sie. Ihre Augen wurden feucht. „Du kannst jede Frau haben. Wieso solltest du dich auf eine festlegen?"

„Weil ich mich nach Geborgenheit sehne und nach Liebe." Er sah ihr offen in die Augen.

Tapfer schluckte sie die Tränen hinunter. Auf keinen Fall wollte sie heulen. „Sprich nicht von Liebe. Wir hatten nur Sex. Zu einer Beziehung gehört mehr."

Sein Gesicht verzerrte sich vor Wut. „Du hast es wirklich drauf, jemanden zu verletzen." Wieder schritt er zum Ausgang, weil er gehen wollte.

Ihr Verlangen drängte Teena, ihn aufzuhalten. Ihr Herz pochte aufgeregt. Sie wollte nicht, dass er sie verließ. „Wie stellst du dir das vor? Soll ich auf Cunninghall Manor einziehen und dir zur Verfügung stehen, wenn es dir zwischen den Beinen juckt?"

„Du würdest deine Wohnung in der Shell Road behalten", antwortete er, ohne sich umzudrehen.

„Nur nicht zu viel Nähe zulassen, nicht wahr, großer Alphawolf?"

Als er herumwirbelte, war seine Miene finster. Trotzdem bemühte er sich, ruhig zu klingen. „Nein, verdammt! Ich möchte, dass du dich zurückziehen kannst, wenn du deine Ruhe brauchst. Du sollst dich nicht wie eine Gefangene auf meinem Anwesen fühlen. Du würdest weiterhin unabhängig sein, deinen Job als Polizistin machen und …"

„… zu Hause, wenn ich bei dir bin, das unterwürfige Weibchen spielen?"

Er schüttelte den Kopf. „Du bringst mich zur Weißglut mit deinen Anschuldigungen. Wir würden gleichberechtigte Partner sein und uns im Alltag auf Augenhöhe begegnen – Theaterbesuche, romantische Abende vor dem Kamin, das alles inklusive –, aber wenn wir miteinander schlafen, würde ich die Führung übernehmen. Wir würden uns zu Hause und auf den Logenpartys austoben. Ich könnte dir eine Lust entlocken, die du jetzt noch nicht für möglich hältst. Aber dazu brauche ich dein völliges Vertrauen und deine Bereitwilligkeit, dich leiten zu lassen."

„Könnte ich jederzeit gehen?"

„Selbstverständlich! Was hast du denn gedacht?"

Das hörte sich alles so wundervoll an, dass Teena ihm am liebsten um den Hals gefallen wäre, aber etwas hielt sie davon ab, zu euphorisch zu werden. „Das hört sich alles zu gut an, um wahr zu sein. Wenn du wirklich so aufrichtig bist, wie du behauptest, warum hast du unser Abenteuer auf den Klippen aufgezeichnet?"

„Es war keine Absicht. Ich habe mich gehen lassen. Die Überwachungskameras waren das Letzte, an das ich gedacht habe, glaube es mir oder nicht. Dies hier ist die Festplatte, auf der die Aufzeichnung gespeichert wurde. Sie gehört dir."

Ethan fischte eine Harddisk aus seiner Tasche und warf sie aufs Bett. „Ich gehe jetzt, um meine Wunden zu lecken. Du weißt, wo du mich findest, solltest du mich bitten wollen, dein Lehrmeister zu werden."

„Bitten?", schnaubte Teena. Hatte sie gerade noch kurz davorgestanden, ihm zu verzeihen, so war sie nun schon wieder fast so weit, ihm die Nachttischlampe an den Kopf zu werfen.

„Falls du dich entscheidest, dich auf mich einzulassen, musst du schon zu mir kommen und mich bitten, dein Liebhaber und Lehrer zu werden."

Diese Überheblichkeit! „Niemals!"

Amüsiert lächelte er. „Du bist sexy, wenn du wütend bist." Leise schlich er in den Flur hinaus und schloss lautlos die Tür hinter sich.

Teena blieb allein in ihrem Zimmer zurück, dem Zimmer, in dem sie Kindheit und Jugend verbracht hatte. Wollte sie etwa hier wohnen bleiben, bis sie eine Gehhilfe brauchte? Diese Frage stellte sie sich, als sie ins Bett ging, das Licht löschte und die Decke bis unter das Kinn zog. Wie war Ethan ins Haus gekommen? Sie schloss die Augen und lauschte. Nichts. Sie hatte gehofft, Schritte zu hören, aber er kam nicht zurück.

Plötzlich fühlte sie sich einsam. Als wäre sie ein verliebter Backfisch, der vor lauter Liebeskummer nicht einschlafen konnte, lag sie da, und ihr ganzer Körper krampfte sich vor Sehnsucht nach diesem arroganten Scheusal zusammen. War er wirklich so ein Schuft? Er bemühte sich sehr um sie, hatte sie immer noch nicht aufgegeben und war ihr sogar bis nach London hinterhergereist. Aber Teena hatte Angst, Angst vor der eigenen Courage. Falls sie sich jemals in die Hände eines Lehrmeisters begeben wollte, dann in die von Ethan. Doch dafür musste sie die Kontrolle aufgeben, die sie sich so hart erarbeitet hatte. Sie war nach Gardenrye gezogen, um frei und unabhängig zu sein, um eigene Fehler zu machen und nicht mehr behütet zu werden. Das hatte doch ganz gut geklappt. Sie hatte das Geheimnis der Loge der Lust fast allein gelöst und den voreingenommenen Kollegen gezeigt, dass sie kein Angsthase war.

Teena richtete sich auf. „Von wegen! Du bist am Ende doch zurück in den Schoß der Familie geflüchtet."

Plötzlich hatte sie das Gefühl, versagt zu haben. Innerlich rebellierte sie. In den letzten Tagen hatte sie Kraft getankt und über alles nachgedacht. „Ich will zurück in *mein* Leben." Und das fand nicht in London statt.

Es war früher Morgen, und die Vögel erwachten zwitschernd, als Teena duschte und sich anzog. Sie konnte ihre Sachen gar nicht schnell genug zusammensuchen, um endlich losfahren zu können. Ihre Eltern wurden durch das Kofferpacken aufgeweckt. Schlaftrunken schleppten sie sich in Teenas Zimmer.

„Was ist denn los?" Gregory gähnte und rieb sich über das Gesicht.

Teena setzte sich auf den Koffer, damit sie die Verschlüsse ineinanderhaken konnte. „Ich muss nach Gardenrye zurück. Meine Kollegen brauchen mich." War es wirklich nur der Job, der sie zur Küste zog?

„Lass uns in Ruhe darüber reden", schlug Sybill vor und knöpfte ihren seidenen Morgenmantel zu. „Ich mache uns erst einmal Tee."

„Nein, wirklich nicht.“ Teena schaute auf den digitalen Radiowecker, der auf dem Nachttisch stand. Das Zifferblatt stellte sich gerade auf 3.12 Uhr um. „Wenn ich mich beeile, komme ich am frühen Vormittag an. Die Kollegen zählen auf mich. Ich möchte sie nicht im Stich lassen.“

Ihr Vater lehnte sich an den Kleiderschrank, als wäre er zu müde, um ohne Hilfe stehen zu können. „Mir wäre es lieber, wenn du in London arbeiten würdest. Das habe ich dir noch nie so offen gesagt, Liebes. Der Name ‚Metropolitan Police Service‘ würde sich sehr gut in deinem Lebenslauf machen.“

Kopfschüttelnd nahm Teena ihre Handtasche und den kleinen Koffer. Sie wollte auch die restliche Kleidung endlich mitnehmen. „Ich habe bereits Freunde gefunden und fühle mich in Gardenrye wohl. Die Bewohner sind auf den ersten Blick verschroben, aber das täuscht. Außerdem – wie man in den Wald hineinruft, so schallt es heraus.“ Sie dachte beschämt an ihre tölpelhaften und einfältigen Anfänge. „Gardenrye ist altmodisch und heruntergekommen, aber es besitzt Charme. Das Städtchen ist schlicht, aber dennoch atmosphärisch.“

Außerdem ist es nicht so prüde, wie man auf den ersten Blick meint, sondern sehr viel sündiger, dachte sie, ohne es auszusprechen.

Sybill legte ihr die Hände an die Schultern. „Wir wollen doch nur dein Bestes, weil wir dich lieb haben.“

„Ich weiß“, sagte Teena verständnisvoll und umarmte ihre Mutter. Nachdem sie sich gelöst hatte, küsste sie ihren Vater auf die Wange und verabschiedete sich.

Als sie in den Discovery stieg und sich ein letztes Mal zu

ihrem Elternhaus umsah, tat es ihr nicht leid. Hier würde sie immer eine Heimat haben, aber die Vorfreude auf Gardenrye war so groß, dass sie augenblicklich den Wagen startete und aufs Gas trat, um aus London herauszukommen. Sie fuhr ohne Halt durch und parkte den Landrover gegen neun Uhr in der Shell Road, viel früher, als sie erwartet hatte.

Eilig stieg sie die Treppen hoch und schloss ihr Appartement auf. In diesem Moment knarrte die Tür der Nachbarwohnung. Rosalin stürzte heraus, die Augen vor Überraschung weit aufgerissen. Sie steckte den Saum der cremefarbenen Chiffonbluse in die Hose, die sich wie eine zweite Haut an ihre Beine schmiegte und an den Waden mit Bändern zusammengebunden war. Ihre Füße steckten in schwarzen Riemchenschuhen, die einen schwindelerregenden Pfennigabsatz besaßen.

„Du bist zurück! Oh, Teena, ich freue mich so sehr." Sie legte die Handflächen aneinander wie eine indische Tempeltänzerin.

Lächelnd betrat Teena ihr Reich. „Ich mich auch."

Rosalin nahm ihr den Koffer ab und trug ihn hinter ihr her. Ohne hereingebeten worden zu sein, folgte sie Teena. Sie stellte den Koffer auf die braune Cordcouch und fragte zaghaft: „Bist du beruhigt, nun, da du alles, wirklich alles, über die Loge der Lust weißt?"

Teena murrte.

„Wir sind nicht rücksichtslos."

„Nein, seid ihr nicht", sie hob abwehrend die Hände, „schon gut. Aber was hätte ich denn denken sollen? Matthew hat behauptet, bei der Loge handele es sich um eine Verbrecherorganisation, dann muss ich feststellen, dass meine einzige Freundin in Gardenrye Mitglied dieser Loge ist, sich aber strikt weigert, mir etwas darüber zu verraten."

„Freundinnen." Rosalin strahlte. „Es tut mir leid. Ethan wäre stinksauer auf mich gewesen, wenn ich dich eingeweiht hätte. Er bestand darauf, die Aufklärung selbst zu übernehmen und dir behutsam Stück für Stück Informationen zu geben, damit du nicht aus allen Wolken fällst. Selbstverständlich wollte er auch vermeiden, dass zu viele Indizien auf Matthew hinwiesen. Er hatte nur geplant, ihm zu drohen, nicht, ihn zu zerstören."

Teena warf die Handtasche aufs Bett und öffnete die Balkontür, um frische Luft hereinzulassen. „Aber ich habe recherchiert und mehr herausgefunden, als ihm lieb war."

„Der Undercover-Einsatz war ein Fehler." Roz rümpfte die Nase. „Matthew hätte einlenken sollen, anstatt der Loge den Kampf anzusagen. Aber so ist er nun mal."

Hörte Teena da gekränkten Stolz heraus? Rosalin schien sich immer noch zu Matthew hingezogen zu fühlen. Bestimmt waren durch den ganzen Ärger die alten Wunden wieder aufgerissen.

„Wirst du zu den nächsten Treffen der Loge kommen?", fragte Rosalin beiläufig, während sie sich im Spiegel von allen Seiten betrachtete, aber Teena ahnte, dass Roz eigentlich etwas über das Verhältnis zwischen ihr und Ethan erfahren wollte.

Teena fing an, den Koffer auszupacken, und ließ nebenbei ein gelangweiltes „Vielleicht" fallen.

„Hör doch auf damit. Das kannst du später machen", sagte Rosalin angespannt und hielt sie an den Oberarmen fest. „Du weißt nun endlich, wer der Anführer der Loge ist. Kannst du damit umgehen?"

Teena überlegte. Ihren Eltern gegenüber hatte sie behauptet, sie müsse wegen ihres Jobs und ihrer Selbstbestimmung zurück nach Gardenrye, und sicherlich waren dies auch gute Gründe, aber sie waren nicht ausschlaggebend. „Ich brauche deine Hilfe."

„Ich bin immer für dich da." Rosalins Wangen waren gerötet vor Aufregung.

„So meinte ich das nicht." Teena wich ihrem Blick aus. „Ich werde heute Abend zu Ethan gehen, habe aber nichts anzuziehen, zumindest nichts, was dem Anlass gerecht würde."

„Ich verstehe", antwortete Roz sinnlich und zwinkerte. „Komm heute Abend in meinen Dessousladen. Wir suchen gemeinsam etwas Schönes für dich aus."

„Danke."

„Und heute Abend style ich dich." Sie zupfte an Teenas rotem Haar herum. „Ethan werden die Augen ausfallen."

Teena hielt Roz' Hand fest. „Wird er mich der Loge ausliefern? Ich meine, sexuell, nicht weil ich Polizistin bin."

„Ethan? Niemals! Er ist wie ein Fischer, dessen Fang nur auf den eigenen Teller kommt", erklärte Rosalin schmunzelnd und schüttelte den Kopf. „In ihm hast du einen Beschützer gefunden, und zwar einen einflussreichen und begehrten."

„Wie gut, dass er nicht weiß, was zwischen uns beiden vorgefallen ist." Provozierend fuhr Teena mit der Zungenspitze über die Unterlippe.

„Er weiß über alles Bescheid." Rosalins Stimme klang mit einem Mal rau. Sie konnte ihren Blick nicht von Teenas Mund nehmen. „Ethan ist ein Phänomen."

„Dahinter steckt doch mehr.“

Roz lachte sinnlich. „Du besitzt tatsächlich das Gespür einer Polizistin, aber versprich mir bitte, nicht wieder auszuflippen.“

„Kommt darauf an.“ Um ihre Kampfbereitschaft zu veranschaulichen, fischte sie ein Haargummi aus der Hosentasche und band sich die Haare zu einem Zopf, so als beabsichtigte sie, sich auf ihre Freundin zu stürzen, sollte ihr das, was Roz nun gestand, nicht gefallen.

„Ethan war es, der mich beauftragt hatte, die pinkfarbene Perücke aus meiner Erinnerungskiste zu holen und dich in den Spirituosenladen zu locken, damit er dich näher kennenlernen kann.“

„So viel ist mir bekannt.“ Gelangweilt betrachtete Teena ihre Fingernägel.

„Er hatte mich noch um einen weiteren Gefallen gebeten.“ Sie machte eine Pause und richtete ihre Bluse, bis ihr Dekolleté gut zur Wirkung kam. „Nach der besagten Nacht im Coast Liquor Store bat er mich, ihm dabei zu helfen, deine harte Schale aufzubrechen.“

„Ihr wolltet mich also knacken wie eine verklemmte Jungfrau?“

Rosalin hob abwehrend die Hände. „Unsinn! Fühl dich nicht schon wieder angegriffen. Bitte.“

„Worum ging es dann?“, wollte Teena wissen und verschränkte die Arme vor dem Oberkörper.

„Ich sollte dich vorbereiten, dir helfen, dich sexuell zu öffnen. Er wollte verhindern, dass du ins kalte Wasser geworfen wirst. Wärst du auf eine Party der Loge gegangen, als du neu in Gardenrye warst, hätte dich das womöglich schockiert und du hättest dich zurückgezogen. Verstehst du, was ich meine?“

„Ethan war mal wieder besorgt um mich.“

„Ich bin gut darin, jemanden zu verführen, aber offensichtlich gelingt es mir nicht, die richtigen Worte zu finden.“ Roz seufzte. „Ich habe dich begehrt, das habe ich ihm erzählt. Der Begrüßungsschampus, oder besser die Schampus-Intimspülung, du erinnerst dich?“

Teena nickte. „Das war keine Anweisung der Loge?“

„Natürlich nicht. Ich bin gerne spontan. Du hast mir gefallen, sowohl menschlich als auch körperlich. Da kam mir Ethans Bitte – das war es nämlich, kein Befehl – nur gelegen.“ Gefühlvoll legte sie die Hand an Teenas Wange. „Freundinnen müssen ehrlich zueinander sein, das werde ich von nun an beherzigen, und mit meiner Beichte habe ich damit angefangen. Es ging nicht darum, dich weich zu kochen, sondern dich vorzubereiten auf das ‚Spiel ohne Grenzen‘, wie ich es gerne nenne. Ethan hatte dich auf dem Revier getroffen und war hin und weg. Das kann ich ihm nicht verübeln.“

„Spar dir das Süßholzraspeln“, sagte Teena und rollte lachend mit den Augen. „Du hast mich längst schon wieder umgarnt. Lass uns die Streitigkeiten vergessen und nach vorne schauen.“

„Darf ich dich küssen?“

Erstaunt sah Teena auf Rosalins volle Lippen. Ihr lief das Wasser im Mund zusammen. Erinnerungen flammten auf. Was hatte ihre Freundin nicht schon alles mit ihr angestellt? Sie hatte einen Flaschenhals in Teenas Vagina eingeführt, Champagner aus Teenas Scheide getrunken und sie mit einem Lederdildo genommen wie ein Kerl. Was für eine Frau!

„Hast du keine Angst, dass Ethan sauer auf dich sein könnte, wo er doch seinen Besitz ungern teilt?“, fragte sie spitz.

„Das ist mir egal.“ Rosalin kam so nah, dass ihre Lippen einander fast berührten. „Ich kann dir nicht widerstehen, und falls auch du mir nicht widerstehen kannst, muss er wohl oder übel damit leben, dass wir hin und wieder ein wenig Spaß miteinander haben. Ich bin keine Konkurrenz für ihn, sondern ein Bonus, ein Bonbon für dich.“

„Die Belohnung habe ich mir verdient.“

„Das will ich meinen.“ Zärtlich blies sie gegen Teenas Mund.

Ein hinterhältiger Gedanke drängte sich Teena auf. „Würde es Ethan ärgern, wenn er wüsste, dass wir nicht wie andere Freundinnen gemeinsam einkaufen gehen, sondern uns die Zeit weitaus anregender miteinander vertreiben?“

„Er würde es akzeptieren, aber nur zähneknirschend, denn nun musst du ja nicht mehr auf sexuelle Exzesse vorbereitet werden.“ Sie zwinkerte.

„Wenn das so ist, dann küss mich“, hauchte Teena.

Sanft legte Rosalin ihren Mund auf den von Teena. Sie verstärkte den Druck und löste ihn wieder. Dann öffnete sie die Lippen, küsste die Unterlippe ausgiebig und saugte sich zärtlich am Mundwinkel fest. Sie züngelte über die Oberlippe, biss neckisch in Teenas Nasenspitze und presste ihren Mund erneut auf den von Teena. Rosalin griff Teenas Zopf, um deren Kopf festzuhalten, aber Teena verspürte gar nicht den Wunsch, dem harten Kuss zu entfliehen. Sie ließ Roz’ Zunge ein und züngelte ebenfalls heftig, bis sie beide kaum noch Luft bekamen.

Rosalin löste sich von ihr. Sie rang nach Atem und verrieb den verbliebenen Speichel auf ihren Lippen. „Wenn Ethan dich will, soll er ruhig um dich buhlen und wissen, dass wir uns mögen. Ich jedenfalls werde das Feld nicht sang- und klanglos räumen.“ Sie wandte sich um, und während sie zum Ausgang stelzte, warf sie Teena über die Schulter hinweg zu: „Ich erwarte dich heute Abend in meinem Laden. Die schönsten Stücke suche ich dir vorab heraus.“

Teena schmeckte Rosalin noch, als diese längst im Flur stand. „Ich danke dir.“

„Nein, ich danke dir“, Roz steckte noch einmal den Kopf in die Wohnung. „Weil du mir noch eine Chance gibst zu beweisen, dass ich dir tatsächlich eine Freundin sein kann.“ Leise zog sie die Tür hinter sich zu.

Teena war zufrieden. In Seelenruhe räumte sie die mitgebrachte Kleidung in den Schrank, sortierte in den Tagen ihrer Abwesenheit verdorbenes Essen aus dem Kühlschrank und machte es sich mit einer Schüssel Porridge und einem Tee auf dem Sofa bequem. Während sie frühstückte, überlegte sie, wie sie ihr Appartement gemütlicher machen konnte. Diesmal würde sie auf jeden Fall länger bleiben als bei ihrem ersten Anlauf.

Erst gegen halb elf machte sich Teena auf den Weg zur Bezirksdienststelle. Gestärkt und entspannt parkte sie, stieg aus und schritt die Stufen zum Eingang hoch. Sie sah lächelnd zu den Messinglettern hinauf, die in unregelmäßigen Abständen über dem Eingang hingen.

„Police Station City of Gardenrye“, las Teena, wie an ihrem ersten Tag in der Stadt. Damals hatte sie sich über die schiefen Buchstaben lustig gemacht, jetzt empfand sie beim

Betrachten ein beinahe heimatliches Gefühl.

Sie trat ein und war glücklich darüber, die provisorische Anmeldung wiederzusehen, ebenso das Schild mit Monicas Namen, das eigentlich ein Computerausdruck in einer Klarsichtfolie war, und Monica selbst, die ihre platinblonden Haare wie immer auf dramatische Weise toupiert hatte. An diesem Vormittag jedoch konnte nicht einmal die dicke Make-up-Schicht die müden Augen der Empfangssekretärin wacher wirken lassen.

Sie schaute von den Akten auf. Ihr Blick erhellte sich. „Christeena, du bist wieder da!", rief sie verschnupft aus. Im nächsten Moment blinzelte sie skeptisch. „Bist du doch, oder?"

„Ja, das bin ich. Ich brauchte ..."

„Matthew hat schon erzählt, dass er dich auf Zwangsurlaub geschickt hat." Hektisch winkte Monica ab und schnäuzte in ihr Stofftaschentuch. Sie stand auf, kam um den Schreibtisch herum und nahm Teena in die Arme. „Aber ich war mir nicht sicher, ob du dich nicht doch für London entscheiden würdest, wenn du erst wieder die schicken Cafés, die In-Lokale und die Einkaufsmöglichkeiten siehst."

„Das brauche ich alles nicht, ich habe es nie gebraucht", gab Teena zu. „Dieser ganze Schickimicki-Kram hat mich schon immer beengt. In London muss man ständig hip sein. Wenn du mal einen Tag deine Beine nicht rasierst, weil du krank bist, rümpft man die Nase, als hättest du Pestbeulen an den Schenkeln."

Monica prustete und bekam einen Hustenanfall.

„Apropos krank, dir geht es nicht besonders, oder?"

Während Monica sich langsam wieder beruhigte, nahm

sie Teena bei der Hand und führte sie hinter die Anmeldung. „Ich habe Sly so gut gepflegt, dass es ihm schon viel besser geht, aber jetzt habe ich mich bei ihm angesteckt."

„Du solltest dir besser einen Tag freinehmen und im Bett bleiben."

„Und Matthew, Lewis und Joshua alleinlassen? Wie soll das funktionieren? Die können nicht einmal Kaffee selber kochen." Lächelnd zeigte sie auf die Teedosen, die neben der Dose stand, die Teena in Newcastle gekauft hatte. „Ich habe unser Sortiment erweitert. Neben Gunpowder haben wir jetzt auch Darjeeling und Honeybush-Tee zu bieten."

Teena wurde warm ums Herz. Monica hatte auf sie gewartet und gehofft, dass sie nach Gardenrye zurückkehren würde. Teena fühlte sich willkommen. Obwohl das bei ihrer ersten Ankunft nicht der Fall gewesen war und sie sich die Anerkennung erst hatte erarbeiten müssen, wusste sie nun, dass die Entscheidung, von daheim wegzugehen und sich im Norden Englands eine eigene Existenz aufzubauen, richtig gewesen war. „Es ist schön, nach Hause zu kommen."

Monica grinste verschwörerisch und sagte leise: „Gestern habe ich Matthew dabei erwischt, wie er am Honeybush-Tee roch. Nervös und mit gerötetem Gesicht hat er die Dose weggestellt. Und heute Morgen habe ich eine Tasse entdeckt, in der kein Kaffeesatz, sondern der Rest einer rötlichen Flüssigkeit war."

Teena zwinkerte und beobachtete, wie Monica zwei Tassen Tee zubereitete. Ständig musste die Sekretärin sich die Nase putzen. Beiläufig fragte Teena: „Pflegt Sly dich wenigstens? Das ist er dir schuldig, finde ich."

„Er tut sein Bestes." Monica goss heißes Wasser in die beiden Becher. „Aber eines musste er mir hoch und heilig versprechen."

„Was war es?"

„Keine Hühnersuppe! Die kann ich nämlich nicht mehr riechen."

Teena nickte verständnisvoll. Zuerst druckste sie herum, dann formuliert sie vorsichtig: „Seht ihr euch immer noch regelmäßig?"

„Täglich", antwortete Monica und zog unelegant die Nase hoch, da sie beide Tee-Eier gleichzeitig aus den Bechern hob und keine Hand zum Schnäuzen frei hatte. „Aber wolltest du nicht eigentlich fragen, ob wir mittlerweile ein Paar sind?"

„Seid ihr das denn?"

„Ja." Monica lächelte selig, wie nur jemand lächeln kann, der frisch verliebt ist. „Vielleicht hätte ich mich nicht angesteckt, wenn ich ihn nicht geküsst hätte, aber ich konnte mich einfach nicht zurückhalten."

Sie lachten laut, wie zwei alte Freundinnen, die sich eine Ewigkeit nicht gesehen hatten und nun von den alten Tagen schwärmten.

Joshua kam neugierig zum Empfang geeilt und stemmte die Hände in die Hüften. Er hatte die Haare aus der Stirn gegelt und trug ein schwarzes Hemd mit einer weißen Stickerei, einem chinesischen Drachen, das nicht im Entferntesten so grell war, wie man es von ihm kannte. „Habe ich doch richtig gehört. Teena ist wieder da! Gut siehst du aus, ich meine, verstehe das bitte nicht falsch."

„Die jungen Männer von heute", entrüstete sich Monica und schüttelte den Kopf, „erst machen sie einer Frau ein

Kompliment, und dann entschuldigen sie sich dafür. Ein junger Liebhaber wäre nichts für mich."

„Schon gut." Teena verstand, was Josh sagen wollte. Es war kein Flirtversuch, sondern ein aufrichtiges Kompliment und ein Friedensangebot. Sie nahm ihren Becher und ging in ihr Büro.

Josh folgte ihr in den Raum und schloss die Tür hinter sich. „Ich hatte befürchtet, dass ich dich nie wiedersehen würde."

„Niemand scheint mehr mit meiner Rückkehr gerechnet zu haben." Ein wenig deprimierend war das schon. Sie setzte sich und fuhr den Computer hoch.

Josh lehnte sich gegen die Wand und verschränkte die Arme vor dem Oberkörper. „Es ist nicht so, wie du meinst. Keiner von uns denkt, du hättest nicht das Rückgrat, um in Gardenrye zu bestehen. Monica beispielsweise hat dich ganz einfach vermisst."

„Wer hätte gedacht, dass Monica und ich eines Tages Freundinnen werden!"

„Ich hätte mich nach dem missglückten Undercover-Einsatz vermutlich in eine andere Stadt versetzen lassen. Es gab genügend Gründe dafür."

„Ach, ja?" Sie nippte an ihrem Tee. Da er noch zu heiß war, verbrannte sie sich die Zungenspitze.

„Wir haben dich nicht gerade mit offenen Armen empfangen, so wie es hätte sein sollen."

Sie stellte die Tasse ab. „Ich habe es euch auch nicht leicht gemacht und bin in jedes Fettnäpfchen getreten, das mir in den Weg kam. Erinnerst du dich an den gestohlenen Fisch von Chris Sikes?"

Er überging ihre Frage. „Dann haben wir ausgerechnet dich, obwohl du neu auf dem Revier warst, auf diesen vermaledeiten Einsatz geschickt und nicht gut genug auf dich aufgepasst.“ Er verlagerte sein Gewicht von einem Fuß auf den anderen.

Teena seifte ihre Zungenspitze mit Speichel ein, aber das linderte den leichten Schmerz nicht. „Soll das eine Entschuldigung im Namen aller sein?“

Unbeirrt fuhr er fort: „Und anstatt dich ins Krankenhaus zu fahren, damit du von Kopf bis Fuß untersucht wirst, bringe ich dich in meine Wohnung und bedränge dich auch noch“, klagte Josh sich selbst an.

Teenas schlechtes Gewissen meldete sich, denn sie hatte Joshua nicht aufgehalten, obwohl sie geahnt hatte, dass er sich in sie verguckt hatte, und sie nicht dasselbe für ihn empfand.

Schließlich legte er die Handflächen aneinander, als würde er beten. „Es tut mir aufrichtig leid. Ich habe mich dumm benommen. Herrje, ich gebe ja zu, dass ich mehr als nur Freundschaft für dich empfinde. Aber wenn Freundschaft alles ist, was zwischen uns sein kann, dann akzeptiere ich das.“

Verdutzt schaute Teena ihn an. Seine Ehrlichkeit und Offenheit machten sie sprachlos.

„Jedenfalls verspreche ich dir, dass so etwas wie unter der Dusche nie wieder passieren wird. Ich möchte dir ein netter Kollege und ein Freund sein. Meinst du, das ist immer noch möglich?“

Sie wünschte, sie wäre in ihn verliebt, denn er war ein guter Kerl, ein ehrlicher und verlässlicher Mann, aber Gefühle konnten nicht erzwungen werden.

Plötzlich fühlte sie eine starke Sehnsucht. Sie konnte kaum erwarten, dass es Abend wurde, obwohl sie Angst hatte, den Earl wiederzutreffen. Doch es war eine positive Angst – die Erregung durch die Ungewissheit und ihre Vorfreude auf lustvolle Liebe.

Teena stand auf. Sie umarmte Joshua und sagte: „Wir sind immer noch Freunde. Ich bin froh, dass die Unstimmigkeiten behoben sind."

„Ich hole dich ab, wenn ich zum ‚Finger Food' aufbreche. Der alte Connerly hat mich schon gefragt, wo du steckst, weil du seit einer Woche seine Fish and Chips verschmähst." Joshua ging hinaus, wobei er ihr grinsend über die Schulter hinweg zuwarf: „Er wollte auch wissen, ob du Single bist. Ich habe gesagt, du wärest vergeben. Falls er dich darauf anspricht …"

„… weiß ich Bescheid", ergänzte Teena und zwinkerte.

Kaum hatte Josh ihr Büro verlassen, tauchte Matthew in der Tür auf. Er nickte einfach nur stumm, und Teena wusste, dass er ihr mit dieser Geste für ihr Schweigen danken wollte. Sie hatten sich bereits am Telefon ausgesprochen, mehr gab es nicht zu sagen. Teena war froh, die Alltagsgeschäfte wieder aufnehmen zu können.

Als sie mittags mit Josh die Bezirksdienststelle verließ, um zum Imbiss zu gehen, parkte Lewis gerade ein. Er kam zu ihnen hinüber und schüttelte Teena die Hand.

„Schön, dass du dich für uns entschieden hast, denn um eine Entscheidung ging es doch wohl bei deinem angeblichen Zwangsurlaub", sprach Lewis frei heraus.

Er hatte recht. Die anderen glaubten, der Undercover-

Einsatz wäre der Grund für ihren Sonderurlaub gewesen. Das war aber nicht die ganze Wahrheit.

Plötzlich hatte sie eine Idee. „Mein Vater kennt durch seine Tätigkeit als Makler für Wirtschafts-Assekuranz viele einflussreiche Leute in London, und meine Mutter organisiert häufig Wohltätigkeitsveranstaltungen. Die beiden würden sich bestimmt freuen, etwas für ‚Charity for Kids' tun zu können, natürlich nur, wenn du möchtest."

„Das Angebot nehme ich gerne an", antwortete er ernst und holte sein Portemonnaie aus der Gesäßtasche. Er entnahm der Geldbörse eine Visitenkarte, auf der seine Kontaktdaten und das Logo von ‚Charity for Kids' gedruckt waren, und reichte sie Teena. „Wir können jede Unterstützung gebrauchen. Deine Eltern sollen sich bei mir melden, dann werde ich ihnen einiges über die Organisation erzählen und sie mit unseren Leuten in London bekannt machen."

Teena, die schon befürchtet hatte, dass Lewis ihren Vorschlag nur als Speichelleckerei abtun würde, war erleichtert. Während er ins Gebäude ging, steckte sie die Visitenkarte ein und setzte gemeinsam mit Josh ihren Weg zum Imbiss fort.

Die Mittagspause verging schnell, ebenso der Nachmittag. Ehe sich Teena versah, war es Abend geworden, und sie stand in Rosalins Dessousgeschäft und probierte Damenunterwäsche an, die sie noch vor Kurzem keines Blickes gewürdigt hätte, weil sie zu der Zeit noch legere Baumwollhöschen und Büstenhalter bevorzugte. Nun trug sie Seide, Spitze und Chiffon. Sie erkannte sich selbst nicht wieder. Aber ihr gefiel sehr, was sie sah. Sie versteckte ihre verruchte Seite nicht länger.

Teena entschied sich für ein Hemd aus schwarzer Spitze, das unter dem Busen abgesetzt war. Es war jedoch kein BH eingearbeitet, und so stachen ihre großen Brustspitzen lüstern hervor. Dazu trug sie einen weißen Stringtanga und einen weißen Strapsgürtel mit passenden Strapsen und Strümpfen, die schlicht, aber von femininer Eleganz waren. Aufgeregt schlüpfte sie in ihre High Heels und zog einen Lackmantel an, den Roz ihr lieh und der ihr bis knapp unter den Hintern reichte. Rosalin schminkte Teenas Lippen in dem gleichen Rotton wie deren Haare, und die Augen bekamen mithilfe von schwarzem Kajal und grauem Lidschatten einen „smoky touch", der Teena etwas Verruchtes verlieh.

Rosalin steckte die Haare ihrer Freundin kunstvoll hoch und zupfte einige Strähnen heraus. „Eine Hochsteckfrisur verleiht immer Eleganz."

Teena dachte an Monica und verkniff sich einen Kommentar. „Bist du sicher, dass Ethan auf Cunninghall Manor weilt und nicht einer Einladung gefolgt ist?"

„Ich habe meine Quellen", antwortete Roz verschwörerisch. „Nimm das, es wird ihm gefallen."

Zuerst wusste Teena nicht, was der Inhalt der Flasche war. Als sie es erkannte, errötete sie und steckte die Flasche eilig in ihre Handtasche. „Ich muss jetzt los, sonst verlässt mich mein Mut."

„Lass deine Angst einfach bei mir und genieße die Nacht."

Teena gab Rosalin einen flüchtigen Kuss auf die Wange, wischte mit dem Daumen den Lippenstift ab, den der Kuss auf Roz' Gesicht hinterlassen hatte, und eilte zum Discovery.

Ohne zuvor ihre Bürokleidung in ihr Appartement zu

bringen, fuhr sie zu den Green Terrace Klippen, weil sie fürchtete, ihre Wohnung nicht mehr zu verlassen, wenn sie erst dort war. Diesmal musste sie an der Gegensprechanlage des Cunninghall-Anwesens nur ihren Namen nennen und wurde sofort von Rupert, dem Butler, eingelassen. Er fragte weder nach dem Anlass ihres Besuchs noch meldete er sie beim Earl an, sondern öffnete, ohne zu zögern.

Das große Eisentor schwang auf. Teena wischte ihre feuchten Handflächen am Sitz ab und steuerte den Landrover über den Schotterweg zum Herrschaftshaus. Sie parkte den Wagen, nahm ihre Handtasche und stieg aus. Teena wünschte, es wäre bereits dunkel, doch der Abend war noch jung und der Himmel strahlend blau, sodass sie sich entblößter vorkam als bei Nacht.

Nervös zog Teena den Saum des Lackmantels tiefer, aber dennoch verdeckte er kaum ihren Hintern. Ihr Herz pochte aufgeregt. Nur noch wenige Schritte, und sie würde Ethan gegenüberstehen.

Was sollte sie sagen? Was erwartete er von ihr?

17.

Teenas Gedanken wurden von Rupert unterbrochen, der die Haustür öffnete. Er bat sie herein und führte sie durch das Labyrinth von Gängen zu Ethans Büro. Die Korridore wurden hier und dort von Tiffany-Wandlampen erhellt, denn da fast alle Zimmertüren geschlossen waren, fiel kaum Licht ein.

Ethan selbst saß hinter einem Schreibtisch aus massiver Eiche und schaute von seinem Laptop auf, als Rupert sich räusperte und Teena mit nasaler Stimme ankündigte: „Miss Christeena McLight, Sir."

„Danke, Sie können Feierabend machen, Rupert." Der Earl lehnte sich zurück, legte die Unterarme auf den Lehnen ab und betrachtete Teena von der Hochsteckfrisur bis zu den hochhackigen Schuhen.

Obwohl seine Miene ernst blieb, bemerkte Teena sehr wohl das entzückte Strahlen seiner Augen. Im Gegensatz zu ihrem ersten Besuch fühlte sie sich viel wohler, nachdem Rupert das Büro verlassen hatte.

Ethan legte die Fingerspitzen gegeneinander. „Nun?"

„Ich bin gekommen ..." Ihr Mund war mit einem Mal trocken.

„Das sehe ich", sprach er amüsiert.

Teena hielt sich krampfhaft an ihrer Handtasche fest. „Ich ... ich möchte in die Loge der Lust eingeführt werden ... von dir, ganz sicher, das weiß ich jetzt."

„Ich sehe, dass du dich bemühst", antwortete er und lenkte seinen Blick zum Saum ihres Mantels.

Ob das Weiß ihres Slips darunter hervorlugte? Teena war

verführt, die Tasche vor ihren Schoß zu halten, tat es aber nicht, denn sie wollte endlich ihre Scham vor Ethan ablegen. Aus diesem Grund atmete sie tief durch, sie öffnete den Mantel und schob ihn über die Schultern, sodass er zu Boden glitt.

„Sehr viel Mühe sogar", staunte er. Aber er fing sich schnell wieder. „Gibt es da nicht noch etwas, das du tun musst?"

Teena erinnerte sich, dass er ihre Liaison mit einer Bedingung verknüpft hatte. Vor Nervosität knabberte sie an ihrer Unterlippe und schmeckte Lippenstift. Es fiel ihr ganz und gar nicht leicht, doch schließlich sagte sie: „Ich bitte dich, mich in die Loge einzuführen. Bitte stell mich unter deinen Schutz. Mir hat gefallen, was du in London gesagt hast – dass Sex für dich eine Zeremonie ist, die man ausgiebig genießen soll, dass du mir Höhepunkte schenken wirst, die ich nicht für möglich gehalten hätte, und natürlich möchte ich das Gleiche für dich tun."

Er setzte sich kerzengerade auf und stützte die Ellbogen auf der Tischplatte ab, die zu zwei Dritteln von einer Schreibtischunterlage aus braunem Leder bedeckt war. „Ich möchte nicht, dass du meine Sklavin bist – du sollst dein eigenes Leben leben und deinen eigenen Kopf haben. Aber in der Erotik wirst du dich meiner Führung ergeben."

„Dazu bin ich bereit." Sie bemühte sich, entschlossen zu klingen.

Ethan stand auf und kam um den Tisch herum, aber er blieb zwei Schritte von ihr entfernt stehen. „Dann vertraust du mir endlich?"

„Ja, das tue ich." Sie öffnete ihre Handtasche, holte die Flasche heraus, die Rosalin ihr gegeben hatte, und reichte sie ihm mit zittrigen Händen.

Als er das Gleitgel betrachtete, lächelte er, aber es war kein spöttisches oder überhebliches Lächeln, sondern ein liebevolles. Er stellte die Flasche auf den Schreibtisch und kam zu Teena. Dann küsste er sie. Zärtlich drückte er seinen Mund auf den ihren und verlor sich in diesem innigen Kuss. Er öffnete die Lippen und drang mit der Zungenspitze in Teenas Mund ein. Ohne Hast oder Übereifer, sondern mit der Gelassenheit eines erfahrenen Liebhabers, erforschte er ihre Mundhöhle. Er züngelte über ihre Zahnreihen und leckte an den Innenwänden ihrer Wangen, bis Teena Wachs in seinen Armen war und weiche Knie bekam. Er schmeckte so gut!

Er saugte an ihrer Unterlippe und ließ dann von ihr ab.

„Hab keine Angst", er strich ihr sanft eine rote Haarsträhne aus der Stirn, „ich werde dich weder überfordern noch dich ausnutzen."

Als Ethan den Mittelfinger unter ihr Höschen schob und zwischen ihre Pobacken drang, um mit der ganzen Länge des Fingers über ihren faltigen Ring zu reiben, spannte sie instinktiv ihre Gesäßmuskulatur an.

Er hielt mit der Bewegung inne. „Bist du sicher, dass du es möchtest? Wir haben alle Zeit der ..."

„Ja", unterbrach sie ihn und sah ihm offen ins Gesicht, damit er ihr glaubte, „ja, ich möchte es, hier und jetzt."

Lächelnd nickte er. „Wir werden es langsam angehen lassen. Ein Vorspiel ist sehr wichtig, selbst wenn wir Gleitgel benutzen. Stütz dich am Schreibtisch ab."

Teena ging zum Tisch, stützte die Arme auf und neigte den Oberkörper nach vorne, wobei sie Ethan ihren Hintern entgegenstreckte. Doch anstatt ihren After mit Gel einzuseifen, stellte er die Flasche neben sein Laptop, sodass sie in

Teenas Blickfeld war.

Für einen langen Moment blieb er einfach nur hinter Teena stehen. Er berührte sie nicht, küsste sie nicht und drang auch nicht in sie ein. Diese Zeit angespannten Wartens erregte Teena. Sie malte sich aus, was er alles mit ihr machen könnte, aber er tat nichts weiter, als sie ihren erotischen Gedanken zu überlassen.

Endlich schob er ihr Hemd aus Spitze hoch. Doch er zog es ihr nicht aus, sondern legte nur die Hände an ihre Hüften. Behutsam rollte er den Stringtanga herunter, bis dieser an Teenas Beinen hinabrutschte. Nun stand sie mit entblößtem Unterleib vor ihm und bebte vor Wollust.

„Scht“, säuselte er und strich mit der flachen Hand über ihren Rücken, um sie zu beruhigen. Er kraulte ihren Nacken, fuhr dann die Wirbelsäule entlang zu ihrem Anus hinunter und umkreiste diesen einige Male, ohne ihm wirklich nahezukommen.

Dann hockte Ethan sich zwischen Teenas Beine. Als er gegen ihren After blies, erschauerte sie. Er hauchte in ihre Pofalte und übersäte ihren Hintern mit feuchten Küssen. Behutsam zog er Teenas Pobacken auseinander. Er saugte sich mal hier, mal dort fest, bis Teena aufschrie und zappelte.

Ethan lachte. Sogleich begann er ihre Vulva von hinten zu lecken. Er schleckte ausgiebig, nuckelte an den anschwellenden Schamlippen und schnüffelte wie ein Hund, der eine Fährte witterte.

Teena seufzte. Sie schloss die Augen und konzentrierte sich auf Ethans Zunge, die ihre Scham so gekonnt stimulierte. Er züngelte nach vorne, stieß einmal kurz neckend gegen ihre Klitoris und saugte im nächsten Moment die kleinen Schamlippen tief, aber vorsichtig in seinen Mund ein.

Stöhnend griff Teena die Tischkanten, um mehr Halt zu finden. Sie bemühte sich, standhaft zu bleiben, aber Ethan bearbeitete ihren Schoß so geschickt, dass sie glaubte zu verbrennen. Es kam ihr vor, als wäre seine Zunge die zuckende Flamme, die ihren Unterleib entzündete und so sein Feuer auf sie übertrug.

Noch immer hielt Ethan die kleinen Schamlippen mit dem Mund fest. Er massierte sie mit seinen Lippen, unterbrach dies jedoch immer wieder, um seine Zunge zwischen die Schamlippen zu schieben, als stieße er in eine Auster hinein und suche mit der Zungenspitze nach der Perle.

Teena war enttäuscht, als er von ihr abließ, aber der Unmut währte nur kurz, denn sie hörte, wie er den Reißverschluss seiner Hose öffnete. Das Geräusch verursachte ihr eine wohlige Gänsehaut. Als sein Phallus in ihre Scheide drang, bäumte sich Teena erregt auf, aber Ethan legte die Hand in ihren Nacken und drückte sie auf den Schreibtisch.

„Entspann dich“, wisperte er.

Nun lag sie mit dem Oberkörper auf der Tischplatte, was ihr einen besseren Halt verschaffte. Einige Male stieß er mit seinem erigierten Penis in sie hinein, und sie befürchtete schon, dass er sie nur vaginal nehmen würde. Doch nach wenigen Stößen hörte er auf und ließ sein Glied in ihr ruhen.

Ethan nahm die Flasche mit Gleitgel und presste einen Strang Gel heraus, der zielgenau auf Teenas Anus traf. Zärtlich rieb er das Gel in den faltigen Ring ein. Dieser öffnete sich voller Vorfreude ein wenig und zog sich augenblicklich wieder zusammen, nur um sich sogleich erneut zu weiten.

Ethan griff nach einem Kugelschreiber, der zusammen

mit einer bunten Mischung aus Stiften in einer Stiftebox aus Edelstahl steckte. Provozierend spielte er vor Teenas Augen mit dem Kuli. Sie erkannte seine Absicht, sie nervös zu machen, indem er ihr zeigte, was auf sie zukam. Aber sie blieb ruhig und streckte Ethan ihr Gesäß entgegen, sodass sein steifer Penis bis zur Wurzel in ihre Scheide glitt und sie seine prallen Hoden spürte.

„Du bist gierig“, amüsierte sich Ethan und führte den Kugelschreiber zu zwei Dritteln in ihren After ein. Ethan konnte ihn problemlos in das kleine Loch schieben, nicht wegen des Gleitgels, sondern weil sich der faltige Ring bereitwillig weitete und den Eindringling willkommen hieß. Langsam zog er den Kuli heraus, drückte ihn wieder hinein und reizte so den Anus auf dezente Weise.

Nach einer Weile legte Ethan ihn beiseite und nahm einen grünen Tafelstift, der so dick wie sein eigener Daumen war, und hielt ihn vor Teenas Gesicht, damit sie sah, was nun folgen würde. Diesmal jedoch hatte sie nicht das Gefühl, dass er sie zu erschrecken oder zu provozieren trachtete. Er wollte ihr vielmehr die Angst vor dem Unbekannten nehmen, indem er ihr zeigte, was in Kürze ihren Anus penetrieren würde.

Ethan legte den Tafelstift in Teenas Pospalte und rieb damit über den After, um ihn zu reizen und das Gleitgel auf dem Marker zu verteilen. Vorsichtig schob er den Stift in das kleine Loch. Teenas faltiger Ring zog sich um ihn zusammen, als wollte er den Eindringling daran hindern, tiefer hineinzugleiten. Teena versuchte, sich noch mehr zu entspannen, und konzentrierte sich auf das Prickeln, das von ihrem Anus ausströmte, als Ethan den Tafelstift ein Stück weiter hineindrückte, ihn herauszog und erneut bis zur Hälfte in den After schob.

Ihr zunächst laszives Seufzen wuchs zu einem Stöhnen an, denn Ethan stieß zweimal mit seinem Phallus in ihre Scheide, während er mit dem Tafelstift in ihrem Enddarm rührte.

Die sanfte parallele Penetration, die Teena so genoss, war viel zu schnell vorbei, denn Ethan entfernte den Stift wieder. Er legte ihn vor Teena hin, damit diese ihren eigenen Intimduft wahrnahm.

Dann griff er einen Klebestift, der doppelt so dick wie der Marker war, nahm die Flasche und seifte auch ihn mit Gel ein. Kraftvoll schob Ethan ihn in Teenas Anus, bis er fast ganz in ihr verschwunden war und er ihn gerade noch mit Zeigefinger und Daumen festhalten konnte.

Es folgten zwei Stöße mit seinem erigierten Glied in ihre Scheide. Dann zog er es heraus und rieb mit der feuchten Eichel über ihren Kitzler. Teenas Stöhnen wurde brünstiger und hallte in dem Büro wider, das wie alle Räume auf Cunninghall Manor eine hohe Zimmerdecke besaß. Sie war froh, dass Rupert das Anwesen verlassen hatte, denn sie hätte ihm in dieser Nacht nicht mehr in die Augen sehen können. Aber sie war mit Ethan allein im Haus. Weshalb sollte sie sich also zurückhalten?

Es war Zeit, sich fallen zu lassen. Teena ließ sich gehen.

Für einen kurzen Moment schloss sie die Augen und ließ ihr Becken kreisen, sodass Ethan seine Penisspitze einfach nur hinhalten musste. Lustvoll jammerte sie, weil die Erregung wuchs und sie sich nach dem erlösenden Orgasmus sehnte, aber Ethan gestand ihr diesen noch nicht zu und legte sein Glied zwischen ihre Schenkel. Er drückte es gegen ihre geschwollenen Schamlippen und ließ es dort ruhen.

Den Klebestift jedoch stieß er nun unentwegt in ihren Anus. Ethan reizte ihn eifrig und unnachgiebig. Das Blut pulsierte in ihrem faltigen Ring. Ihr After brannte vor Verlangen und gierte nach mehr.

Teena hatte schrecklichen Durst. Ihr Mund war trocken, aber da war ein anderes Bedürfnis, das stärker war – die Sehnsucht, gemeinsam mit Ethan einen Schritt weiter zu gehen.

„Bitte, nimm mich“, flüsterte sie.

Er neigte seinen Oberkörper, schob das Dessoushemd höher und küsste ihren unteren Rücken, dort, wo er in ihren Hintern überging. „Noch nicht.“

Behutsam zog Ethan den Klebestift heraus und stellte ihn aufrecht neben die anderen beiden Stifte, mit denen er ihren Anus bereits penetriert hatte. Er nahm einen roten Textmarker, der zwar flacher als der Klebestift war, dafür aber an einer Seite breiter, dann noch einen blauen und zusätzlich einen weißen Korrekturstift, der die gleiche Form besaß.

Teena traute ihren Augen nicht. Diese drei Stifte würden niemals in ihren After passen! Aber sie schwieg, denn sie vertraute Ethan. Sollte er spüren, dass sie mit zwei Stiften schon überfordert war, würde er den dritten sicherlich nicht mehr einführen. Er war bei ihren Treffen nie zu weit gegangen. Offensichtlich glaubte er, dass sie in dieser Nacht bereit dazu war, sich ganz und gar auf ihn einzulassen.

Ethan rieb alle drei Textmarker mit reichlich Gel ein und legte den roten und den blauen neben Teena auf die lederne Schreibtischunterlage. Behutsam führte er Zeigefinger und Daumen in Teenas Anus ein, weitete ihn und steckte den Korrekturstift in die Öffnung. Dieser wurde sofort von ihrem faltigen Ring umschlossen. Ethan half mit den Fingern nach, als er den roten Textmarker ebenfalls in die Öffnung schob, die nun schon gut gefüllt war. Der Anus fühlte sich für Teena reichlich gedehnt an. Doch die Spannung, die so entstand, war nicht unangenehm, sondern berauschend. Hätte Ethan in diesem Moment ihre Klitoris auch nur kurz berührt, so wäre Teenas Lust explodiert. Doch Ethan nahm stattdessen den blauen Textmarker in die Hand, und Teena stimulierte ihren Kitzler mithilfe der Tischkante.

„Wirst du wohl stillhalten", spottete er und schob den Daumen zwischen den roten und den weißen Stift. Er drückte sie auseinander und presste behutsam, aber stetig den dritten Marker in die entstandene Lücke.

Teena sog hörbar Luft ein. Sie konnte nicht fassen, dass alle drei Stifte in ihrem After steckten. Ihr faltiger Ring war so weit gedehnt wie noch nie zuvor, und sie erwartete jeden Augenblick den Schmerz. Aber die Haut riss nicht ein, und der Schließmuskel gewöhnte sich immer mehr an die Dehnung. Der Druck jedoch blieb. Er war immens und erregend. Berauscht warf Teena den Kopf in den Nacken und genoss das Gefühl, vollkommen ausgefüllt zu sein, sowohl anal als auch vaginal.

„Nimm dir Zeit, dich an den Druck zu gewöhnen", sagte Ethan und lenkte sie durch einige Stöße mit seinem Phallus in ihre Scheide ab. „Je mehr du dich innerlich wehrst, desto größer wird der Wunsch, die Stifte herauszupressen. Nur wenn du dich entspannst, kannst du die Wollust genießen, die eine anale Penetration dir bereiten kann."

Würde sein erigiertes Glied genauso groß sein und sie ebenso stark weiten? Das Gefühl der Dehnung war durchdringend. Es gefiel Teena, aber es war nicht einfach, den

Druck zu akzeptieren. Sie stellte sich vor, welcher Anblick sich Ethan in diesem Moment wohl bot. Die drei Textmarker in den Farben der britischen Nationalflagge ragten aus ihrem Anus heraus, als würde der Union Jack in ihr stecken.

Teena lachte tonlos und legte die Stirn auf den Schreibtisch. Der heitere Gedanke löste ihre Bedenken auf, sodass sie ihre Gesäßmuskulatur lockerer ließ.

Noch einige Male schaukelte Ethan mit den Lenden vor und zurück und entfernte während seiner Stöße einen Textmarker nach dem anderen. Doch kaum war der Weg in ihren After frei, zog er sein Glied aus ihrer Scheide und führte seine Penisspitze in ihren Anus ein. Dann wartete er auf Teenas Reaktion.

Alles war so schnell gegangen, dass Teena vor Erstaunen einfach still mit dem Oberkörper auf dem Tisch liegen geblieben war. Die Penisspitze in ihrem Anus fühlte sich viel angenehmer als die Stifte an, da sie warm und nicht so hart und unnachgiebig war. Außerdem war es nun Ethan selbst, der sie penetrierte, das machte einen großen Unterschied für Teena.

Er nahm das Gleitgel und verteilte es auf seinem steifen Penis. Sehr langsam führte er ihn in Teenas Anus ein und machte jedes Mal eine kurze Pause, wenn sie sich verkrampfte. Doch er ließ sein Glied erst in ihr ruhen, als er bis zur Peniswurzel in ihr war. Dann schlang er den Arm um ihre Taille und zog ihren Oberkörper hoch. Teena wurde leicht schwindelig, aber sie fing sich schnell. Ethan schmiegte sich an ihren Rücken. Er kraulte ihren Busen und strich über ihren Venushügel. Als Teena jedoch seine Hand zu ihrem Kitzler führen wollte, um endlich von der quälenden Sehnsucht erlöst zu werden, wehrte er sich und drehte ihren Kopf zur Seite, sodass sie gezwungen war, ihm in die Augen zu schauen.

„Du bist unglaublich“, wisperte er und küsste sie, bevor sie etwas erwidern konnte.

Sie war so unendlich glücklich! Ihre Hand schob sich zwischen ihre Körper. Sie suchte Ethans Hoden. Als er ahnte, was sie vorhatte, zog er sich ein wenig aus ihr zurück, sodass sie seine Hodensäcke greifen konnte. Teena massierte sie, streichelte sie, neckte sie mit den Fingerspitzen und packte dann beherzter zu, bis Ethan immer unruhiger wurde, weil auch seine Erregung unerträglich war.

Er löste den Kuss, legte die Hand in Teenas Nacken und drückte ihren Oberkörper auf den Tisch. Sacht begann er, sie anal zu stoßen. Er legte die freie Hand unter Teenas Schamhügel auf die Tischkante, sodass sie mit ihrer Klitoris über seinen Handrücken rieb, während er sie nahm. Zuerst waren seine Stöße zurückhaltend. Er führte seinen Phallus tief in ihren Anus ein und zog ihn langsam wieder heraus. Doch Teena spürte, dass auch er bereits so aufgeheizt war, dass er sich kaum noch zusammenreißen konnte und ihr nur mühevoll die Zeit ließ, sich an die Penetration zu gewöhnen.

Seine Stöße wurden schneller. Er drückte Teena immer wieder gegen seine Hand, die unter ihrem Venushügel lag. Feuchtigkeit lief an ihren Schenkeln herab. Teena wusste nicht, ob es Gleitgel, ihre eigene Feuchte oder ein Gemisch aus beidem war. Der Duft von Intimität schwebte träge im Büro. Draußen ging die Sonne unter. Die Nacht begann gerade erst, und sie gehörte ihnen.

Teena schloss die Augen. Sie war zu erregt, um zu sehen, zu hören oder zu denken. Die Lust war wie ein Rausch der Sinne. Teena war nur noch Gefühl. Alles in ihr konzentrierte sich, nun, da Ethan sie ungestümer ritt, auf den Orgasmus, dem sie so nah war. Das gleichzeitige Stimulieren von Klitoris und After war so überwältigend, dass ihr das Atmen schwer fiel und ihr der Schweiß auf die Stirn trat. Sie hechelte, hielt die Luft an und keuchte. Ihr Körper krampfte lustvoll. Teena hielt sich rechts und links an den Tischkanten fest, genoss es, von Ethan anal genommen zu werden, und spreizte die Schenkel weiter auseinander, damit der Kitzler stärker gegen Ethans Hand rieb.

Dann kam Teena.

Sie schrie auf, als der Höhepunkt sie erschütterte, und gab sich den ekstatischen Zuckungen hin, die er mit sich brachte. Sie schämte sich nicht, ihre Lust hinauszuschreien und sich vollkommen gehen zu lassen, denn Ethan war ihr Lehrer und ihr Geliebter. Von nun an würden sie sich immer tabulos lieben. Sie würden die Erotik zelebrieren und bis zum Letzten auskosten – auf den Treffen der Loge und dann, wenn sie allein waren.

Als Ethan sich in ihren After ergoss, stöhnte er tief und animalisch. Er rang nach Luft und stützte sich rechts und links von Teena auf dem Tisch ab. Völlig außer Atem küsste er ihre Schultern. Er zog seinen erschlaffenden Penis aus ihr heraus. Dann nahm er sie auf die Arme und trug sie in sein Schlafzimmer. Er setzte Teena auf seinem Bett ab. Sanft drückte er sie in die Kissen, zog die Sommerdecke über ihren Körper und schlüpfte dann ebenfalls darunter. Er legte sich hinter Teena, schlang die Arme um ihre Hüften und zog sie an sich.

„Ich dachte, du stehst nicht darauf, Liebe im Bett zu machen", neckte sie ihn.

„Machen wir ja auch nicht."

Sie drehte ihm das Gesicht zu und schmollte. „Keine zweite Runde?"

„Nimmersatt! Wenn das Wochenende vorüber ist, wirst du mich noch anbetteln, dir etwas Ruhe zu gönnen." Er knabberte zärtlich an ihrem Haaransatz. „Neben dir einzuschlafen, bedeutet mir viel."

Teena war erfüllt von Liebe. Trotzdem konnte sie sich eine spitze Bemerkung nicht verkneifen. „Der Alphawolf schläft gern in Löffelstellung. Wer hätte das gedacht?"

Drohend richtete er den Oberkörper auf und neigte sich über Teena. Sie spürte an ihrem Oberschenkel, dass sein Glied bereits wieder erigiert war.

Ethan grollte: „Wenn du immer noch genug Energie und Mut für Frechheiten hast, scheinst du wirklich noch nicht ausgelastet zu sein. Aber warte nur ab! Ich bringe dich schon noch an deine Grenzen."

Oder ich dich an deine, dachte Teena keck. Sie wagte nicht, die Herausforderung auszusprechen, sondern legte sich schweigend auf den Rücken und öffnete die Schenkel.

Ethan drang energisch in Teena ein. Er hielte ihre Hände über ihrem Kopf fest und begann sofort, sie stürmisch zu reiten, um ihr lustvoll zu zeigen, dass er ihrer beider Spiel dominierte.

Aber in Wahrheit war es Teena, die triumphierte – denn sie bekam nun doch noch ihre zweite Runde.

– ENDE –

Tanja Albers
Unter dem Jademond

Band-Nr. 35008
8,95 € (D)
ISBN: 978-3-89941-381-6
528 Seiten

Bertrice Small
Der Teufel in meinem Bett

Band-Nr. 35007
8,95 € (D)
ISBN: 978-3-89941-380-9
304 Seiten

Megan Hart
Dirty

Band-Nr. 35009
8,95 € (D)
ISBN: 978-3-89941-382-3
400 Seiten

Mona Vara
Versuchung

In dem Moment, in dem Nikolai Brandanowitsch Katharina heiratet, wird aus dem Verführer ein Verführter!

Band-Nr. 35003
8,95 € (D)
ISBN-10: 3-89941-321-0
ISBN-13: 978-3-89941-321-2
464 Seiten

Kayla Perrin
Enthemmt!

Drei Freundinnen, bereit, für erfüllende Lust wahre Liebe und für ein glückliches Leben fast alles zu geben. Doch wehe, wenn ein Mann diese Grenzen überschreitet. Denn dann ist für sie die Zeit der Rache gekommen …

Band-Nr. 35004
8,95 € (D)
ISBN: 978-3-89941-353-3
416 Seiten

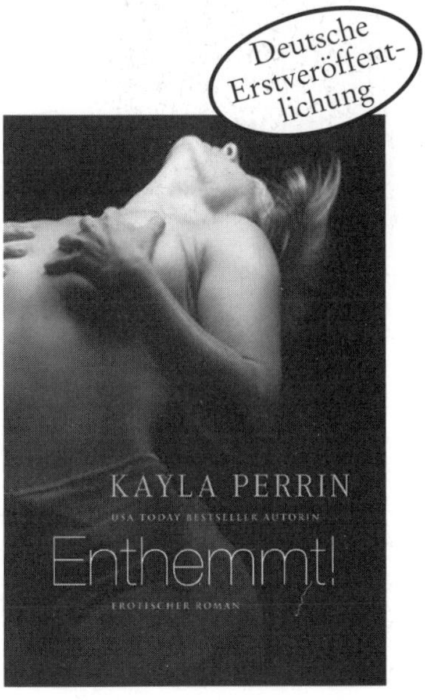

Deutsche Erstveröffentlichung

Suzanne Forster

Im Reich der Lust

Tess ist ehrgeizig. Was sie will, ist Erfolg. So besucht sie den Nachtclub ‚de Sade' mit ihrem Kollegen Danny auch nur aus beruflichen Gründen. Was sie dort aber in den Armen eines maskierten Liebhabers erlebt, bringt ihr Leben komplett aus dem Gleichgewicht …

Band-Nr. 35002

8,95 € (D)

ISBN-10: 3-89941-320-2

ISBN-13: 978-3-89941-320-5

352 Seiten

Deutsche Erstveröffentlichung

Jina Bacarr

Die blonde Geisha

Die blonde Geisha gilt als der Überraschungserfolg aus den USA: eine erotische Liebesgeschichte aus dem alten Japan. Der Roman wird derzeit in mehrere Sprachen übersetzt.

Band-Nr. 35001

8,95 € (D)

ISBN-10: 3-89941-306-7

ISBN-13: 978-3-89941-306-9

352 Seiten